Corina Lendfers

Schlaglöcher

Bibliografische Information der Deutschen Nationalbibliothek:
Die Deutsche Nationalbibliothek verzeichnet diese Publikation in
der Deutschen Nationalbibliografie; detaillierte bibliografische
Daten sind im Internet über http://dnb.dnb.de abrufbar.

ISBN: 9783746037202
© 2018, Corina Lendfers
      Bahnhofstrasse 88
      D-88682 Salem
      www.corinalendfers.com

Covergestaltung: Birgit Stolze, abc-stolze@web.de
Foto Vorderseite: HTHBM/photocase.de
Foto Rückseite: time./photocase.de
Foto Autorin: Miriam Lendfers
Lektorat: Michael Berndonner
Herstellung und Verlag: Books on Demand, In de Tarpen 42,
D-22848 Norderstedt

Für Rahel

mit ihrem empfindsamen Herzen.

1

„Das ist nicht dein Ernst."

„Was?"

„Diese Hose und dieser – Pullover."

„Warum nicht?"

„So kannst du unmöglich mitkommen."

„Warum nicht? Es ist doch nur ein Abendessen."

„Josephine, du weißt, dass es *nur ein Abendessen* nicht gibt. Jeder geschäftliche Anlass meiner Kanzlei ist wichtig."

„Ich weiß."

„Ich wünsche, dass du ein Kleid anziehst. Bitte." In Patricks Tonfall schwingt leiser Tadel. Seine Lippen streifen ihre Stirn, dann schiebt er sie mit sanftem Druck zurück zur Schlafzimmertür, durch die sie soeben getreten ist.

„Und, bitte, beeile dich, wir müssen los!", ruft er hinter ihr her, während sie die Schiebetür des verspiegelten Schrankes aufzieht.

Ich weiß, wir sind immer in Eile. Jo seufzt, ihr Unterkiefer bewegt sich malmend. Lustlos streift ihr Blick die ungezählten Kleider, Blusen und Röcke, die dicht gedrängt an der Kleiderstange hängen. Sie greift nach einem hellblauen, schlichten Baumwollkleid, bodenlang mit Trompetenärmeln, der Schnitt enganliegend wie bei allen Kleidern, die Patrick für sie aussucht. Er betont die leichte Wölbung ihres Bauches, die dem aufmerksamen Betrachter Aufschluss über ihren Zustand gibt. Sie ergreift das Schminktäschchen, zieht mit einem schwarzen Kajalstift die Lidränder nach und tupft rosarote Farbe auf die Lippen. Ein Blick auf ihr schwarzbraunes, langes Haar lässt sie zur Bürste greifen, und sie versucht mit mäßigem Erfolg die widerspenstigen Locken in geordneten Bahnen über ihre Schulter zu kämmen.

„Josephine, wir müssen fahren!"

„Ich komme!"

Patrick steht in der Tür in einem grauen, maßgeschneiderten Anzug mit weißem Hemd und schwarzen, glänzend polierten Lederhalbschuhen. Sein heller Bart ist wie immer gleichmäßig auf Drei-Tage-Länge gestutzt, das blonde Haar liegt in kurzem Schnitt eng an seinem Kopf. Die Gläser der randlosen Brille spiegeln das weiße Licht der Korridorlampe. Auf seiner Stirn steht eine steile Längsfalte, die sich sofort glättet, als er Jo erblickt.

„Josephine, du siehst umwerfend aus." Er küsst sie auf die Stirn, dann schiebt er sie aus der Tür.

Jo unterdrückt ein Würgen, als sie sich auf den hellbraunen Ledersitz des Audi TT fallen lässt. Den intensiven Vanillegeruch, Patricks favorisierte Duftmischung im Auto, erträgt sie seit Beginn ihrer Schwangerschaft nur noch schwer.

Patrick drückt aufs Gas, die Reifen quietschen und Jo wird gegen die Beifahrertür gedrückt. Ihre Finger krallen sich in den Sitz. Sofort spürt sie seine Hand auf ihrem linken Oberschenkel. Ohne den Blick von der Straße zu nehmen, lächelt er sie an.

Er sieht gut aus, wie er mit aufrechter Haltung dasitzt, die linke Hand locker am Steuer, die rechte auf ihrem Bein, das sanfte Lächeln zwischen den Mundwinkeln. Seine hohe Stirn verrät die Intelligenz, mit der er gewandt durchs Leben schreitet. Das markante Kinn, das er gerne ein wenig vorschiebt, lässt wenig Widerspruch zu.

Vor ihnen springt die Ampel auf orange und Patrick drückt das Gaspedal durch. Jo spürt die elastische Lehne des Sportsitzes im Rücken, kurz darauf spannt der Sicherheitsgurt über ihrem Bauch. Geschickt lenkt er das Auto durch den Abendverkehr, immer hart an der erlaubten Höchstgeschwindigkeit.

Erleichtert atmet sie auf, als der Wagen auf dem Parkplatz zum Stehen kommt. Sie bleibt sitzen und wartet, bis er ihre Tür öffnet. Es ist eine Geste, auf der er besteht, aller Emanzipation zum Trotz. Sie ergreift seinen dargebotenen Arm und zieht sich aus dem tiefliegenden Sitz.

Die Luft riecht auch um kurz vor acht noch nach Sommer, und die Vögel zwitschern in den Bäumen, als gelte es, das Stimmengewirr der zahlreichen Restaurantgäste und Spaziergänger zu übertönen, die in Grüppchen, Pärchen, mit Hund, Kinderwagen oder Rollator in den weitläufigen Grünanlagen um die barocke Schlossanlage herum flanieren. Die Tatsache, dass seit 1818 ein Teil der Universität im Schloss untergebracht ist, tut der Würde des geschichtsträchtigen Baus keinen Abbruch. Stolz thront er auf der flachen Hügelkuppel und beschwört den Geist einer längst verflossenen Zeit herauf.

Jo atmet den Duft der üppigen Hortensien ein, die in Weiß, Rosarot und Lilatönen den Parkplatz säumen. An Patricks Seite schlendert sie auf die beiden Torgebäude zu. Sie fühlt sich gut. Der Sommer bisher ist verregnet gewesen, umso mehr genießt sie die warme Augustsonne, die an diesem Abend nicht untergehen will.

Als sie vor dem rechten Torgebäude ankommen, in dem das Restaurant untergebracht ist, verlangsamt sie ihren Schritt und gibt Patrick Gelegenheit, die schwere Eichenholztür aufzuziehen. Der Duft nach Koriander und geschmolzener Butter empfängt sie.

„Patrick, wie schön!" Eine untersetzte Frau in einem für ihren Körperbau zu engen, tiefroten Kleid stürmt auf Patrick zu und umarmt ihn wortreich. Die grauen Haare sind zu einer kunstvollen Hochsteckfrisur drapiert, und an Hals und Handgelenken hängt schweres, goldglänzendes Geschmeide. Eine Wolke aus süßlichem Parfüm weht mit ihr durch den Raum.

„Geht es dir gut? Du hast sicher wie immer viel zu tun, Johannes verbringt ja auch mehr Zeit im Geschäft als bei mir zuhause, darum habe ich mir einen Cockerspaniel zugetan, damit ich wenigstens jemanden zum Reden habe. Aber was sage ich, du hast ja eine bezaubernde junge Frau an deiner Seite, das ist doch ein durchschlagender Grund, rechtzeitig nach Hause zu gehen!" Sie wendet sich Jo zu, ergreift ihre Hand und schüttelt sie so kräftig, dass Jo fürchtet, sie würde ihr das Schultergelenk auskugeln. „Josephine,

9

wie schön, dich zu sehen. Wie hübsch du heute wieder aussiehst, ich beneide dich!"

Das muntere Säuseln der rauchigen Stimme dreht Runden in ihrem Kopf, und unauffällig wirft Jo Patrick einen hilfesuchenden Blick zu. Er legt die rechte Hand an die füllige Schulter der Frau, die sich gerade über die Hüftleiden ihres Spaniels auslässt, beugt den Kopf ein wenig nach vorne, sodass seine Lippen fast ihr Ohr berühren, und raunt ihr zu: „Elfriede, bist du so lieb und bringst uns Orangensaft und Weißwein, bitte?"

Seinem offenem Jungenblick kann keine Frau widerstehen. Elfriede lächelt zuckersüß und macht sich auf die Suche nach einem Kellner.

Jo zieht die Augenbrauen in die Höhe und erntet Patricks verständnisvollen Blick. Er legt ihr einen Arm um die Schultern und zieht sie für zwei Sekunden fest an sich. Sein Lächeln hat etwas Verschwörerisches, und sofort fühlt sie sich wieder besser.

Patrick geht auf einen hochgewachsenen Mann zu, dessen dunkelbrauner Anzug ihm wenig kleidsam um die dünnen Schultern schlackert. „Raffael, wie ist die Gerichtsverhandlung heute Nachmittag ausgegangen?"

Jo bekommt die Antwort nicht mit, denn Elfriede ist zurück und stürzt sich mit Eifer auf sie. Ehe sie sich versieht, findet sie sich inmitten eines lebhaften Monologs über Elfriedes Hund, die unreifen, weil im vielen Regen ertrunkenen Tomaten, die Unzuverlässigkeit des Klempners und die neue Frisörin in der Bahnhofstraße wieder.

Sie klammert sich an ihr Saftglas.

Da betritt eine zierliche Frau am Arm eines bulligen Herrn mit Glatze den Raum. Wache Augen huschen umher und bleiben an Jo hängen.

„Josephine! Ich freue mich, dass du hier bist! Entschuldige, Elfriede, ich werde dir jetzt Josephine entführen." Ohne eine Reaktion abzuwarten, hängt sie sich bei der um einen ganzen Kopf größeren Jo ein und zieht sie in die Nähe der Fensterfront. Jo hört wütendes Schnauben hinter sich und kann sich ein erleichtertes Grinsen nicht verkneifen. Ein

Hauch von Lavendel weht durch die Luft, als die kleine Frau stehen bleibt und Jo zu sich umdreht.

„Du siehst zauberhaft aus. Geht es dir gut?" Jo windet sich ein wenig unter dem aufmerksamen Blick. Sie mag Nelly, die quirlige Frau, die ihre Mutter sein könnte. Sie hat sich vom ersten Kanzlei-Abendessen an ihrer angenommen, als sie bemerkt hat, wie sehr die elegante Atmosphäre der ausgewählten Lokale und die Anwesenheit der adrett gekleideten Rechtsanwälte sie eingeschüchtert haben.

Einmal im Monat treffen sich eine Handvoll selbstständig arbeitender, befreundeter Anwälte mit Partnerinnen zum gemeinsamen Abendessen, um sich über ihre Arbeit auszutauschen, über als unfähig erachtete Richter zu lästern und ein exzellentes Essen zu genießen. Jo ist mit ihren 32 Jahren mit Abstand die Jüngste in dieser illustren Gesellschaft.

„Danke, es geht mir gut."

„Natürlich geht es dir gut, meine Liebe." Sie wendet den Kopf und spürt Patricks Arm um ihrer Taille. „Guten Abend, Nelly. Wie läuft das Geschäft?"

Nelly lächelt unverbindlich. „Danke, gut. Im Sommer ist immer viel los, vor allem, wenn es so viel regnet wie in den vergangenen Monaten. Die Menschen scheinen sich nach der belebenden Frische der Blumen geradezu zu sehnen."

„Dein Geschäft ist ja auch das beste Blumengeschäft in der Stadt. Weißt du eigentlich, Josephine, dass Nelly früher als Gärtnerin gearbeitet hat?"

Jo schüttelt den Kopf. „Das wusste ich nicht. Warum hast du das Gärtnern aufgegeben?"

Nelly zuckt gelassen die Schultern. „Ach, weißt du, eine Gärtnerin an der Seite eines erfolgreichen Rechtsanwalts schickt sich nicht. Mit dem Geschäft habe ich einen Weg gefunden, meine Leidenschaft für Blumen wenigstens nicht ganz aufgeben zu müssen."

Jo sucht nach Bedauern in ihrem Gesicht, aber Nelly scheint sich mit den gesellschaftlichen Zwängen ihres Lebens abgefunden zu haben.

Plötzlich kommt Bewegung in die Gruppe, und in stillem Einvernehmen begibt man sich zu Tisch. Patrick zieht einen schwarzen Lederstuhl mit glänzenden Silberfüßen an der Mitte der Tafel zurück, und eine fließende Handbewegung deutet Jo sich zu setzen.

Zwei Kellner in schwarzer Buntfaltenhose, leuchtend weißem Hemd und dunkelblauer Krawatte treten an den Tisch und schenken stilles Wasser und Weißwein ein. Jo will dem Kellner gerade mitteilen, dass sie auf den Wein verzichtet, als sie Patricks leichtes Kopfschütteln bemerkt. Sie beißt sich auf die Lippe, schmeckt den Lippenstift in ihrem Mund und schaut zu, wie die goldene Flüssigkeit das bauchige Glas bis zur Hälfte füllt.

Ihr Magen zieht sich zusammen, und hinter ihrer Stirn setzt ein schwaches Pochen ein. Das Stimmengewirr benebelt ihre Sinne, und Elfriedes aufdringliches Parfüm hängt noch immer in den Härchen ihrer empfindlichen Nase.

„Entschuldigen Sie bitte, Madame."

Die Stimme eines schlaksigen Kellners lässt sie zur Seite rücken. Vor ihr auf dem Teller liegt ein winziges, rosabraunes Häufchen mit einem Büschelchen Grünzeug in einer braunen Soße, umgeben von einem Salatblatt und einer halben Sherrytomate.

„Entenleberpastete an Balsamicodressing mit einem Schuss Highlander, einheimischem Blattsalat, biologisch angebauter Tomate und Kresse aus dem restauranteigenen Garten. Ich wünsche guten Appetit."

Jo seufzt stumm. Sie weiß nicht, was Highlander ist, und der Ausdruck *Salat* kommt ihr in Anbetracht des einzelnen Blättchens überheblich vor.

Als sie Patricks Blick auf ihrem Gesicht spürt, wendet sie den Kopf. Seine linke Augenbraue ist fast unmerklich in die Höhe gezogen, und in seinen Augen liegt die unausgesprochene Frage: Alles in Ordnung bei dir? Jo nickt und ergreift ihr Besteck. Von außen nach innen, die äußerste Gabel zuerst, wie er ihr in einer seiner Aufklärungslektionen für gutes Benehmen beigebracht hat. Damals hat sie seine eifrige Ernsthaftigkeit amüsiert, heute beherrscht sie die Benimmregeln im Schlaf, ohne Sinn und Zweck jemals wirklich verstanden zu haben.

Der Ente folgt eine durchaus schmackhafte Spinatcrème-suppe mit Sahnehaube, zwei Brotwürfeln und Schnittlauch-schnipseln.

„Wo ist eigentlich Holger? Er lässt sich doch sonst kein gutes Essen entgehen?" Elfriedes laute Frage bringt die leb-haften Tischgespräche zum Verstummen. Köpfe rucken, dann erläutert Toni, sich mit einer blütenweißen Serviette die Glatze abtupfend: „Bettina hat ihre Zwillinge geboren und Holger sitzt seit der Geburt vor drei Tagen bei ihr im Krankenhaus." Erfreutes Raunen schwirrt durch den Raum.

„Wie schön! Soviel Familiensinn hätte ich ihm gar nicht zugetraut! Ach ja, Josephine, wann ist es denn eigentlich bei dir soweit?"

Jo verschluckt sich an der Suppe. Sie drückt sich die Ser-viette vor den Mund und kämpft mit dem Hustenreiz. Pat-ricks Hand streicht über ihren Rücken, als er Elfriedes Frage mit gewohnt ruhiger Stimme beantwortet. „Das Baby wird am 16. Januar zur Welt kommen."

„Ach, ihr plant einen Kaiserschnitt?" Die Stimme der al-ten Frau erhebt sich in schwindelerregende Höhen, und aus den Augenwinkeln zwischen Weingläsern hindurch beo-bachtet Jo, wie ihre rotlackierten Fingernägel auf die Tisch-decke klopfen.

„Selbstverständlich. Dr. Jacob, Chefarzt an der St. Jo-sephs-Klinik, wird die Geburt durchführen. Schließlich wol-len wir kein Risiko eingehen."

Jo hört sein charmantes Lächeln. Der Raum beginnt sich zu drehen, und das flaue Gefühl im Magen rollt zu einer Übelkeitswelle heran. Schweißperlen treten auf ihre Stirn, in ihrem Mund sammelt sich bitterer Speichel. Die unaufhör-lich klopfenden Fingernägel werden größer und Jo meint, die spitzen Schläge in ihrem Kopf zu spüren. Angestrengt schluckt sie, dann zerknüllt sie die Serviette vor ihrem Mund, steht abrupt auf, klettert über den schweren Ledersessel und stürzt aus dem Raum.

Wo ist bloß dieser verdammte Spülknopf? Mit zitternden Fingern tastet sie die Wand über ihrem Kopf ab. Als das

Wasser in die Schüssel rauscht, richtet sie sich erleichtert auf. Sie lässt den Deckel zufallen und schleppt sich zum Waschbecken.

Das blasse Gesicht, das sie aus dem Spiegel anschaut, hat nichts mit ihr zu tun. Der Kajalstrich bildet einen ausgefransten Balken unter ihren Augen, Haare kleben in der hohen Stirn und farblose Lippen sind fest aufeinander gepresst.

Mist, meine Handtasche liegt auf meinem Stuhl.

Jo spritzt sich kaltes Wasser ins Gesicht, wäscht mit Hilfe eines Papierhandtuches die verschmierte Farbe weg und fährt sich mit feuchten Händen durch die Haare.

Immerhin ist ihr Kleid sauber geblieben. Und die Übelkeit ist auch fort, wenigstens hier in diesem Badetempel mit den zartrosa Kachelwänden und den goldumrandeten Spiegeln. Am liebsten würde sie hier bleiben. Erst wieder ins Restaurant zurückkehren, wenn das Essen beendet ist.

Aber Patrick wartet.

Seufzend zieht sie ihr Kleid glatt, versucht ein Lächeln, das gründlich misslingt. Sie atmet tief ein und verlässt die Toilette.

Patricks Blick erfasst sie sofort, als sie den Raum betritt. Entschuldigend nickt er seinem Tischnachbarn zu, schiebt mit ausdrücklicher Gelassenheit seinen Stuhl zurück und steht gleich darauf vor Jo. In seinem Gesicht liegt eine Mischung aus Ärger und Besorgnis.

„Was war das?"

„Schwanger?"

„Geht's dir besser?"

„Ich glaube schon."

„Hier."

Unauffällig drückt er ihr ihre Tasche in die Hand und schiebt sie erneut aus der Tür.

2

„Muss das unbedingt sein?"

Unwillig gleitet Patricks Blick über Jos Joggingkleidung.

„Ja. Die Bewegung tut mir gut."

„Trotzdem. Ich finde, du solltest dich schonen."

„Ich weiß."

„Pass auf dich auf."

„Mach' ich."

„Und denke daran, dass heute Montag ist. Viele Geschäfte öffnen erst um zehn, die Straßen werden verstopft sein."

„Danke, ich bin um sieben zurück und werde mit dem Fahrrad fahren."

„Warum nimmst du nicht dein Auto?" Jo holt Luft, doch Patrick zieht sie an sich und verschließt ihr den Mund mit einem Kuss. „Ich mache mir Sorgen um dich." Seine Hand streicht über ihr Haar.

Sie lächelt. „Ich weiß."

Er lässt sie los und öffnet die Haustür. Die Luft ist frisch und riecht intensiv nach feuchtem Gras. Am Himmel zeichnet sich das erste bleiche Morgenlicht ab.

Sie wartet, bis der schwarze Audi TT mit Patrick um die Ecke verschwunden ist. Dann reckt sie sich und verfällt in einen leicht trabenden Schritt.

Die Kirchturmuhr schlägt sechs Mal, als Jo das Flussufer erreicht. Es ist inzwischen hell, aber der Friede der Nacht liegt noch über der Landschaft. Ein anderer Jogger hebt grüßend die Hand, eine ältere Dame zerrt ihren Terrier an den Wegrand. Kieselsteine knirschen unter ihren Turnschuhen, die ersten Vögel schicken zaghaft ihre morgendlichen Rufe in die verschlafene Natur.

Als sie um die Kurve in einen kleinen Park einbiegt, hört sie junge Stimmen. Bevor sie sich darüber wundern kann, betritt sie die Grünfläche mit den alten Bäumen und steinernen Sitzbänken. Ihr Blick fällt auf drei Jugendliche, die ein wenig abseits des Weges in einem Halbkreis um den Stamm einer dicken Eiche stehen. Jo erkennt sofort, dass sie betrunken sein müssen, denn ihr lautes Grölen dröhnt ungehalten durch den Park.

„Verpiss dich, du Penner!"

„Hau ab, du schwule Sau!"

„Liegt hier im Weg und versaut unsre Stadt, der Arsch!"

„Verpiss dich, solange du deine Scheißbeine noch bewegen kannst!"

Jo stockt der Atem. Sie hört ihr Herz in den Ohren pochen, kalter Schweiß überzieht ihre Haut und die Fingernägel bohren sich in ihre Handballen. Ihre Beine fühlen sich mit einem Mal gummig an.

Sie verlangsamt ihren Schritt, die Augen an die dunkel gekleideten Jugendlichen beim Baum geheftet, die mit den Füßen auf ein zusammengerolltes, hellbraunes Bündel auf dem Boden eintreten. Für den Bruchteil einer Sekunde erkennt sie ein männliches Gesicht zwischen den mit Nieten besetzten Schuhen, dann holt einer der Jugendlichen erneut aus. Als der Schuh unter kreischendem Gelächter wieder abgesetzt wird, rinnt Blut aus Mund und Nase des Mannes, der kaum älter wirkt als sie selbst.

Jos Herz beginnt zu rasen, und ihr rascher Atem droht ihre Lungen zu sprengen. Ihre Gedanken setzen aus, ihr Magen krampft sich zusammen, eine Hitzewelle erfasst sie.

Mit einem Schrei stürzt sie sich von hinten auf den ersten jungen Mann. Sie packt ihn bei den Schultern und zieht ihn so abrupt zu sich, dass er taumelnd stolpert und rittlings ins Gras fällt. Sein Kopf schlägt mit einem dumpfen Poltern auf dem Boden auf.

„Seid ihr komplett durchgeknallt? Lasst sofort den Mann in Ruhe!" Ihre Stimme überschlägt sich.

In Zeitlupentempo hebt der junge Mann vor ihr den Blick. Er ist einen halben Kopf größer als sie, über seine linke Wange laufen schlangenförmige Tätowierungen, und buschige Augenbrauen wuchern über schwarzen Augen, die Jo sofort aufspießen.

„Sieh da, der Penner hat wohl eine kleine Freundin! Pass auf, Süße, dass wir dir nicht dein hübsches Gesicht zertrümmern!" Die scharfe, drohende Stimme schwillt an, und mit dem letzten Wort zieht der Jugendliche blitzschnell seinen Arm in die Höhe und seine Faust kracht in Jos Gesicht. Ein spitzer Schmerz läuft flammend durch ihre Nase. Erschrocken tastet sie sie ab und spürt Feuchtigkeit auf ihrer Haut.

„Du hast wohl Angst, dass er dich nicht mehr ficken kann, was?" Der zweite Junge ist hinter sie getreten. Sein Mund reicht ihr knapp über die Schulter, und sein alkoholschwangerer Atem verursacht Übelkeit.

„Ha, das werden wir für ihn übernehmen!" Mit hämischem Lachen wirft der Große den Kopf in den Nacken, dann spürt Jo seine Hände an ihrem Rücken. Er zieht sie grob an sich. Der penetrante Geruch nach Alkohol, billigem Rasierwasser und Leder lässt sie würgen. Von hinten drängt sich der Kleinere an sie und tastet ungeschickt nach ihren Brüsten. Sie hört sein Keuchen dicht an ihrem linken Ohr.

Den Schmerz in ihrem Gesicht nimmt sie wie durch einen Filter wahr. Noch immer dominiert sie Wut. Sie beugt den Kopf ein wenig nach hinten und zieht ihn in Sekundenschnelle nach vorne. Ein knackendes Geräusch, sie hat mit ihrer Stirn die Nase des Großen getroffen. Der Mann jault auf, dann packt er mit eisernem Griff ihr linkes Handgelenk.

Jo schreit und stößt ihn mit aller Kraft von sich. Gleichzeitig trifft sie ein Schlag am Hinterkopf. Sie verliert das Gleichgewicht, stolpert und schlägt mit der Stirn auf dem Boden auf. Nasses Gras drückt sich in ihr erhitztes Gesicht. Ihr linkes Handgelenk steckt noch immer in der Pranke des Großen wie in einer Handschelle, und ein stechender Schmerz brennt sich von ihrem Ellbogen über den verdrehten Arm in ihre Schulter. Ein Tritt trifft ihren Rücken, sie krümmt sich auf dem Boden zusammen.

Du darfst nicht aufgeben. Nicht aufgeben. Weitermachen. Los, mach weiter, los, nun steh schon auf! Steh auf!

Ihre Gedanken pochen mit dem dumpfen Schmerz in ihrem Kopf um die Wette, aber ihr Körper gehorcht ihr nicht mehr. Wie gelähmt liegt sie im feuchten Gras, hat den Kontakt zu ihren Muskeln verloren. Der Fuß hinter ihr tritt unaufhörlich gegen ihren Rücken.

„Haut ab, Saubande!"

Eine unbekannte, dunkle Stimme lässt sie die Augen öffnen. Verschwommen erkennt sie den Mann im hellbraunen Mantel. Er wirft sich auf den größeren der beiden Jugendlichen. Bevor die beiden zu Boden stürzen, blitzt etwas in der Faust des Jugendlichen auf. Jo versucht sich aufzurappeln, aber sofort wird ihr Gesicht von einem Knie tiefer ins Gras gedrückt, und ein zweites Bein rammt sich in ihre Taille. Unfähig zu irgendeiner Bewegung, schließt sie die Augen.

Das Keuchen der Männer liegt gespenstisch über der Lichtung, hin und wieder durchbrochen von qualvollem Stöhnen. Jos Körper beginnt unkontrolliert zu zucken.

Plötzlich durchschneidet ein schriller Pfiff die Luft.

„Burgo, hier!"

„Verdammt, eine Frau mit Hund. Lasst uns abhauen!"

Der Druck auf ihren Körper verstärkt sich kurz, dann lässt der Junge von Jo ab. Angestrengt versucht sie die Augen zu öffnen. Immer wieder entgleitet das Bild ihrem Blick. Sie begreift, dass die beiden jungen Männer aufgestanden sind und ihren Kumpel vom Boden hochziehen, wo er seit ihrem ersten Angriff reglos liegen geblieben ist. Sie zerren ihn über die Wiese und verschwinden zwischen den Bäumen. In einiger Entfernung erscheint eine Frau mit Hund. Sie scheint zu telefonieren, dann geht sie auf den Ausgang des Parks zu in Richtung Straße. *Hoffentlich holt sie einen Krankenwagen.*

„Hey, hörst du mich?"

Eine dunkle Stimme dicht vor ihr holt sie aus einem Dämmerzustand. Ihre Lippe fühlt sich geschwollen an, und ihr Kopf drückt schwer auf den Boden. Blut flutet ihren Mund, als sie die zusammengebissenen Zähne mühevoll voneinander löst. Der metallische Geschmack lässt sie kraftlos würgen. Wie durch einen dicken Wattebausch dringt die Sirene eines entfernten Krankenwagens in ihr Bewusstsein.

Es gelingt ihr die Augen zu öffnen. Der Mann im hellbraunen Mantel kniet vor ihr, erhebt sich und wendet sich ab.

„Wie heißt du?" Krächzend stößt sie die Worte über die aufgeplatzten Lippen.

Langsam dreht sich der Mann zu ihr um. Das Weiß seiner Augen leuchtet aus dem Rot des blutüberströmten Gesichts.

„Marc."

Ihre Augenlider fallen zu. Sie zählt ihre flachen Atemzüge, um nicht wieder bewusstlos zu werden. Die schreckliche Maske, in die sie soeben geblickt hat, brennt sich in ihr Gedächtnis und lässt sie allen körperlichen Schmerz vergessen.

Sie öffnet die Augen erneut. Marc bewegt sich langsam in stark gekrümmter Haltung auf den Rand des Parks zu.

„Warte."

Er kann ihr Flüstern nicht hören. Erschöpft lässt sie sich in die Dunkelheit fallen.

3

Leises Trommeln.

Wie Regen auf dem Autodach.

Der Schmerz hinter der Stirn erschwert Jo das Denken. Scharfer Geruch nach Desinfektionsmittel. Ihr Rücken fühlt sich an, als läge er auf einem Nagelbrett. Ihr Hals ist trocken, sie schluckt und hustet. Das Trommeln bricht ab, lautes Quietschen dringt an ihr Ohr.

Wo bin ich?

„Josephine? Kannst du mich hören?"

Patrick.

Angestrengt versucht Jo die Augen zu öffnen. Grelles Licht blendet sie, rasch schließt sie die Lider wieder. Sie schiebt die Zunge zwischen die geschwollenen Lippen, schluckt erneut.

„Hier. Wasser."

Sie spürt eine Hand am Hinterkopf und einen leichten Druck nach vorne. Die Bewegung schmerzt. Als etwas Kaltes ihre Unterlippe berührt, öffnet sie den Mund und trinkt in kleinen Schlücken kaltes Wasser. Ein Tropfen läuft aus ihrem rechten Mundwinkel übers Kinn und ihren Hals.

„Josephine."

Ja, das bin ich. Ich bin Jo.

Sie zieht die Augenbrauen in die Höhe. Verschwommen erscheint Patricks Gesicht dicht vor ihr. Sie versucht zu lächeln, aber jede Anspannung der Gesichtsmuskeln fühlt sich an, als würde ein Messer über ihre Haut schaben.

„Wo. Bin. Ich."

Erschöpft lässt sie die Augen zufallen.

„Im Krankenhaus."

„Wo?"

„In der St. Josephs-Klinik. Ich habe dich hierher verlegen lassen. Unserem Baby geht es gut."

Jo begreift nicht.

„Ist. Das Baby. Schon. Da?"

„Nein."

Sie meint Besorgnis in Patricks Stimme zu hören.

„Josephine. Du liegst in der Klinik, weil du verletzt im Park am Fluss gefunden worden bist. Kannst du mir bitte erklären, was geschehen ist?"

Das Trommeln setzt wieder ein.

Beeile dich. Wir müssen los.

Sie erkennt seine Fingerkuppen, die auf einen Beistelltisch neben ihr klopfen.

Warum ist er in Eile? Er ist immer in Eile.

„Musst. Du nicht. Zur Arbeit?"

Sie nimmt wahr, wie seine rechte Hand ungeduldig durchs Haar fährt.

„Doch. Natürlich. Ich habe eine Gerichtsverhandlung abgesagt, als ich den Anruf des Krankenhauses erhalten habe." Er beugt sich nach vorne, bis sich sein Gesicht wieder direkt vor ihrem befindet. „Josephine, was zum Teufel ist geschehen?"

Sie spürt seine Hand auf ihrer. Sie ist kalt. Der Schmerz in ihrem Kopf nimmt zu.

Ich kann mich nicht erinnern.

Ein klackendes Geräusch. Patrick richtet sich auf.

„Josephine ist aufgewacht, aber sie scheint sich nicht zu erinnern."

Ein männliches Gesicht, faltendurchzogen mit grauem Bart und durchdringenden Augen, erscheint in ihrem Blickfeld.

„Mein Name ist Dr. Neumann. Können Sie mich hören, Frau Heller?"

Jo nickt und schluckt.

„Das ist gut. Erinnern Sie sich daran, was im Park geschehen ist?"

Jo schließt die Augen.

Was hat er gefragt?

„Sie ist noch zu erschöpft, wir sollten sie schlafen lassen. Sie können gerne hier bleiben, Herr Wilbert."

„Danke. Ich muss dringend zurück in die Kanzlei. Rufen Sie mich bitte an, wenn sie wieder wach ist."

„Das mache ich gerne."

Erneutes Klacken, dann umfängt sie Stille. Sie dröhnt in ihren Ohren.

Jo hat Durst. Hastig fährt ihre Zunge über die Lippen. Der Geruch nach Desinfektionsmittel.

Ich bin im Krankenhaus.

Ihr wird übel. Sie wendet den Kopf, tastet nach einem Glas Wasser auf dem Beistelltisch und stürzt es hinunter. Das Brennen in ihrer Kehle lässt ein wenig nach.

Ein Rascheln auf der anderen Seite des Bettes lässt sie den Kopf drehen.

„Hallo. Ich bin Alice. Geht es Ihnen besser?"

Das freundliche Gesicht einer jungen Frau. Eine weiße Haube verbirgt ihre Haarfarbe, ein weißer Kittel ihre Alltagskleidung. Der erfrischende Duft nach Grapefruit streift Jos Nase.

„Wo ist Patrick?"

„Ihr Freund wird gleich wieder bei Ihnen sein. Wie fühlen Sie sich?"

„Alles tut weh." Die Stille im Zimmer droht sie zu erdrücken. „Warum bin ich hier?"

„Sie haben eine Gehirnerschütterung, ein gebrochenes Handgelenk und ein gebrochenes Nasenbein. Erinnern Sie sich daran, was geschehen ist?"

Die Stimme der Frau klingt sympathisch, warm und weich. Jo würde ihr gerne weiter zuhören.

„Bitte, sprechen Sie weiter."

Ein Lächeln huscht über das schmale Gesicht mit den dezent geschminkten Augen.

„Draußen scheint die Sonne. Es ist Montagnachmittag, und die Straßen sind so verstopft wie immer am Feierabend. Und jetzt erzählen Sie."

Alice schaut sie aufmunternd an.

„Ja. Ja, ich erinnere mich. Ich war joggen. Und dann waren da im Park plötzlich diese Jungs. Sie haben auf einen Mann eingetreten, der – " Ein heißer Blitz zuckt durch ihren Körper. „Wo ist Marc?"

„Marc? Wer ist Marc?"

„Er muss dringend ins Krankenhaus. Sein Gesicht..." Jo schließt die Augen und reißt sie sogleich wieder auf. „Sein Gesicht ist... Er muss dringend behandelt werden."

Ihr Atem geht rasch, und aufgeregt krallen sich ihre Finger ins weiße Bettlaken.

Beruhigend legt ihr Alice eine Hand auf den Unterarm. „Wenn Sie mir sagen, wer Marc ist, können wir nach ihm suchen."

„Marc ist der Mann auf dem Boden. Die Jungen haben auf ihn eingetreten, haben ihn zusammengeschlagen. Sie wollten ihn umbringen. Sie..."

Jo wird schwarz vor Augen. Ihre Kehle wird eng, sie ringt nach Atem und spürt, wie die Frau neben ihr aufsteht.

Ein Hauch Grapefruit. Durch die geschlossenen Augenlider nimmt Jo einen Lichtschimmer wahr. In der Ferne schlägt eine Tür, das Klappern von Absatzschuhen hastet an ihrem Zimmer vorbei.

„Ich muss zur Schule." Ihre Stimme krächzt.

Stuhlbeine kratzen über den Fußboden, ein leichter Luftzug streift über ihr Gesicht.

„Sind Sie Lehrerin?" Die warme Stimme der Pflegerin.

Wie heißt sie nochmal?

„Ja. Mittelstufe."

„Machen Sie sich keine Sorgen, wir regeln das für Sie."

Ihre Nase juckt. Sie hebt die rechte Hand und will sie zum Gesicht führen, aber ein Stich in der Armbeuge hindert sie daran.

„Sie hängen an einer Infusion."

„Meine Nase juckt."

„Ein Pflasterverband schützt ihre Nase. Aber ich denke, wir werden ihn morgen früh entfernen können, dann ist es wieder angenehmer für Sie."

„Was ist mit meiner Nase?"

„Das Nasenbein ist gebrochen und musste gerichtet werden."

„Ach ja, das haben Sie schon gesagt."

Jo öffnet die Augen und erhascht einen besorgten Blick der Pflegerin, der sofort in ein beruhigendes Lächeln übergeht.

Alice. Sie heißt Alice.

„Wer ist Marc?"

„Ich weiß es nicht. Die Jungen haben ihn beschimpft, ihn ‚Penner' genannt. Sein Mantel war an einigen Stellen zerrissen."

„Ein Obdachloser?"

„Vielleicht. Ja. Ja, wahrscheinlich."

„Und Sie haben ihm geholfen?"

„Ich weiß nicht. Ich wollte. Aber ich fürchte, es ist mir nicht gelungen." Jo verdrängt die Erinnerung an sein blutüberströmtes Gesicht. „Wo ist Patrick?"

„Ihr Freund war heute Nacht hier, aber er musste wieder fort. Soll ich ihn rufen lassen?"

„Ja, bitte."

23

„Sie sind eine mutige Frau."

Alices Hand berührt sanft ihre linke Schulter, dann erhebt sie sich und durchschreitet lautlos das Zimmer.

Jos Augen wandern durch den Raum. Weiße Wände, gegenüber ihrem Bett ein großer Flachbildschirm. Die Fensterfront zu ihrer Rechten gibt eine Panoramablick auf die umliegenden Hügel frei, über die die Sonne ihr goldenes Licht ausschüttet.

Ein schöner Ort.

Dann bleibt ihr Blick an einer Metallstange haften, an der ein durchsichtiger Plastikbeutel hängt. In regelmäßigen Abständen fällt ein Tropfen in einen Schlauch, der vom Beutel zu einer langen Nadel führt, die in ihrer Armbeuge endet. Vor dem Fenster steht ein kleiner Tisch, weiß, mit einem Stuhl davor, ebenfalls weiß.

Mit einem lauten Geräusch fällt die Tür ins Schloss und holt Jo zurück ins Zimmer. Sie ist wieder eingeschlafen gewesen.

„Josephine." Patrick steht neben ihr. Dunkle Schatten liegen unter seinen Augen. „Geht es dir besser?"

„Ich glaube schon."

Energisch zieht er den Stuhl neben ihr Bett. Vanillegeruch legt sich über ihr Gesicht, sie presst die schmerzenden Lippen aufeinander.

„Erinnerst du dich wieder?" Sie nickt halbherzig. „Wie viele Männer waren es?"

„Drei."

„Kannst du sie beschreiben?"

„Einen hab' ich nur von hinten gesehen. Mittelgroß mit blonden Haaren, die unter einer Baseballmütze herausgehängt sind. Einer war größer als ich. Er hatte eine Tätowierung auf einer Wange." Auf ihrer Zunge lastet eine unbekannte Trägheit.

„Auf welcher? Was stellte sie dar?"

„Ich kann mich nicht erinnern."

„Und der dritte?"

Ihr Kopf schwirrt, sie kneift die Augen zusammen. „Ich bin mir nicht sicher. Er war kleiner als ich und hat nach Alkohol gestunken."

„Ist das alles?" Patricks Finger verkneten sich ineinander. Eindringlich blickt er sie an.

„Marcs Gesicht. Es war – es war..."

„Wer ist Marc? Der Obdachlose?"

„Ja."

„Das ist nicht wichtig." Unwirsch schüttelt Patrick den Kopf. „Versuche dich daran zu erinnern, wie die Männer ausgesehen haben. Wie alt waren sie etwa? Welche Kleidung haben sie getragen? Wie haben sie gesprochen?"

Jo runzelt die Stirn. „Warum?"

„Ich habe eine Anzeige aufgegeben. Die Polizei wird hier erscheinen und dir diese Fragen stellen."

„Aber was ist mit Marc? Er muss dringend in ein Krankenhaus. Sie haben ihn fast totgeschlagen!"

Plötzlich ist Patricks Gesicht ganz dicht über ihrem. Sein warmer Atem streift ihre Haut. Er riecht nach Knoblauch. Seine Wangen haben eine ungewöhnliche Rötung angenommen, und seine Augen suchen ihren Blick. Sie versucht ihm auszuweichen, aber er hält sie fest.

„Josephine." Seine dunklen Worte sind nicht mehr als ein Raunen. Sie muss sich anstrengen, um sie zu verstehen. „Hör mir gut zu. Es gibt keinen Obdachlosen. Du bist auf deiner Joggingrunde von drei Betrunkenen angegriffen worden. Hast du mich verstanden?"

Ihr Herzschlag beschleunigt sich, ihre Finger krallen sich ins Bettlaken. „Ja. Nein. Warum?"

„Weil ich es so will. Zum Schutz unseres Kindes. Und zu deinem Schutz."

Sie versteht nicht. Warum soll es für sie besser sein, wenn sie den wahren Grund der Schlägerei verschweigt? Wenn sie Marcs Existenz verschweigt? Damit vergibt sie jede Chance darauf, dass er gefunden und behandelt werden kann. Dann ist ihr Einsatz umsonst gewesen. Verzweifelt starrt sie in Patricks graue Augen.

Die Tür öffnet sich. Abrupt richtet er sich auf. Seine Worte dringen gedämpft an ihr Ohr. Er scheint sich mit einem Arzt zu unterhalten, aber der Inhalt des Gesprächs umkreist sie, ohne ihr Bewusstsein zu erreichen. Erschöpft schläft sie ein.

4

Patrick dreht sich noch einmal um und wirft ihr eine Kusshand zu. Jo lächelt zaghaft und hebt die Hand. Durchs geschlossene Fenster hört sie das Schlagen der Autotür, das Starten des Motors, dann verschwindet das Auto um die Kurve.

Sie starrt ihm durch den Regenvorhang nach. Einsamkeit kriecht in ihr hoch und treibt ihr Tränen in die Augen. Sie will ihn nicht gehen lassen. Nicht heute, nicht jetzt. Obwohl sie nur zweieinhalb Tage im Krankenhaus verbracht hat, kommt ihr hier plötzlich alles fremd vor. Patricks Haus, das seit sechs Jahren ihr zuhause ist, fühlt sich leer an ohne ihn.

Jo schluckt die Tränen hinunter, die ihr die Kehle zuschnüren, und dreht sich um. Sie betrachtet das Wohnzimmer, als sähe sie es zum ersten Mal. Sie kann es nicht fassen, aber etwas ist anders als bisher. Mit konzentrierter Aufmerksamkeit lässt sie ihren Blick durch den Raum gleiten.

Die abstrakten Gemälde, die Patrick von Anna, Holgers Frau, abgekauft hat, um ihre künstlerische Karriere anzukurbeln, leuchten unverändert in Großformat und kräftigen Farben von den weißen Wänden. Das schwarze Ledersofa mit den beigefarbenen Zierkissen, der flache Glastisch davor, die Orchidee auf dem Fenstersims, bei der die ersten beiden Blüten verwelkt sind. Das Bücherregal aus hellem Buchenholz, das bis zur Zimmerdecke reicht und in dem sich Werk an Werk reiht, Klassiker wie Goethe, Schiller, Kant, aber auch reihenweise Gesetzestexte. Nur Romane sucht man hier vergeblich. Der weiße, hochflorige Teppich auf dem dunklen Kirschholzboden.

Jo seufzt laut und geht in die Küche. Sie ergreift die Thermoskanne Tee, die Patrick für sie bereitgestellt hat, und lässt die dampfende Flüssigkeit in ihre Lieblingstasse fließen. Schwangerschaftstee. Obwohl in jedem Internetforum steht, dass er erst im letzten Drittel der Schwangerschaft getrunken werden sollte, besteht Patrick darauf, dass sie ihn bereits jetzt, Anfang fünfter Monat, zu sich nimmt. Angeblich hat der Gynäkologe dazu geraten, aber Jo erinnert sich an kein Gespräch in diese Richtung. Bei einer Erstgebärenden mit ihrer sportlichen Figur könne das Gewebe gar nicht früh genug gelockert werden, ist Patricks Meinung. Jo kann Anis, Fenchel und Kümmel nicht mehr riechen. Aber sie freut sich über seine Fürsorge und leert tapfer Tasse um Tasse.

Ihr Blick fällt auf eine A4-Tabelle am Kühlschrank. Die Vorsorgetermine, die Patrick für sie abgemacht hat. Sie kneift die Augen zusammen und sucht nach den Daten für September. Beim Lesen kleingedruckter Buchstaben schmerzt ihr Kopf besonders. 5. September. Das ist in zwei Tagen. Erschrocken fasst sie sich an die Nase, dreht sich um und läuft ins Badezimmer.

Der Blick in den Spiegel ist alles andere als aufbauend. Die Nase ist noch immer leicht geschwollen und ein wenig bläulich, wenn auch nicht mehr so schlimm wie unmittelbar nach der Schlägerei. *Hoffentlich ist sie bis Freitag ganz abgeschwollen.* Über ihr geschientes Handgelenk kann sie einen weiten Jackenärmel ziehen, aber die Nase lässt sich nicht verstecken. Sie macht einen jämmerlichen Eindruck.

Wie in Trance bewegt sich Jo durch die Räume des Hauses. Sie weiß nichts mit sich anzufangen. Patrick hat sie für drei Wochen krankschreiben lassen, solange wird es dauern, bis ihre Gehirnerschütterung ganz ausgeheilt ist, meint der Arzt.

Drei Wochen.

Vorsichtig setzt sie sich aufs Ledersofa und nippt nachdenklich an ihrer Teetasse. *Wo Marc wohl ist? Hoffentlich hat er jemanden gefunden, der seine Wunden pflegt.* Unruhe erfasst sie. Marc ist schlimmer zugerichtet worden als sie selbst. *Warum ist er bloß fort gegangen?*

Sie steht auf und tritt erneut ans Fenster. Der Regen hat aufgehört. Ihr Blick schweift über die Straße, gerade so, als erwarte sie, dass er jeden Moment um die Kurve biegen könnte. Aber die Straße bleibt leer. Die Sonne versteckt sich noch hinter einer dicken Wolkenschicht, und ein böiger Wind rüttelt an den Ästen der Apfelbäume, deren ehemals weißen Blüten als bräunliche Bündelchen durch die Luft wirbeln.

Abrupt dreht sie sich um. Sie muss raus. Sie muss Marc finden. Sie ignoriert die Schmerzen und das Schwächegefühl und tritt auf die Straße. Ziellos stapft sie los. Es ist kurz vor Mittag, und es fühlt sich ungewohnt an terminfrei zu sein. Selbst an ihren freien Tagen ist bisher immer eine Aktivität auf dem Programm gestanden. Die Leere, in der sie sich plötzlich bewegt, ist ihr fremd und macht ihr Angst.

Nach einer Weile bleibt sie stehen. So bringt das nichts, sie braucht ein Ziel. Mangels besserer Ideen beschließt sie zum Hauptbahnhof zu gehen.

Im hohen Gewölbe der Bahnhofshalle lässt sie sich einen Smoothy mixen. Mit dem Plastikbecher in der Hand setzt sie sich auf eine Bank und betrachtet die Menschen.

Die Stimmung in der Halle ist friedlich. Selten ist jemand in Eile, viele Reisende schlendern in Erwartung ihrer Bahn an den kleinen Geschäften und Essensbuden vorbei. Ein älterer Mann in einer schäbigen Lederjacke fällt ihr auf, zwei Bierdosen unter den Arm geklemmt. Und ein junger Mann in einer für die Temperatur zu leichten, farbenfrohen Baumwollhose, der eine Häkelmütze tief in die Stirn gezogen hat und an einer der hohen Steinsäulen lehnt.

Das ist der falsche Ort. Hier würde er nie auftauchen.

Jo lässt den Plastikbecher in einen Abfalleimer fallen und verlässt den Bahnhof. Sie erinnert sich, in der Bahnhofsstraße hin und wieder Bettler gesehen zu haben.

Aber außer einigen Punks, die mit zwei Hunden beieinander stehen und etwas lauter miteinander diskutieren, begegnet sie nur Geschäftsleuten, Müttern, die ihre kleinen Kinder an der Hand hinter sich herziehen und älteren Menschen auf Gassispaziergang mit ihren Hunden. Der Obere Schlosspark, in dem sich bei warmem Wetter häufig unterschiedliche Gruppierungen sozial schwächerer Menschen oder Aussteiger aufhalten, ist nach dem Regen wie leer gefegt.

Sie seufzt. Es wird ihr bewusst, dass sie keine Ahnung hat, wo sich obdachlose Menschen bei Regen oder auch im Winter aufhalten. *Wie soll ich Marc bloß finden?*

Das Haus ist noch immer leer, als Jo zurückkommt. In der Stille dröhnt ihr Kopf. Sie muss sie vertreiben. Sie würde gerne telefonieren. Aber alle ihre Arbeitskolleginnen und -kollegen sind in der Schule. Geschwister hat sie keine. *Mama? Soll ich Mama anrufen?* Heide Heller ist zwar bereits 72 Jahre alt, aber ihr Verstand ist noch immer ausgezeichnet. Vielleicht würde es gut tun, mit ihr zu sprechen.

Jo ergreift den Telefonhörer und lässt sich aufs Sofa fallen.

„Heller am Apparat. Was kann ich für Sie tun?"

Ihre Mutter hat ihr ganzes Berufsleben als Empfangsdame in unterschiedlichen Hotels zugebracht, und die jahrzehntelang heruntergespulte Begrüßungsformel hat sich in sie hineingefressen wie die tiefen Falten in ihr Gesicht. Jo lächelt.

„Hallo, Mama. Wie geht es dir?"

„Wer bitte ist am Apparat?"

Jo stutzt. „Ich bin es, Jo."

„Ach, Jo, wie schön, dass du anrufst! Geht es dir gut? Und dem Baby? Ist dir noch übel?"

„Hin und wieder, je nach Geruch."

„Ach, das kenn' ich. Ich konnte während deiner ganzen Schwangerschaft keinen Schwefel riechen."

„Schwefel?"

„Ja. Wenn Peter ein Streichholz angezündet hat, hat sich mir jedes Mal der Magen umgedreht. In der Weihnachtszeit war es ganz schlimm, er musste dann ein Feuerzeug kaufen."

„Bei mir sind es alle möglichen Gerüche, manchmal sogar vom Essen. Dabei habe ich dauernd Hunger. Wie geht es dir?"

„Ich bin gestern gestürzt und habe mein linkes Handgelenk verstaucht. Aber das wird schon wieder."

„Oh, wie ist das denn passiert? Brauchst du Hilfe? Soll ich vorbeikommen?"

„Danke, nein, es ist alles in Ordnung. Ich bin im Hauseingang ausgerutscht. Frau Kukowitsch hatte feucht aufgenommen und der Boden war rutschig. Du weißt doch, Frau Kukowitsch, die Putzfrau."

„Ja, ich kenne sie. Sie putzt doch auch deine Wohnung. Ruf mich an, wenn du meine Hilfe brauchst."

„Ja. Ja, das werde ich tun."

„Gut. Dann gute Besserung. Tschüss, Mama."

„Tschüss, meine Liebe. Schön, dass du mich angerufen hast."

Nachdenklich dreht Jo den Hörer in der Hand. Seltsam, dass ihre Mutter nicht gefragt hat, weshalb sie nicht in der Schule ist. Sie hat erwartet, dass es ihr sofort auffallen würde. Wahrscheinlich nimmt sie ihr Sturz doch mehr mit als sie sich zugestehen will. *Ich sollte doch bei ihr vorbeigehen.*

Jo gähnt. Ihr Körper schmerzt. Zögernd geht sie auf die Schlafzimmertür zu. Bisher hat sie jedes Mal, wenn sie die Augen geschlossen hat, Marcs Gesicht vor sich gesehen. Es scheint sie zu verfolgen, und sie hat Angst davor.

Aber die körperliche Erschöpfung erfasst auch ihren Geist. Sie kehrt zurück ins Wohnzimmer, legt sich aufs Sofa und fixiert ein besonders buntes Ölgemälde, bis ihre Augenlider zufallen.

Als sie das Garagentor zuschlagen hört, geht Jo zur Haustür. Patrick öffnet schwungvoll und lächelt sie liebevoll an.

„Hallo, mein Schatz. Wie geht es dir? Konntest du dich erholen?" Er stellt seinen Aktenkoffer im Flur ab und streicht ihr mit der Hand übers Haar.

„Danke, ich bin okay. Wie war dein Tag?"

„Grandios! Ich habe den Prozess um die Erbschaftsangelegenheit der Millionen-Witwe gewonnen! Du erinnerst dich, ich habe dir davon erzählt." Sie nickt und kramt in ihrem Gedächtnis nach einer Millionen-Witwe, aber die Erinnerung bleibt vage. „Mit dem Honorar, das ich mit diesem Erfolg verrechnen kann, können wir uns einen Urlaub in der Karibik leisten!" Seine Stimme klingt aufgeregt, und seine Begeisterung schwappt auf sie über.

„Wie schön! Lass uns noch vor der Geburt fliegen, dann können wir unsere kinderlose Zeit nochmal so richtig zusammen genießen!" Sie sieht weiße Strände und einsame Palmen vor sich und spürt die Wärme des Sandes unter ihren Fußsohlen. Für einen kurzen Moment vergisst sie ihre Verletzungen, und sogar Marcs Gesicht verblasst.

„Das wird leider nicht gehen, mein Schatz. Bis du wieder ganz gesund bist, ist der fünfte Schwangerschaftsmonat vorbei, und im Oktober kann ich keinen Urlaub nehmen. Dann haben die Familienväter Vorrang, damit sie mit ihren schulpflichtigen Kindern fort fahren können. Im November bist du dann schon im siebten Monat, dann sollten wir keine großen Reisen mehr unternehmen. Stell dir vor, der lange Flug, das wäre viel zu anstrengend und gefährlich für dich." Er muss die Enttäuschung spüren, die sich flutartig in ihr ausbreitet, denn er legt die Arme um ihre Schultern und zieht sie an sich. „Es wird sicher auch mit unserem Kind schön."

Sie nickt und schluckt.

„Hey, Baby, was ist lost?" Er schiebt sie ein wenig von sich fort, legt eine Hand unter ihr Kinn und hebt ihren Kopf in die Höhe, bis er ihr in die Augen schauen kann. Jo dreht den Kopf zur Seite, aber er hat die kleine Träne bereits entdeckt, die sich aus ihrem linken Augenwinkel stiehlt. „Hey, nicht weinen. Vielleicht können wir ja übernächstes Wochenende an den Bodensee fahren, einfach so, Luftveränderung."

Sein erwartungsvoller Blick ringt ihr ein Lächeln ab. Patrick ist noch nie *einfach so* irgendwo hingefahren. Er scheint es wirklich ernst zu meinen.

„Weißt du, es fällt mir nicht leicht, plötzlich nur noch untätig zuhause zu sitzen." Sie schnieft und wischt sich mit der Hand über die Augen.

Er zieht ein braunes Stofftaschentuch aus seiner Hosentasche und reicht es ihr. *P.W.* ist in Goldbuchstaben in die rechte Ecke gestickt. „Ich weiß. Du brauchst jetzt Geduld, auch wenn es nicht deine Stärke ist. Und nun entschuldige mich bitte, mein Liebling, ich muss noch ein dringendes Telefonat erledigen." Er drückt ihr einen Kuss auf die Stirn und steigt die breite Treppe in den oberen Stock hinauf, in dem sich sein Büro und ein geräumiges Empfangszimmer befinden.

Jo fährt sich mit dem Taschentuch übers Gesicht. Auf der Kommode im Flur liegt die Post. Patrick muss sie hereingeholt haben. Sie nimmt den Stapel in die Hand und überfliegt die Namen. Die meisten der täglich ankommenden Briefe sind für Patrick, so auch heute.

Doch dann stutzt sie. Ein Schreiben ihrer Schule.

Zwanzig Minuten später sitzt Jo reglos auf dem Sofa und starrt auf den Brief in ihrem Schoß, ohne die Buchstaben zu sehen.

„Was ist los?" Patrick tritt zu ihr und nimmt ihr das Papier aus der Hand. Mit der ihm eigenen Routine überfliegt er die Zeilen. Er runzelt die Stirn, schüttelt den Kopf, und sie beobachtet, wie er von vorne zu Lesen beginnt.

„Das ist eine bodenlose Frechheit! Unverschämt! Ich werde diesen Direktor Albrecht anzeigen!" Sein Gesicht färbt sich rot und seine Augen drohen aus den Höhlen zu springen. „Du stehst unter Mutterschutz, es kann dir gar nicht gekündet werden."

„Ich bin ja auch nur freigestellt." Ihre Stimme klingt dünn.

„Ach was, das ist eine Kündigung! Die stellen dich frei, bis die gesetzliche Schutzfrist abgelaufen ist, und danach kündigen sie deinen Job. Saubande, allesamt!" Patricks Tonfall schwillt beängstigend an. Wütend stampft er vor ihr auf dem Hochflorteppich auf und ab und fächelt sich mit dem Schreiben Luft zu.

Plötzlich hält er in der Bewegung inne. Sie spürt seinen Blick so scharf auf ihrer gesenkten Stirn, als würde er ein Loch in ihre Haut brennen.

„Das hast du nun davon, dass du dich für einen Obdachlosen eingesetzt hast. Für einen Versager, Abschaum unserer Gesellschaft! Du hast nicht nur das Leben unseres Kindes riskiert, sondern nun auch deinen Job!" Er schleudert ihr die Worte ins Gesicht, dann zerreißt er den Brief und wirft ihr die Schnipsel entgegen. Jo zuckt zusammen, als die Wohnzimmertür mit einem lauten Krachen ins Schloss fällt.

Sie starrt auf die weißen Papierschnipsel auf dem schwarzen Sofa. *Was war das? Ist das sein Ernst? Ist es möglich, dass er das genauso sieht, wie er es formuliert hat?* Sie fixiert die Papierschnipsel, als lägen in ihnen die Antworten auf ihre Fragen.

Sie hat Patrick noch nie so erlebt. Hin und wieder ärgert er sich über den einen oder anderen Richter oder auch Klienten, aber dass er einmal die Fassung verloren hätte, daran kann sich Jo nicht erinnern. Ihre Freistellung muss ihn schwer treffen. *Warum bloß? Wir brauchen doch mein Gehalt gar nicht, er verdient für vier.*

Die Wohnzimmertür öffnet sich. Kaffeeduft weht herein. Patrick setzt sich neben sie. Er legt eine Hand unter ihr Kinn und dreht ihren Kopf zu sich. „Es tut mir leid, Josephine, dass ich dich so angefahren habe." Seine Augen suchen ihren Blick. Sie erkennt darin ehrliches Bedauern.

„Schon gut."

„Weißt du, in Deutschland ist das Netz der Sozialhilfe so dicht gewoben, dass niemand durch die Maschen fallen kann." Er macht eine bedeutungsschwere Sprechpause, in der er sie eindringlich anblickt. „Jeder Mensch, der sich anstrengt, kann eine Sozialwohnung bekommen, Unterstützung bei der Jobsuche und soviel Geld, dass es zum Leben reicht, bis er sich wieder selbst finanzieren kann. Nur die Faulen fallen durch." Er lässt er ihren Kopf los.

Jo spürt einen unbestimmten Widerstand gegen seine Worte, und ihre Finger kratzen unruhig über den Stoff ihrer Jeans. Es ist ihr klar, dass Patrick die Gesetze des Landes so gut kennt wie kaum ein zweiter, insbesondere jene des Sozialversicherungs-, Arbeits- und Privatrechtes. Trotzdem. Sie kann ihm nicht glauben.

„Ich habe mir keine Sekunde lang überlegt, wer der Mann auf dem Boden gewesen ist. Ich habe nur die Jungen gesehen, die ihn mit ihren nietenbesetzten Schuhen getreten und dabei höhnisch gelacht haben. Ich konnte unmöglich weitergehen, ich musste einfach eingreifen. Es geschah irgendwie vollkommen selbstverständlich. Immerhin lag dort ein Mensch!" Bittend blickt sie ihn an. Er muss sie doch verstehen!

Er räuspert sich und lehnt sich zurück. „Ich verstehe dich, Josephine. Aber du hast ein viel zu weiches Herz für diese Gesellschaft. Du musst lernen, dass es Situationen gibt, aus denen man sich besser heraushält. Situationen, die du nicht verändern kannst, ohne dich selbst in Gefahr zu bringen. Jeder Mensch ist selbst verantwortlich für das, was ihm geschieht, für seinen Erfolg genauso wie für seinen Misserfolg." Er nippt an seiner Tasse. „Und was deine Freistellung betrifft: Sie ist nicht legal. Ein Ereignis, das während deiner Freizeit stattfindet und in keinem Zusammenhang mit deiner Arbeit steht, stellt keinen Freistellungsgrund nach Paragraph 626 des Bürgerlichen Gesetzbuches dar, genauso wenig wie Krankheit und Unfall. Du hast dich nicht während des Unterrichts mit deinen Schülern geprügelt, sondern bist außerhalb der Unterrichtszeit Opfer einer Gewalttat geworden."

Sie kennt ihn lange genug um zu wissen, dass Widerspruch zwecklos ist. Also beißt sie sich auf die Lippen, schweigt und wartet.

„Ich werde ein Dossier für dich ausarbeiten, mit dem du am Freitag zu Direktor Albrecht gehen wirst. Du wirst ihm die rechtliche Situation erläutern und ihm klar machen, dass du gegen die Freistellung Beschwerde einreichst, wenn sie nicht zurückgezogen wird. Die Drohung alleine wird ausreichen, um die Sache rasch zu erledigen."

Ihr Herzschlag setzt aus, ihre Hände werden feucht. Zum Direktor. Sie soll mit Albrecht reden. Ausgerechnet mit ihm, ihrem größten Widersacher. Würden Personalentscheide von ihm und nicht von der Personalkommission getroffen, hätte sie ihren Job schon längst verloren. Mehr als einmal hat er sie abblitzen lassen, wenn sie mit einem Antrag zu ihm gekommen ist. Als sie darum gebeten hat, eine Software für die Erstellung einer Schülerzeitung im Rahmen eine Projektes im Deutschunterricht anschaffen zu dürfen, hat er abgeblockt. Ebenso, als sie in der Aula der Schule ein Musical aufführen wollte, das sie mit ihrer Abschlussklasse einstudiert hat. Bei jedem ihrer innovativen Projekte hat er ihr Steine in den Weg gelegt – vergeblich zwar, weil sie auch ohne ihn jeweils genügend Unterstützung gefunden hat, um ihre Ziele zu erreichen. Aber genau das hat seine Ablehnung ihrer Arbeit nur noch verstärkt. Sie hat sich nicht beirren lassen. Sie will den Schülern etwas fürs Leben mitgeben, ihnen Erfolgserlebnisse bieten, die über gute Schulnoten hinausgehen. Damit hat sie von Anfang an nicht in sein traditionelles Schema gepasst. Ihr Arbeitsausfall muss für ihn die Chance sein, auf die er schon länger gewartet hat, um sie loszuwerden.

Jo sieht die Zusammenhänge mit vollkommener Klarheit. Aber sie bringt nicht den Mut auf, sie Patrick gegenüber zu erläutern. *Er wird mir nicht glauben.* So beschränkt sie sich auf einen halbherzigen Einwand: „Am Freitagmorgen haben wir die dritte gynäkologische Vorsorgeuntersuchung."

„Um 8.30 Uhr, ich weiß. Anschließend bringe ich dich zur Schule, damit du die Angelegenheit regeln kannst."

Die Bilder an der Wand gegenüber beginnen zu tanzen. Sie versucht sie mit den Augen festzuhalten, aber sie entwischen ihr hartnäckig.

Er steht auf, beugt sich vornüber und drückt ihr einen Kuss auf die Stirn.

Kurz darauf erklingt Klaviermusik aus den Lautsprecherboxen im Obergeschoss.

5

Am nächsten Morgen steht Jo am Schlafzimmerfenster und wartet darauf, dass Patricks Auto um die Kurve verschwindet.

Dann wendet sie sich ihrem Kleiderschrank zu. Bereits nach wenigen Sekunden seufzt sie auf. Von den unzähligen Kleidungsstücken, die an der meterlangen Stange hängen, eignet sich kein einziges für ihr Vorhaben. Zu sommerlich, zu elegant, zu teuer, zu exzentrisch, zu auffällig. Die Kleidung, die Patrick mit Begeisterung für sie aussucht, ist alles außer gewöhnlich. Bis auf ihre Jeans, aber in die passt sie nun nicht mehr hinein.

Ich könnte den Hosenknopf offen lassen. Sie grinst ihrem Spiegelbild zu und steigt in ihre Lieblingsjeans, deren Stoff vom vielen Tragen über den Knien dünn ist und die so verwaschen ist, dass von dem ehemals kräftigen Dunkelblau nur noch ein zartes Hellblau übrig geblieben ist. Über den Oberschenkeln spannt sie ein wenig, aber sie sitzt. Den Knopf lässt Jo offen und greift nach einem braunen Ledergürtel, den sie durch die Schlaufen zieht.

Nun noch ein Pullover. Sie zögert nicht und fischt mit einem gezielten Handgriff den dunkelroten, weiten Baumwollpullover aus der Schublade. Jenen, den Patrick beim letzten Anwaltsessen mit abschätzigen Blicken bedacht hat.

Die widerspenstigen, lockigen Haare bindet sie zu einem Pferdeschwanz zusammen und zieht sorgfältig die Lidkanten mit dem schwarzen Kajalstift nach. Die Schwellung ihrer Nase sieht nur, wer ihr Gesicht gut kennt, und über die bläuliche Färbung des Nasenbeins schmiert sie großzügig Makeup. Sie lächelt und gefällt sich so gut in ihrer Kleidung, dass sie sich für einen kurzen Moment nach der Zeit zurücksehnt, in der sie als Germanistikstudentin durch die Uniflure geschlurft ist – immer in latenter Angst, zu spät zur nächsten Vorlesung zu kommen, weil Terminplanung noch nie ihre

Stärke gewesen ist. Erst gemeinsam mit Patrick ist Pünktlichkeit in ihr Leben eingezogen.

Bevor die Trauer über die Vergänglichkeit der Zeit übermächtig wird, zieht sich Jo den Träger ihrer Umhängetasche über den Kopf, steckt Geldbeutel und Smartphone hinein und verlässt das Haus.

Die Herbstsonne hat sich zurückgemeldet und strahlt vom Himmel, über den vereinzelte Kugelwölkchen ziehen. Ihr Lächeln, das noch immer in ihren Mundwinkeln hängt, vertieft sich, und Jo spürt die Wärme der Sonnenstrahlen auf ihrem Gesicht.

Energisch steckt sie die Hände in die Hosentaschen und jault erschrocken auf. Ihr linkes Handgelenk schmerzt bei der unvorsichtigen Bewegung, trotz der Schiene, die den operativ zusammengesetzten Knochen beim Heilen helfen sollen.

Ihr Ziel ist der kleine Park, in dem sich die Schlägerei ereignet hat. Zwar hat sie Marc dort noch nie zuvor auf ihren Joggingrunden gesehen, aber vielleicht hat sie ihn auch einfach nicht wahrgenommen. Einige Hundehalter begegnen ihr, Jogger. Es fällt ihr schwer zu spazieren und nicht selbst zu joggen. Aber der Kopfschmerz, der bei jeder Erschütterung des Gehirns augenblicklich auftritt, hält sie davon ab.

Die Luft ist kühler geworden, und auf dem Weg liegen die ersten gelben und braunen Blätter. Es riecht nach Herbst.

Jo spürt ihr Herz in den Fingerspitzen pochen, als die letzte Kurve den Blick auf den Park freigibt. Gänsehaut kriecht über ihren Rücken, sie verlangsamt ihren Schritt.

Aber der Platz unter der mächtigen Eiche ist leer.

Ihre Augen fliegen über den Rasen, treffen auf ein junges Pärchen auf einer Sitzbank und zwei ältere Fußgänger an Rollatoren. In der Nähe einer dichten Hecke stehen zwei Männer und eine Frau dicht beisammen, immer wieder wirft die Frau einen Blick über die Grünfläche.

Marc ist nicht hier.

Die Enttäuschung lässt Jo anhalten. Ihr Blick wird vom Fuße des Baumes angezogen. Langsam geht sie darauf zu.

Vielleicht findet sie ja irgendetwas, irgendeinen Hinweis darauf, wohin er gegangen sein könnte.

Aber außer einem dunklen Fleck, unter taufeuchten Grashalmen verborgen, ist da nichts.

Rasch wendet sie sich ab und geht zurück auf den Kiesweg. Das Blut auf der Erde lässt die Erinnerung aufflammen und mit ihr ein heftiges Stechen im Kopf und aufdringliche Übelkeit.

Raschen Schrittes geht sie weiter, zieht ihr Smartphone aus der Hosentasche und sucht fieberhaft nach dem virtuellen Notizzettel. Erst, als sie die letzten Bäume des Parks hinter sich gelassen hat, beruhigt sich ihr Atem. Vogelgezwitscher an ihrem Ohr behauptet Normalität.

Die sozialen Brennpunkte der Stadt hat sich Jo auf einem virtuellen Notizzettel aufgeschrieben. Der nächste Punkt auf ihrer Liste ist eine Brücke unweit des Parks. Sie geht zu Fuß und betrachtet ihre Umgebung dabei so aufmerksam wie noch nie zuvor. Hauseingänge, Unterstände für Autos und Fahrräder, Hintereingänge großer Bürogebäude, Spielplätze. Sie bewertet jeden Platz unter dem Aspekt der Schutzmöglichkeit für obdachlose Menschen und stellt fest, dass es kaum Orte gibt, die sich als Unterschlupf eigenen. Entweder sind sie privat oder zu offen, um Schutz vor Regen oder auch Blicken von Fremden zu bieten.

Jo zuckt zusammen. Neben ihr hupt ein Bus, ein Junge auf einem Skateboard rast winkend vor ihm über die Straße. Sie ist an der Brücke angekommen und blickt sich um. Sie ist schon oft hier gewesen, mit dem Auto oder Fahrrad über die Brücke gefahren. Aber sie hat sich noch die dafür interessiert, was sich unter der Brücke abspielt. Die rechte Hand krallt sich ums Smartphone, die linke sucht Halt am Jackensaum.

Die Sonne hat sich bereits wieder hinter einer gleichmäßigen Wolkenschicht versteckt, und derselbe ungemütliche Wind von gestern wirbelt gelbe Blätter von den Bäumen.

Jo gibt sich einen Ruck. Neben der Brücke führt eine schmale Betontreppe zum Fluss hinunter. Die Stufen sind nass vom nächtlichen Regen. Vor ihr rauscht der Fluss, kleine Schaumkrönchen tanzen auf der Wasseroberfläche. Vorsichtig steigt sie die Stufen hinunter und lugt unauffällig in Richtung Brückenpfeiler.

Auf einer rechteckigen Plattform von etwa drei mal zehn Metern Fläche befindet sich ein halbes Dutzend Menschen. An der abgeschrägten Wand des Pfeilers liegen Isomatten, darauf Schlafsäcke, deren ursprüngliche Farbe nicht mehr zu erkennen ist. Das Graffiti an den roten Backsteinen ist mehrfach übersprayt worden. Auf einem schmalen Vorsprung direkt an der Wand stehen Bier- und Vodkaflaschen. Zwei Männer sitzen auf ihren Schlafsäcken, Bierflaschen in der Hand. Einer schläft laut schnarchend, zusammengerollt wie ein Säugling. Drei weitere stehen am Flussufer und halten lange Stöcke mit Bindfäden daran ins Wasser. Beißender Gestank nach Urin durchdringt die Luft.

Hastig betrachtet Jo die Gesichter und Profile der Männer. Eine Mischung aus Erleichterung und Enttäuschung kriecht in ihr hoch, als sie feststellt, dass keiner von ihnen Marc ist. Rasch wendet sie sich ab und steigt die Stufen wieder hinauf.

Der nächste Hotspot ist nur eine S-Bahnstation entfernt. Ein kleiner Park hinter trostlosen Wolkenkratzern. Abfall säumt den Straßenrand. Überall parken Autos, vor Garageneinfahrten, auf Rasenstreifen. Aus geöffneten Fenstern klingen keifende Stimmen und laute Rockmusik. Ein gelblicher Spitzenvorhang flattert im Wind. Es riecht nach Knoblauch und Curry.

Gemäß ihrem Navi müsste der Park hinter diesen Häusern liegen. Ihre Augen suchen nach einem Durchgang. Sie findet einen schmalen, dunklen Gang. Sie blickt sich um, dann beißt sie die Zähne zusammen und durchschreitet eilig die enge Passage.

Der Park ist klein und wird von drei Seiten durch Häuserfronten eingrenzt. Die vierte Grenze bildet eine Mauer gegen die Straße hin. Einige Spielgeräte aus Metall stehen in einer Ecke – eine Schaukel, eine Wippe ohne Sitze und ein Klettergerüst, von dem die rote Farbe abblättert. Auf den Spielgeräten sitzen fünf jugendliche Punks. Sofort spürt Jo ihren Blick, der sie einfängt, um sie nicht mehr loszulassen. Ein magerer Hund liegt neben der Wippe im nassen Gras. Auch hier, auf dem kurzgeschnittenen Rasen, sammelt sich Müll. Plastikverpackungen, Bierdosen, ein Kondom, eine Windel und ungezählte Zigarettenkippen. Jo rümpft die Nase.

Sie durchmisst den Park mit den Augen. Er ist etwa 400 Quadratmeter groß und hat außer dem Gang zwischen den Häusern einen zentralen Eingang schräg gegenüber. Entschlossen geht sie darauf zu. Sie spürt die Blicke der Punks wie kleine Stiche auf ihrem Körper.

Sie kommt an einer Gruppe Männer vorbei, die sofort ihr Gespräch unterbricht und sie misstrauisch anstarrt.

„Verpiss dich!", zischt ihr ein bärtiger, älterer Mann zu, dem eine schwarze, abgewetzte Lederjacke um die mageren Schultern schlackert. Unter buschigen Augenbrauen blitzen glänzende Äuglein.

„Was willst du hier?"

Jo beginnt zu schwitzen, als ihr einer der Männer folgt. Sie riecht seinen Atem neben sich, eine Mischung aus Alkohol und Haschisch. Ihre Hände werden feucht. Anfangs will sie die Flucht ergreifen, doch dann besinnt sie sich und verlangsamt den Schritt. Vorsichtig dreht sie den Kopf und schaut den Mann an ihrer Seite an. Er ist etwa so alt wie sie selbst, unrasiert mit blutunterlaufenen Augen und schmutziger Haut. Sein Haar ist unter der Kapuze seiner blauen Trainerjacke verborgen.

„Ich suche Marc."

Die Augen des Mannes verengen sich. „Marc? Ich kenn' keinen Marc." Sie spürt seinen Blick forschend über ihr Gesicht gleiten, dann raunt er fast unhörbar: „Brauchst du Stoff?" Seine Hand verschwindet in der Jackentasche, dann zieht er ein kleines Plastiksäckchen mit einem weißen Pulver darin heraus.

Erschrocken schüttelt sie den Kopf und starrt auf den Kiesweg vor sich. „Nein. Ich suche Marc. Er ist verletzt."

Blitzschnell verschwindet das Säckchen wieder in der blauen Tasche. „Schlägerei?" Der Tonfall des Mannes verändert sich. Plötzlich wirkt er sympathischer als bisher. Jo nickt. „Scheiße. Mit Bullen?"

Sie zögert. Warum soll sie diesem Fremden antworten? Aber vielleicht kann er ihr ja helfen, Marc zu finden. „Er ist vorher verschwunden."

Ein breites Grinsen auf dem Gesicht ihres Begleiters enthüllt eine Reihe brauner Zähne, wovon die beiden Schneidezähne fehlen. „Schwein gehabt."

„Naja. Er ist verletzt."

Ihr Begleiter macht eine abschätzige Handbewegung. „Sind wir doch alle. Hauptsache keine Bullen." Er spuckt ins Gras.

Sie wirft ihm einen schüchternen Blick von der Seite zu und bemerkt, dass er hinkt. „Dann suche ich weiter." Sie hebt flüchtig die Hand zum Gruß und hastet auf den Ausgang zu. Als sie um die Ecke bei der Mauer auf die Straße biegt, sieht sie, wie der Mann langsam zu seinen Kumpels zurück schlurft, die Kapuze noch tiefer in die Stirn gezogen.

Jo lehnt sich an die Mauer und bewegt die Finger der rechten Hand, die sich soeben noch ums Smartphone geklammert haben. Sie denkt an ihre Liste. Von vielen Orten kennt sie noch nicht einmal den Namen geschweige denn weiß sie, wo sie liegen. Es wäre klug, sich einen Laufplan zurechtzulegen, bevor sie weitersucht. Außerdem hat sie Hunger.

Ein Regentropfen klatscht auf ihren Kopf, ein weiterer auf ihre Schulter. In den Menschen auf dem Gehsteig kommt stumme Hektik auf, sie hasten an ihr vorbei auf der Suche nach Deckung. Auch Jo hat keine Lust, sich vom Regen durchnässen zu lassen, und steuert auf ein Restaurant an der nächsten Straßenecke zu.

„Hoppla, 'tschuldigung!" In Gedanken versunken ist sie gegen eine Frau gestoßen.

„Josephine! So ein Zufall! Was tust du hier?"

„Nelly!" Jo ist unschlüssig, ob sie sich über die Begegnung freuen soll oder nicht. Neben Nelly im roten Lackmantel kommt sie sich schäbig vor. Doch bevor sie weiter darüber nachdenken kann, hat die kleine Frau sie am Oberarm gepackt und zerrt sie hinter sich her auf die Restauranttür zu.

„Lass uns was zusammen essen. Hast du Zeit?" Erwartungsvoll blicken sie die blassblauen Augen an.

Jo lächelt. „Klar."

„Bitte bringen Sie mir einen Hirtensalat mit Vollkornbrot und ein Glas Weißwein."

„Ein oder zwei Deziliter?"

„Zwei, bitte."

Der Blick des Kellners richtet sich auf Jo.

„Für mich bitte die Ravioli mit Pilzragout an Rahmsauce."

„Sehr gerne. Was darf es zu Trinken sein?"

„Ein Rotbuschtee, bitte."

Der Kellner mit dem gelglänzenden Haar macht eine kleine Verbeugung, lässt seinen Notizblock unauffällig in der Tasche seines Jacketts verschwinden und entfernt sich vom Tisch.

„Entschuldige mich bitte, Josephine, ich bin gleich wieder zurück." Nelly erhebt sich und geht in Richtung Toilette.

Jo blickt sich um. An den rund zwanzig Zweiertischen sitzen gut gekleidete Männer und Frauen, unterhalten sich in diskreter Lautstärke. Das Klappern von Besteck und das Klirren der Gläser drängt die jazzigen Saxophonklänge in den Hintergrund, und das warme Licht aus den überdimensionalen Lampenschirmen an der Decke verbreitet entspannte Gemütlichkeit.

Sie lehnt sich auf ihrem Stuhl zurück und streckt die Beine unter dem Tisch aus. Ganz wohl fühlt sie sich nicht in ihrer alten Jeans und dem Pullover, obwohl sie niemand beachtet. Unruhig drückt sie mit dem Stiel der Gabel kleine Kreise in die zartgrüne Tischdecke.

„Darf ich?"

„Bitte."

Der Kellner serviert die Getränke und lächelt Jo galant zu.

Nelly lässt sich mit einem tiefen Seufzer auf ihren Stuhl fallen. „Schon wieder ein Regentag. Wenn der Herbst genauso verregnet wird wie der Sommer, werde ich allmählich darüber nachdenken auszuwandern."

Nelly zieht eine Schnute, und Jo meint nachdenklich: „Ich komme mit."

Sofort spürt sie Nellys aufmerksamen Blick auf ihrem Gesicht und beißt sich auf die Lippe.

„Ist was passiert? Du siehst ein wenig mitgenommen aus."

Jo seufzt und ärgert sich über ihre unbedachte Äußerung. Sie nippt an ihrem Tee und lässt die vergangenen Erlebnisse vor ihrem Geist vorbeiziehen.

Der Kellner bringt das Essen. Nelly schweigt erwartungsvoll. Jo seufzt unhörbar, dann beginnt sie zu erzählen.

Als sie geendet hat, schiebt sich Nelly nachdenklich eine Gabel voller Salat in den Mund.

Jo wischt den Rest Rahmsoße mit einem Stück Brot auf und legt das Besteck zur Seite. „Weißt du, was ich nicht verstehe?" Sie wartet, bis Nelly den Blick hebt. „Warum verdrängt Patrick den wahren Grund der Schlägerei? Warum verleugnet er meine Begegnung mit Marc?"

Die ältere Frau zieht die Augenbrauen in die Höhe. „Das kann ich dir sagen. Patrick ist ein bekannter und sehr erfolgreicher Anwalt. Er hat viele Bewunderer, aber auch mindestens so viele Neider. Die warten nur darauf, dass ihm ein Fehler unterläuft, sei es beruflich oder privat. Wenn bekannt wird, dass sich seine Frau zugunsten eines Obdachlosen auf eine Schlägerei mit Halbwüchsigen eingelassen hat, ist das ein gefundenes Fressen für seine Gegner. Dabei spielt es keine Rolle, was in Wahrheit vorgefallen ist. Die Tatsache alleine genügt, dass du Kontakt mit der Obdachlosenszene hast, um ihn seinen Ruf zu kosten."

Jo starrt Nelly entgeistert an. Diese nickt und legt den Kopf ein wenig zur Seite. „Es ist nun mal so, dass es sich für unsereins nicht schickt, sich mit den Armen unserer Gesellschaft abzugeben. Davon kann man halten, was man will, aber es lässt sich nicht ändern."

Schweißperlen bilden sich auf ihrer Stirn. Nellys Worte klingen in ihren Ohren so ungeheuerlich, dass es ihr schwer fällt, ihnen Glauben zu schenken.

„Aber – wie hättest du denn reagiert, wenn du in meiner Situation gewesen wärst? Wärst du einfach weiter gegangen?" Vor Empörung hat sie laut gesprochen, und einige der Restaurantgäste drehen interessiert die Köpfe in ihre Richtung.

„Scht, scht!" Nelly berührt sie am Arm. Sie zögert, dann meint sie leise: „Ach Josephine. Ich weiß es nicht, vielleicht hätte ich in deinem Alter auch den Mut gehabt und hätte eingegriffen. Heute bemühe ich mich, nicht selbst Opfer aggressiver Jugendlicher zu werden."

Überrascht zieht Jo die Augenbrauen in die Höhe. „Ehrlich?"

„Ja. Leider. Das soziale Klima hat sich verändert." Über Nellys Gesicht legt sich ein Schatten. „Gegenüber alten Menschen im Allgemeinen und reichen alten Menschen im Besonderen. Immer mehr Menschen rebellieren gegen große Wohlstandsunterschiede. Als Mitglied der oberen Gesellschaftsschicht bewege ich mich oft auf einer dünnen Eisschicht."

Jo senkt den Blick. Sie hat sich bisher keine Gedanken um Geld und Wohlstand gemacht. Sie hat immer soviel eigenes Geld verdient, dass sie sich davon ein angenehmes Leben hat finanzieren können, nie mehr, aber auch nie weniger. Nellys Perspektive ist ihr fremd.

„Und euch geht es, streng genommen, auch nicht anders. Patrick gehört zu den Spitzenverdienern unter den Anwälten, wie auch Toni. Mit dem einzigen Unterschied, dass ihr jünger und robuster seid als wir."

Jo schluckt und kann sich nicht gegen das unangenehme Gefühl wehren, das sich wie ein schwerer Mantel plötzlich über sie legt.

„Ich werde trotzdem weiter nach Marc suchen." Trotzig schiebt sie den Unterkiefer vor und spürt sofort Nellys scharfen Blick auf ihrem gesenkten Kopf. Unruhig knetet sie ihre Finger.

„Wenn du das unbedingt tun musst, dann sei vorsichtig und lass Patrick nichts davon wissen."

Der eindringliche Tonfall jagt ihr Gänsehaut über den Rücken. Zögernd blickt sie Nelly an. Der Gesichtsausdruck der älteren Frau ist ernst. „Ich muss zurück ins Geschäft. Pass auf dich auf, Josephine."

Jo schließt für einen Moment die Augen, als sie in der frischen Luft vor dem Restaurant steht. Der Regen hat aufgehört und es riecht nach nassem Asphalt. Die Sonne trocknet die Pfützen und die Haut ihres Gesichts prickelt.

Das Gespräch mit Nelly hat ihren Eifer ein wenig gebremst. Sie ist verunsichert. Soll sie ihre Suche abbrechen? Was ist, wenn Nelly Recht hat und sie damit ihre Familie gefährdet?

Sie muss mit jemandem darüber sprechen. Sie ist nicht weit von der Wohnung ihrer Mutter entfernt. Heide Heller ist eine sozial denkende Frau, die sich noch nie um gesellschaftliche Normen geschert hat. Jo macht sich auf zum Efeuweg.

Ein Besuch bei ihrer Mutter ist für sie immer auch eine Art Rückkehr in ihre Kindheit. Nicht nur, dass sie es nie geschafft haben, aus ihren Rollen als Mutter und Tochter auszubrechen und sich wie zwei erwachsene Menschen gegenüberzutreten. Ihre Mutter wohnt auch noch immer in der 4-Zimmer-Wohnung, in der Jo aufgewachsen ist. Obwohl die Wohnung seit Peters Tod eigentlich zu groß für sie ist. Aber Ausziehen kommt für Heide Heller nicht in Frage, auch nach fünfzehn Jahren alleine leben nicht. Jo hat es schon lange aufgegeben, ihre sonst so rational denkende Mutter zum Wechsel in eine kleinere Wohnung zu bewegen. In dieser Sache ist sie stur wie ein Esel. Und auf eine undefinierbare Weise ist sie froh darüber. Sie mag die kleinen Räume mit den alten Tapeten, die den vertrauten Geruch ihrer Kindheit verbreiten und sie alle Herausforderungen ihres eigenen Lebens vergessen lassen, sobald sie über die Türschwelle tritt. Dann ist sie wieder die kleine Jo, die sich von ihrer Mutter einen Tee einschenken lässt und den alten

Geschichten lauscht, die ihre Mutter mit Freude immer wieder aufs Neue vor dem Vergessen bewahrt.

„Ja, bitte?" Blechern knarrt Heide Hellers Stimme aus der quadratischen Lautsprecherbox neben der Eingangstüre.

„Ich bin's, Jo. Hallo Mama."

Der Öffner surrt, Jo stößt die Haustür auf. Eine eigentümliche Mischung aus Jasminduft, Zwiebeln und Putzmittel schlägt ihr entgegen, als sie das lichtdurchflutete Treppenhaus betritt. Langsam steigt sie die Stufen ins dritte Stockwerk hinauf. Ihr Blick streift über die Türschilder, eine Gewohnheit, die sie begleitet seit sie lesen kann. Hauser. Müller. Kukowitsch, Mikheladze. Dubrov. Becker. Dumont. Thienemann. Heller. Sie streift die Turnschuhe ab, ohne die Bändel zu öffnen und legt die Hand an die Tür. Sie ist verschlossen.

Jo runzelt die Stirn. Üblicherweise öffnet ihre Mutter die Wohnungstür bereits, wenn sie unten klingelt. Sie legt ein Ohr an die Tür und klopft. Leises Trippeln. „Wer ist da?" Ihre Mutter steht nun bestimmt auf Zehenspitzen vor der Tür und lugt durch den Sucher. Jo macht einen Schritt zurück, damit sie sie sehen kann. Die Tür öffnet sich.

„Jo! Wie schön!"

Heide Heller wirkt kleiner als letztes Mal, als Jo sie gesehen hat. Die Schultern hängen leicht vornüber und fühlen sich ein wenig mager an, als Jo sie umarmt.

„Mama!" Im weißen, sorgfältig auf dem Kopf hochgesteckten Haar hängt ein Hauch Pfirsichduft. „Wie geht es deinem Handgelenk?"

Die unzähligen Falten auf dem eckigen Gesicht vertiefen sich, und in den hellen Augen erscheint Verwunderung.

„Woher weißt du von meinem Handgelenk?"

„Du hast mir am Telefon davon erzählt."

Ein flüchtiger Blick streift sie, dann fasst ihre Mutter sie am Arm und zieht sie in die Wohnung. Die langen Beine stecken in einer bordeauxroten Samthose, farblich perfekt abgestimmt mit dem mintgrünen Strickpullover mit dem Zopfmuster auf dem Rücken. Die harten Sohlen der Pantoffeln klappern leise auf dem Holzparkett. Der Hauch von

Eleganz, der ihrer Mutter eigen ist, hat weniger mit der Kleidung zu tun als mit der noch immer aufrechten Haltung und den langsamen, geschmeidigen Bewegungen.

Jo lässt sich in den dunkelbraunen Ohrensessel fallen, in dem ihr Vater immer gesessen ist und den ihre Mutter noch Jahre nach seinem Tod freigehalten hat. Bis sich Jo irgendwann einmal hineingesetzt und damit eine Grundsatzdiskussion über die Ehre der Toten heraufbeschworen hat. Seither hat sie die offizielle Erlaubnis ihrer Mutter, sich bei ihren sporadischen Besuchen im Erbstück ihres Großvaters niederzulassen.

Sie lauscht dem monotonen Ticken der mannshohen Standuhr und lächelt über die Wandtellersammlung, die von den Urlaubsreisen ihrer Eltern erzählt.

„Wie geht es dir, mein Kind?" Klappernd stellt Heide Heller eine zierliche Teetasse mit Unterteller vor Jo ab. Jo hat das Teeservice nie gemocht, die Tassen sind so klein, dass ständig nachgeschenkt werden muss. Aber es ist ein Hochzeitsgeschenk ihrer Großeltern und ein weiteres Heiligtum im Haushalt ihrer Mutter.

„Es geht mir gut." Das ist nicht gelogen, denn noch immer fühlt sie sich in der vertrauten Wohnung ihrer Kindheit geborgen. Plötzlich mag sie nicht mehr an die Schlägerei und ihre Suche nach Marc denken. Sie will die Ruhe dieser Wohnung aufnehmen und sich so unbeschwert und frei fühlen wie damals, als sie Kind gewesen ist. „Wie geht es dir?"

Ihre Mutter setzt sich an den äußersten Rand des dunkelbraunen Ledersofas, an jenen Rand, der dem Ohrensessel am nächsten ist.

„Ach, ich bin gestürzt und habe mein Handgelenk verstaucht. Das schmerzt. Aber es wird besser. Es muss besser werden, denn am Dienstag ist Schwimmen, da kann ich keinen Verband gebrauchen." Sie hält die Hand mit dem crèmefarbenen Verband in die Luft.

„Gehst du noch hin? Ich dachte, es ist dir zu anstrengend geworden?" Jo nippt am Tee und rümpft die Nase. Kamille. Sie hat ihn immer bekommen, wenn sie krank war. Es ist der Lieblingstee ihrer Mutter.

„Aber nein, Janine holt mich mit dem Auto ab, dann geht es."

„Janine fährt noch Auto?" Erstaunt zieht Jo die Augenbrauen in die Höhe. Janine ist ihre Patentante und nur wenig jünger als ihre Mutter.

„Ja, ja. Sie hat den Fahrtest wieder bestanden, ist das nicht großartig?" Heide Heller strahlt, und Jo bekommt eine Ahnung davon, wie wichtig es für sie ist, hin und wieder aus ihrer Wohnung herauszukommen. Die täglichen Einkäufe macht sie zwar noch selbst, aber mit dem öffentlichen Bus fährt sie nicht mehr.

„Ja, das freut mich sehr! Wenn du möchtest, kann ich dich nächste Woche abholen und wir fahren gemeinsam in den Wald." Es ist das erste Mal, dass sie ihrer Mutter diesen Vorschlag macht. Bisher ist jede freie Minute ausgefüllt gewesen mit Aktivitäten mit Patrick.

„Das ist lieb von dir, Jo. Aber du hast deine eigenen Termine, lass nur. Mit Janine fahre ich am Dienstag zum Schwimmen und am Montag holt sie mich zum Spazieren im Schlosspark ab." Sie führt die Tasse zu den schmalen Lippen. Die Hand zittert.

„Ich muss nach Hause. Patrick wird bald zum Abendessen heimkommen."

„Kochst du noch immer für ihn?"

Jo überhört den vorwurfsvollen Unterton und steht auf. „Ja. Ich habe nun mal mehr Zeit als er." Ihre Mutter ist eine unerbittliche Verfechterin der Gleichberechtigung zwischen den Geschlechtern. Ihr Vater ist der einzige Mann gewesen, der seine Hemden selber bügeln und regelmäßig den Wocheneinkauf hat übernehmen müssen. Mit Kochen haben sich ihre Eltern abgewechselt, wer mittags mehr Zeit hatte hat mittags gekocht, der andere abends. Für Jo ist es nie eine Frage gewesen, dass es in ihrer eigenen Beziehung gleich funktionieren würde – bis sie mit Patrick zusammengekommen ist.

„Schön, dass du mich besucht hast. Ich freue mich immer sehr, wenn du kommst. Obwohl du ja kaum Zeit hast, neben der Schule und Patrick." Wärme liegt in der Stimme von Heide Heller, und ein zärtlicher Blick streift Jo.

„Pass auf dich auf, Mama." Sie hält ihrer Mutter die Hand hin und hilft ihr beim Aufstehen. „Warst du eigentlich beim Arzt wegen des Handgelenks?"

Die Empörung, die sogleich im alten Gesicht erscheint, lässt sie grinsen. Ihre Mutter ist nur in allerschlimmsten Notfällen zum Arzt gegangen. Als ihr Blinddarm entzündet gewesen ist und gedroht hat zu platzen. Oder als sich ihr Vater beim Baumfällen mit der Kettensäge zwei Fingerkuppen abgeschnitten hat. Krankheiten hat sie mit Hausmitteln kuriert. Jo erinnert sich an Zwiebelwickel bei Ohrenentzündungen und Kartoffelpäckchen auf der Brust bei Husten. Niemals würde ihre Mutter wegen eines Handgelenks zum Arzt gehen, nicht einmal, wenn es gebrochen sein sollte.

„Wozu soll ich zu einem dieser Quacksalber gehen? Die wollen sich doch alle nur eine goldene Nase verdienen. Wenn ich dorthin gehe, dann stellen sie bestimmt noch zwanzig Krankheiten bei mir fest. Mein Blutdruck ist zu tief und mein Cholesterinspiegel zu hoch, ich treibe zu viel Sport und sollte ganz und gar und überhaupt in meinem Alter auf Alkohol verzichten. Und Rheuma habe ich sicher auch noch und Arthrose sowieso. Nein, nein, kommt überhaupt nicht in Frage." Heide Heller schüttelt vehement den Kopf und tritt in den Korridor. „Das muss selbst heilen."

Jo grinst und freut sich über die Vitalität, die plötzlich von ihrer Mutter Besitz ergriffen hat. Vor der Tür haucht sie ihr einen Kuss auf jede Wange und verspricht, in einer Woche wiederzukommen. Als sie die Stufen hinuntersteigt, spürt sie ihren Blick auf dem Rücken.

6

Ihre Beine fühlen sich an, als wären sie mit Blei gefüllt. Mühsam schleppt sich Jo hinter Patrick durch den Flur der St. Josephs-Klinik. Ihr Magen rebelliert, seit der Wecker sie heute Morgen aus dem Bett geklingelt hat, und der Geruch nach Desinfektionsmittel lässt ihn Purzelbäume schlagen. Ihr Mund füllt sich mit Speichel und ihre Augen suchen hastig die weiß gestrichenen Türen nach dem Toilettensymbol ab. Eine noch. Ohne Patrick zu informieren, reißt sie die Tür auf und stürzt in die erste freie Kabine.

Von wegen, die Übelkeit hört nach dem dritten Monat auf! Alles Humbug! Enttäuscht betrachtet sie ihr bleiches Gesicht im Spiegel. Immerhin ist ihre Nase wieder in Ordnung, wenigstens von außen. Auf Druck schmerzt das Nasenbein noch.

Sie verlässt die Toilette und geht zu Patrick, der an der Anmeldung steht.

„Guten Morgen Frau Heller. Sie begeben sich bitte zur Toilette, um Wasser zu lassen." Die energische Sekretärin hinter dem Tresen weist mit dem Kopf nach links. „Und Sie, Herr Wilbert, können dort im Behandlungszimmer auf Ihre Frau warten."

Patrick wirft Jo einen aufmunternden Blick zu, dann verschwindet er im Raum mit den hellgrünen Wänden. Jo betritt widerwillig die nächste Toilette, füllt gemäß Anleitung einen Plastikbecher mit Mittelstrahlurin und flüchtet sich hinaus in den Flur, wo sie von einer jungen Arzthelferin abgefangen wird.

„Bitte folgen Sie mir, Frau Heller. Wir müssen noch Blutdruck, Blutwerte und Gewicht bestimmen."

Der Stich in den Finger macht ihr nichts aus, aber die Blutdruckmanschette am rechten Oberarm fühlt sich unangenehm an. Erleichtert atmet sie auf, als die Frau in Weiß sie aus dem nüchternen kleinen Zimmer zu Patrick entlässt.

„Und?"

„Keine Ahnung."

„Guten Morgen, Herr, Wilbert. Frau Heller." Dr. Heinrich betritt den Raum und drückt ihnen nacheinander die Hand. Großgewachsen, kräftige Statur und fester Händedruck. Der Arzt ist Jo nicht unsympathisch, mit hoher Stirn, graumeliertem Haar und einem zuverlässigen Lächeln, und müsste sie sich nicht von ihm untersuchen lassen, würde sie ihn vielleicht sogar ganz nett finden. So aber nimmt sie in erster Linie den Stuhl wahr, auf dem sie sich gleich hinlegen wird. Ihre Kehle zieht sich zusammen, und die warme Raumluft kratzt in ihrem Hals.

„Bitte machen Sie sich frei, Frau Heller." Der Arzt weist auf eine Trennwand, die neben der Tür steht. Jo entledigt sich ihrer Hose und ist froh, dass sie den Pullover anbehalten kann. Die dünne Schiene am linken Handgelenk trägt kaum auf, sie wird hoffentlich keine Fragen beantworten müssen. In Patricks Anwesenheit über die Schlägerei sprechen zu müssen wäre ihr unangenehm.

Widerwillig legt sie sich auf den Untersuchungsstuhl. Sie hasst die Stellung mit weit gespreizten Beinen und schließt die Augen.

„Ich werde nun den Muttermund tasten", informiert sie Dr. Heinrich.

Jo beißt die Zähne zusammen und versucht sich auf ihren Atem zu konzentrieren.

„Sehr gut. Der Muttermund ist fest verschlossen. Nun messe ich Ihren Bauchumfang, bevor wir zum Ultraschall kommen."

Ein kaltes Maßband wird auf ihre Haut gelegt, der Arzt grunzt zufrieden. Ihre Augen bleiben auch geschlossen, während der Kopf des Ultraschallgerätes mit Gleitmittel versehen über ihren Bauch fährt, um Bilder ihres ungeborenen Babys auf den Monitor zu übertragen.

„Hier ist der Kopf, die Augenhöhlen sind schön zu sehen. Hier die Ärmchen, die Wirbelsäule und die Beinchen. Und hier sehen Sie das Herz. Sehen Sie nur, wie es pulsiert!" Jo hört die Begeisterung des Arztes in seiner tiefen Stimme und staunt darüber, wie sehr ihn diese Technologie noch immer fasziniert, auch nach weit über Tausend Ultraschalluntersuchungen, die in seinem langen Leben als Gynäkologe wohl durchgeführt haben muss.

Sie selbst empfindet Abneigung gegenüber der Untersuchung. Sie ist sich sicher, dass der Lärm, den der Ultraschall in ihrem Bauch erzeugt, für das Baby unangenehm sein muss, denn bei der ersten Untersuchung hat sie beobachtet, wie es dem Sensor immer wieder ausgewichen ist. Patrick hingegen betrachtet aufmerksam den Bildschirm.

„Gut so, ich denke, das reicht." Dr. Heinrich wischt das Gleitmittel mit einem Papiertuch von ihrem Bauch. „Sie können sich wieder anziehen." Er lächelt ihr zu und beugt sich über die Patientenakte.

Jo lässt sich neben Patrick nieder und versucht das Zittern ihres Körpers zu unterdrücken, das sie plötzlich erfasst.

Die Augen auf verschiedene Papiere auf seinem Schreibtisch gerichtet, erläutert der Arzt: „Ihr Hämoglobingehalt ist noch in Ordnung, im Vergleich zur letzten Untersuchung aber doch deutlich gesunken. Ich empfehle Ihnen, die Dosis der Eisenzufuhr um eine weitere Tablette täglich zu erhöhen. Mit der Magnesiumzufuhr und den Vitamintabletten machen Sie weiter wie bisher."

Jo nickt und verschweigt, dass sie die Tabletten bisher nicht angerührt hat. Es ist ihr unmöglich, mit der regelmäßigen Übelkeit Tabletten zu schlucken.

„Urin und Blutdruck sind in Ordnung. Es sieht alles bestens aus, Frau Heller." Dr. Heinrich hebt den Kopf und strahlt Jo an. Sie lächelt angestrengt und bemerkt, wie Patrick einen verstohlenen Blick auf seine Armbanduhr wirft. „Der nächste Termin ist in vier Wochen. Wie ich sehe, haben Sie ihn bereits vereinbart. Also sehen wir uns am 3. Oktober wieder, das wäre dann in der 25. Schwangerschaftswoche."

Auf der kurzen Fahrt zur Schule erfasst Jo eine seltsame Ruhe. Ihre Hände liegen gefaltet in ihrem Schoß, während

Patrick über rote Ampeln und rücksichtslose Fußgänger flucht.

Als er vor dem Eingang des imposanten Gebäudes anhält, blickt er sie eindringlich an. „Denk an meine Worte, Josephine. Und bitte geh nach der Besprechung einkaufen. Du solltest dir eine passende Umstandsgarderobe anlegen. Wir treffen uns um Eins im Restaurant *Le Phare Bleu*." Er drückt ihr einen Kuss auf die Stirn, sein Atem streift ihre Wange. Sie nimmt ihre Umhängetasche und steigt aus.

Sofort umhüllt sie der vertraute Geruch nach Putzmittel und Schinkenbroten, als sie die schwere Flügeltür aufstößt und die weitläufige Eingangshalle betritt. Zielstrebig biegt sie nach links ins Administrationsgebäude ab. Es ist still, die Türen sind geschlossen. Absätze klappern über den blankgescheuerten Linoleumboden.

Vor der Tür des Direktors bleibt Jo stehen, fährt sich mit der linken Hand durchs Haar und rückt die Umhängetasche zurecht. Das Schellen der Türklingel tönt laut, sie zuckt zusammen. Gleich darauf leuchtet die kleine grüne Lampe am Türrahmen auf und signalisiert ihr einzutreten.

„Guten Morgen." Energisch tritt sie vor den ausladenden Schreibtisch, hinter dem in einem schwarzen Ledersessel ein behäbiger Mann mit kurzem, blonden Haar und Nickelbrille sitzt. Als er Jo erkennt, verziehen sich die farblosen Lippen zu einem spöttischen Grinsen. Er legt das Handy zur Seite und fixiert sie mit kleinen grünen Augen.

„Was machen Sie hier?" Seine Haut wirkt so grau wie die schlecht gebundene Krawatte, die schief über seinem Bauch hängt. Ein Auge ist größer als das andere und ein dicker, ovaler Leberfleck prangt auf seiner linken Wange.

Jo sucht vergeblich nach den Worten, die ihr Patrick gestern eingetrichtert hat. Der Kaffeegeruch im Raum verursacht ein flaues Gefühl in ihrem Magen. Ihr Blick fliegt über den mit Papier bedeckten Schreibtisch und bleibt an einem silbernen Standbilderrahmen hängen.

„Sie können mich nicht freistellen."

Sofort bereut sie ihren Angriff, aber es ist zu spät. Sein spöttisches Grinsen vertieft sich.

„Ach ja?"

Irgendwo tickt eine Uhr. Ihre Handflächen werden feucht.

„Was ich in meiner Freizeit tue, hat keinen Einfluss auf die Qualität meiner Arbeit."

„Ach nein?"

Das Ticken wird lauter und hämmert in ihrem Kopf. Der Direktor lehnt sich zurück, dreht einen Kugelschreiber zwischen Daumen und Zeigefinger und bewegt seinen Drehstuhl leise quietschend langsam von links nach rechts und wieder zurück. Er kneift die Augen zusammen. In seinem Blick liegt der siegesgewisse Hohn des Stärkeren.

„Ich erwarte von meinen Mitarbeitern professionelles Verhalten, sowohl in wie auch außerhalb des Schulgebäudes. Sie sind Personen mit einem gewissen Maß an Öffentlichkeit, wenn Sie verstehen, was ich meine." Prüfend bohrt sein Blick in ihrem Gesicht und lässt sie erröten. „Sich mit Jugendlichen zu prügeln ist alles andere als professionell, finden Sie nicht auch, Frau Heller?"

Jo konnte seine nasale, viel zu hohe Stimme mit dem norddeutschen Akzent noch nie leiden, aber nun schmerzt sie förmlich in ihren Ohren. „Ich kann nicht zusehen, wie ein wehrloser Mann zusammengeschlagen wird. Ich habe eine Pflicht als Staatsbürgerin!" Sie spürt die Wut in ihren Fäusten.

„Von einem wehrlosen Mann ist mir nichts bekannt." Er zieht einen Hefter unter dem Papierchaos hervor, schlägt ihn auf und lässt seine Augen darüberhuschen.

„Im Polizeibericht steht, dass Sie sich am vergangenen Montagmorgen mit drei jungen Männern im Park geprügelt haben. Ist das richtig?" Er wartet ihre Antwort nicht ab. „Ich kann ein solch unbeherrschtes Verhalten einer Mitarbeiterin meiner Schule nicht tolerieren. Sie müssen Vorbild sein und dürfen sich nie provozieren lassen. Ihr Verhalten in dieser Angelegenheit zeigt deutlich, dass Sie dieser Anforderung nicht gewachsen sind. Wie kann ich nun sicher sein, dass Sie hier in der Schule nicht genauso handeln? Es tut mir leid, Frau Heller, aber die Freistellung ist das Einzige, das ich mit meinem Gewissen gegenüber den Schülern an meiner Schule vereinbaren kann. Auf Wiedersehen." Jo öffnet den Mund, aber sein kalter Blick zwingt sie zum Gehen. Ihre Hände ballen sich zu Fäusten, in ihrem Kopf hämmert das Ticken der Uhr. Ruckartig dreht sie sich um, schreitet erhobenen Hauptes durch die Tür und lässt sie mit einem lauten Knall ins Schloss fallen. Sofortige Genugtuung beflügelt ihren Schritt, bis sie draußen auf der Straße stehen bleibt. Hier fallen Anspannung und Befriedigung von ihr ab. Sie hat verloren.

Langsam dreht sie sich um und betrachtet das Gebäude, in dem sie ihr gesamtes bisheriges Arbeitsleben verbracht hat. In dem sich alle ihre Kolleginnen und Kollegen befinden. In dem Schüler auf sie warten, weil sie ihre Arbeit geliebt und immer ihr Bestes gegeben hat. Dessen Türen für sie nun für immer geschlossen bleiben werden. Ihre Augen füllen sich mit Tränen, die sie verstohlen fortwischt.

Das Dossier, das Patrick für sie ausgearbeitet hat, brennt in ihrer Tasche. Sie hat es vollkommen vergessen, aber es hätte ihr nichts genützt. Sie hat von Anfang an keine Chance gehabt. Sie sucht den nächsten Mülleimer, zieht das Papier heraus, zerreißt es in vier Stücke und stopft es in den Behälter.

Neben ihr quietschen Bremsen, Abgasgestank belästigt ihre Nase. Nicht einmal die Sonne, die ungehindert vom blassblauen Himmel strahlt, vermag ihre Stimmung aufzuheitern. Stumpf trottet sie vor sich hin.

Ihr Blick fällt auf eine dunkelhäutige Frau, die vor dem Eingang eines Kaufhauses sitzt. In ihrem Schoß liegt ein schlafendes Kleinkind, vor ihr steht eine zerbeulte Tasse mit einigen Cent darin.

Marc. Ich muss weitersuchen. Sonst wäre das alles umsonst gewesen.

Das nächste Ziel auf ihrer Liste ist die Caritas. Hier ist eine Anlaufstelle für wohnungslose Menschen. Auch medizinische Hilfe wird angeboten. Sollte Jo Marc hier nicht antreffen, so hofft sie wenigstens eine Auskunft zu bekommen, falls er hier gewesen ist.

Vor dem Gebäude der Caritas erfasst sie Nervosität. Mehrmals blickt sie sich um, macht einige Schritte vor dem Gebäude auf und ab. Sie hat das Gefühl, sämtliche Passanten würden sie anstarren. Doch die Blicke der vorbei hastenden Menschen sind auf den Boden oder auf ihre Smartphones gerichtet. Niemand beachtet sie.

Plötzlich öffnet sich die Tür und ein Mann mit einem beeindruckenden Vollbart steht vor ihr.

„Rein?" Kleine Augen streifen sie flüchtig, dann tritt er zur Seite und hält ihr die Tür auf. Er scheint sich nicht über ihre beigefarbene Leinenhose und die türkisfarbene, paillettenbestickte Windjacke zu wundern.

„Danke." Rasch schlüpft sie hindurch. Ein großer Blumenstrauß mit orangen und gelben Blüten sticht ihr ins Aug und verströmt seinen süßlichen Duft in einen hellen Eingangsbereich.

Sie blickt sich um. Linkerhand befindet sich ein Tresen, hinter dem eine rundliche Frau mit schwarzgefärbtem Haar und einer großen, rot gerandeten Brille sitzt. Geradeaus verläuft ein Flur mit mehreren Türen, rechts vom Eingang ist eine Tür mit einem Toilettensymbol. Einbaudeckenlampen verbreiten freundliches, warmes Licht, das sich auf dem grau glänzenden Fliesenboden spiegelt.

„Kann ich Ihnen helfen?" Die Stimme der Frau klingt ein klein wenig schrill.

Zögernd geht Jo auf den Tresen zu.

„Ich – ich suche einen Mann." Jo räuspert sich und fügt rasch hinzu: „Einen bestimmten Mann. Marc. Er ist verletzt und ich wollte fragen, ob er vielleicht hier aufgetaucht ist." Sie ärgert sich über den Wirrwarr, der aus ihrem Mund quillt und über die viel zu hohe Tonlage ihrer Stimme.

Die Frau lächelt gutmütig und nimmt einen Kugelschreiber zur Hand. „Ist Marc wohnungslos?"

Jo nickt. „Ich glaube schon."

„Sie glauben. Und woher kennen Sie ihn?"

„Ich habe ihn im Park getroffen, als er von einer Gruppe Jugendlicher zusammengeschlagen worden ist."

Der freundliche Ausdruck auf dem speckigen Gesicht der Frau verschwindet. Sie zieht die Augenbrauen zusammen und murmelt verärgert: „Ja. Das kommt leider immer öfter vor. Aber es tut mir leid, ich darf Ihnen keine Auskunft geben."

„Können Sie mir nicht wenigstens sagen, ob er hier war? Dann wüsste ich wenigstens, dass seine Verletzungen behandelt worden sind." Flehend blickt Jo die Frau an.

„Es tut mir wirklich leid. Ich darf keine Auskunft über unsere Klienten geben. Aber wenn Sie möchten, können Sie gerne hier bleiben, bis das Mittagessen ausgegeben wird. Eventuell erscheint ihr Bekannter dann."

Jo schluckt. Ihr erster Impuls ist Flucht. Bloß kein Menschenauflauf. Aber die Frau hat Recht. Es könnte ja tatsächlich sein, dass er herkommt. Sie blickt auf. „Danke. Ich habe nicht viel Zeit."

Der linke Mundwinkel mit dem rosa Lippenstift wandert kurz in die Höhe, dann lehnt sich die Frau zurück. „Wie Sie meinen."

„Auf Wiedersehen." Jo nickt in Richtung Tresen und eilt auf den Ausgang zu.

Ein Blick auf die Uhr, 10.30. Von der Caritas-Website weiß sie, dass das Mittagessen zwischen 12.00 und 13.30 Uhr ausgegeben wird. Patrick erwartet sie um Eins im Stadtzentrum. Es bleiben ihr anderthalb Stunden Zeit, um sich passende Kleidung zu kaufen. Wenn sie um Zwölf wieder hier ist, kann sie einen Teil der Essensausgabe beobachten. Sie hastet zur nächsten S-Bahnstation.

Kurz vor 12.00 ist sie wieder vor der Caritas. Ihre Einkäufe hat sie an der Kasse des Kaufhauses deponiert. Sie überquert die Straße und bleibt vor einem Friseurgeschäft stehen. Links von ihr befindet sich ein Hauseingang. Sie zögert, dann setzt sie sich auf die zweite Treppenstufe. Von hier aus hat sie einen guten Blick auf das Gebäude, ohne selbst aufzufallen.

Sie zieht ihr Smartphone aus der Tasche und wirft ein Blick auf die E-mails. Nichts. Noch immer nichts. Warum meldet sich keiner ihrer Arbeitskollegen bei ihr? Im Krankenhaus hat sie den einen oder anderen Besuch bekommen, aber seit der Freistellung herrscht Funkstille. Nicht einmal Elisabeth, mit der sie projektorientiert häufig zusammengearbeitet und die sie bei allen Herausforderungen unterstützt hat, hat sich gemeldet. Jo starrt auf die leere Mailbox und fühlt die Tränen in sich hinaufsteigen. Vielleicht hätte sie sich intensiver um ihre Kolleginnen und Kollegen kümmern sollen. Nicht jedes Fachschaftsessen ausschlagen, nur um mit Patrick zusammen sein zu können. Wahrscheinlich wäre es gut gewesen, sich bei ehrenamtlichen Initiativen zu engagieren und auch hin und wieder in der Kantine der Schule zu Mittag zu essen. Aber das alles ist ihr nicht wichtig gewesen. Sie hat jede freie Minute mit Patrick verbracht, hat sich mit ihm zum Essen in der Stadt getroffen und sich von ihm nach dem Unterricht abholen lassen.

Langsam lässt sie das Smartphone sinken und wischt sich mit dem Ärmel über die Augen.

Gegenüber steuern zwei Männer das Caritas-Gebäude an und verschwinden in der Tür. Ein junger Mann mit Baseball-Cape und nackten Füßen folgt ihnen. Dann stutzt Jo. Eine Frau in einem langen, schwarzen Strickmantel, schneeweißen Turnschuhen und kurzen, blonden Haaren verlangsamt ihren Schritt, blickt sich kurz nach allen Seiten um und schlüpft durch die Tür. Jo runzelt die Stirn. Auch eine Obdachlose? Ein alter, buckliger Mann an einer Krücke bleibt vor der Tür stehen, drückt mit zitternder Hand die Klinke hinunter und humpelt langsam ins Haus. Die Tür fällt mit einem lauten Rums zu. Ein Pärchen mit einem Hund erscheint. Sie bindet den Hund an einem Laternenpfahl fest, schleudert mit einer heftigen Kopfbewegung lange, schwarze Haare aus dem Gesicht und hängt sich bei ihrem Partner ein. Er ist kahlgeschoren mit Tattoos, die sich über seinen Schädel ziehen. Jo kann das Klappern der Absatzstiefel auf dem Asphaltboden hören, bevor sie im Haus verschwinden.

Ihr Rücken beginnt zu schmerzen. Immer mehr Menschen erscheinen und verschwinden im Haus gegenüber. Um Viertel vor Eins steht Jo auf und streckt sich. Die ersten Mittagsgäste haben das Gebäude bereits wieder verlassen. Marc ist nicht erschienen und in Jo keimt der grausame Verdacht, dass er keine Hilfe geholt hat.

Um Punkt Eins lehnt Jo an einer Litfaßsäule schräg gegenüber des *Le Phare Bleu* und wartet auf Patrick. An ihrem rechten Arm baumeln drei Papiertüten und ihr Kopf schmerzt. Eile ist noch nie ihr Ding gewesen, und in der Schwangerschaft mit einer unausgeheilten Gehirnerschütterung schon gar nicht.

Neben ihr springt die Ampel auf Grün, und die wartenden Menschen setzen sich in Bewegung. Eine Frau in ihrem Alter fällt ihr auf. Groß, rotgefärbte, lange Haare, eingefallene Schultern und tiefe Ringe unter den Augen. Sie trägt enganliegende schwarze Lederhosen und einen weiten, weißen Umhang. Die Augen hat sie auf einen kleinen Jungen im Alter von etwa vier Jahren gerichtet, der gemächlich von Zebrastreifen zu Zebrastreifen hüpft und jedes Mal begeistert in die Hände klatscht, wenn seine kleinen Füße den Streifen und nicht den Asphalt dazwischen erreicht haben.

„Hallo, mein Liebling." Patricks Stimme dicht an ihrem Ohr lässt Jo herumfahren. In einem hellgrauen Anzug und einem weißen Hemd steht er vor ihr, eine leichte Herbstjacke lässig über die Schulter geworfen. Er legt ihr einen Arm um die Taille und lächelt sie an. Nie würde er sie in der Öffentlichkeit küssen. Darum lächelt sie zurück und lässt sich zu ihrem Stammlokal führen.

„Hallo. Du siehst gut aus."

Sein Lächeln vertieft sich. „Danke. Es geht mir auch gut. Wir haben allen Grund anzunehmen, dass wir den Fall Svenson nun doch gewinnen können. Den Staatsanwalt jedenfalls haben wir heute in Grund und Boden argumentiert."

Er hält vor der gläsernen Tür des Restaurants an und zieht einen Flügel auf.

„Danke." Jo tritt ein und macht einen Schritt zur Seite. Zielstrebig schreitet Patrick an ihr vorbei auf einen Zweiertisch an der Wand zu.

Ihr Blick schweift durch den hohen Raum. Große Kronleuchter hängen von der Decke, die mit barocken Stuckaturen verziert ist. An den Wänden prangen mannshohe Gemälde berühmter Maler, von denen Jo einzig den eigenwilligen Stil Van Goghs erkennt. Der Raum ist voll, das Stimmengewirr droht sie im ersten Moment zu erschlagen. Über den unterschiedlichen Gerüchen der servierten Speisen liegt der Duft nach frisch gebrühtem Kaffee.

„Und, warst du erfolgreich?" Patricks Augen suchen die Papiertüten, nachdem der Kellner die Bestellungen aufgenommen hat.

„Ja. Ich habe drei Hosen gefunden, eine Leinenhose und zwei warme aus einem Wolle-Baumwollgemisch." Die Jeans im washed look verschweigt sie, ebenso den weiten, braunen Pullover im Retro-Stil mit aufgenähten Lederflecken an den Ellbogen. Patrick würde die Kleider kurzerhand zurückbringen.

Sie seufzt stumm. Es ist ihr nicht wohl dabei, ihn anzulügen oder wesentliche Dinge zu verschweigen. Das ist bisher gar nicht ihre Art gewesen, und er ist besonders stolz auf ihre offene und konsensorientierte Paarkommunikation. Aber seit der Schlägerei hat sich etwas verändert. Sie spürt es deutlich, ohne es reflektieren zu können. Nachdenklich dreht sie den Stiel ihres Wasserglases zwischen zwei Fingern.

„Und wie war dein Treffen mit Direktor Albrecht?"

Ihre Hand beginnt zu zittern. Sie spürt, wie sich ihre Wangen röten und hofft, dass er nicht bemerkt, wie sehr sie sich bemüht, ihren Atem unter Kontrolle zu halten. Ihr linkes Handgelenk unter der Gipsschiene schmerzt.

„Ich...Es war...Er hat... Es war nicht einfach, mit ihm zu sprechen."

„Hast du ihm das Dossier gegeben?" Sein erwartungsvoller Blick brennt auf ihrem Gesicht. Sie hebt ihr Glas an die Lippen und trinkt. Ohne ihn anzublicken, sagt sie kurz: „Ja."

„Gut. Dann wird es nicht lange dauern, bis er sich bei dir meldet." Die Sache scheint für ihn erledigt zu sein.

Der Nordseesalat mit Räucherlachs, Krabben, Chicorée-Blättern und Sesam, über den sie gewöhnlich mit Heißhunger herfällt, will ihr heute nicht schmecken. Halbherzig hört sie Patricks Ausführungen über das neue Sozialversicherungsgesetz zu. Immer wieder ertappt sie sich dabei, wie ihre Gedanken abschweifen. Warum hat ihr die Frau von der Caritas nicht geholfen? Ein kurzes Ja oder Nein hätte ja gereicht. Aber gar keine Auskunft hat sie nicht erwartet.

„Jo? Hörst du mir zu?"

Sie schreckt auf und lächelt Patrick an. „Ja, klar." Für drei Sekunden wandert sein Blick über ihr Gesicht, dann wendet er sich weder den Resten seines Roastbeef mit Rosmarinkartoffeln und grünen Bohnen im Speckmantel zu. „Und, was hältst du davon?"

Mist. Was hat er gesagt? „Ich – ich – es tut mir leid, Patrick, ich war mit meinen Gedanken gerade woanders."

Er schiebt sein Besteck auf dem leeren Teller zusammen und stützt die Ellbogen auf der weißen Tischdecke ab. „Ich weiß. Du wirkst zerstreut. Seit deinem Unfall im Park." Sein Blick versenkt sich in ihren Augen. Sie wagt nicht fort zu schauen. „Hast du noch Schmerzen?"

Jo schiebt sich die letzte Krabbe in den Mund und schüttelt den Kopf. „Meistens nicht. Die Nase ist okay, und das Handgelenk spüre ich nur, wenn ich es unkontrolliert bewege. Nur der Kopfschmerz ist ein wenig lästig."

„Am besten gehst du gleich wieder nach Hause und legst dich hin." Er streckt seine Hand aus und umfasst ihre Finger. „Ich würde dich gerne nach Hause fahren, aber ich habe in fünfzehn Minuten die nächste Besprechung. Heute Abend werde ich Holger treffen. Seit die Zwillinge auf der Welt sind, ist er kaum noch in seiner Kanzlei anzutreffen, dabei müssen wir uns in der Strategie im Fall Heuberger absprechen. Er vertritt die Ehefrau und ich den Mann. Ich fürchte, es wird spät werden."

Jo interessiert sich nicht für irgendwelche Eheleute und ist erleichtert darüber, dass sie ihre Suche ohne Zeitdruck fortsetzen kann. Aber sie hört das ehrliche Bedauern in seiner Stimme und drückt seine Hand. „Ist schon gut. Ich nehm' die S-Bahn, dann bin ich ja bald daheim."

Zuhause weicht sie die Kleider in einem großen Eimer ein, alle außer der Jeans und dem braunen Pullover, die sie sofort anzieht. Die Handgelenkschiene ersetzt sie durch einen Verband und hofft, dass die Heilung schon weit genug fortgeschritten ist.

Prüfend betrachtet sie sich im Spiegel und zieht unwillkürlich die Augenbrauen zusammen. Die Kleidung sieht ungewohnt an ihr aus. Sie verändert ihre Erscheinung auf eine Weise, die sie selbst ein wenig befremdet. Die natürliche Eleganz, die sie von ihrer Mutter geerbt hat, die Patrick so sehr an ihr liebt und durch entsprechende Kleiderwahl zusätzlich verstärkt, ist zwar nicht gänzlich verschwunden, aber lange nicht mehr so offensichtlich wie sonst. *Wie eine Handwerkerin auf Arbeitssuche.* Sie grinst sich an, schneidet verschiedene Grimassen und bindet die Haare im Nacken zusammen. *Hoffentlich begegne ich niemandem, der mich kennt.*

Mit neuer Energie setzt sie ihre Suche fort. Sie durchstreift sämtliche Parks der Stadt, in denen zahlreiche Menschen die herbstlichen Sonnenstrahlen genießen und auch die eine oder andere Gruppe Obdachloser ihr Schlafsacklager aufgeschlagen hat. Doch ihre Suche bleibt erfolglos.

Als die Sonne bereits tief steht, ist sie in einem Quartier der Stadt angelangt, in dem sie noch nie zuvor gewesen ist. Industriegebäude reiht sich an Industriegebäude, auf den verlassenen Straßen liegen plattgefahrene Gemüsereste, Papiertüten, Hühnchenknochen, um die sich struppige Hunde zanken, und Zigarettenkippen zuhauf. Kein Mensch ist weit und breit zu sehen, kein Auto brummt über die Fahrbahn. Eine gespenstische Stille liegt über den Gebäuden, es riecht nach verfaulten Lebensmitteln.

Jo fröstelt. *Wo zum Teufel bin ich hier gelandet?* Sie zieht ihr Smartphone aus der Tasche und bemerkt, dass ihre Hand zittert. Ihre Augen fliegen übers Display. Die nächste S-

Bahnstation ist über zwei Kilometer entfernt, und der Weg dorthin scheint noch weiter durch dieses gottverlassene Gebiet zu führen. Aber sie hat keine Wahl. Sie ist bereits seit zwei Stunden zu Fuß unterwegs, ist durch dunkle Gassen und verwahrloste Straßenzüge gehetzt. Den selben Weg zurückzugehen steht außer Frage, schon gar nicht in der Dunkelheit, die ihre Finger unaufhaltsam über die Straßen, Gebäude und Plätze ausstreckt. Jo prägt sich den Weg ein, den ihr der Routenplaner angibt, dann stapft sie weiter. Das dumpfe Klopfen in ihrem Kopf, das sie seit nachmittags begleitet, wird lauter und löst Unruhe in ihr aus. Auch ihr Handgelenk schmerzt, und inzwischen weiß sie mit Sicherheit, dass sie anstatt des Verbandes doch die Schiene hätte anlegen sollen.

Noch eine Kreuzung. Nach der vierten Abzweigung sollte sie zu einer mehrspurigen Straße gelangen, an der sich die nächste S-Bahnhaltestelle befindet. Plötzlich verlässt Jo die Kraft. Der hämmernde Schmerz in ihrem Kopf droht ihr die Sinne zu rauben, ihre Füße schmerzen und sie spürt ihren Rücken nicht mehr. Erschöpft lässt sie sich auf einer steinernen Bank mitten auf einem Kreisel nieder, stützt den Kopf auf die rechte Hand und beginnt zu weinen. Die Tränen rinnen ungehalten in den Ausschnitt ihres Pullovers und tränken den Stoff um ihren Hals. Sie schluchzt ungehalten, es hört sie ja sowieso keiner.

Da hält ein Lieferwagen vor ihr. Sie hat ihn nicht kommen hören. Die Fahrerscheibe wird hinunter gelassen und ein dunkelhäutiger Mann lehnt sich aus dem Fenster. „Ist alles in Ordnung mit dir? Kann ich dir helfen?" Schwarze Augen forschen in ihrem Gesicht, und seine tiefe Stimme durchbricht auf beruhigende Weise die drückende Stille.

Jo nickt, wischt mit dem Pulloverärmel die Tränen fort und zieht geräuschvoll den Rotz hinauf, der ihre Nase verstopft. „Ich bin ok." Ihre Stimme krächzt leise, sie räuspert sich. „Es ist alles in Ordnung, danke", sagt sie lauter und lächelt dem Mann angestrengt zu. Der hebt die Hand zu Gruß, drückt aufs Gaspedal und lässt Jo in einer Abgaswolke zurück.

Sie hustet, kramt in ihrer Handtasche nach einem Taschentuch, findet keins. Widerwillig wischt sie sich mit dem Ärmel über die Nase und steht auf. Die spärlichen Laternen werfen weiße Lichtkegel auf den Asphalt. *Zehn Minuten noch, dann sollte ich es geschafft haben.*
Doch dann ist der Weg zu Ende. Ein hoher Metallzaun hindert sie am Weitergehen. Dahinter rauschen in hoher Geschwindigkeit Autos vorbei. *Das muss die Hauptfahrbahn mit der S-Bahn sein. Aber wie komme ich auf die andere Seite?* Jo kneift die Augen zusammen und sucht ihre Umgebung ab. Ihr Blick bleibt an einer Metalltreppe hängen, die zu einer Überführung hinaufführt. Eine einzelne Glühbirne mit kaltem Licht beleuchtet schwach die ersten Stufen. Neben dem Aufgang hängt schief ein schmutziges Metallschild: *Club 77.* Ein dicker, schwarzer Pfeil weist die Treppe hinauf.
Oh nein.
Kalter Schweiß bricht ihr flutartig aus allen Poren und ihr Blut rauscht in ihren Ohren. Verzweifelt sucht sie nach einer anderen Möglichkeit, über die Straße zu gelangen, aber es gibt keine. Sie ballt die Fäuste, beißt die Zähne zusammen und geht auf die Treppe zu.
Das Metall der Stufen ist von Rostlöchern zerfressen und das Geländer, das nur noch stellenweise vorhanden ist, droht bei der ersten Berührung auseinanderzufallen. Vorsichtig steigt Jo die Stufen hinauf. Ihr Blick hastet zwischen den löchrigen Stufen und dem obersten Treppenabsatz hin und her. Vor ihr bäumt sich eine dunkle Betonwand auf, überzogen mit wildem Graffiti. Ihr Atem geht rasch und sie versucht angestrengt jedes Geräusch zu unterdrücken.
Eigentlich würde sie gerne fliehen. So rasch wie möglich diese Überführung hinter sich lassen. Aber ihre Beine sind ungewohnt träge. Eine seltsame Lähmung hat ihre Muskeln erfasst, und es gelingt ihr nur mit Mühe, einen Fuß vor den anderen zu setzen.
Der Treppenaufgang mündet in einen gewundenen Korridor. Undefinierbarer Gestank setzt sich in ihrer Nase fest, als sie geräuschlos über den nackten Betonboden schleicht. Der

Gang ist etwa einen Meter breit und drei Meter hoch. Nach zehn Metern macht er eine Biegung nach links und gibt den Blick auf die Autos unten auf der Straße frei. Das einzige Licht, das den Weg in den Korridor findet, dringt schwach von der Straße herauf. An der Decke hängen leere Glühbirnenfassungen.

Nach der Linksbiegung folgt sofort die nächste Biegung nach rechts, nach fünf Metern wieder nach rechts, dann wieder nach links. *Warum verläuft dieser Korridor nicht gerade?* Der Gedanke lässt Jo nicht los.

Nach der nächsten Biegung erblickt sie gerade noch rechtzeitig etwas Dunkles vor sich auf dem Boden, dann umfängt sie der saure Gestank nach Erbrochenem. Es vergehen fünf Sekunden bis sie erkennt, dass hier ein Mensch liegt. Zusammengekrümmt, bekleidet mit einer schmutzigen Jeans und einer zerrissenen Lederjacke. Das Gesicht liegt in Erbrochenem, teilweise unter langen Haaren verborgen.

Ein leiser Schrei entfährt ihr. Sie steht unbeweglich, starrt auf den Rest Mensch vor sich, unfähig zu denken geschweige denn zu tun. Ihr Kopf ist leer, sie spürt weder ihre schmerzenden Füße noch den Puls ihres Herzens, der ihre Brust zu sprengen droht.

„Schieb' bloß keine Panik, Mädel. Der liegt einmal die Woche hier. Mindestens."

Jo wirbelt herum. Erst jetzt bemerkt sie die Gestalten, die etwa zehn Meter von ihr entfernt am Ende des Korridors auf dem Boden sitzen. Es sind vier. Ein fünfter, mächtig wie ein Bär mit breiten Schultern und einer langen, wirren Haarmähne, steht an die Wand gelehnt. Er muss es sein, der gesprochen hat, denn nun kommt er schwankend auf sie zu.

„Hier, trink." Lallend hält er ihr eine Wodkaflasche hin. Endlich fällt die Starre von Jo ab. Heftig schüttelt sie den Kopf. „Trink, der Saft wärmt Körper und Geist!" Sie zuckt zusammen, als er in grölendes Gelächter ausbricht, das von den Betonwänden zurückgeworfen wird. Er ergreift ihren Arm und hält ihr die Flasche ans Gesicht.

„Hey Bred, lass sie in Ruhe. Du weißt doch, Finger weg von Weibern, das gibt nur Ärger."

„Ach was, so ein kleiner Schluck. Sie friert, seht doch, wie sie zittert. Trink, Baby, das wärmt Körper und Geist!"

Bevor er einen weiteren Schritt auf sie zu machen kann, reißt sich Jo los und will an ihm vorbei stürmen. Doch er ist erstaunlich flink und stellt sich ihr erneut in den Weg.

„Nicht so hastig, Baby. Was willst du hier?" Seine Augen bohren sich plötzlich in ihr Gesicht, und er wirkt von einem Moment auf den andern nüchtern. Lediglich sein alkoholschwangerer Atem, den er ihr mit jedem Wort ins Gesicht bläst, straft seinen Auftritt Lügen.

„Ich suche Marc." Ihre Stimme zittert mindestens ebenso wie ihr Körper.

Der Bär kneift die Augen so sehr zusammen, dass sie meint, er habe sie geschlossen. Irgendwo zerbricht eine Flasche, eine tiefe Männerstimme flucht laut. Dann öffnet er die Augen wieder.

„Marc." Er wendet den Kopf und wirft seinen Kumpels über die Schulter hinweg die Frage zu: „Kennt ihr Marc?"

Undeutliches Gemurmel wird übertönt von einem lauten Rülpsen. Dann sieht Jo, wie einer der Männer die Hand hebt.

„Der Stumme. Kommt seit Jahren immer mal wieder hier vorbei."

„Woher weißt du, wie er heißt, wenn er stumm ist?", grölt ein Bulliger mit Vollbart, zerrissener Trainerjacke und rauchiger Stimme. Die kahlen, farb- und schmutzverschmierten Betonwände werfen seine laute Stimme mehrfach zurück.

„Du Arsch!", zischt der andere und spuckt in seine Richtung.

„Weißt du, wo er jetzt ist?" Ihre Angst ist fort. Sie spürt, dass ihr die Männer hier nichts tun werden. Sie drückt sich am Kugelbauch des großen Mannes vorbei und bleibt vor dem Zierlichen mit dem bleichen Gesicht stehen, der noch immer die Hand in die Luft hält. Eine dunkle Narbe zieht sich quer über seine linke Wange, und ein Auge bleibt reglos, während das andere ihren Blick sucht.

Nun lässt er die Hand sinken und kratzt sich am Kopf.

„Keine Ahnung. Park?"

Jo schüttelt den Kopf. „Ich habe alle Parks abgesucht. Er ist verletzt und braucht Hilfe."

„Spritzt er?"

„Wie bitte?"

„Ob er auf Drogen ist", grölt der Bullige ungeduldig.

„Keine Ahnung." Jo zuckt die Schultern.

„Ostbahnhof. Wenn er spritzt, findest du ihn beim Ostbahnhof."

„Aber geh dort nicht hin." Der Bär hat sich ihr zugewandt und mustert sie aus halb geschlossenen Augen. „Das ist nix für dich." Eine Tür schlägt zu. „Die Dealer dort sind sehr aufdringlich." Er führt die Flasche an den Mund und trinkt.

„Güterbahnhof." Der Zierliche versucht vergeblich sich aufzurichten, sinkt sofort wieder in sich zusammen, aber in seinem gesunden Auge leuchtet plötzlich ein seltsamer Schimmer. „Der alte Güterbahnhof. Wer untertauchen will, geht dort hin. Dort sind keine Bullen." Sichtlich erschöpft lässt er sich zurück an die Wand fallen und führt eine Bierflasche zum Mund. Die Flüssigkeit gurgelt durch seinen Hals. Sein Nachbar erhebt sich, geht zwei Meter weiter und uriniert gegen die Wand.

Jo wird übel. Rasch wendet sie sich ab. „Danke. Ihr habt mir geholfen", murmelt sie und stürzt durch den Korridor auf den Treppenabstieg zu. Sie stolpert, hält sich am wackligen Geländer fest und erreicht taumelnd den Gehsteig. Sie dreht sich nach links und übergibt sich in ein Gebüsch.

Jo liegt auf der Seite, die Bettdecke zum Kinn hinaufgezogen, und betrachtet das gelbe Muster, das die Straßenlaterne durch die Vorhänge an die Zimmerwand malt. Sie lauscht den Geräuschen im Haus. Das Rauschen des Wasserhahns im Bad. Die Klospülung. Das Klacken des Lichtschalters.

Die Schlafzimmertür öffnet sich. Sie schließt die Augen und spürt, wie Patrick durchs Zimmer schreitet, begleitet vom exotischen Duft seines Duschgels. Gleich darauf raschelt die Bettdecke und die Matratze sinkt neben ihr ein. Sie dreht sich zur Seite und spürt seinen Körper an ihrem Rücken. Seine Hand tastet über ihren Arm, kommt auf der linken Brust zu liegen. Sein Zahnpastaatem streift ihre Nase, während seine Hand ihre Brust streichelt. Jo hält sie fest.

„Magst du nicht?" Patricks Stimme raunt dunkel in ihr Ohr. „Ich vermisse den Sex mit dir."

Sie liegt unbeweglich. Ihre Muskeln verkrampfen sich, ihr Atem geht flach. Seine Hand nimmt die Bewegung auf ihrer Brust auf, er rückt dichter an sie heran.

„Patrick."

„Ich möchte mit dir schlafen. Willst du nicht?"

„Ich..." Sein Schweigen zwingt sie weiterzusprechen. „Ich bin müde. Die Termine heute haben mich angestrengt."

Schweigen. Die Muskeln ihres verkrampften Rückens schmerzen.

„Ich verstehe. Morgen wird es ruhiger für dich."

Es gelingt ihr nicht herauszuhören, ob er enttäuscht ist. Er drückt sein Gesicht an ihren Hals und hält sie fest. Kurz darauf erkennt sie an seinem regelmäßigen Atem, dass er eingeschlafen ist. Erleichtert entspannt sie sich.

Ihre Augen starren auf einen Lichtflecken, aber innerlich ziehen die Bilder des Nachmittags an ihr vorbei. Sie hört die Stimmen der Männer und riecht den Gestank des dunklen Ganges. Worte drehen in ihrem Kopf Kreise wie auf einer Finnenbahn.

Was ist, wenn Marc tatsächlich drogenabhängig ist? Oder auch alkoholabhängig, so wie die Männer heute? Kann sie dann überhaupt helfen? Sind alle Obdachlosen alkoholabhängig? Werden Menschen alkoholabhängig, wenn sie auf der Straße landen, oder landen sie auf der Straße, weil sie alkoholabhängig sind? Begibt sie sich vielleicht selbst in Gefahr, wenn sie ihre Suche fortsetzt? Hat Nelly am Ende doch Recht und sie sollte besser die Finger von der Sache lassen?

Bei diesem Gedanken spürt sie heftigen inneren Widerstand. Unruhig dreht sie sich auf die andere Seite, schließt die Augen und wartet darauf, dass die Erschöpfung Überhand nimmt und sie einschlafen lässt.

7

Nach einigem Suchen im Internet hat Jo den Güterbahnhof am Südende der Stadt gefunden. Einen Teil der Strecke kann sie in der S-Bahn zurücklegen, den Rest wird sie zu Fuß gehen müssen.

Sie lehnt ihre Wange an die kühle Fensterscheibe der S-Bahn und lauscht dem vertrauten Rattern der Räder auf den Schienen. Einfamilienhäuser in geordneter Reihe ziehen an ihr vorbei, ein kleiner Teich, ein Spielplatz mit einer Handvoll Kinder. Es ist Samstag, und sie ist froh, dass Patrick sich wegen des Heubergerfalles heute nochmals mit Holger in dessen Kanzlei trifft. Sie hat einen Besuch bei ihrer Mutter vorgeschoben, um nicht in Erklärungsnotstand zu kommen, falls er vor ihr zuhause sein sollte.

Die Bahn hält ruckend an, Menschen verlassen den Waggon, andere steigen ein. Neben ihr lässt sich eine dicke, stark schwitzende Frau in einer grellgrünen Jacke nieder. Sie keucht laut und verbreitet einen durchdringenden Geruch nach Schweiß. Jo wendet den Kopf ab und beobachtet in der spiegelnden Fensterscheibe, wie die Frau ein altes Handy aus einer riesengroßen Handtasche zieht und wild auf die kleinen Tasten hämmert. Kurz darauf erfüllt ihre kräftige Stimme in einer fremden Sprache das Abteil. *Russisch. Oder Serbisch?* Jo versucht sich wieder auf die vorbeifliegende Landschaft zu konzentrieren. Die laute, gepresste Stimme in ihrem linken Ohr verursacht ihr Kopfschmerzen.

Sie ist erleichtert, als die Bahn an der Endstation hält und sie aussteigen kann. Rasch schlüpft sie ins Freie.

Kühle Herbstluft empfängt sie. Sonnenstrahlen brechen sich an Wolkenfetzen und malen schillernde Finger in den Himmel.

Jo blickt sich um. Einige Hochhäuser drängen sich aneinander, dahinter muss der Fluss sein. Auf der anderen Straßenseite wirbt eine kleine Tankstelle auf einer überdimensionalen Tafel mit dem günstigsten Benzin der Stadt, daneben versucht ein baufälliges Hostel mit schmutziger Fassade und dem sinnigen Namen *Zum kleinen Paradies* Reisende anzulocken.

Jo überquert die Straße und lenkt ihre Schritte an den Hochhäusern vorbei in Richtung Süden. Vor einem Schuppen schrauben zwei Jungs an einem Moped herum und singen lauthals den AC/DC-Song *Highway to Hell*. Es riecht nach Motorenöl. Jo überlegt kurz, ob sie die beiden nach dem alten Güterbahnhof fragen soll, aber was würden die Jungen dann wohl über sie denken? Schweigend geht sie an ihnen vorbei. Laut röhrend überholt sie eine Harley Davidson. Das Abgas brennt in ihrer Nase.

Zehn Minuten später zweigt rechts eine breite Straße ab. Der Asphalt ist an vielen Stellen aufgerissen und mit Schlaglöchern durchsetzt. Etwa fünfhundert Meter weiter, am Ende der Straße, erblickt Jo ein halb zerfallenes Gebäude aus rotem Backstein. Das muss der alte Bahnhof sein.

Schlagartig fällt die Lethargie von ihr ab, die sie seit Verlassen ihres Hauses wie ein zweites Gewand umhüllt hat. Ihre Finger krallen sich in den Saum des Pullovers. Das Krächzen eines tieffliegenden Rabens vermag das Rauschen des Blutes in ihren Ohren nicht zu übertönen. Ihre Schritte werden langsamer. Einerseits will sie nicht in eins der Löcher stolpern, andererseits ist ihr, als spüre sie einen unsichtbaren Widerstand, der sie am raschen Vorankommen hindert.

Ihr Kopf ist leer. Die Zweifel und Unsicherheiten, die sie den ganzen Vormittag lang gequält haben, sind verschwunden. Mechanisch bewegen sich ihre Beine, die Augen fixieren das Gebäude, das sich immer größer vor ihr aufrichtet, gerade so, als wolle es sich ihr in seiner ganzen verflossenen Schönheit zeigen.

Es ist still. Der Lärm der vorbeirasenden Autos liegt hinter ihr. Der Rabe ist fortgeflogen. Ein leichter Wind weht über die Felder zu beiden Seiten des Wegs und rauscht in den goldenen Haferhalmen. Das monotone Knirschen ihrer Schuhe auf dem steinigen Boden durchbricht die Stille.

Ihre Beine werden immer schwerer, je näher sie dem Güterbahnhof kommt. Sie erkennt eingeschlagene Fensterscheiben hinter verrosteten Gitterstäben und schwarze Graffitispuren, welche die Zeit hat verblassen lassen. Vor dem Gebäude breitet sich ein großer Platz aus. Hier müssen früher Lastwagen geparkt haben und Güter ein- und ausgeladen worden sein. Ein einzelner windschiefer Baum wirft einen bizarren Schatten auf dunkelgraues Kopfsteinpflaster. Jo bleibt stehen. Sie hört einen Fluss plätschern. Der Wind treibt eine leere Petflasche vor sich her. Eine schmale, etwa kniehohe Mauer schmiegt sich an die Wand des Gebäudes. Bei genauerem Hinsehen entdeckt sie weiteren Unrat auf der Mauer. Plastiktüten, leere Glasflaschen, Papiertaschentücher, ein alter Fernseher mit zerbrochenem Bildschirm. Dazwischen wachsen kleine Büsche und Unkraut.

Ihre Augen suchen die Wand ab, aus der zahlreiche Backsteine herausgebrochen worden sind. Hohe Fenster münden am oberen Ende in einen Bogen, einige davon sind von innen mit Sperrholzplatten und Karton verrammelt. Über die gesamte Vorderfront verteilen sich drei graue Doppelschiebetüren mit dicken Eisenschlössern davor. Einzig die mittlere der Türen, zu der eine kurze Betonrampe hinaufführt, steht einen Spalt breit offen. Zögernd geht Jo darauf zu.

Ein leises Rascheln lässt sie zusammenzucken und sie meint, aus dem rechten Augenwinkel eine flüchtige Bewegung in der Wand gesehen zu haben. Sofort beschleunigt sich ihr Atem, sie ballt die Hände zu Fäusten und blickt sich gehetzt um.

Stille.

Langsam geht sie weiter auf den Eingang zu und versucht dabei kein Geräusch zu machen. Auf Zehenspitzen nähert sie sich der Schiebetür.

Dann bleibt sie stehen. Ist es nicht besser, sich ganz normal zu verhalten? Sie ist weder auf der Flucht noch hat sie etwas zu verbergen. Im Gegenteil, sie sucht einen Menschen. Vielleicht sollte sie laut nach ihm rufen? Jo versucht, die verkrampften Muskeln zu entspannen und ihren Atem ruhig fließen zu lassen. Es will ihr nicht gelingen.

„Marc?" Zu leise, zu ängstlich, zu zögerlich. „Marc?" Gepresst dringt sein Name zwischen ihren Lippen hervor, noch immer kaum lauter als das Husten eines Eichhörnchens. Sie holt tief Luft. „Marc? Bist du hier?" Ihr Ruf prallt an den Backsteinwänden ab, dann wird es wieder still. Gebannt fixiert sie das Bahnhofsgebäude.

Schritte.

Sie hält den Atem an.

Im Türspalt erscheint die Silhouette eines Mannes. Nicht größer als sie selbst, stämmig, die Schultern vornüber hängend. Er bleibt stehen, den Kopf in ihre Richtung gewandt.

Jo gibt sich einen Ruck und geht langsam auf den Mann zu. Dunkelbraune, ungekämmte Haare hängen in seine Augen. In Augen, die sich in ihr Gedächtnis brennen wie vor zehn Tagen Marcs Gesicht. In ihnen liegen Resignation und Hoffnungslosigkeit. Und, irgendwo dahinter, Sehnsucht. Eine gerade Nase mit tiefen Furchen an der Nasenwurzel. Die Lippen bilden einen dünnen Strich in einem Gesicht, das aufgequollen und stumpf wirkt. Bartstoppeln bedecken graue, faltige Haut.

„Was willst du hier?" Seine Stimme verfügt über eine melodiöse Tiefe, sein Atem stinkt nach Alkohol.

„Ich suche Marc. Er ist verletzt."

„Und?"

„Er muss behandelt werden."

„Wer bist du?"

„Jo."

„Jo?"

„Ich war dort, im Park, als Marc zusammengeschlagen worden ist." Ihre Stimme bricht, sie senkt den Blick und starrt auf löchrige Schuhe, aus denen stellenweise schwarzer Strumpfstoff quillt.

Der Mann dreht sich um und macht einen Schritt ins Gebäude hinein. „Komm."

Jo schlüpft durch den Spalt. Der Gestank nach Urin und verdorbenen Lebensmitteln dringt in ihre Nase, aber sie nimmt ihn nur unterschwellig wahr.

Marc ist hier. Sie hat ihn gefunden.

Sie kneift die Augen zusammen und bleibt stehen. Es ist düster. Das Licht, das durch die eingeschlagenen Scheiben der nicht verriegelten Fenster fällt, wirft längliche Rechtecke mit Gittermuster auf den Boden. Sie steht an der Längsseite einer großen Halle, die sie von den Dimensionen her an die Turnhalle ihrer Gymnasialzeit erinnert und die auf den ersten Blick leer zu sein scheint. Der Raum ist hoch, von den ehemals weiß getünchten, mit wilden Sprayereien überzogenen Wänden bröckelt der Putz. Darunter schimmert das Rot der Backsteine hervor. An der gegenüberliegenden Wand erkennt sie dieselben grauen Schiebetüren wie jene, durch die sie soeben getreten ist.

Der Mann ist ebenfalls stehengeblieben und beobachtet sie misstrauisch. Sie vergräbt die Hände in den Hosentaschen und geht auf ihn zu. Er durchschreitet die Halle an der Wand entlang in Richtung Dunkelheit.

Sie folgt ihm langsam. Der Klang ihrer Schritte wird wie ein Tischtennisball zwischen den Wänden hin- und hergeworfen. Gänsehaut kriecht über ihren Rücken. Der Boden ist übersät mit Zigarettenkippen, Bierdosen, leeren Lebensmittelverpackungen und Putzbrocken. Etwas zerbricht unter ihrem linken Fuß, sie zieht ihn erschrocken zurück. Je tiefer sie in das Gebäude vordringen, desto aufdringlicher wird der Gestank, eine Mischung aus Fäkalien und Erbrochenem. Jo hält sich den Ärmel vor die Nase.

„Besuch."

Der Mann macht einen Schritt zur Seite, dann lässt er sich auf dem Boden nieder und lehnt sich mit dem Rücken an die Wand.

Jo runzelt die Stirn. Vor ihr liegt ein Haufen Lumpen, aber Marc kann sie nirgendwo erspähen. Ihre Augen suchen den Boden ab. In einer Ecke steht ein zerschlissener Sessel mit einer schmutzigen Decke darauf, daneben steht ein runder, tiefer Tisch auf drei Beinen. An der Querseite des Raumes liegt eine Matratze, die an einer Seite aufgerissen ist. Aus dem Riss stechen zwei Stahlfedern heraus. Etwas weiter entfernt erkennt sie zwei weitere Matratzen, einen Einkaufswagen mit Plastiksäcken und die Umrisse eines Sofas. Aber wo ist Marc?

Plötzlich bewegt sich der dunkle Haufen vor ihr.

Marc.

Das ist sein Mantel. Die ehemals hellbraune Farbe ist mit dunklen Flecken überzogen und ein langer Riss zieht sich vom Saum hinauf zur rechten Schulter. Jo spürt die Zeit zwischen ihren Fingern zerrinnen, während sich Marc langsam auf den Rücken dreht. Entsetzt starrt sie auf das Bündel Mensch.

Sie schließt die Augen. Will sie nicht wieder öffnen. Will sein Gesicht nicht sehen. Dennoch. Einem inneren Zwang folgend öffnet sie sie – und trifft seinen Blick, der unbeweglich auf ihrem Gesicht ruht.

Jo schluckt.

Die Fratze, die ihr entgegenblickt, scheint einem Horrorfilm entflohen zu sein. Das Blut ist getrocknet und klebt schwarz auf großen Teilen der Haut. Zwei lange Schnitte ziehen sich quer über die hohe Stirn, ein weiterer läuft über den Nasenrücken und zerteilt die Oberlippe in zwei ungleiche Hälften. Die Wundränder sind geschwollen und klaffen weit auseinander. Im schwachen Licht glänzt eine Flüssigkeit in der Mitte der Schnitte. *Eiter. Das muss Eiter sein.*

Jo versucht die Panik zu verdrängen, die in ihr aufsteigt. Sie vergisst den Ort, an dem sie sich befindet. Ein einziger Gedanke beherrscht sie: *Die Wunden müssen gereinigt werden.*

„Wir brauchen Wasser. Sauberes Wasser." Erschrocken zuckt sie zusammen. Ihre Stimme klingt laut in der leeren Halle. Sie hebt den Kopf und sucht den Blick des Mannes. Er hat die Augen geschlossen, sein Kopf lehnt an der Wand und aus dem halb geöffneten Mund dringen leise Schnarchtöne. Sie tritt auf ihn zu und berührt ihn vorsichtig an der Schulter. „Bitte, wachen Sie auf." Sie schüttelt ihn ein wenig, bis sich sein Mund schließt und ein Rucken durch seinen Körper fließt. Verwirrt starrt er sie an.

„Wir brauchen sauberes Wasser. Wir müssen die Wunden reinigen. Können Sie mir sauberes Wasser besorgen?"

Der Blick des Mannes klart auf. „Ja."

„Wo?"

„Im Fluss."

„Gut. Soll ich Ihnen helfen?"

Er schüttelt den Kopf und sie schaut zu, wie er sich ächzend erhebt.

Wie alt mag er wohl sein? Aufgrund seines Äußeren würde sie ihn auf etwas über 50 Jahre schätzen, aber sein Verhalten lässt ihn älter wirken. Er taumelt kurz, als er steht, stützt sich an der Wand ab. Dann blickt er sich suchend um. Er geht auf eine der zahllosen leeren Petflaschen zu, ergreift eine und schlurft damit zum Ausgang.

Jo dreht sich zu Marc um. Seine Augen halten sie noch immer fest. Es ist zu dunkel, als dass sie den Ausdruck in seinem Blick erkennen könnte. Aber sie spürt wache Aufmerksamkeit.

Sie kniet sich zu ihm hinunter und versucht, eine Locke aus seiner Stirn zu streichen. Sie klebt fest. Sie erinnert sich, dass sein Haar dunkelblond ist. Hier wirkt es fast schwarz.

„Warum bist du fort gegangen? Im Krankenhaus hätten sie deine Wunden versorgt." Fragend blickt sie ihn an.

Schweigen.

Jo führt eine Hand an seinen Hals und zählt die Pulsschläge. „Dein Puls ist schwach und viel zu hoch." Besorgt gleitet ihr Blick über seinen zusammengekrümmten Körper. „Wo hast du Schmerzen?"

Marc schweigt und Jo fragt sich plötzlich, ob er überhaupt sprechen kann. Hat ihn nicht der Mann in der Überführung den *Stummen* genannt? Aber dann verwirft sie den Gedanken wieder. Er hat ja mit ihr gesprochen, als sie mit dem Gesicht im Gras gelegen ist, kurz bevor der Krankenwagen gekommen ist. *Hey, hörst du mich?* Das sind seine Worte gewesen.

Ein Scheppern lässt Jo zusammenfahren. Sie wirbelt herum und macht die stämmige Silhouette des Mannes im Gegenlicht aus. Sie wartet, bis er vor ihr steht, dann erhebt sie sich.

Wortlos hält er ihr die gefüllte Petflasche hin.

„Danke." Sie zögert. „Wie heißen Sie?"

Er hat sich bereits wieder abgewandt, dreht sich nochmal zu ihr um. In seinem Gesicht liegt Erstaunen. „Paul. Paul Sieber. So hab' ich mal geheißen." Abrupt wendet er sich ab und lässt sich wieder mit dem Rücken an der Wand hinunterrutschen.

Jo verharrt einen Moment. *Wie hat er das gemeint?*

Ein leises Husten zieht ihren Blick wieder zu Marc. Er hält sich eine Hand vor den Mund und bemüht sich sichtlich den Hustenreiz zu unterdrücken.

Sie kniet erneut vor ihm nieder und zieht ein sauberes Taschentuch aus der Tasche ihrer Jeans.

„Ich möchte dein Gesicht waschen." Sie forscht in seinen Augen, aber sie bleiben unverändert aufmerksam, ohne weitere Regung. Sie tränkt das Tuch mit Wasser und legt es vorsichtig auf seine Stirn. Er zuckt zusammen.

Es dauert zwanzig Minuten, bis Jo Marcs Gesicht von den letzten Blutspuren gereinigt hat. Mit der Taschenlampe ihres Handys leuchtet sie die Schnittwunden an. Ihr Zustand ist schlimmer als vermutet. Die Schnittkanten sind zwar glatt, liegen aber weit auseinander und haben sich entzündet.

„Das müssen wir desinfizieren." Ihre Augen suchen Paul Sieber. Er ist wach, scheint ihre Handlung verfolgt zu haben. „Haben Sie was Hochprozentiges hier?"

Ein schiefes Grinsen erscheint auf dem aufgedunsenen Gesicht. Ohne aufzustehen zieht er eine Vodkaflasche hinter seinem Rücken hervor und streckt sie Jo hin. Sie nimmt sie schweigend.

„Es wird brennen." Vorsichtig tupft sie die Wunden ab, mehrmals, bis Marc so heftig keucht, dass sie befürchtet, er könne vom Sauerstoffüberschuss bewusstlos werden. Sie schraubt die Flasche zu und gibt sie Paul Sieber zurück. „Können Sie das einmal täglich tun? Die Entzündung muss abklingen."

Paul Sieber zuckt die Schultern. „Vielleicht." Jo meint, einen Anflug von Trauer in seiner Stimme zu hören.

„Wissen Sie, ob Marc sonst noch verletzt ist? Ich habe ihn danach gefragt, aber er antwortet mir nicht."

Er zuckt erneut die Schultern. „Er antwortet nie."

Jo seufzt leise. „Dann müssen Sie mir helfen, ihn ins Licht zu bringen. Hier sehe ich zu wenig." Bittend blickt sie ihn an. Er stellt die Flasche auf den Boden und greift Marc unter die Schultern. Ein gequälter Schrei löst sich aus dem schlaffen Körper. Erschrocken lässt Paul Sieber ihn wieder auf den Boden zurücksinken.

„Wahrscheinlich ist eine Schulter verletzt." Jo seufzt erneut. „So kommen wir nicht weiter." Sie blickt sich um. Direkt hinter Paul Sieber befindet sich ein verrammeltes Fenster. „Können wir das nicht öffnen?"

„Dann wird's nachts arschkalt."

„Wir können es ja nachher wieder verschließen. Aber jetzt brauche ich Licht."

Wortlos schiebt er den Sessel vors Fenster, ergreift mit breiten Händen eines der Bretter und zieht kräftig daran. Das Holz knirscht und löst sich aus seiner Verankerung. Ein Windstoß fegt durch die Halle und Licht ergießt sich über Marc.

Jo nickt zufrieden. „Sehr gut, danke." Sie lächelt ihn an. Brummend stellt er das Brett an die Wand.

Vorsichtig tastet sie Marcs linke Schulter ab. Bei jeder Berührung stöhnt er leise auf und sie ist sich sicher, dass die Schulter ausgerenkt sein muss. „Da brauchen wir Hilfe, ich kann die Schulter nicht wieder einrenken. Kannst du den anderen Arm bewegen?" Marcs Arm löst sich vom Boden und schwenkt für einen kurzen Moment wie herrenlos durch die Luft. Dann fällt er zurück.

„Gut." Plötzlich stutzt sie. Ihr Blick bleibt an seinem Handgelenk haften, bei dem der Ärmel ein wenig zurückgerutscht ist. Ein dünner, roter Strich zieht sich von der Innenseite des Handgelenks den Arm hinauf und verschwindet im Ärmel. Sie schiebt ihn weiter hinauf und verfolgt ihn bis in die Armbeuge hinein.

„Du hast eine Blutvergiftung. Wir brauchen dringend Antibiotikum." Ihre Stimme klingt gepresst. Sie zieht den Mantel zur Seite, um die Beine untersuchen zu können. Der Gestank, der sich augenblicklich vor ihr ausbreitet, verschlägt ihr den Atem und lässt sie ans Fenster stürzen. Keuchend presst sie ihr Gesicht an die Gitterstäbe und versucht die Übelkeit zu unterdrücken, die in Wellen durch ihren Magen jagt. Ihre Augen fixieren einen kleinen Vogel, der auf einem der dürren Äste im Wind wippt.

Ihr Atem beruhigt sich langsam. Obgleich es bereits später Nachmittag ist und die Abendkühle die Wärme des Tages allmählich verdrängt, zieht Jo den Pullover aus und bindet sich einen Ärmel über Mund und Nase. Sie kann Marc unmöglich in diesem Gestank nach Fäkalien untersuchen, nicht im aktuellen Stadium der Schwangerschaft. Vielleicht könnte sie es auch sonst nicht.

Sie zieht den Mantel komplett zur Seite. „Hast du eine andere Hose?" Gedämpft dringen ihre Worte unter dem Pullover hervor. Sie vermeidet es, Marc in die Augen zu sehen. Aus den Augenwinkeln nimmt sie wahr, wie er mit dem Kinn an die Stelle deutet, an der der Sessel gestanden ist. Sie entdeckt einen braunen Beutel und zieht ein sauberes T-Shirt, einen ausgefransten Pullover und eine saubere Jeans heraus. „Ich muss dich waschen."

Paul Sieber steht auf, bückt sich nach zwei Petflaschen und verlässt das Gebäude. Marc versucht sich aufzurichten. Jo stützt seinen Rücken. Durch den Mantelstoff spürt sie seine Rippen. Sie verharrt hinter ihm, bis Paul Sieber zurückkommt.

„Können Sie ihm Schuhe und Hose ausziehen?"

„Hör auf mit dem *Sie*. Ich bin nicht mehr Paul Sieber. Ich bin Paul. Paul!" Sie erschrickt über die plötzliche Aggression in seiner Stimme.

Er beugt sich über Marcs Füße, streift ihm die ausgelatschten Turnschuhe ab und zieht an der vor Schmutz steifen Hose, die über die dürren Beine rutscht, ohne dass er zuvor den Hosenknopf geöffnet hat. Marc nestelt an der Unterhose herum und Jo wendet den Blick ab, als ihm Paul hilft sie auszuziehen. Dann schüttet Paul das Wasser beider

Flaschen über Marcs Unterleib und seine Beine. Marc zieht zischend die Luft ein.

„Können wir ihn auf eine der Matratzen legen?" Jo zerrt sich den Pullover vom Mund und deutet an die Querseite der Halle. Paul schüttelt den Kopf. „Und das Sofa?"

Er nickt brummend. „Ist wieder frei." Als er ihren fragenden Blick wahrnimmt, ergänzt er: „Dave hat sich den goldenen Schuss verpasst."

Sie schluckt und räuspert sich. Ihre Kehle fühlt sich eng an, ihre Hände sind kalt. Das Atmen bereitet ihr Mühe.

Ohne ein weiteres Wort zu verlieren, zieht Paul die frische Hose über Marcs Beine. Es ist nichts vorhanden, um sie vorher abzutrocknen.

„Kannst du aufstehen?" Jo stützt ihn von hinten, während sich Marc mit sichtbarer Anstrengung in die Höhe stemmt. Als er schwankend steht, zieht sie ihm vorsichtig den Mantel von den Schultern. Dann führt sie ihn zum Sofa und bleibt angewidert davor stehen. Fleckig, mit undefinierbaren, eingetrockneten Belägen auf dem zerrissenen Stoff stößt es sie in einem Maße ab, dass sie Marc auf keinen Fall darauf betten kann.

„Bringst du mir bitte die Decke vom Sessel, Paul?"

„Die gehört Temo."

„Ich besorg' ihm eine neue." Jo spürt Ungeduld in sich aufsteigen. Wie ist es möglich, dass hier ein verletzter Mensch inmitten anderer Menschen vor sich hin vegetiert, ohne dass sich jemand um ihn kümmert?

Paul wirft die Decke aufs Sofa. Marc hält sich an der Rückenlehne fest, während Jo sie ausbreitet. Sie riecht nach Staub und Schweiß. Langsam lässt sich Marc darauf nieder. Seine Gesichtszüge entspannen sich, bevor er die Augen schließt. Trotz der hässlichen Wunden wirkt sein Gesicht nicht mehr so furchteinflößend wie vorher.

„Ich nehme deine Kleider mit, um sie zu waschen. Du bekommst sie morgen wieder." Sie ist sich nicht sicher, ob er ihre Worte noch hört.

Unter dem Sofa zieht sie eine Plastiktüte hervor, stopft Marcs Kleider hinein und knotet die Tüte fest zu.

„Soll ich dir mit dem Brett helfen?"
Paul steht an die Wand gelehnt und hat sie nicht aus den Augen gelassen. Er schüttelt den Kopf. Sie zuckt die Schultern und geht auf den Ausgang zu. „Danke." Sie dreht sich um. In Pauls Augen liegt ein seltsamer Ausdruck. „Du hast ihm seine Würde zurückgegeben." Seine Stimme splittert, er wendet den Kopf zum Fenster. Jo meint, eine Träne in seinem Augenwinkel glitzern zu sehen.

Jo fährt direkt ins Stadtzentrum. Es ist halb Vier. Wenn sie sich beeilt, erreicht sie Nelly noch in ihrem Geschäft. In den Straßen wimmelt es wie in einem Bienenstock. Im Laufschritt hastet sie zwischen Menschengruppen hindurch, weicht spielenden Kindern aus und steht kurz darauf außer Atem vor Nellys Laden.

Ein kleines Glockenspiel erklingt, als sie die Tür aufstößt. Süßer Duft umfängt Jo. Eine junge Verkäuferin mit blondem Haar dreht den Kopf in ihre Richtung.

„Guten Tag. Ich bin gleich bei Ihnen."

„Danke. Ich suche Nelly. Ist sie hier?"

Die Verkäuferin wendet sich wieder ihrer Kundin zu, einer schlanken Frau in einem maßgeschneiderten Kostüm, deren weißer Pudel sich interessiert durch den Laden schnüffelt. „Bitte entschuldigen Sie mich, ich komme sofort wieder."

Die Frau nickt abwesend, während sie offensichtlich unschlüssig vor einem Blumenstrauß mit roten und orangen Herbstastern und einem rosa-violett-weißen Rosenstrauß steht.

„Josephine, wie schön, dass du mich besuchst!" Nelly kommt aus einem Raum hinter dem Tresen hervor und wischt sich die Hände an einer dunkelgrünen Schürze ab. Sie drückt Jo zwei Küsse auf die Wangen und strahlt sie an.

„Du arrangierst selber?" Überrascht schaut Jo die kleine Frau mit den glühenden Wangen und leuchtenden Augen an.

Nelly zwinkert ihr zu, fasst sie am Arm und zieht sie hinter einen mannshohen Ficus. „Das ist das Salz in der tägli-

chen Verkaufssuppe! Ich bin Gärtnerin, keine Verkäuferin!"
Sie grinst Jo verschmitzt an. Dann wird ihre Miene ernst.
„Wie geht es dir? Du siehst müde aus."

Jo steckt sich eine Haarsträhne hinters Ohr und macht eine wegwerfende Handbewegung. „Geht schon." Dann schaut sie Nelly eindringlich in die Augen. „Ich habe ihn gefunden." Die runzlige Stirn bekommt noch ein paar Runzeln mehr, als Nelly die Augenbrauen in die Höhe zieht. „Wen?" „Marc. Den Obdachlosen." Der ernste Ausdruck im Gesicht der alten Frau vertieft sich. „Nelly, du muss mir helfen. Marc hat eine Blutvergiftung, ich brauche dringend Antibiotikum. Kannst du mir welches besorgen? Zu meinem Hausarzt kann ich nicht gehen, ohne dass Patrick davon erfährt." Sie ergreift die knochigen Hände und drückt sie. „Bitte, Nelly, hilft mir!"

Sanft zieht Nelly die Hände zurück. Sie bückt sich, um ein Blatt vom Boden aufzuheben. „Josephine. Das geht nicht." Sie richtet sich auf und blickt Jo fest in die Augen. „Es tut mir leid."

„Aber warum denn nicht? Du kennst so viele Menschen hier, ist da kein Arzt darunter, den du fragen kannst?" Ihre Stimme ist vor Verzweiflung lauter geworden, und die andere Kundin schaut interessiert hinter den Ficus.

Nellys Schultern straffen sich. „Es tut mir leid, ich kann dir nicht helfen. Ich habe dir meine Situation bei unserem letzten Treffen erläutert. Es tut mir leid", fügt sie leise hinzu. „Du kannst es mit Homöopathie versuchen, diese Arzneien bekommst du rezeptfrei in der Apotheke."

Jo sackt in sich zusammen. „Okay." Ohne sich zu verabschieden verlässt sie den Laden. Sie hat keine Kraft, Nelly die Hand zu geben, zu groß ist die Enttäuschung.

Auf einer der Bänke, die in gleichmäßigen Abständen über die Bahnhofstraße verteilt sind, lässt sie sich nieder. So ganz kann sie noch nicht fassen, dass Nelly sie hängen gelassen hat. *Homöopathie!* Marcs Leben ist in Gefahr und Nelly faselt von Homöopathie. Der Schmerz sitzt tief.

Jo schluckt und versucht die Tränen zurückzudrängen, die machtvoll in ihr aufsteigen. Um sich abzulenken, zieht sie ihr Smartphone aus der Tasche. Sie dreht es in der Hand, dann beginnt sie ihre Recherche.

Als ihr Gesäß schmerzt und ihre Füße taub sind, steckt sie das Telefon weg. Sie hat keine Ahnung von Homöopathie, aber das, was sie im Internet darüber gelesen hat, weckt immerhin einen kleinen Hoffnungsschimmer, dass sie Marc doch helfen kann.

Sie blickt sich um. Die nächste Apotheke mit Wochenenddienst ist nicht weit. Sie bewegt ihre Zehen, wartet, bis das unangenehme Kribbeln nachlässt, und steht auf.

Patrick ist noch nicht zuhause. Erleichtert steckt sie Marcs Kleidung erst in die Waschmaschine, dann in den Trockner. Anschließend zieht sie eine Merinowolldecke aus der Versenkung des Kleiderschrankes und packt sie gemeinsam mit einem Bündel Bananen, den homöopathischen Arzneien aus der Apotheke und ihren Schwangerschafts-Vitamintabletten in eine Umhängetasche.

8

„Möchtest du noch Kaffee?"

„Gerne. Danke, mein Liebling." Patrick hält Jo seine Tasse hin und lächelt ihr liebevoll zu. Neben ihm liegt die Tageszeitung, Wochenendausgabe. Aller moderner Technik zum Trotz liest er täglich die Zeitung, so, wie es sein Vater immer zu tun gepflegt hat. Die Informationen im Internet seien flüchtig und viel zu viel auf einmal, pflegt er zu argumentieren. Wirklich wichtig sei das, was auf Papier gebracht worden sei. Jo kann sich weder mit den elektronischen Nachrichten noch mit jenen in Papierform anfreunden. Das wirklich Wichtige bekommt sie im Lehrerzimmer mit, da nutzt sie ihre freie Zeit lieber zum Joggen oder für ein gutes Buch. Zumindest ist es bisher so gewesen.

„Ach, Josephine, habe ich dir schon gesagt, dass wir heute Mittag Besuch bekommen?" Patrick blickt von der Zeitung auf, als Jo beginnt den Tisch abzuräumen. Sie zieht die Augenbrauen in die Höhe und schüttelt irritiert den Kopf. Es ist zwar nicht unüblich, dass Patrick am Wochenende Gäste einlädt. Aber heute passt ihr das gar nicht. Sie muss unbedingt zum Güterbahnhof. Muss Marc die Medikamente geben, um die Blutvergiftung zu stoppen.

„Nein."

„Ich habe Toni eingeladen. Nelly wird auch mitkommen. Ich dachte mir, du freust dich sicher, wenn du mal wieder ein wenig mit Nelly plaudern kannst."

Jo schluckt. Schweigend stellt sie die Teller zusammen und kippt die Brotkrümel über das Geländer der Terrasse. Noch ist es warm genug, um draußen zu frühstücken, aber der Herbst schreitet unaufhaltsam voran. Der Rasen ist übersät mit gelben und braunen Blättern des hohen Kastanienbaumes, und die Astern stehen in voller Blüte.

„Freust du dich nicht?" Sie hebt den Blick und zögert. Patrick hat sich im Lederstuhl zurückgelehnt und schaut sie forschend an.

„Ich weiß nicht. Worüber soll ich denn mit Nelly sprechen? Über die Schule?" Bitterkeit schwingt in ihren Worten.

Patrick lehnt sich vor und ergreift ihre Hand. „Ich denke, dass wir Nelly und Toni von der Schlägerei erzählen können. Toni ist nicht nur ein äußerst fähiger Anwalt und guter Kollege, er ist auch mein Freund. Und Nelly mag dich."

Jo seufzt stumm und zieht ihre Hand zurück. Sie türmt ihre Teetasse und einen Eierbecher auf die Teller und balanciert das Geschirr in die Küche. Sein Blick pulsiert auf ihrem Rücken.

„Wann kommen sie?" Sie tritt an die Brüstung und fixiert mit den Augen einen Spatz, der aufgeregt mit dem Schnabel in der Erde pickt. Am Himmel drängen sich bereits wieder dicke Wolken und drohen die Sonne zu verschlucken.

„Um zwölf. Ich habe den Catering Service auf elf Uhr dreißig bestellt." Er stellt sich hinter sie und legt seine Arme auf ihren Bauch. „Ich freue mich auf unser Baby." Er neigt den Kopf und küsst sie auf den Hals.

Ihre Finger krallen sich ins Geländer. Sie spürt, wie sich ihre Muskeln verkrampfen und ärgert sich darüber. *Was ist los mit mir?* Sein Aftershave kitzelt in ihrer Nase, sie schließt die Augen.

„Magst du dich umziehen?" Seine Stimme klingt weich in ihrem Ohr, aber seine Worte hallen dumpf in ihrem Kopf und die Knöchel ihrer Finger treten weiß hervor. Sie lässt sich einen weiteren Kuss auf die Stirn hauchen, lächelt widerwillig und verschwindet mit steifem Schritt im Schlafzimmer. Die Füße des Terrassenstuhls kratzen über die Bodenfliesen aus Antikmarmor.

„Ich hätte an eurer Stelle direkt Anzeige gegen die Schule erstattet. Die Freistellung ist rechtswidrig." Nellys sorgfältig gepuderte Wangen sind gerötet, und in ihrer Stimme schwingt eine erregte Spannung. Bisher ist es ihr gelungen sich nicht anmerken zu lassen, dass sie weit mehr über die Sache weiß, als Patrick soeben erzählt hat. Jo wird ruhiger, sie greift nach einem Thunfischbrötchen.

Toni schüttelt den Kopf und schiebt sich einen Toast mit Räucherlachs, Kapern und Meerrettich in den Mund. „Durch den Krankenhausaufenthalt und die Verletzungen fällt Josephine für einige Wochen aus. Danach sind Herbstferien, und im November ist sie bereits im siebten Schwangerschaftsmonat. Wie es ihr dann geht und ob sie bis Januar hätte arbeiten können, ist ungewiss. Unter diesen Umständen ist die Freistellung legitim."

Patrick schnaubt und steht auf. Mit verschränkten Armen steht er vor der großen Glasfront des Esszimmers und starrt in das graue Einerlei der Regentropfen, die sintflutartig vom Himmel stürzen. Jo wirft Nelly einen verstohlenen Blick zu, aber die ältere Frau sitzt zurückgelehnt in ihrem Stuhl, hält die Hände in ihrem Schoß gefaltet und betrachtet interessiert das Ölgemälde an der Wand gegenüber.

„Reg dich nicht auf, Patrick. Sollte ihr die Schule nach Ablauf des Mutterschutzes die Kündigung aussprechen, habt ihr genügend Zeit, um aktiv zu werden." Tonis Stimme klingt beschwichtigend, aber Jo erkennt an Patricks zuckenden Schulterblättern die Anspannung, unter der er steht. Abrupt dreht er sich um. In seinen Augen funkelt Zorn.

„Diese Freistellung ist eine verdeckte Kündigung. Solange sie freigestellt ist, kann sich Josephine um keine andere Stelle bewerben. Sie bekommt zwar noch ihren Lohn, ist aber faktisch arbeitslos. Arbeitslos!" Er spuckt das Wort vor sich auf den Boden und schüttelt sich, als ob er etwas Widerliches entdeckt hätte.

Jo kaut auf ihrem Brötchen herum, unterdrückt einen Niesreiz, der durch den Saft der rohen Zwiebeln in ihrer Nase aufsteigt, und spürt eine seltsame Gleichgültigkeit. Patricks Erregung fegt über sie hinweg. Sie hat sich keine Gedanken darüber gemacht, was nach der Geburt des Babys sein wird. Ihr Denken endet bei diesem unbekannten Ereignis, das in weiter Ferne auf sie zukommt. Bis dahin bleibt noch eine Menge Zeit – Zeit, in der sie es schaffen muss, Marc gesund zu pflegen.

Sie wirft einen Blick auf die Küchenuhr an der Wand. Halb zwei. Die Zeit zerrinnt zwischen den Bissen ihres Brötchens. *Hoffentlich hört der Regen rechtzeitig auf.*

***

Marc liegt auf der Seite. Er beobachtet eine Ratte, die aus dem Dunkel der Wand herausschleicht. Sie schnüffelt, dann nimmt sie Kurs auf Temos Matratze. Ihr langer, nackter Schwanz steht aufrecht in der Luft, während die kleine Nase ununterbrochen vibriert. Sie nähert sich dem braunen Papierbeutel, den Temo gestern Abend mitgebracht hat. Sie stellt sich auf die Hinterpfoten, legt die Vorderpfoten auf den Rand der Tüte. Mit einem leisen Knistern fällt sie um. Ein Schokoladenriegel und ein in Papier eingewickeltes Butterbrot fallen heraus. Plötzlich vibriert der ganze Körper des Tieres.

Marc versucht den Arm zu heben, um mit einer leeren Bierflasche, die neben dem Sofa liegt, auf die Ratte zu werfen. Aber sein Arm gehorcht ihm nicht. Willenlos hängt er herunter und berührt den staubigen Zementboden.

Er ist zu geschwächt, um sich darüber zu ärgern. Die Hitze in seinem Körper lähmt seine Gedanken. Sein Blut pulsiert laut und heftig in seinem Kopf, und immer wieder verschwimmt die Ratte vor seinen Augen. Er schließt sie für einen Moment.

Als er sie wieder öffnet, ist von dem Butterbrot nur noch das Papier übrig. Das Tier setzt seinen Beutezug fort, versucht sich an der Verpackung des Schokoladenriegels.

Schritte.

Geräuschlos verschwindet die Ratte in der Dunkelheit.

Er hat keine Kontrolle über seinen Kopf. Aber inzwischen erkennt er Paul an seinem Gang. Er wartet, bis der stämmige Mann mit den dunklen Augenringen in seinem Blickfeld erscheint.

„Hier. Wasser."

Marc fühlt Pauls Hand unter seinem Kopf, der ein wenig angehoben wird. Dann rinnt das Wasser über seine Lippen und tropft übers Kinn. Er versucht, soviel wie möglich von der kostbaren Flüssigkeit aufzufangen, um das Kratzen in seiner ausgetrockneten Kehle zu mildern.

„Mann, is das 'n Wetta!" Temo. Sein krächzendes Stimmlein hallt durch den hohen Raum. Stampfen, Keuchen, dann steht Temo bei ihnen. Die kleinen, immer glänzenden Äuglein richten sich auf Marcs Gesicht, dann nimmt er Paul die Flasche aus der Hand.

„Du verschüttest ja alles!" Er kniet sich ächzend nieder und führt die Öffnung der Flasche geschickt an Marcs Mund.

Marc trinkt mit geschlossenen Augen.

„So." Triumphierend lässt Temo die Flasche sinken. Marc blickt in das Gesicht vor sich und fragt sich einmal mehr, wie alt Temo wohl sein mag. Eine dicke Nase dominiert ein Gesicht, das über und über mit Falten und Fältchen überzogen ist. Ein weißer Schnurrbart korrespondiert mit ebenso weißen Augenbrauen, die stets struppig in alle Richtungen abstehen. Ein einziger Zahn steht in diesem Mund, der fast immer lächelt.

Fast immer. „Wo is mein Butterbrot?" Er poltert, und würde der Schmerz nicht sein Gesicht lähmen, würde Marc lächeln. Mit seiner hohen, lispelnden Stimme würde Temo wohl nicht mal die Ratte beeindrucken. Die Hände in die schmalen Hüften gestemmt, stampft der Alte mit einem Fuß auf und fegt das Butterbrotpapier mit einem Tritt weg. „Diese verdammten Ratten! Nix is sicher vor ihnen."

Mit einem lauten Plumps lässt er sich auf seine Matratze fallen und ist dreißig Sekunden später eingeschlafen.

Paul hat die Szene reglos mit den Augen verfolgt. Jetzt wendet er sich wieder Marc zu. „Brauchst du was?"

Die Worte prallen an Marc ab. Wie immer. Er kann sich nicht daran erinnern, wann er zum letzten Mal gesprochen hat. Es muss noch vor dem Tod seiner Mutter gewesen sein. Und der ist jetzt zwölf Jahre her.

Doch. Im Park. Nach dieser verhängnisvollen Schlägerei. Als ihm diese seltsame Frau geholfen hat. Er versucht sich ihr Gesicht ins Gedächtnis zu rufen, aber wenngleich er sie gestern fast ununterbrochen angestarrt hat, vermag sich ihr Bild nicht vor seinem inneren Auge zusammenzusetzen. *Ob sie tatsächlich wiederkommt?*

***

Es ist drei Uhr, als der schwarze Audi TT mit quietschenden Reifen um die Kurve biegt. Jo atmet auf. Es ist still im Haus. Rasch zieht sie ihre Umhängetasche aus dem Garderobenschrank. Patrick ist zu Toni und Nelly nach Hause gefahren, weil Toni ihm unbedingt irgendwelche Akten zeigen möchte. Sie wirft das crèmefarbene Leinenkleid aufs Bett, schlüpft in ihre Straßenkleidung, bindet die Haare zusammen.

Der Wind pfeift durch die Fensterscheiben der S-Bahn und zerrt die Blätter von den Bäumen. Jo zieht ihren Schal fester um die Schultern, als sie aus dem Waggon steigt, und zweifelt daran, dass es eine gute Idee gewesen ist, ihre

Windjacke zuhause zu lassen. Aber sie hätte sich in ihrer teuren Designerjacke auf dem Güterbahnhof unwohl gefühlt. Der Platz, an dem gestern die beiden Jungs an ihrem Motorroller gewerkelt haben, ist heute leer. Nur eine umgedrehte Holzkiste steht verlassen neben einem vergessenen Schraubenzieher.

Jo beschleunigt ihren Schritt, als sie in den Weg zwischen den Feldern einbiegt. Ein Schwarm Krähen fliegt auf und zieht einen großen Kreis über dem Bahnhof, bevor er über dem angrenzenden Wald verschwindet. Am Himmel hängen schwere graue Wolken, die wirken, als seien sie einem impressionistischen Ölgemälde entschwebt. Die Getreidehalme biegen sich unter den Windböen weit hinunter. Die Luft riecht nach Regen.

Als Jo die Rampe zum Schiebetor hinaufsteigt, hört sie Stimmen aus dem Innern der Halle. Hastig blickt sie sich um, doch der Platz liegt genauso trostlos da wie am Nachmittag zuvor. Ein metallisches Scheppern über ihr lässt sie zusammenfahren, und sie legt den Kopf in den Nacken. Ein verbogenes Stück Dachrinne schlägt in den Windböen an die Gebäudemauer.

Sie schiebt sich durch den Türspalt und kneift die Augen zusammen. Im hinteren Teil der Halle befinden sich einige Menschen. Beim Näherkommen erkennt sie Paul, der einer schlanken Gestalt gegenübersteht. Von der Wand her erklingt röchelndes Schnarchen, vermischt sich mit dem leisen Tappen ihrer Gummisohlen, geistert durch die Halle und verkriecht sich in den dunklen Ecken.

Wie auf Kommando drehen sich die Köpfe der Menschen in ihre Richtung, und das leise Gespräch verstummt. Jo gräbt die Fingernägel tiefer in den Tragriemen ihrer Umhängetasche und presst die Zähne aufeinander.

„Hi." Ihre Stimme klingt heiser.

Schweigen.

Sie spürt die Blicke der Menschen wie Finger, die über ihr Gesicht und ihren Körper wandern, und Gänsehaut läuft über ihren Rücken. Rasch senkt sie den Blick und geht auf

Marc zu, der auf dem Sofa liegt und zur Decke starrt. Die Blicke haften an ihrem Rücken.

„Hallo."

Sie versucht zu lächeln, aber das schmerzverzerrte Gesicht vor ihr lässt ihr keine Chance. Die Wunden scheinen sie anzupulsieren, und Marcs Augen glänzen. Sie legt eine Hand an seine Stirn, auf der schweißnasse Haarsträhnen kleben. Flammende Hitze erfasst ihre Handfläche.

Jo stellt ihre Tasche vor sich ab und öffnet sie. Unsicher suchen ihre Augen Paul.

„Wir müssen ihn nochmals waschen."

Wortlos dreht sich Paul um und verlässt die Halle.

Etwas Kleines springt vom Sessel in der gegenüberliegenden Ecke und kommt langsam auf Jo zu. Erst jetzt bemerkt sie den Jungen. Er hat schwarzes, zerzaustes Haar, das ihm bis über die Schulter reicht, und steckt in einer Jeans und einem feuerroten Pullover. Auf seinem Kopf sitzt verkehrt herum eine schwarze Baseballkappe. Als er neben ihr stehenbleibt, blickt er sie mit großen Kugelaugen an. Sein Blick ist neugierig und offen und schaut ihr direkt in die Augen.

Jo lächelt.

Fünf Sekunden lang hört sie dem Schnarchen zu und forscht in dem kleinen Gesicht, dann streckt der Junge die Hand aus. Sie ergreift sie und staunt über den festen Griff, mit dem er zugreift.

„Ich bin Tom. Und du?" Die helle Kinderstimme fährt durch die Halle und mit ihr etwas, das Jo bisher hier vermisst hat: Leben.

„Hallo Tom. Ich bin Jo."

„Jo? So heißen doch bloß Männer." Unter dem Haarschopf zieht sich eine kleine Falte quer über die Stirn des Jungen.

„Meinst du? Eigentlich heiße ich Josephine. Aber ich mag den Namen nicht, darum nenne ich mich Jo."

Tom legt den Kopf zur Seite. „Josephine gefällt mir auch nicht so. Ist so lang. Ich nenn' dich auch Jo." Ein breites Grinsen zieht sich von einem Ohr zum andern. Dann schweift sein Blick ab und bleibt an Marc hängen. Sofort verdunkelt sich seine Miene. „Was ist mit ihm?"

„Er hat hohes Fieber."

„Er schaut aus wie ein Zombie."

Sie schluckt. Die direkte Art des Jungen ist ihr fremd. In ihrer Welt wird um die Dinge herumgesprochen. „Ja. Hilfst du mir, ihn wieder zu einem Menschen zu machen?"

Sie beobachtet, wie er die Augenbrauen zusammenzieht und die Lippe schürft. Ohne den Blick von Marc zu nehmen, fragt er: „Kannst du das?"

„Vielleicht."

„Bist du Doktor?"

„Nein. Aber ich habe Verbandszeug mitgebracht, mit dem wir die Wunden versorgen können."

„Dann helfe ich dir. Was soll ich tun?" Tom krempelt die Ärmel seines Pullovers zurück und blickt sie erwartungsvoll an.

Unbemerkt ist Paul zu ihnen getreten und hält Jo zwei Wasserflaschen hin.

„Danke." Sie sucht seinen Blick, er nickt schweigend.

„Soll er runter?" Sein Kopf weist auf den Boden.

„Ja." Sie kniet neben Marc nieder und schiebt seinen Oberkörper in die Höhe. Die Decke rutscht zur Seite. Seine Kleidung ist sauber. Paul ergreift seine Beine, und gemeinsam lassen sie ihn neben dem Sofa auf den Boden sinken. Als ihm Jo den Pullover über den Kopf zieht, erfasst ihn ein heftiges Zittern. Paul macht sich an der Hose zu schaffen, dann kippt er ihm das kalte Wasser über den Körper. Mit bloßer Hand reibt ihn Jo ab. Der Oberkörper ist heiß, die Haut an Armen und Beinen kalt und spannungslos. Sie reibt, bis der ganze Körper rot glüht. In stillem Einvernehmen ziehen sie Marc wieder an. Sie entfernt die staubige Decke vom Sofa und legt ihre mitgebrachte Merinowolldecke darauf. Als Marc wieder liegt, wickelt sie ihn fest ein.

„Warum hast du ihn gewaschen? Er war doch gar nicht schmutzig." Kritisch wandert Toms Blick über den Kranken.

„Er hat hohes Fieber, aber er kann nicht richtig schwitzen. Wir haben seinem Körper dabei geholfen."

„Und was kann ich nun tun?" Er stemmt seine Fäuste in die Hüfte und schiebt die Unterlippe vor.

„Du kannst mir bei seinem Gesicht helfen. Schau." Sie kramt in ihrer Umhängetasche und holt Alkoholtupfer und eine Packung Klammerpflaster hervor. Sie reicht Tom einen Tupfer.

„Mit dem reinigst du die Wunden. Aber sei vorsichtig. Es wird ihm wehtun."

„Was ist das?" Tom führt einen der runden, weißen Wattepads an die Nase. „Das riecht wie Pauls Wodka."

Jo wirft Paul einen flüchtigen Blick zu. „Das ist ein Alkoholtupfer."

„Warum nehmen wir nicht gleich Wodka?" Unschuldig schaut ihr der Junge in die Augen.

„Das haben wir gestern gemacht. Aber erstens gehört der Wodka Paul, und zweitens geht es mit diesen kleinen Pads besser." Sie wendet sich abrupt Marcs Gesicht zu und beginnt den langen Schnitt über der Stirn zu desinfizieren.

Die Offenheit des Jungen überfordert sie. Am meisten aber verstört sie die Erkenntnis, dass er offenbar hierher gehört. Er kennt Paul – und er weiß, wie Wodka riecht. Verstohlen blickt sie ihn von der Seite an. Sie schätzt ihn nicht älter als fünf oder sechs Jahre. Seine Augen sind konzentriert auf Marcs Verletzungen gerichtet, während seine kleinen Finger behutsam mit dem Tupfer über die Schürfwunden auf der Wange streichen. Zwischen zusammengepressten Lippen lugt eine helle Zunge hervor.

„Und jetzt?" Toms Wangen glühen vor Eifer, als er den Tupfer zwischen den Fingern zerknüllt und übers Sofa wirft. Jo beißt sich auf die Lippen und verkneift sich die Bemerkung, Abfall nicht fortzuwerfen. Stattdessen nimmt sie ein Klammerpflaster in die Hand.

„Hier. Diese Pflaster kleben wir nun über die großen Schnitte. Ich halte die Wundränder zusammen, und du klebst das Pflaster darüber. Schaffst du das?"

Unter ihrem fragenden Blick erröten seine Wangen noch mehr, und er nickt heftig. „Klar!"

Eine halbe Stunde später richtet sich Jo wieder auf und streckt den schmerzenden Rücken durch.

„Jetzt schaut er noch mehr aus wie ein Zombie. Meinst du wirklich, das hilft?" Skeptisch betrachtet Tom ihr gemeinsames Werk. Über den drei Schnitten kleben im Abstand von einem Zentimeter die Klammerpflaster.

„Ich bin mir sicher. So kommt kein Schmutz mehr in die Wunden und die Haut kann wieder zusammenwachsen."

Abrupt dreht sich der Junge um und rennt zu der Frau, die während der ganzen Zeit reglos an der Wand beim Sessel gelehnt ist. „Mama, komm, sieh dir an, was wir gemacht haben!" Die aufgeregte Kinderstimme schlägt Purzelbäume durch die Halle. Jo sammelt die Pflasterverpackungen ein und stopft sie in die Tasche.

Tom kehrt mit der Frau zurück. „Sieh her, schön, nicht wahr?"

Jo lässt ihren Blick rasch über die Frau gleiten. Rote, lange Haare und ein herzförmiges Gesicht. Nicht viel älter als sie selbst. Dann zieht sie die Bananen aus der Umhängetasche.

„Ja. Das hast du gut gemacht." Dunkle Stimme. Tiefe Zuneigung schwingt darin.

„Oh, Bananen! Schenkst du mir eine Banane?" Tom hüpft aufgeregt vor Jo auf und ab, und seine Blicke verzehren die süßen Früchte. Wortlos reicht sie ihm eine. Unsicher steht sie auf und streckt die Hand mit einer weiteren Banane darin aus. Die Augen der Frau streifen sie, dann wendet sie sich ab und geht zum Sessel zurück. Jo schluckt und kniet neben Marc nieder.

„Hier. Du solltest was essen." Sie wartet, bis seine Augen auf ihrem Gesicht stillstehen, dann stützt sie mit der rechten Hand seinen Kopf. Er beißt ab und kaut langsam. Hin und wieder erfasst ihn Schüttelfrost, aber er schließt die Augen erst wieder, nachdem er den letzten Bissen hinuntergeschluckt hat.

„Ich habe dir Arzneien mitgebracht. Du solltest sie nehmen, damit die Blutvergiftung weggeht und die Wunden besser heilen."

Seine Brust hebt und senkt sich regelmäßig. Jo öffnet eines der beiden kleinen Glasröhrchen, die sie in der Apotheke erstanden hat, lässt drei der unscheinbaren weißen Milchzuckerkügelchen in den Deckel rollen und schiebt sie in seinen Mundwinkel. Mit der zweiten Arznei verfährt sie auf dieselbe Weise.

Sie verschließt die Röhrchen und geht auf Paul zu. „Gib ihm alle sechs Stunden je drei davon. Bitte."

Er windet sich unter ihrem Blick, den sie erst von ihm abzieht, als die Röhrchen in seiner Hosentasche verschwunden sind. *Hoffentlich vergisst er es nicht.*

Mit einem leisen Klatschen landet Toms Bananenschale an der Schmalseite der Halle, knapp neben der Matratze, von der das Schnarchen herrührt. Sofort bricht das Schnarchen ab. Ein röchelndes Husten ertönt, dann das Geräusch von Spucke, die auf den Boden fliegt. Der Mann auf der Matratze richtet sich ächzend auf.

Schlohweißes Haar umrahmt das älteste Gesicht, in das Jo je geblickt hat. Die Haut ist vollständig mit Runzeln überzogen, kein Millimeter ist frei davon. Knollige Nase, kleine Äuglein.

„Was zum Teufel war das?" Seine hohe Stimme hat eine ähnliche Färbung wie Toms, nur dass in ihr die Abnutzung alter Stimmbänder deutlich zu hören ist. Sie klingt brüchig. Sein Kopf ruckt in alle Richtungen, bis sein Blick an Jo hängenbleibt. Er erhebt sich und kommt auf sie zu.

„Du bist die Krankenschwester, nich wahr? Gut so, gut so, der arme Teufel krepiert sonst hier. Sag, wenn du Hilfe brauchst."

Jo spürt seine knorrige Hand für einen Moment auf ihrer Schulter, dann schlurft er an ihr vorbei zum Ausgang. Der Geruch nach Zigarettenrauch bleibt hinter ihm zurück.

„Das war Temo. Danke für die Banane." Tom hüpft auf Temos Matratze herum. Jo legt die restlichen Früchte neben das Sofa auf den Boden. Dann wirft sie Tom die geliehene Decke zu. „Fang!"

Tom fängt und breitet die Decke mit viel Geduld auf Temos Matratze aus.

Jo lenkt ihre Schritte zum Tor. Mit einem Satz landet Tom neben ihr und zieht sie am Ärmel. „Kommst du morgen wieder? Und bringst du mir wieder was mit?" Bittend blickt er sie an und entlockt ihr ein Lächeln.

„Ja. Passt du bis dann auf Marc auf? Er muss viel trinken. Du kannst ihm immer mal wieder eine dieser Tabletten geben." Sie drückt ihm ihre Schwangerschafts-Vitamintabletten in die Hand. „Und hilfst du ihm, wenn er zur Toilette muss?"

„Du meinst pinkeln? Klar." Die Schultern des Jungen straffen sich, und in sein Gesicht tritt ein ernster Zug.

„Na dann, bis morgen." Jo reicht ihm die Hand, er schlägt ein. Sie macht einen Schritt auf Paul zu, der mit seiner Wodkaflasche an der Wand hockt. „Danke, Paul." Sie erwartet keine Antwort. Er brummt und nickt fast unmerklich. Sie zögert. „Seine Schulter muss eingerenkt werden. Kennst du jemanden, der sich auskennt? Irgendeinen Arzt? Vielleicht von der Caritas?"

Ein spöttischer Ausdruck erscheint auf seinem Gesicht. „Vergiss die Caritas. Die kommen nicht hierher. Schon lange nicht mehr."

„Mein Arzt auch nicht."

Der Wind nimmt ihr den Atem, als sie ins Freie schlüpft. Dicke Regentropfen klatschen ihr fast waagrecht ins Gesicht, und schützend hält sie sich die Hand vor die Augen.

Hoffentlich bin ich vor Patrick zuhause.

Der Gedanke lässt sie rennen. Undenkbar, dass er sieht, wie sie völlig durchnässt nach Hause kommt. Wie würde sie sich ihm erklären?

Erleichtert atmet sie auf, als sie um die Kurve biegt und die Post unangetastet im Briefkasten vorfindet.

9

„Dort liegt er.“

Schwere Schritte hallen an den Wänden wider. Marcs Herzschlag beschleunigt sich und pulsiert in seinen Lidern, die schwer über den Augen liegen. Er ist noch nicht vollständig in der Lage klar zu denken, aber er spürt, dass hier jemand ist, der noch nie hier war. Und das macht ihm auf seltsame Weise Angst. Weil er sich nicht rühren kann. Weil er nicht reagieren kann, nicht fliehen kann, falls es nötig werden sollte. Weil er so verdammt hilflos auf diesem schäbigen Sofa in dieser stinkenden Halle liegt. Zwar haben die Schmerzen nachgelassen und er kann den Mund zum Trinken öffnen, ohne das Gefühl zu haben, die Haut würde über seinem Gesicht zerreißen. Aber er fühlt sich so elendiglich schwach, so, als ob seine ganze Kraft auf der Parkwiese im Gras verloren gegangen wäre.

Die Schritte kommen näher, und mit ihnen weht der Geruch nach Aftershave herein.

Aftershave.

Eine Erinnerung schiebt sich in sein Bewusstsein. Sein Vater, vor dem Spiegel, der Körper noch feucht vom Duschen. Dann verreibt er die duftende Flüssigkeit zwischen seinen Händen und tupft sie an seinen Hals. Einmal, zweimal, dreimal. Den Rest bekommt Marc, auch an den Hals. Er ist ein kleiner Junge gewesen, als sein Vater sich jeden Morgen geduscht und mit Aftershave eingerieben hat. Lange vor dem Tod seiner Mutter. Danach hat sein Vater nie mehr Aftershave benützt.

Er hört den Atem eines Menschen dicht neben sich. Langsam öffnet er die Augen. Verschwommen erscheint ein Gesicht über ihm. Schwarz. Mit vollen Lippen und weißen Augen. Oder schwarzen Augen mit viel Weiß.

Marc hat den Mann noch nie gesehen.

„Hi.“

Dunkle, sonore Stimme mit viel Resonanz. Sie gefällt ihm. *Was will er von mir?*

„Er spricht nicht."

Die Stimme der Frau, die schon mal da war. Die mit dem Jungen. Nicht die andere aus dem Park. *Wie heißt sie doch gleich?*

„Kann er mich hören?"

„Denke schon."

„Hey. Ich bin Amar."

Amar. Klingt afrikanisch.

„Ich will mir deine Schulter anschauen. Lucia meint, sie ist ausgerenkt."

Die akzentfreien Worte kreisen in Marcs Kopf, ohne eine Reaktion auszulösen. Schwerelos schweben sie durch ihn hindurch, um ihn sogleich wieder zu verlassen.

Bis ihn ein höllischer Schmerz in der Schulter aufschreien lässt. Krächzend, aber so laut, dass er selbst zusammenzuckt. Der Mann hat seinen Oberkörper aufgerichtet und mit einem kräftigen Ruck am Oberarm gezogen. Oder geschoben? Marc ist sich nicht sicher, aber augenblicklich lässt der Schmerz nach. Verwirrt wendet er den Kopf und sucht den Blick des Mannes.

Ein Lächeln huscht über das schwarze Gesicht. „Jetzt ist sie wieder in Ordnung. Bewege den Arm erst, wenn die Schmerzen ganz weg sind." Marc spürt den Blick der dunklen Augen über sein Gesicht wandern. „Gute Arbeit." Anerkennend nickt Amar.

„Das haben Jo und ich gemacht." Toms Kinderkopf erscheint neben dem mächtigen Mann, und gleich darauf spürt Marc einen sanften Druck auf den Pflasterstreifen auf seinem Gesicht. *Richtig, sie heißt Jo.*

„Jo?"

„Ja. Und sie hat mir eine Banane geschenkt."

„Wer ist Jo?"

„Keine Ahnung. Ist gestern hier aufgetaucht und hat sich um ihn gekümmert." Die Frau antwortet. *Südländischer Akzent. Könnte spanisch sein. Oder portugiesisch.* Marc dreht den Kopf langsam in die Richtung, aus der die Frauenstimme kommt.

„Ich würde sie gerne treffen." Der Schwarze lässt Marcs Oberkörper behutsam aufs Sofa zurückgleiten und richtet sich auf.

„Keine Ahnung, ob sie wiederkommt." Schmales Gesicht, umrahmt von rötlichen Haarsträhnen, auf denen im schwachen Licht der Halle ein silberner Schimmer liegt.

„Doch, sie kommt wieder, sie hat es mir versprochen!" Sichtlich aufgeregt hüpft Tom neben dem Sofa auf und ab. „Und sie bringt mir wieder was mit, das hat sie mir auch versprochen!" Seine helle Stimme überschlägt sich.

***

Die feuchte Luft, die der Regen sauber gewaschen hat, prickelt auf dem Gesicht. Zwischen dunkelgrauen Wolkenfetzen schimmert ein hellgrauer Himmel. Der Wind zerrt an den Blättern der Bäume, als befinde er sich im Wettlauf gegen den nahenden Winter.

Es ist bereits später Nachmittag. Gerne wäre Jo gleich nach dem Frühstück losgefahren, aber starke Kopfschmerzen haben ihren Plan durchkreuzt. So ist sie wieder ins Bett zurückgeschlüpft, nachdem Patrick das Haus verlassen hat, und hat bis mittags geschlafen. Dann hat sie Patricks Hemden gebügelt und etwas gegessen.

Nun fühlt sie sich unter Zeitdruck, ein Gefühl, das sie hasst. Alleine für den Hinweg benötigt sie eine gute Dreiviertelstunde, dasselbe für den Rückweg. Anderthalb Stunden für den Weg, das ist zu viel. Die Wanduhr in der Küche zeigt Viertel vor Vier. Es bleibt ihr nichts anderes übrig, als das Auto zu nehmen.

Als sie den Autoschlüssel ins Schloss steckt, zögert sie. Der Arzt hat ihr eindringlich vom Autofahren abgeraten. Ihre Reaktionsfähigkeit sei durch die Gehirnerschütterung noch herabgesetzt, und zudem seien die Erschütterungen des Autos schädlich für ihr Hirn. Aber wenn sie nicht mit dem Auto fährt, kann sie heute nicht mehr zu Marc. Und nicht zu

Tom. Sie will den kleinen Kerl nicht enttäuschen. Sie schlägt die Warnung des Arztes in den Wind und dreht den Zündschlüssel.

Jo parkt das Auto auf dem Parkplatz des Hostels neben einem weißen Lieferwagen. Sie fühlt sich unwohl bei dem Gedanken, bis zum Güterbahnhof zu fahren. Ein bissiger Wind nimmt ihr den Atem und zerrt an ihrem Haar. Auf dem zerlöcherten Asphaltweg konzentriert sie sich darauf, nicht in die Pfützen in den Schlaglöchern zu treten. Erst, als sie Stimmen hört, hebt sie den Kopf und verlangsamt unwillkürlich den Schritt. Auf dem Platz vor dem Bahnhof steht eine kleine Gruppe Menschen. Sofort erkennt sie Tom, der auf dem Rücken eines sehr großen, kräftigen Mannes hoch und runter hopst. Ihm gegenüber steht die Frau mit den roten Haaren, daneben Paul. Zwei weitere Männer sind ihr unbekannt.

Sie spürt ihr Herz in den Halsadern klopfen, als sie den Platz betritt. Fünf Augenpaare sind auf sie gerichtet. Teilnahmslosigkeit, Interesse und Misstrauen schlagen ihr entgegen. Sie schluckt und bleibt stehen.

Tom rutscht von Rücken des großen Mannes und hüpft auf Jo zu. „Hast du mir was mitgebracht?" Erwartungsvoll blicken sie die dunkelbraunen Augen an, und der kleine Körper hüpft weiter unruhig vor ihr hin und her.

Sie lächelt vorsichtig und streift die Umhängetasche von der Schulter. „Klar. Hab' ich dir doch versprochen."

„Was ist es? Was ist es? Was zum Essen?"

Sie zieht einen Apfel hervor und hält ihn Tom hin. „Magst du Äpfel?"

Der Junge nickt heftig, und gleich darauf erfüllt zufriedenes Schmatzen die Stille, die über dem Platz und dem Menschengrüppchen liegt. Unsicher holt Jo die restlichen Äpfel hervor.

„Mag sonst noch jemand?"

Sie wagt es nicht, den Menschen in die Augen zu schauen, sondern blickt auf die Pflastersteine vor sich.

„Gerne. Danke dir." Der große Mann ergreift einen Apfel. Jo spürt seinen Blick auf ihrem Gesicht und hebt den Kopf. Die Haut des Mannes ist tiefschwarz. Ebenso schwarze Augen mustern sie interessiert. Volle Lippen und eine Narbe, die sich quer über die linke Wange zieht. Die Haare sind unter einer braunen Schlauchmütze verborgen, die bis zu buschigen Augenbrauen reicht. Ein eckiges Kinn und hohe Wangenknochen verleihen ihm ein kantiges, aber nicht unsympathisches Aussehen.

„Ich bin Amar." Der tiefe, dunkle Klang seiner Stimme entspannt sie ein wenig. Sie ergreift die dargebotene Hand und drückt sie zaghaft.

„Jo."

„Lucia hat mich geholt wegen Marcs Schulter."

„Bist du Arzt?"

Sie meint, einen Anflug von Bitterkeit auf dem schwarzen Gesicht zu sehen, bevor sich Gleichgültigkeit darüberlegt.

„Ja."

„Konntest du die Schulter wieder einrenken?"

„Ich denke schon. Er soll den Arm in den nächsten Tagen nicht bewegen, solange er noch Schmerzen hat." Er wendet sich der Frau zu. „Wir sollten los."

Sie wirft einen raschen Blick auf eine schlichte Armbanduhr und nickt. Tom, der mit seinem Apfel in der Hand vertieft von einer Pfütze in die nächste gesprungen ist, horcht sichtbar auf. „Tschüss, Mama!" Mit einem Satz ist er bei ihr und schlingt seine kurzen Arme um ihre Taille.

Sie bückt sich, nimmt ihn auf den Arm und küsst ihn zärtlich auf die Stirn. „Ciao, mein Liebling. Ärger Paul nicht allzu sehr." Sie zwinkert Paul zu, der ihr mit seiner Bierflasche zuprostet.

„Tschüss, Jo. War nett, dich kennengelernt zu haben." Amar nickt in ihre Richtung, dann wendet er sich ab und geht auf einen schwarzen Sportwagen zu, der am Rande des Platzes steht und den Jo bisher nicht bemerkt hat. Die Frau folgt ihm, öffnet die Tür und verschwindet sogleich hinter der getönten Fensterscheibe. Die beiden anderen Männer steigen hinten ein.

Als der Wagen auf die Hauptstraße einbiegt, ergreift Tom Jos Hand. „Bleibst du hier, bis Mama wieder da ist?" Bittend blickt er sie an.

„Wann kommt denn deine Mama zurück?"

„Wenn sie fertig gearbeitet hat."

„Und wo arbeitet sie?"

„Ach, irgendwo in der Stadt." Tom zuckt die Schultern.

„Also, bleibst du?"

Jo schüttelt den Kopf. „Es tut mir leid, Tom, aber ich muss gleich wieder gehen. Mein Freund wartet auf mich."

„Schade. Einen Freund darf man nicht warten lassen."

Sie hört die Enttäuschung in der hellen Kinderstimme und ihre Kehle wird eng. Verlegen lässt sie seine Hand los, ergreift ihre Tasche. „Kommst du mit zu Marc?"

Tom nickt und geht voran.

Marc liegt auf dem Rücken, den starren Blick in die Dunkelheit über sich gerichtet. Als Jo neben ihn tritt, dreht er den Kopf. Sie erkennt sofort, dass die Schnittwunden abgeschwollen sind. Die Entzündung scheint abzuklingen. Sie beugt sich über Marcs Gesicht und lässt ihren Zeigefinger über die Wundränder gleiten. Sie liegen glatt nebeneinander. Jo bekommt eine Idee davon, wie Marc vor der Schlägerei ausgesehen haben muss. Die Narben werden nie ganz verschwinden, aber sie werden verblassen, und er wird auch mit ihnen gut ausschauen.

Wie alt er wohl ist? Wohl nicht viel älter als ich. Sie zuckt zusammen. Das kann nicht sein. Es kann nicht sein, dass ein so junger Mensch auf der Straße lebt. Dort leben nur alte, alkoholkranke Männer. So ist es bisher in ihrer Weltsicht gewesen. Die Erkenntnis, dass auch junge Menschen ihr Dasein ohne Dach über dem Kopf fristen, nimmt ihr den Atem.

Plötzlich erfasst sie ein sanftes Schaudern, gefolgt von einer heftigen Wärme, die sich vom Bauch aus ausbreitet. Die Augen des Mannes liegen in dunklen Höhlen und blicken sie eindringlich an. Sie hat das Gefühl, als würden sie direkt in ihr Innerstes schauen. Und sie versuchen ihr etwas zu sagen, aber es gelingt ihr nicht zu verstehen.

„Warum hast du dich nicht ins Krankenhaus bringen lassen? Hattest du Angst, dass du die Behandlungen nicht bezahlen kannst? Das Sozialamt hätte die Kosten übernehmen müssen." Sie spricht leise, fast flüstert sie. Sie erwartet keine Antwort, aber sie spürt, dass er ihr zuhört.

„Wie findest du ihn?" Tom drückt sich neben Jo. „Ich finde, jetzt schaut er nur noch ein bisschen aus wie ein Zombie." Sie löst sich von Marcs Blick und nickt zerstreut.

„Wir haben ihn auch gewaschen, Paul und ich. Und die Tabletten haben wir ihm auch gegeben." Der Stolz lässt die Worte des Jungen strahlen.

Sie lächelt ihn an. „Das ist sehr gut. Er ist sicher bald wieder gesund." Behutsam hebt sie den rechen Arm an und dreht ihn so, dass sie die Innenseite betrachten kann. Der rote Streifen ist verschwunden. „Das wirkt tatsächlich", murmelt sie verblüfft.

„Was wirkt? Die kleinen Kügelchen? Schau, das Glas ist bald leer." Eifrig zieht Tom das Glasröhrchen aus einer Spalte des Sofas hervor und hält es ihr vors Gesicht.

Ihr Lächeln vertieft sich. „Das macht nichts, Tom. Wir brauchen sie nicht mehr. Die Blutvergiftung ist fast verschwunden."

Ein leises Stöhnen, gefolgt von einem geräuschvollen Röcheln zieht ihren Blick zur Wand. Sie hat den alten Mann nicht bemerkt, der auf seiner Matratze geschlafen haben muss und der sich jetzt laut ächzend aufsetzt. Er räuspert sich, dann fliegt Spucke an die Wand.

„Temo, komm her und schau, wie gut es Marc geht! Wir haben ihn schon fast ganz gesund gemacht!" Tom hüpft zur Matratze, bekommt das linke Handgelenk des Greises zu fassen und zerrt ungeduldig daran.

„He, sachte, sachte, mein Junge, du reißt mir ja den Arm aus!"

Umständlich erhebt sich Temo und reibt sich die Augen. Sein weißes Haar steht in alle Richtungen ab, und die glänzenden Äuglein blicken forschend durch die Halle. Dann bückt er sich, und seine knochige Hand drückt sich eine dunkelbraune Schirmmütze auf den Kopf. Ein blauweiß kariertes Hemd und eine braune Hose schlackern um die mageren Arme und Beine.

In Strümpfen erscheint Temo gleich darauf neben Jo. Prüfend wandert sein Blick über Marc. Dann nickt er. „Ja, nun ist das wieder ein Mensch. Willkommen bei uns." Sein breites Grinsen entblößt den einzigen Zahn, der oben rechts ein wenig schief auf dem sonst leeren Oberkiefer steht. Dann wendet er den Kopf und schaut Jo an. „Gute Arbeit, Mädel!" Sie spürt einen kräftigen Klaps an der linken Schulter und wundert sich über die Kraft, über die der kleine Mann verfügt, der ihr nicht weiter als bis zum Kinn reicht. Verlegen lächelt sie ihn an, aber Temo hat sich bereits wieder abgewandt und humpelt gemächlich auf den Ausgang zu.

Jo öffnet ihre Umhängetasche und holt die beiden restlichen Äpfel heraus. Einen hält sie Marc hin.

„Hier."

Seine Augen, die erneut mit der Betrachtung der unverputzten Zementdecke über ihm beschäftigt gewesen sind, wandern zu ihr und bleiben auf dem Apfel hängen. Langsam hebt er die Hand und nimmt ihn.

„Den anderen Apfel kannst du für Paul hier lassen. Er wird ihn schon essen." Tom grinst und nimmt ihn Jo aus der Hand. Sie zweifelt daran, ob er ihn wirklich Paul geben oder nicht doch selbst essen wird. Aber es ist nicht wichtig. Plötzlich stutzt sie und runzelt die Stirn.

„Wohnst du auch hier?"

Er schüttelt den Kopf. „Nein, hier wohnen nur Temo und Steve. Und Marc."

„Und du? Wo wohnst du?"

„Mama und ich wohnen in einem Eisenbahnwaggon. Dort, hinter dem Haus." Er wirbelt herum und zeigt mit dem ausgestreckten Arm auf die gegenüberliegenden Eisentore, die fest verschlossen sind.

„Wohnt ihr schon lange dort?" Ein Schaudern erfasst Jo.

„Keine Ahnung. Komm, ich zeig' dir unsere Wohnung.“ Tom ergreift ihre Hand.

„Tut mir leid, Tom, aber ich muss wieder fort.“ Hastig zieht Jo die Hand zurück. Es ist nicht so sehr der Gedanke an Patrick, der sie dazu drängt, das Gebäude zu verlassen und nach Hause zu gehen. Vielmehr fürchtet sie sich davor zu sehen, wo Tom mit seiner Mutter lebt. Fast kommt es ihr vor, als könne sie die Realität positiv beeinflussen, wenn sie nicht genau hinschaut. Dass sie feige ist und Angst davor hat, emotional überfordert zu werden, verdrängt sie halbwegs erfolgreich. Sie fühlt sich mit einem Mal ausgelaugt und müde.

„Klar. Dein Freund wartet auf dich.“ Die großen Augen des Kindes sind mit einem offenen Blick auf ihr Gesicht gerichtet.

„Ja.“ Abrupt wendet sie sich ab und steuert mit forschem Schritt dem Ausgang zu. Die Luft in der Halle fühlt sich dick und träge an, der Uringeruch beißt in der Nase und reizt ihren Magen.

„Kommst du morgen wieder?“

Der helle Klang der Kinderstimme, in der die Hoffnung einer ganzen Generation mitschwingt, lässt sie anhalten. Zögernd dreht sie sich zu Tom um, der noch immer mit dem Apfel in der Hand neben Marc steht. Langsam wendet Marc den Kopf und sie spürt, wie sich sein Blick auf sie richtet.

„Ja.“

Dann stürzt sie aus dem Bahnhof.

Draußen empfängt sie strömender Regen. Die kalten Tropfen klatschen ihr ins Gesicht und durchnässen die Haare innerhalb von Sekunden. Sie ärgert sich, dass sie nicht den Mut gehabt hat, mit dem Auto bis hierher zu fahren. Nach wenigen Schritten dringt das Wasser in ihre leichten Herbstschuhe, und die Hose klebt an ihren Beinen. Schützend hält sie sich die Hand vor die Augen, während sie im Zickzack zwischen den Pfützen auf die Hauptstraße zu rennt.

Sie biegt um die Kurve in die Einfahrt von Patricks Haus. Ihr Herzschlag setzt für einige Sekunden aus.

Sein Auto steht in der Einfahrt.

Jo schließt die Augen und atmet heftig aus. *Zu spät. Ich bin zu spät.* In ihrem Kopf jagen sich die Gedanken, überschlagen sich und sind nicht in der Lage, eine plausible Erklärung für ihren Ausflug zusammen zu schustern. Bevor sie wieder halbwegs ruhig atmen kann, öffnet sich die Fahrertür. Patrick.

„Josephine! Ist alles ok? Wo zum Teufel kommst du her? Und wie siehst du aus?"

Sie streicht sich die nassen Strähnen aus dem Gesicht und nestelt am Zündschlüssel herum. Ihre Füße sind eiskalt und über ihren Rücken zieht sich eine Gänsehaut. Trotzdem ist ihr heiß. *Meine Mutter. Ich war bei meiner Mutter.* Sie will es sagen, aber die Sprache muss bei der rasanten Heimfahrt auf der Stecke geblieben sein. Ihr Mund öffnet sich lautlos und schließt sich wieder.

Patrick fasst sie beim Oberarm und zieht sie auf die Pflastersteine. Wortlos nimmt er ihr den Autoschlüssel aus der Hand, stößt die Tür zu und drückt auf den Knopf für die Zentralverriegelung. Das Klacken verrät Jo, dass er das Auto geschlossen hat.

Sie stapft hinter ihm zur Haustür hinauf und fühlt sich leer.

„Hier, Tee."

In der Küche schiebt er ihr einen Stuhl hin und drückt ihr eine dampfende Tasse in die Hand.

Sie lächelt müde. „Danke."

Er stemmt die Hände auf den Tisch und seine Augen suchen in ihrem Gesicht nach Antworten auf die Frage, die er ihr gleich stellen wird. Jo wartet.

„Wo warst du?"

„Im alten Güterbahnhof."

„Das ist doch der Drogenumschlagsplatz Nummer 1!"

„Nein, das ist der Ostbahnhof. Der alte Güterbahnhof liegt am Südende der Stadt."

„Und was hast du dort gemacht?"

„Ich habe Marc geholfen.“

„Marc?“

„Ja.“

„Wer ist Marc?“

„Der obdachlose Mann aus dem Park.“

Patrick zieht hörbar die Luft ein und Jo beobachtet, wie sich seine Gesichtsfarbe von zartbraun über dunkelbraun zu rot verändert. Sie trinkt einen Schluck Schwangerschaftstee und lauscht dem Ticken der Wanduhr. Unter dem Tisch tauen ihre Füße allmählich wieder auf.

Erst beginnen seine Finger auf die Tischplatte zu klopfen, dann richtet er sich auf und durchmisst mit vier großen Schritten die Küche. Mit eckigen Bewegungen steckt er eine Kapsel in den Kaffeevollautomaten, stellt scheppernd eine Tasse unter den Düsenkopf, aus dem der Kaffee herauslaufen wird, und drückt den Startknopf. Das laute Surren und Brummen der Maschine erfüllt für einen kurzen Moment die Küche und die Stille in ihrem Kopf.

„Diesen Mann hat es nicht gegeben, es gibt ihn nicht und es wird ihn nicht geben.“ Patrick lehnt mit dem Rücken an der Kochzeile, dreht seine Kaffeetasse in der Hand und fixiert Jo. Das Blut pulsiert in ihren Fingerspitzen und ihr Brustkorb wird eng. Sie wagt es nicht, den Blick zu senken. Sie starrt in seine Augen und fragt sich, ob die Iris wirklich grau ist, wie sie immer angenommen hat, oder ob sie doch eher einen leichten Grünstich hat. Ihre Füße sind wieder warm und die Zehen kribbeln. Eine einzelne Haarsträhne kitzelt ihren Hals.

„Er braucht Hilfe.“

„Es gibt ihn nicht.“

„Er braucht meine Hilfe, sonst stirbt er.“

„Wenn er verletzt ist, kann er ins Krankenhaus gehen. Wenn er kein Geld hat, bezahlt das Sozialamt.“

„Er ist zu schwach, um dorthin zu gehen.“

„Das ist sein Problem. Josephine, ich sage es dir noch einmal: In unserer Gesellschaft braucht kein Mensch auf Parkbänken zu schlafen. Wer keine Arbeit hat, kann nach Paragraph 137 des dritten Sozialgesetzbuches Arbeitslosengeld I beantragen, um den Engpass zu überbrücken. Wer das nicht schafft, bekommt Arbeitslosengeld II oder Hartz IV, das sagt dir sicher was. Wer nicht erwerbsfähig ist und weniger als drei Stunden pro Tag arbeiten kann, geht zum Sozialamt und bekommt Sozialhilfe. Wer seine Wohnung verliert und sich keine neue leisten kann, hat Anspruch auf eine Sozialwohnung. Du siehst, mit ein bisschen Wille und Fleiß ist es schlichtweg unmöglich, durch die Maschen des sozialen Netze in Deutschland zu fallen! Das gelingt nur faulen Taugenichtsen, Alkoholabhängigen oder Drogensüchtigen! Und selbst Suchtkranke erhalten kostenlose Unterstützung wie Suchtberatung oder psychosoziale Betreuung! Wach endlich aus deinem Gutmensch-Traum auf, Josephine! Dein Obdachloser hat dich um den Finger gewickelt! Ein fauler Hund, der sich eine junge, hübsche Frau angelacht hat." Patrick stampft wütend auf und knallt seine Tasse auf die Arbeitsfläche. „Ich verbiete dir, mit diesem Menschen weiterhin Kontakt zu haben."

Ihr Kopf ruckt in die Höhe. Jo hat mit ihrer Teetasse gespielt, und Patricks Worte haben in ihrem Kopf bunte Muster gemalt. Doch sein letzter Satz hat sie aufgeweckt. Plötzlich sieht sie sich als Kind in der Küche ihrer Eltern. Damals. Sie hat in eine Jungenddisco gehen wollen, aber ihre Eltern haben zu viel Angst um sie gehabt. Damals ist sie sich genauso vorgekommen wie jetzt. Klein und hilflos.

Jo ist sich nicht sicher, ob Patrick eine Antwort erwartet. Sie weiß nicht einmal, was sie ihm antworten würde. Dass er mit seiner schönen Theorie Unrecht hat? Dass sehr wohl Menschen auf der Straße leben, im modernen Deutschland, in unserer modernen, hochentwickelten Zeit? Dass das Sicherheitsnetz ganz offenbar große Lücken hat? Oder wie sonst lässt sich erklären, dass Marc es vorgezogen hat, in einem schäbigen Güterbahnhof zu verrecken, anstatt sich ins Krankenhaus fahren zu lassen? Dass kleine Kinder wie Tom zwischen alkoholabhängigen Menschen in unzumutbaren Räumen leben?

Patrick hat seinen Kaffee ausgetrunken und geht auf die Tür zu. „Ich denke, du hast mich verstanden."

Sie spürt seinen eindringlichen Blick auf der Nasenwurzel und nickt mechanisch.

„Das beruhigt mich." Er lässt den Türgriff los und tritt auf sie zu. Mit einer Hand hebt er ihr Kinn und wartet, bis sie ihm in die Augen schaut. „Ich erwarte, dass du nie wieder Kontakt zu solchen Menschen aufnimmst. Sonst müsste ich über die Zukunft unserer Beziehung nachdenken, Josephine."

Seine Worte dröhnen in ihrem Kopf. Jo schließt die Augen und spürt seinen leichten Kuss auf ihrer Stirn. Dann lässt er ihr Kinn los und sie hört, wie die Küchentür ins Schloss fällt.

10

Noch fünf Minuten. Die Bahnhofstraße hat sich gefüllt. Eine schlanke Frau lässt sich leise ächzend neben Jo auf der Sitzbank nieder. An jedem Arm baumeln mindestens drei Plastiktüten. Die Frau wirkt erschöpft, streicht sich blonde Haarsträhnen aus der Stirn und zieht ein Handy aus der Tasche. Hecktisch tippt sie auf dem Display herum.

Jo streckt den Rücken durch und steht auf. Sie weiß, dass das ungewöhnlich dick aufgetragene Make-up die Spuren der schlaflosen Nacht nicht vollständig zu verdecken vermag.

Patrick hat ihr gedroht. Diplomatisch zwar, wie immer, aber sie hat ihn trotzdem verstanden. Seine Worte waren schlimmer als die Schläge, die sie im Park kassiert hat. Sie verunmöglichen das Denken, und Jo fühlt sich als Zuschauerin ihres eigenen Lebens. Sie weiß nicht, was sie nun tun soll.

Die Kirchturmuhr schlägt zwölf Mal. Noch immer stehen Kundinnen in Nellys Blumenladen. Der Platz auf der Bank, auf der sie die vergangene Stunde verbracht hat, ist von einem dicken, laut keuchenden Mann mit einem dreifachen Burger in der Hand eingenommen worden. Der aufdringliche Geruch nach Fleisch und Frittierfett steigt ihr in die Nase. Ihr Magen knurrt, obwohl die Übelkeit vom Morgen noch immer latent vorhanden ist. Ungeduldig tritt sie von einem Bein aufs andere.

Da öffnet sich endlich die Tür, und hinter den beiden beleibten Damen erscheint Nelly. Sie verabschiedet sich mit Händedruck und dreht den Schlüssel im Schloss.

Jo tritt auf sie zu. „Guten Tag, Nelly!" Ihre Stimme klingt tiefer als gewöhnlich.

„Josephine! Hast du auf mich gewartet?"

Jo spürt Nellys forschenden Blick, der über ihr Gesicht huscht, und bemerkt, wie sich die sorgfältig gezupften Augenbrauen für den Bruchteil einer Sekunde zusammenziehen. Gleich darauf kehrt die professionelle Freundlichkeit auf das faltige Gesicht zurück. Der zartgrüne Lidschatten schimmert im milden Licht der Herbstsonne.

„Können wir gemeinsam zu Mittag essen?" Bittend blickt Jo die Freundin an.

Nelly nickt, und zehn Minuten später sitzen sie sich im gutbürgerlichen Restaurant *Steinbock* gegenüber. Jo hat Hunger. Sie bestellt neben einem gemischten Vorspeisensalat eine Leberknödelsuppe und eine Portion Penne all'arrabiata.

„Was ist los?" Nelly lehnt sich in ihrem Stuhl zurück und faltet die Hände.

„Patrick hat mir gedroht. Er will über die Zukunft unserer Beziehung nachdenken, wenn ich Marc noch einmal besuche." Das Stirnrunzeln verrät ihr, dass Nelly ihr nicht folgen kann. Sie räuspert sich und knetet ihre Serviette, während sie versucht Ordnung in ihre Gedanken zu bringen. „Ich habe dir doch erzählt, dass ich Marc gefunden habe. Ich bin seither täglich zu ihm gefahren. Seine Wunden heilen gut. Ich habe dort auch einen kleinen Jungen getroffen, Tom. Er wohnt mit seiner Mutter in einem verlassenen Eisenbahnwaggon. Als ich gestern wieder nach Hause gekommen bin, war Patrick schon da. Ich konnte ihn nicht anlügen." Jo schließt die Augen und spürt ihr Blut durch die Adern in ihren Handgelenken pulsieren. Sie fühlt sich sofort ein wenig leichter, gerade so, als ob sich die Last der heimlichen Besuche durch Nellys Mitwissen halbiert hätte.

Nelly schweigt. Klappern von Geschirr. Eine Tür schlägt zu. Schritte nähern sich, entfernen sich wieder. Jo öffnet die Augen.

Ernst blickt Nelly sie an.

„Ich fürchte, du muss dich entscheiden, Josephine. Patrick ist kein Mann der leeren Worte. Es steht viel auf dem Spiel für ihn."

„Was hat er mit meinen Besuchen im Güterbahnhof zu tun? Das ist doch meine Sache, mit wem ich mich dort treffe, das hat doch auf seine Arbeit oder unsere Beziehung überhaupt keinen Einfluss!"

„Ich habe dir schon bei unserem letzten Treffen versucht zu erklären, dass Patrick als erfolgreicher Anwalt eine Person der Öffentlichkeit ist. Und du als seine Freundin und Mutter seines Kindes ebenfalls. Habt ihr eigentlich vor zu heiraten?"

Überrascht über diese Frage stutzt Jo. Langsam nickt sie.

„Patrick hat einen Termin im November festgelegt. Da ich konfessionslos bin, verzichten wir auf die kirchliche Trauung und heiraten nur standesamtlich. So jedenfalls hat es Patrick geplant. Etwas stimmt nicht. Jo spürt es deutlich, aber sie kann es nicht fassen. Die Sätze kommen abgehackt aus ihr heraus, ohne eine Regung in ihrem Inneren zu veranlassen.

„Dann ist es noch viel wichtiger, dass du dich als Teil seines Rufs verstehst. Alles, was du tust, fällt auf ihn zurück. Und es schickt sich für die Frau eines Anwalts nun mal nicht, sich mit Randständigen abzugeben."

„Ich verstehe das nicht. Was ist falsch daran, Menschen zu helfen, die in Not sind?"

„Nichts. Aber jeder ist seines eigenen Glückes Schmied. Kein Mensch landet zufällig auf der Straße. Man muss schon sehr viel falsch machen, um seine Wohnung zu verlieren und sich keine andere leisten zu können."

„Meinst du das wirklich?"

„Ja. Unser soziales Sicherheitsnetz..."

„...fängt alle auf, die sich Mühe geben, ich weiß."

„Du glaubst mir nicht."

„Nein." Jo sieht Nelly fest in die Augen. „Oder glaubst du, ein Mensch, der schwer verletzt ist, eine Mutter mit einem kleinen Kind – glaubst du, diese Menschen leben freiwillig auf der Straße? Meinst du nicht, dass sie alles tun würden, um wieder ein sicheres Dach über dem Kopf zu haben?"

„Ich weiß es nicht. Das Leben ist kompliziert. Es gibt immer Menschen, die nicht bereit sind, Regeln zu befolgen oder entsprechende Leistungen zu erbringen. Aus welchen Gründen auch immer. Ich bin fest davon überzeugt, dass jeder Mensch, der wirklich will, die Möglichkeit hat, ein Dach über dem Kopf zu bekommen."

„Du rätst mir also, dass ich auf Patrick hören und Marc nicht mehr besuchen soll? Weil er selbst Schuld an seiner Situation ist?" Jo spürt die Wut in ihren Fingerspitzen.

„Es ist unpassend, hier von Schuld zu sprechen. Ich finde den Begriff Entscheidungen treffender. Nach deiner Schilderung hat er sich dafür entschieden, nicht ins Krankenhaus gebracht zu werden. Er ist erwachsen und muss die Konsequenzen seiner Entscheidungen selbst tragen. Es kann nicht sein, dass du seinetwegen deine Partnerschaft aufs Spiel setzt. Daher: Ja, ich empfehle dir, den Kontakt abzubrechen."

Wortlos starrt Jo auf ihren Löffel, der zwischen den Leberknödeln Kreise durch die Suppe zieht. Sie schätzt Nelly für ihre direkten Worte, aber gleichzeitig fühlt sie sich im Stich gelassen. Sie hat gehofft Unterstützung zu finden und sträubt sich gegen Nellys Ratschlag.

Nelly hat ihre Seezunge *Müllerin Art* mit Salzkartoffeln und jungen Möhren schweigend gegessen und blickt Jo aufmerksam an.

„Du bist enttäuscht, richtig?" Auf dem faltigen, sorgfältig geschminkten Gesicht liegt ein Ausdruck milder Gutmütigkeit. Jo schluckt und nickt. „Ich glaube, Josephine, du hast dich da in etwas verrannt. Was versprichst du dir von deinen Besuchen? Meinst du, das Leben dieser Menschen nachhaltig verbessern zu können? Du kannst keinem Menschen helfen, der an den Rand der Gesellschaft geraten ist. Das übersteigt deine Möglichkeiten. Dafür gibt es die entsprechenden Anlaufstellen – Sozialamt, psychologische Betreuung, Suchtberatung, Sozialpädagogen oder die Caritas. Du hast getan, was du tun konntest. Nun solltest du dich um dich, dein Baby und deine Partnerschaft kümmern." Der warme Klang ihrer Worte vermag den Widerstand aufzuweichen, den Jo gegen Nellys Worte verspürt. Sie hebt den Blick und trifft auf wohlwollende Zuneigung in den Augen der Älteren. Lautlos seufzt sie. „Wahrscheinlich hast du Recht." Sie steckt sich Gabel um Gabel mit Penne in den Mund, kaut, schluckt, ohne den Geschmack der Speise wahrzunehmen. Erschöpft legt sie das Besteck zur Seite und schiebt den leeren Teller von sich.

Vor dem Lokal stellt sich Nelly auf die Zehenspitzen, ergreift ihre Hände und drückt ihr einen Kuss auf die Wange.

„Pass auf dich auf." Dann hebt sie die Hand zum Gruß und eilt um die Ecke.

Antriebslos stapft Jo zurück in die Bahnhofstraße. Das Gefühl von Geborgenheit, das sie vorhin im Restaurant für einen Moment erfasst hat, als sie sich vorgestellt hat, wie sie gemeinsam mit Patrick das Kinderzimmer einrichtet, hat sich zwischen den hastenden Menschenkörpern verflüchtigt. Ein Auto hupt, ein Mann bläst ihr Zigarettenrauch ins Gesicht. Sie schimpft ihm hustend hinterher.

Die Sonne scheint auf eine bettelnde Frau mit lehmfarbener Haut, angelehnt an die Wand eines mehrstöckigen Geschäftshauses. Jo zieht eine Zwei-Euro-Münze aus der Jackentasche, legt sie in die zerbeulte Kartonschachtel vor den Knien der Frau und fühlt sich schlecht.

Vor dem Haus, in dem ihre Mutter wohnt, bleibt sie stehen, drückt auf den Klingelknopf und wartet auf das Knacken des Lautsprechers.

„Ja, bitte?"

„Ich bin's, Jo. Hallo Mama."

Auf dem Morgenmantel, in dem Heide Heller ihrer Tochter die Tür öffnet, tummeln sich Möwen und Schmetterlinge. Irritiert zieht Jo die linke Augenbraue in die Höhe.

„Habe ich dich geweckt?"

„Nein, warum, wie kommst du darauf?"

„Weil du noch im Morgenmantel bist." Jo streift sich die Schuhe von den Füßen und schlüpft in Stümpfen in den Flur.

„Im Morgenmantel?" Überrascht blickt Heide Heller an sich herunter. „Tatsächlich. So was. Dass ich das nicht gemerkt habe. Im Morgenmantel. Unverständlich..." Kopfschüttelnd und unentwegt vor sich hin murmelnd verschwindet sie im Schlafzimmer.

Jo starrt ihr nach. *Mutter wird alt.* Der Gedanke durchzuckt sie und verursacht ein mulmiges Gefühl. Mit Alter verbindet sie immer auch den Tod. Und die Tatsache, dass ihre Mutter eines Tages sterben wird, hat Jo bisher aus ihrem Denken ausgeschlossen. Ihre Mutter gehört zu ihrem Leben. Sie hat alles Wichtige mit ihr geteilt, und seit dem Tod ihres Vaters hat sie sich Jo gegenüber noch mehr geöffnet als früher. Jo genießt diese vertrauensvolle Beziehung.

Sie geht in die Küche, um Teewasser aufzusetzen. Im Waschbecken steht das Frühstücksgeschirr. Mit wenigen Handgriffen wäscht sie es ab und stellt es zum Trocknen auf den kleinen Küchentisch. Mit einem Wasserglas gießt sie Schnittlauch und Petersilie, die neben einem Stapel Zeitungen auf dem Fenstersims stehen und kraftlos ihre Blätter hängen lassen.

„Was tust du denn in der Küche?" Heide Heller tritt hinter Jo, in eine beige Leinenhose mit einer weiten, bordeauxroten Tunika gekleidet.

„Ich koche uns einen Tee. Hast du noch von diesem ayurvedischen Roibusch?"

Ein Lächeln huscht über das faltige Gesicht, dann nickt Heide Heller. Sie deutet mit dem Kinn auf ein kleines Wandregal aus Holz, in dem sich Teedose an Teedose reiht.

„Warum bist du nicht in der Schule?"

Die Frage trifft Jo so unerwartet, dass sie für einen Moment erstarrt. Das Wasser läuft über den Rand des Topfes, bis ihre Mutter den Wasserhahn zudreht.

„Ich bin freigestellt."

„Freigestellt? Wegen deiner Schwangerschaft?"

„Ja." Jo wirft ihrer Mutter einen raschen Blick zu um sich zu vergewissern, dass sie das kurze Zögern nicht bemerkt hat. Heide Heller kramt in einem Küchenschrank und stellt zwei Tassen neben das Waschbecken.

„Wie geht es Patrick?"

„Ach, ganz gut. Wie immer viel Arbeit."

„Wirst du nach der Geburt weiterarbeiten?" Jo verschüttet das Wasser. „Vorsicht!" Ihre Mutter reicht ihr einen Lappen.

„Warum fragst du?"

„Na, mit Patricks Unterstützung in der Kinderbetreuung wirst du nicht rechnen können. Oder schätze ich ihn etwa falsch ein?"

Jo spürt den prüfenden Blick auf ihrem Gesicht. Rasch schüttelt sie den Kopf. „Nein. Ich habe es mir noch nicht überlegt."

„Sag mir, wenn ihr meine Hilfe braucht. Ich hab' ja viel mehr Zeit als ihr jungen Leute."

Jo wendet den Kopf und betrachtet das Gesicht ihrer Mutter. Die Haut wirkt wie zerknittertes Pergament. Die Augen sind ein wenig zusammengekniffen und die Lippen sind nicht mehr so voll und rot wie früher, als ihr Vater sie so oft geküsst hat.

„Danke."

„Komm." Heide Heller verlässt die Küche und setzt sich langsam aufs Sofa. „Du wirkst müde, mein Kind. Geht es dir gut?"

„Ich habe schlecht geschlafen. Wie geht es deinem Handgelenk?"

„Ich bin gestürzt und habe es verstaucht. Es heilt langsam. Zu langsam. Bin halt keine Zwanzig mehr. Dabei wäre ich so gerne am Dienstag schwimmen gegangen. Janine hätte mich hingefahren. Aber die Schmerzen sind noch nicht fort, und angeschwollen ist es auch noch." Ungeduldig fuchtelt sie mit ihrem einbandagierten Handgelenk in der Luft herum.

Jo kann sich ein Grinsen nicht verkneifen. Geduld ist noch nie eine Stärke ihrer Mutter gewesen, das hat sie, Jo, zweifelsfrei von ihr geerbt. Bevor sie darüber nachdenken kann, spürt sie eine eigenartige Bewegung in ihrem Bauch und zuckt zusammen. Instinktiv presst sie ihre Hände darauf.

„Was ist los? Ist alles in Ordnung?"

„Keine Ahnung. Da war ein Gefühl, das ich noch nie hatte."

„Stößt dein Baby?"

Verwundert blickt Jo auf. „Ja – ja, das kann es sein. Ich habe noch nie mein Baby gespürt!" Heiße Aufregung schießt durch ihren Körper und sie springt auf. Unruhig läuft sie zum Fenster und wieder zurück zum Sofa. „Mama, ich spüre mein Baby!" Ihre Stimme überschlägt sich und ihre Fingerspitzen kribbeln.

Heide Heller lächelt. „In welcher Woche bist du?"

„In der 23."

„Ja, dann ist das gut möglich." Sie schweigt, scheint zu rechnen. „Dann wird es entweder ein Steinbock oder ein Wassermann."

„Es wird ein Steinbock."

„Woher willst du das denn wissen?"

„Patrick hat einen Kaiserschnitt für den 16. Januar vereinbart." Leise verkriechen sich ihre Worte hinter den schweren Polstermöbeln. Sie knetet ihre Finger.

Das amüsierte Lächeln verschwindet vom Gesicht ihrer Mutter. Jo braucht nicht aufzublicken, um das Entsetzen zu sehen. Sie weiß, dass ihre Mutter nichts davon hält.

Heide Heller steht auf und geht mit raschen, kleinen Schritten aufs Fenster zu. Dort verharrt sie schweigend. Jo nippt an ihrer Teetasse, spürt dem Geschmack nach Zimt und Koriander auf ihrer Zunge nach und lauscht dem Ticken der Standuhr.

Als sich ihre Mutter umdreht, blicken ihre Augen müde. „Du bist erwachsen, Jo. Ich werde mich nicht einmischen.

Diesmal nicht. Du musst selber herausfinden, was gut für dich ist. Aber versprich mir eins: Wenn du es weißt, dann handle."

Jo versucht den knisternden Kloß in ihrem Hals hinunterzuschlucken, aber er hält sich hartnäckig. Sie geht in die Küche, füllt ihre Tasse erneut und meidet den Blick ihrer Mutter. Ihre Gedanken schweifen zurück in ihre Kindheit, als sie mit Ausdauer mit ihren Puppen Gebären gespielt hat. Damals, als ihre Cousine geboren worden ist.

„Wo bin ich zur Welt gekommen?"

„Hier. Ziemlich genau da, wo du gerade stehst."

„Hier?" Jo verschluckt sich und hustet. „Warum hast du mir das nie erzählt?"

„Du hast mich nie danach gefragt. Wir haben uns nicht mehr oft gesehen in den letzten Jahren. Seit du mit Patrick zusammen bist."

„Ja. Ich weiß." Jo stellt ihre Tasse in die Küche. „Ich muss los. Danke für den Tee."

„Pass auf dich auf, mein Kind."

Zwei Atemzüge lang lehnt Jo ihren Kopf an die Schulter ihrer Mutter und atmet den vertrauten Duft ihrer Haut ein. Dann richtet sie sich auf und versucht ein Lächeln. Lautlos geht sie durch den Flur und zieht die Haustür ins Schloss.

Eigentlich hat sie mit ihrer Mutter über Marc und Patrick sprechen wollen. Hat ihr erzählen wollen, was geschehen ist und sie um Rat fragen. Aber Etwas hat sie davon abgehalten. In Gedanken versunken macht sich Jo auf den Heimweg.

***

Marc starrt in die Dunkelheit. Sein Rücken schmerzt vom langen Liegen, und die Verletzungen im Gesicht jucken. Temos röchelndes Schnarchen geistert durch die Halle des Güterbahnhofs. In der Luft hängt der Geruch nach Frittieröl, der mit Steves Pommes mitgekommen ist. Sein Magen knurrt.

Vor seinem inneren Auge sieht er Jo. Etwas ist anders gewesen heute. Sie hat einen seltsamen Ausdruck im Gesicht gehabt, fast ist es ihm vorgekommen, als fühle sie sich gehetzt. Sie hat nur kurz seine Verletzungen begutachtet, Nüsse und getrocknete Aprikosen verteilt und ein wenig mit Tom geredet. Dabei ist eine Unruhe von ihr ausgegangen, die er noch nie bei ihr erlebt hat.

Vielleicht bilde ich mir das nur ein. Marc dreht sich zur Seite, mit dem Rücken zur Sofalehne, und fixiert mit den Augen den schmalen Lichtstreifen, der durch die Bretter am Fenster auf den staubigen Zementboden fällt.

Er weiß, dass er sich nicht getäuscht hat. Seit er nicht mehr spricht, seit er nicht mehr darauf achtet, wie er auf andere Menschen wirkt, ist seine Beobachtungsgabe schärfer geworden. Er hat ein ausgezeichnetes Sensorium darin entwickelt, Stimmungen und Stimmungsveränderungen wahrzunehmen.

Wenn Marc an Jo denkt, nimmt er eine Regung im Innern wahr, die er verloren geglaubt hat. Es ist eine feine Erregung, zögerlich zwar, aber doch deutlich spürbar. Er kann nicht genau zuordnen, was er spürt. Aber er spürt etwas, und diese Erkenntnis verunsichert ihn zutiefst.

Er hebt den linken Arm, umfasst die Rückenlehne des Sofas und zieht sich langsam in die Höhe. Die Schulter schmerzt noch ein wenig, lässt sich aber wieder in alle Richtungen bewegen. Die Haut über seinem Gesicht spannt. Ein wenig dreht sich die Halle, während er seinen Blick über die trostlosen Wände schweifen lässt.

Paul sitzt unter einem Fenster an die Wand gelehnt, den Kopf zurückgebogen, und schläft mit offenem Mund. Marc hat viele wie ihn kennengelernt in den zehn Jahren, die er inzwischen auf der Straße verbracht hat. Männer, die oft aus verantwortungsvollen Positionen stammen, die durch einen Schicksalsschlag die Kontrolle über ihr Leben verloren haben. Jobverlust, Scheidung, Tod, seltener eine Sucht, die sie auf die Straße getrieben hat. Meist kommt die Sucht erst danach. Wenn sie hier sind und allmählich begreifen, dass sie nicht mehr wegkommen. Denn wer einmal hier unten angekommen ist, der bleibt. Meistens. Die Straße prägt und hinterlässt Spuren, die sich nicht mehr auslöschen lassen.

Brandspuren, die sich in die Seele einbrennen, die Gesichter zeichnen und Menschen formen.

Anfangs ist es Marc egal gewesen, wer warum auf der Straße lebt. Es hat Jahre gedauert, bis er aus seiner Kapsel, die er um sich herum gebildet hat, soweit herausgefunden hat, dass er wenigstens das Leben um sich herum wieder hat wahrnehmen können, wenn er schon seine eigene Lebendigkeit nicht mehr spürt. Irgendwann hat er begonnen zuzuhören. Den Gesprächen unter den anderen Obdachlosen zu lauschen. Kaum einer erzählt die ganze Wahrheit, die meisten verschweigen, einige dichten dazu. Und viele vergessen. Marc hat gemerkt, dass die Menschen, je länger sie auf der Straße leben, dazu neigen, die Vergangenheit zu vergolden. Die Kinder, vor denen sie sich wochentags ins Büro geflüchtet haben, sind in der Erinnerung plötzlich pflegeleicht, liebevoll und streiten nie. Die Häuser sind größer und die Autos schneller, als sie in Wirklichkeit je gewesen sind. Aber eigentlich ist es egal. Wenn die Vergangenheit das Einzige ist, an dem man sich halten kann, dann ist alles erlaubt, um sie kraftvoll zu machen.

Oft genug hat Marc Menschen getroffen, die vor der Vergangenheit geflüchtet sind, weil sie noch grausamer gewesen ist als das Leben auf der Straße. Er gehört nicht dazu. Er gehört auch nicht zu jenen die trauern. Er gehört zu denen, die dazwischen stehen. Zu den jungen Menschen, die ums Erwachsenwerden betrogen worden sind. Die älter geworden sind, ohne innerlich reifen zu können. Weil sie in der Jugend feststecken, weil das Leben dort plötzlich aufgehört hat, ohne dass es ihnen die Möglichkeit gegeben hat, den Schritt ins Erwachsenenleben vollziehen zu können.

Sein Leben hat an einem Dezemberabend aufgehört.

„Träumst du oder bist du wach?"

Marc zuckt zusammen. Toms helle Kinderstimme reißt ihn aus seinen Gedanken. Er versucht sich aufzurichten, räuspert sich. *Beides*, will er sagen. Aber dann schweigt er und betrachtet das zarte Kindergesicht. Über die linke Wange zieht sich ein schwarzer Rußstreifen, stellenweise unterbrochen durch verschmierten Rotz. Die Baseballkappe sitzt schräg auf dem schwarzen Haarschopf. Zwei schwarze Knopfaugen blicken ihn fröhlich und neugierig an. *Die Straße ist kein Ort für Kinder, die Straße ist verdammt nochmal kein Ort für Kinder!* Marc schluckt. Mit welchen Chancen startet dieser kleine Kerl ins Leben? Ihm hat das Leben auch seine Kindheit geraubt.

„Magst du?" Tom zieht ein zerknittertes Päckchen Kaugummi aus der Hosentasche und hält es ihm hin. Langsam hebt Marc den Arm. Geschickt schiebt Tom einen Kaugummi nach vorne und lässt ihn in die ausgestreckte Hand fallen. Marc lächelt ihn an.

„Du siehst komisch aus wenn du lächelst. Dann verziehen sich die Pflaster. Aber ich mag dein Lächeln trotzdem. Magst du mit mir spielen?"

Er spürt den erwartungsvollen Kinderblick auf seinem Gesicht und senkt die Augen.

„Tut dir noch was weh?"

Er nickt und starrt auf Toms Turnschuhe.

„Dann halt ein anderes Mal."

Marc hört, wie sich die kurzen Schritte entfernen.

„Paul! Paul, aufwachen, ich will mit dir spielen!" Der gleichmäßige Pfeifton, der bisher monoton durch die Halle gezogen ist, wird von einem lauten Schnarchen abrupt beendet. Paul schließt den Mund, lässt sich von Tom in die Höhe ziehen und stapft langsam torkelnd hinter dem Jungen aus der Halle. Zum wiederholten Mal fragt sich Marc, wohin die beiden verschwinden. Durch die verriegelten Fenster dringt kaum mehr Tageslicht.

11

Unruhig klickt sich Jo durchs Internet. Patrick hat zwar bereits vor einer Stunde das Haus verlassen, aber sie traut sich trotzdem nicht zum Güterbahnhof zu gehen.

Vielleicht lauert er mir auf und verfolgt mich? Verärgert wischt sie sich Schweißtropfen von der Stirn. Sie weiß, dass solche Gedanken unsinnig sind. Für Patrick ist der Vorfall von vorgestern erledigt. Er ist davon überzeugt, dass sie sich an sein Verbot halten wird. Zudem hat er keine Zeit, sich darum zu kümmern, wie sie ihre Tage verbringt. Sein Terminkalender ist so voll wie die Mülltonnen, die jeden Freitag auf den Gehsteigen vor den Einfamilienhäusern stehen. Mit dem großen Unterschied, dass sein Kalender im Gegensatz zu den Tonnen nie leer wird.

Jo steht auf und geht ins Bad. Sie spritzt sich kaltes Wasser ins Gesicht und fährt mit den Fingern durch die Haare. Ihre Wangen wirken eingefallen, obwohl sie seit Beginn der Schwangerschaft bereits fünf Kilo zugenommen hat. Sie tritt vor den Spiegel, der an der Innenseite der Badezimmertür hängt, und dreht sich zur Seite. Die Schwangerschaft lässt sich nun nicht mehr verbergen, ihr Bauch wölbt sich unter dem enganliegenden T-Shirt. Sie legt die Hände darauf und schließt die Augen. Die ungewöhnlichen Bewegungen in ihrem Bauch hat sie gestern Abend im Bett nochmals gespürt, und sie würde es gerne auch jetzt tun. Aber es bleibt alles ruhig.

Aus der hintersten Ecke des Kleiderschrankes holt sie ihren braunen Pullover und streift ihn über. Nun ist der Bauch nicht mehr zu sehen. Zufrieden nickt sie ihrem Spiegelbild zu. Sie weiß nicht warum, aber es ist ihr lieber, wenn man ihr auf der Straße ihre Schwangerschaft nicht ansieht. Sie freut sich auf ihr Baby, aber sie fühlt sich noch nicht als Mutter. Etwas dazwischen, zwischen junger Frau und Mutter.

Halb zehn. Um eins macht Patrick Mittagspause bis zwei. Theoretisch wäre es möglich, dass er in dieser Pause heimkommt, obwohl er es noch nie getan hat. Aber wer weiß? *Vielleicht täusche ich mich und das Ganze hat ihn doch mehr durchgeschüttelt, als er zeigt?*

Jo seufzt. Sie wüsste gerne, was sie tun soll. Gestern ist sie nur ganz kurz am Nachmittag bei Marc vorbeigegangen, vor allem deshalb, weil sie es Tom versprochen hat. Aber sie hat Angst gehabt. Angst, dass Patrick sie dabei erwischen könnte. Sie ärgert sich darüber, dass sie etwas, das ihr wichtig ist, heimlich tun muss. Es widerstrebt ihr zutiefst, denn Ehrlichkeit ist ihrer Meinung nach die Grundvoraussetzung für eine funktionierende Beziehung.

Sie sitzt in der Klemme. Rational betrachtet müsste sie auf Patrick und Nelly hören, die Sache vergessen und sich um sich und das Baby kümmern. Aber ihr Gefühl drängt sie in Richtung Güterbahnhof. Obwohl außer Tom niemand wirklich mit ihr spricht, spürt sie, dass sie willkommen ist, dass sich Marc und auch Paul vielleicht sogar ein wenig über ihr Erscheinen freuen. Selbst wenn Nelly Recht haben sollte und sie den Menschen nicht nachhaltig helfen kann, so tun ihnen ihre Besuche wenigstens im Moment gut, davon ist Jo ganz fest überzeugt. Und alleine dafür lohnt es sich für sie, immer wieder hinzugehen. Denn, wenn sie ehrlich ist, in ihrem Job haben sich die Kinder mehr gefreut, wenn sie nicht erschienen und der Unterricht ausgefallen ist. Sie weiß, dass das nichts mit ihrer Person, sondern mit dem Schulsystem an sich zu tun gehabt hat. Aber ein schönes Gefühl ist es dennoch nicht gewesen.

Wenn sie wieder hinfährt, geht Jo das Risiko ein, dass Patrick Wind davon bekommt. Sie glaubt zwar nicht daran, dass er ihre Beziehung dann beenden würde. *Er hat sich so sehr ein Kind gewünscht. Und er liebt mich.* Aber sie würde sich gewaltigen Ärger ins Haus holen. Andererseits, wenn sie nicht mehr geht – ja, was dann? Dann wird Tom sich weiter um Marc kümmern, bis er gesund ist und eines Tages wieder verschwindet. Um weiter auf der Straße zu leben und wieder zusammengeschlagen zu werden. Und dann wäre vielleicht niemand da, der ihm helfen würde.

Jo schüttelt sich. Diese Vorstellung steigert ihre Unruhe so sehr, dass sich ihre Nägel in die Handballen graben und sie auf ihrer Unterlippe herum beißt.

Da ist noch etwas anderes. Etwas, das sich nicht so rational in Worte fassen lässt. Etwas an Marc fasziniert sie. Ist es sein eindringlicher Blick? Oder sein Schweigen?

Als sich metallischer Blutgeschmack im Mund ausbreitet dreht sie sich abrupt um, geht in die Küche, schneidet zehn Scheiben Brot ab, die sie mit Käse und Schinken belegt, steckt sie in eine Stofftasche und verlässt das Haus.

Mit jedem folgenden Tag verliert Patricks Drohung mehr von ihrem Schrecken, und es pendelt sich ein Rhythmus ein. Von Montag bis Samstag fährt Jo gegen Mittag zum Güterbahnhof, verbringt den Nachmittag mit Tom und kümmert sich um Marc. Seine Verletzungen heilen gut, die Klammerpflaster fallen nach und nach ab. Die Narbe über der Stirn ist am besten verheilt, sie ist nur als dünner Strick zu sehen. Nicht ganz so gelungen ist der Schnitt über der Oberlippe. Es hat sich ein kleines Knötchen gebildet und die Narbe hat sich zusammengezogen. Das gibt der Lippe einen permanent lächelnden Ausdruck. Die Schulter scheint Marc keine Schmerzen mehr zu verursachen. Immer öfter verlässt er die Halle, spaziert mit Tom über den Platz oder sitzt mit ihm auf der Mauer. Nur gesprochen hat er noch immer kein Wort. Spätestens um Vier Uhr Nachmittags fährt Jo zurück, damit sie nicht noch einmal später als Patrick zuhause ankommt. Sie gewöhnt sich daran, ihm gegenüber die Dinge zu verschweigen, die ihr wirklich wichtig sind, und sich hin und wieder mit einer kleinen Notlüge zu behelfen, wenn er genauer wissen möchte, wie sie den Tag zugebracht hat.

Die Besuche auf dem Bahnhof ermöglichen ihr, die Auseinandersetzung mit ihrer beruflichen und privaten Situation weitgehend zu verdrängen. Sie ignoriert die sporadisch aufkeimenden Fragen, wie lange Marc wohl noch bleiben und was geschehen wird, wenn er in seinen Alltag auf der Straße zurückkehrt. Eines Tages wird er wieder unabhängig sein wollen – unabhängig davon, dass sie ihm seine Wäsche wäscht und ihn mit Lebensmitteln versorgt. Sie fürchtet den Tag mit derselben Beklemmung, mit der sie den Gedanken daran von sich schiebt. Sie hat Marc mit seinem Schweigen auf eigentümliche Weise lieb gewonnen und ebenso Tom. Sie verbringt viel Zeit damit, dem Jungen Geschichten zu erzählen, die sie selbst erfindet. Von starken Kindern, wilden Tieren, Zauberern, Indianern und Kobolden. Lucia respektiert ihre Freundschaft mit Tom, ohne je ein Wort mit ihr zu wechseln. Jo hat es aufgegeben, sich über das Misstrauen der stolzen Frau mit dem roten Haar zu wundern.

12

Die Sonne strahlt vom wolkenlosen Herbsthimmel. Geblendet kneift Jo die Augen zusammen. Die Felder links und rechts des Asphaltwegs sind abgeerntet, braun und verdorrt ragen die Stummel der Halmen aus der dunklen Erde. Vereinzelt hüpfen Vögel zwischen den Stängeln umher auf der Suche nach verlorenen Körnern. Die Luft ist klar und frisch, und Jo vergräbt ihre Hände in den Taschen ihrer Jeans.

Der Platz vor dem Bahnhofsgebäude ist leer. Enttäuscht suchen ihre Augen die kleine Mauer ab, auf der Tom und Marc sie an den vergangen Nachmittagen erwartet haben. Nur ein kleines Steinmännchen neben dem Tor zeugt davon, dass hier gespielt worden ist.

Sie betritt die Halle und wartet, bis sich ihre Augen an die Dunkelheit gewöhnt haben. Hier ist Tom auch nicht. Auch Temos röchelndes Schnarchen fehlt. An seinem Platz unter dem Fenster sitzt Paul. Er dreht den Kopf, als das Echo ihrer Schritte von den Wänden herunterfällt. Sie nickt ihm zu und geht direkt zu Marc.

Er hat die Augen geschlossen und scheint zu schlafen. Ihr fällt auf, dass er seine Kleider gewechselt hat. Neben dem Sofa entdeckt sie den Plastiksack mit seiner Wäsche. Sie stopft ihn in ihre Umhängetasche, streicht ihm eine Haarsträhne aus der Stirn und wendet sich ab.

Vor Paul bleibt sie stehen.

„Hallo, Paul." Er nickt schweigend. „Wie geht es Marc?"

Er zuckt die Schultern, spuckt auf den Boden und brummt undeutlich: „Woher soll ich das wissen?"

„Hast du ihm beim Umziehen geholfen?"

Kopfschütteln. „Kann er wieder selber."

„Gut so." Sie lächelt. „Wo ist Tom?"

„Bei seiner Mutter."

„Oh." Es gelingt ihr nicht, ihre Enttäuschung zu verbergen. Sie zieht eine Plastikbox mit Kartoffelsalat aus der Stofftasche und hält sie Paul hin. „Kannst du Marc was davon geben, wenn er aufwacht? Und Tom bitte auch, wenn er wieder hier ist. Du kannst natürlich auch davon essen." Verlegen lächelt sie. Paul nickt erneut. Er scheint heute besonders viel getrunken zu haben, sein Kopf fällt immer wieder gegen die Mauer. Seine Hand zittert, als er ihr die Box abnimmt. „Danke. Dann mal tschüss!" Sie wirft einen letzten Blick auf Marc und steuert auf den Ausgang zu.

Jo schluckt. Mit Mühe begreift sie Patricks Worte. Er steht vor ihr, im dunklen Anzug, die Aktentasche unter den Arm geklemmt.

Es ist das allererste Mal in ihrer Beziehung, dass er ohne sie zum monatlichen Anwaltsessen geht.

„Warum?" Ihre Stimme klingt heiser.

„Ich möchte nicht, dass jemand außer Toni und Nelly von der Schlägerei und deiner Freistellung erfährt. Es ist zu riskant, wenn du mitkommst. Wenn dir jemand Fragen nach der Schule stellt, musst du lügen." Er nimmt einen schwarzen Mantel vom Garderobenhaken. „Außerdem ist es zu anstrengend für dich. Du solltest dich schonen." Sein Tonfall verbietet jede Diskussion. Jo spürt seinen Kuss auf ihrer Stirn und starrt ihm nach, bis die Tür ins Schloss fällt.

Sie kommt sich vor wie ein kleines Kind, damals, in der Wohnung ihrer Eltern, wenn sie sie so gerne abends ins Kino begleitet hätte und nicht durfte.

Schon wieder. Immer öfter fühlt sie sich von Patrick bevormundet. Was für sie jahrelang praktisch gewesen ist, dass er ihr Entscheidungen abgenommen und vieles für sie geregelt hat, wird ihr zunehmend lästig und beginnt sie einzuengen. *Dabei bin ich eigentlich froh, dass ich nicht mit muss.* Nachdenklich geht Jo in die Küche. Sie hat sich nie wohlgefühlt bei den Kanzleiessen, wäre jedes Mal von neuem lieber zuhause geblieben. Sie ist Patrick zuliebe mitgegangen, weil er es so wollte. Weil alle Partnerinnen ihre Männer begleiten. Und trotzdem verletzt es sie, dass er sie heute nicht mitgenommen hat. *Warum? Warum soll ich zuhause bleiben?* Dass sie sich schonen soll, ist vollkommen überflüssig. Ihr Handgelenk ist wieder vollständig belastbar, die Nase fühlt sich so an wie immer, und der Kopfschmerz meldet sich nur noch, wenn sie im Güterbahnhof die Zeit vergessen hat und unter Druck gerät, um nicht zu spät nach Hause zu kommen.

In Gedanken versunken füllt sie den Rest Tee aus der Thermoskanne in eine Tasse und dreht sie zwischen den Händen.

Plötzlich wird ihr heiß. Nellys Worte schieben sich in ihr Gedächtnis. Patrick muss tatsächlich um seinen guten Ruf fürchten. Ihre Freistellung muss für ihn ein Versagen darstellen, das er vor der Öffentlichkeit verbergen will. Warum sonst hätte er den Brief an den Direktor für sie verfasst? Ein Gedanke streift sie, der sie erzittern lässt. *Sein Ruf ist ihm wichtiger als unsere Beziehung.*

Die Küche beginnt sich zu drehen und ihr wird übel. Rasch setzt sie sich auf den Küchentisch und stürzt ihren Tee hinunter. Heftig schüttelt sie den Kopf. Wäre es so, dann würde er ihr nicht jeden Morgen in aller Frühe ihren Schwangerschaftstee kochen. Dann hätte er nicht den Kaiserschnitt in der besten Klinik der Stadt organisiert, weil er sie vor Schmerzen bewahren will. Und den Brief hat er geschrieben, um für sie die Kündigung abzuwenden, weil er weiß, wie viel ihr an ihrer Arbeit in der Schule liegt.

Ihr Blick fällt auf den Verlobungsring, zärtlich streicht sie darüber.

Ihre Finger, die sich um die Tasse gekrampft haben, entspannen sich, und die weißen Knöchel nehmen ihre normale

Farbe wieder an. *Es ist alles gut.* Es ist zu ihrem eigenen Schutz, wenn niemand von der Geschichte erfährt. Es erspart ihr Diskussionen und verständnislose Kommentare und gibt ihr die Möglichkeit, sich ganz auf ihre Schwangerschaft zu konzentrieren.

Ihre Schwangerschaft. Sie hat sie in den letzten Wochen unbewusst verdrängt. Es ist ihr auch kaum mehr übel gewesen, und seit dem letzten Arztbesuch musste sie sich nicht mehr übergeben. Offensichtlich hat sich ihr Körper mit der neuen Situation abgefunden. Nur der nächste Termin liegt ihr wieder buchstäblich auf dem Magen. In sechs Tagen steht er an. Jo seufzt. Am liebsten würde sie ihn absagen. Aber für Patrick sind die Kontrollen wertvoll. So bekommt auch er ein wenig mehr von der Schwangerschaft mit und kann sein Baby, wenn auch noch nicht spüren, so wenigstens auf dem Ultraschallmonitor sehen. *Also gut, ich gehe für Patrick.*

Plötzlich fällt ihr Marcs Kleidung ein, die sie im Plastiksack unter der Treppe versteckt hat. Sie tritt vors Haus. Kühle Abendluft schlägt ihr entgegen. Der Herbst ist jetzt, Ende September, mit großen Schritten im Anmarsch. Die gelben Blätter der Rosskastanie bedecken weite Teile des Rasens, und die Luft riecht feucht.

Jo steigt die Stufen vor der Haustür hinunter, bückt sich und zieht die Plastiktüte unter der Treppe hervor.

Während sie die wenigen Kleidungsstücke in die Trommel der Waschmaschine stopft, fragt sie sich, wo Paul und die anderen Bewohner des Güterbahnhofs ihre Wäsche waschen. Im Sommer mag der Fluss eine Lösung sein, aber bereits jetzt im Herbst ist das Wasser zu kalt, um Wäsche darin zu waschen. Sie hat keine Ahnung, ob es einen Waschsalon in der Stadt gibt. Waschmaschine und Trockner sind zwei von unzähligen Selbstverständlichkeiten, über die sich Jo noch nie Gedanken gemacht hat.

Die Stille im Wohnzimmer ist unerträglich. Sie bleibt vor dem zimmerdeckenhohen CD-Regal stehen. Ihre Augen fliegen über die Rücken der Hüllen und bleiben in einer Lücke hängen. *Er muss sie ins Arbeitszimmer hinauf ge-*

nommen haben. Sie steigt die Stufen in den oberen Stock hinauf und öffnet die Tür zu Patricks Büro. Abgestandene, warme Luft schlägt ihr entgegen. Sie geht zum Fenster, öffnet es und dreht in gedankenverlorenem Automatismus den Regler des Heizkörpers zurück.

Ihr Blick gleitet über den ausladenden Metallschreibtisch mit der Glasplatte. In der Mitte auf der schwarzen Schreibunterlage liegt fein säuberlich zusammengeschoben ein flacher Stapel Akten, daneben ein Kugelschreiber. Ein leeres Wasserglas steht auf einem schwarzen Glasuntersetzer, die Computermaus befindet sich neben der Tastatur vor dem Bildschirm. Unabhängig davon, zu welchem Zeitpunkt sie hier erscheint, das Zimmer sieht immer gleich aus. Ein einziges Mal hat sie den Schreibtisch unordentlich gesehen. Das ist gewesen, als Patrick die Nachricht erhalten hat, dass sein Vater nach einem Schlaganfall ins Krankenhaus eingeliefert worden ist.

Sein Vater ist Patrick über seinen Tod hinaus ein unerreichbares Vorbild geblieben. Er ist ein großer Anwalt im Sozialversicherungswesen gewesen, nicht unbedingt der erfolgreichste, mit Sicherheit aber der streitbarste. Sein Name ist bei Staatsanwälten und Versicherungen gleichermaßen gefürchtet gewesen, weil seine Argumentationslinien allen anderen an Schärfe und Brillanz um Längen voraus gewesen sind. Im Gerichtsaal gegen Ulrich Wilbert antreten zu müssen, hat einem Stierkampf in einer spanischen Arena geglichen.

Patrick geht jegliche Streitlust ab. Im Vergleich zu seinem Vater wirkt er wie ein zahmes Lamm, das bedächtig seinen Weg geht, sorgsam darauf bedacht, keine Fehler zu machen und niemandem zu nahe zu treten. Nichtsdestotrotz argumentiert er genauso brillant wie sein Vater und übertrifft ihn an Verstandesschärfe, denn seine Erfolgsquote liegt im Vergleich bereits jetzt höher als Ulrichs zum Zeitpunkt seines Todes im Alter von 86 Jahren. Jo weiß, dass Patrick dennoch unter dem Ruf seines Vaters leidet und das Gefühl nicht los wird, ihm nicht das Wasser reichen zu können. Sein Vater ist und bleibt sein großes Idol, dem er auch jetzt noch nacheifert, obwohl er seine Anerkennung nie mehr erhalten wird.

Sie wendet sich vom Schreibtisch ab und tritt vor die Stereoanlage. *Da ist sie ja.* Sie ergreift ihre Lieblings-CD, schließt das Fenster und verlässt das Büro. Kurz darauf erklingen Fagottklänge aus den Fagottkonzerten von Mozart, Hummel und Weber im Wohnzimmer.

Die Stille hat sich bereits wieder im Raum ausgebreitet, als Jo die Eingangstür zufallen hört. Abrupt richtet sie sich auf und reibt sich die Augen. Leise schlüpft sie ins Schlafzimmer, tastet im Dunkeln nach ihrem Nachthemd und verkriecht sich unter ihrer Bettdecke. Sie mag jetzt nicht mit Patrick über seinen Abend sprechen müssen.

13

„Was ist das?"

Jo wirbelt herum. Patricks Stimme klingt gepresst und die Spannung, die von ihm ausgeht, lässt Schauer über ihre Haut kriechen. Mit ausgestrecktem Arm steht er in der Tür zur Küche. In der Hand hält er einen graugrünen Pullover.

Marcs Pullover.

Das Brotmesser rutscht aus ihrer Hand und fällt mit einem dumpfen Geräusch auf den Fliesenboden. Sie schluckt.

Die Waschmaschine. Sie hat Marcs Wäsche gestern Abend in der Waschmaschine vergessen. Aber wie kommt Patrick zu Marcs Wäsche? Er kümmert sich selten ums Waschen.

„Warum warst du an der Waschmaschine?" Sie weiß, dass sie mit dieser Frage bereits verloren hat, aber ihr fällt nichts Besseres ein.

„Ich habe gesehen, dass Wäsche drin ist und wollte sie in den Trockner legen."

Jo schweigt. Ihr Kopf ist leer. Steif steht sie da und starrt auf den Pullover in seiner Hand. Das Blut pocht in ihren Ohren und übertönt das Ticken der Wanduhr. Ihr Atem geht flach und schnell, und ihr Brustkorb fühlt sich eng an. Patrick lässt den Pullover auf den Boden fallen und verlässt die Küche. Sie hört seine Schritte in der Garderobe, ein leises Klirren, wieder seine Schritte. In den Augenwinkeln erscheint seine Gestalt erneut in der Tür, durchschreitet die Küche und bleibt neben dem Tisch stehen.

Jo dreht ihm den Kopf zu und zwingt ihre Augen sich vom Pullover auf dem Boden zu lösen. Er schlägt seine flache Hand knallend auf den Tisch und verharrt für wenige Sekunden in leicht nach vorne gebeugter Haltung.

„Hier." Langsam richtet er sich auf und zieht die Hand zurück.

Auf dem Tisch liegt ihr Autoschlüssel.

„Ich werde um 18 Uhr wieder hier sein. Ich möchte, dass du mein Haus bis dann verlassen hast. Den Hausschlüssel kannst du in den Briefkasten werfen."

Jo spürt, wie ihr ihr Leben zwischen den Fingern entgleitet.

Fassungslos starrt sie Patrick an. Mehr noch als seine kalten Worte, die auf halber Höhe im Raum zu schweben scheinen, trifft sie sein Blick. Es liegt etwas Hartes, Endgültiges darin, gemischt mit Wut und Bitterkeit und etwas, das Jo noch nie kennengelernt hat: Verachtung.

„Das kannst du nicht machen. Ich habe nichts getan, das unsere Beziehung beeinflusst. Ich habe kein Verhältnis mit Marc."

„Ich habe dir deutlich gesagt, dass ich keinen Kontakt zu dieser Szene toleriere. Du hast dich ganz offensichtlich dafür entschieden, unsere Beziehung zu beenden. Bitte. Ich respektiere deinen Willen." Sein Blick versucht sie einzuschüchtern, aber sie hält ihm Stand.

„Nicht ich will unsere Beziehung beenden, sondern du. Für mich hat mein Einsatz für Marc nichts mit uns beiden zu tun. Ich helfe einem Menschen, der in Not ist, das ist alles." „Das ist zu viel. Du gefährdest damit den Ruf meiner Kanzlei, meinen Ruf, unseren Ruf. Ein Anwalt, dessen Frau sich bei Obdachlosen rumtreibt! Vergiss es, Josephine, das funktioniert nicht. Ich habe von Anfang an versucht, dir das klarzumachen, aber du willst es nicht begreifen. Mit deinem starrköpfigen Verhalten zwingst du mich dazu, die Konsequenzen zu ziehen."

„Wovor hast du Angst? Meinst du, Marc wird morgen vor deiner Tür stehen und betteln? Oder dich in deiner Kanzlei aufsuchen? Wie lächerlich! Du hast doch gar nichts mit ihm zu tun! Ich kenne deine Kunden nicht, kein Mensch weiß etwas über mein Privatleben. Wir haben ein gemeinsames Kind, du hast auch eine Verantwortung ihm gegenüber!" Sie spürt die Verzweiflung, die sich wie ein Flächenbrand in ihr auszubreiten beginnt, und ihre Stimme steigt. Hell und dünn schrillt sie durch die Küche.

„Ich lasse mir von dir nicht meine Karriere verderben. Ich habe hart gearbeitet, um dorthin zu kommen, wo ich heute bin. Das lasse ich mir nicht kaputt machen, auch nicht von einem Kind! Das bin ich meinem Vater schuldig."

Äußerlich wirkt Patrick ruhig, aber Jo erkennt seine Erregung in seinem Blick, der durch die Küche hetzt. Als er sich die Haare aus der Stirn schiebt, zittert seine Hand.

„Wie kannst du deinem Vater etwas schuldig sein? Das ist doch Unsinn! Er ist tot. Hier geht es um uns, um dich und mich und unsere Beziehung. Und unser Kind. Und nicht um deinen Vater." Sie schweigt aufgebracht und starrt auf seinen Nasenrücken. Sein Blick brennt auf ihren Wangen, und der herbe Duft seines Aftershaves kratzt in ihrem Hals.

Er wendet sich ab und verlässt die Küche. Gleich darauf fällt die Haustür mit einem lauten Knall ins Schloss.

Wut und Verzweiflung wechseln sich ab. Während Jo mit dem Fuß aufstampft, strömen Tränen über ihre Wangen. Ihre Knie beginnen so stark zu zittern, dass sie sich hinsetzen muss.

Er hat mich rausgeschmissen. Einfach so rausgeschmissen!
Die Worte drehen in einer Endlosschleife in ihrem Kopf. Ihr Atem geht schnell und sie spürt, wie ihr Blut durch die Adern rast.
Rausgeschmissen. Sie springt auf. Ihr Blick fliegt durch die Küche, dann stürmt sie ins Schlafzimmer.

Zwei Stunden später zieht sie die Tür ihres dunkelblauen Subaru Justy zu und startet den Motor. Nachdem sich die Panik gelegt hat, die sie wie eine Irre durchs Haus hat rennen lassen, hat sie in den Tiefen des Dachbodens nach ihrem Trekkingrucksack gesucht, mit dem sie nach dem Abitur durch Frankreich bis an die Atlantikküste getrampt ist. Und mit dem sie vor sechs Jahren hier eingezogen ist. Sie hat einige Unterhosen und BHs hineingestopft und sorgsam darauf geachtet, dass sich keine mit den filigranen Spitzchen darunter befinden, die Patrick so gerne an ihr sieht und auf die ihre Haut mit roten Pickeln reagiert. Neben Marcs Kleidung, einer Zahnbürste, Zahnpasta und Schlafanzug haben ihr Netbook sowie die Mozart/Hummel/Weber-CD den Weg in ihren Rucksack gefunden. Und ein kleiner Stofftierelefant, den sie zum zwanzigsten Geburtstag von ihrer Mutter geschenkt bekommen hat.
Viel mehr ist es nicht gewesen, mit dem Jo damals hier eingezogen ist. Alles andere, die Unmengen an Blusen, Tops, Hosen, Röcken, Kleidern, Schuhen und Schminksachen sind erst später dazugekommen, weil Patrick der Ansicht gewesen ist, dass es sich nicht schickt, zweimal nacheinander in den selben Kleidungsstücken in der Schule zu erscheinen.
Ihr Auto, das sie liebevoll *Albert* nennt, weil der Name vertrauenserweckend klingt, biegt um die Ecke. Patricks Haus verschwindet im Rückspiegel.

Und jetzt? Orientierungslos kurvt Jo durch die Stadt, bis sie sich vor dem Wohnblock ihrer Mutter wiederfindet. Sie dreht drei Runden um das Gebäude und entscheidet sich dann dagegen, bei Heide Heller anzuklopfen. Sie mag weder sprechen noch ihre Mutter belasten. Auch von Nelly will sie jetzt nichts wissen. Also raus aus der Stadt. Eine liebe Freundin aus der Gymnasialzeit lebt in Wien. Aber ob sie es in ihrem Zustand bis dort schafft? Und was soll sie in Wien? Sie kneift die Augen zusammen und blinzelt gegen die Sonne, die direkt durch die Windschutzscheibe scheint. *Er hat es getan. Er hat mich rausgeschmissen, weil ich mich seinem Willen widersetzt habe. Weil mir seine verdammte Karriere nicht wichtig genug ist.*

Jo drückt das Gaspedal durch und freut sich über das Quietschen der Reifen auf dem Asphalt. Ihr Auto rast aus der Stadt hinaus über die Landstraße. Links und rechts leuchten Wiesen, denen der Regen der letzten Monate ein sattes Grün verpasst hat. Der Himmel strahlt in hellem Blau über ihr, und kitschige weiße Schäfchenwolken ziehen darüber. Wäre der Grund ihrer Ausfahrt nicht so ernst, wäre es ein wunderschöner Tag.

Jo dreht das Autoradio auf und fühlt sich sofort ein wenig leichter. Aus den Lautsprechern dröhnt ein englischer Popsong. Sie kennt ihn nicht, aber ihr gefällt die warme Stimme der Sängerin. Sie kurbelt die Fensterscheibe hinunter und lässt die Herbstluft hereinströmen, die nach feuchten Blättern riecht.

Doch dann ist die Musik zu Ende und der Nachrichtensprecher verkündet, dass es 18.00 Uhr ist.

Jetzt kommt er nach Hause.

Die kurzfristige Leichtigkeit entschwindet durchs offene Fenster. Jo bremst ab und bringt das Auto am Straßenrand zum Stehen. *Nach Hause.* Die Worte klingen bitter. Die Sonne steht tief, und Jo hat noch immer keine Idee, wohin sie fahren soll. Patricks Haus ist sechs Jahre lang ihr Zuhause gewesen. Langsam wendet sie das Auto und fährt in Richtung Stadt zurück.

In der Dämmerung hält sie vor dem Hostel *Zum kleinen Paradies*. Sie kann sich nicht genau erklären, was sie hierher geführt hat. Unsicher lässt sie ihren Blick über die Fassade schweifen, von der der ehemals strahlend weiße Putz bröckelt und die inzwischen einen schmutzigen Grauton angenommen hat. Sie beobachtet die Fenster. Alle sind dunkel mit Ausnahme eines Fensters im ersten Stock. Durch einen grünen Vorhang dringt schwaches Licht. Die Leuchtreklame über der Eingangstür verkündet in roten Buchstaben *OPEN*. Entschlossen zieht Jo den Autoschlüssel ab, nimmt ihren Rucksack vom Beifahrersitz und steigt aus. Vom langen Sitzen sind ihre Beine steif geworden und ihr linker Fuß ist eingeschlafen. Die Haustüre quietscht, und intensiver Geruch nach Knoblauch schlägt ihr entgegen. Sie steht direkt in einer kleinen Gaststube. Gelbe Glühbirnen unter braunen Lampenschirmen werfen ein müdes Licht auf eine Handvoll grob gezimmerter Holztische und -stühle. An einer Wand steht ein Spielautomat, an dem ein älterer Mann energisch auf die Knöpfe haut. An der Bar sitzen zwei Männer in blauen Overalls vor zwei Bierhumpen. Dahinter steht eine kleine Frau mit Buckel, fettige graue Haare zu einem ausgefransten Dutt aufgesteckt. Die Haut ist fleckig, aber unter weißen Augenbrauen blitzen wache Augen, die Jo sofort ins Visier nehmen.

Zögernd geht Jo auf die Frau zu. „Kann ich hier übernachten?"

Zwei schmale Streifen lassen eine Lippe erahnen, die sich öffnet und dem Ende einer Zigarette Einlass gewährt. Die Frau nimmt einen kräftigen Zug, hustet und fixiert Jo durch zusammengekniffene Augen. Das bundesweite Rauchverbot scheint hier nicht angekommen zu sein.

„Wie lang?" Die Stimme klingt brüchig.

Jo zuckt die Schultern. „Eine Nacht, vielleicht länger?"

Die Alte nickt. „30 Euro pro Nacht mit Frühstück. Erster Stock, zweite Tür links." Sie dreht sich um, nimmt einen Schlüssel mit massivem Anhänger von einem Schlüsselbrett und legt ihn auf den Tresen. „Nur gegen Vorauszahlung." Sie schiebt die rechte Augenbraue in die Höhe, zieht an ihrer Zigarette, hustet erneut und mustert Jo.

Der Rauch steigt Jo in die Nase, sie unterdrückt ein Niesen. Aus ihrer Hosentasche holt sie zwei zerknitterte 20-

Euro-Scheine und streckt sie der Frau hin. Mit Rückgeld und Schlüssel steigt sie durch ein enges, düsteres Treppenhaus in den ersten Stock hinauf. Es riecht nach abgestandenem Rauch und Putzmittel. Der braune Spannteppich verschluckt alle Schritte.

Vor einer dunkelgrünen Tür mit der Nummer 28 bleibt Jo stehen. Die Ziffern sind vergilbt, von der 8 fehlt der untere Bauch. Der Schlüssel klemmt, sie zieht die Tür zu sich und rüttelt daran. Erleichtert atmet sie auf, als sie sich knarrend öffnet. Sie tastet nach einem Lichtschalter und findet ihn auf Schulterhöhe neben der Tür. Dasselbe gelbe Licht wie in der Gaststube wirft sich auf ein schmales Bett mit grüner Wolldecke, einen abgewetzten braunen Ledersessel beim Fenster und ein kleines Holztischchen am Fußende des Bettes.

Jo lässt den Rucksack aufs Bett fallen und zieht die Vorhänge auseinander. Durch das geschlossene Fenster dringt das Hupen eines vorbeifahrenden Autos, ein Lastwagen rattert vorbei. Sie öffnet das Fenster, lehnt sich hinaus und wirft einen Blick auf *Albert*, der direkt unter ihrem Fenster auf sie wartet. Zwischen zwei Wolken schiebt sich ein halber Mond auf den schwarzen Nachthimmel.

Wie angeworfen überkommt sie eine bleierne Müdigkeit. Sie verschließt die Zimmertür, wäscht sich in einem winzigen Badezimmer das Gesicht und lässt sich erschöpft aufs Bett fallen.

14

Jo erwacht mit pochenden Kopfschmerzen und steifem Nacken. Die durchgelegene Matratze ist zu weich und ihr Schlaf unruhig gewesen. Durch die halb geschlossenen Vorhänge zwängen sich Sonnenstrahlen. Im Flur schlägt eine

Tür zu, eine Frauenstimme ruft etwas in einer fremden Sprache. Es ist kurz nach acht.

Sie setzt sich im Bett auf. Ihr Blick fällt auf den Verlobungsring. Sie streift ihn vom Finger und betrachtet die Gravur auf der Innenseite. *J&P, 10.9.15.* Zwei Jahre ist die Verlobung her.

Wut kriecht in ihr hoch. Warum muss er alles kaputt machen? Bis jetzt ist doch alles so perfekt gewesen! Ihre Gedanken schweifen zurück zu jenem Maiabend vor acht Jahren, an dem sie sich zum ersten Mal begegnet sind. Es ist im Foyer des Stadttheaters gewesen, in der Pause des Stückes *Oleander*. Wer es geschrieben hat, hat sie vergessen, auch, wovon es gehandelt hat. Sie erinnert sich nur noch daran, dass Patrick sie in der Pause angesprochen hat. Sie ist alleine gewesen, er auch. Sie haben sich über das Stück ausgetauscht und sind sich sympathisch gewesen. Danach sind sie regelmäßig gemeinsam ins Theater gegangen, später haben sie sich auch zum Abendessen getroffen. Und am 19. Dezember ist sie dann mit ihm nach Hause gegangen. Das ist das erste Mal gewesen, dass sie das Haus in der Weinbergstraße betreten hat.

Ein sanfter Stoß in ihrem Bauch holt ihre Gedanken in die Gegenwart zurück. Jo schiebt die Hände unter ihr Schlafshirt und sucht die Stelle, an der sie soeben die Bewegung gespürt hat. Aufgeregt tastet sie, bis sie ihr Baby erneut spürt. Unter die Freude, die sich spontan in ihr ausbreitet, mischt sich Schadenfreude. Patrick wird sein Baby nie spüren können, selbst Schuld!

Jo verzichtet aufs Frühstück, sie will allein sein. Sie bleibt im Bett und führt fiktive Streitgespräche mit Patrick, fällt in einen Dämmerschlaf, erwacht erneut. Sie versucht zu begreifen was passiert ist. Warum hat Patrick so extrem reagiert? Er hätte doch wenigstens mit ihr sprechen können, ihre Meinung anhören, in Frieden und ohne Druck das Gespräch suchen. So, wie sie es in ihrer Partnerschaft immer gemacht haben, wenn sie sich in einer Sache nicht einig gewesen sind. Ob er gespürt hat, dass es nichts genützt hätte? Ihre

Gedanken fahren Achterbahn. Als es draußen dunkel ist, schläft sie ein.

Am nächsten Tag bleibt sie im Bett, bis ihr gegen Mittag übel wird. *Ich muss was essen.* Sie zwingt sich aufzustehen. Ihr Rücken schmerzt, sie tritt ans Fenster. Der Himmel ist noch immer so stahlblau wie vorgestern, allerdings tummeln sich dunkle Wolken darin. Sie schlüpft in ihren brauen Pullover und die Jeans und verlässt das Hostel. In der Tankstelle nebenan findet sie Schinken-Käse-Sandwich für teures Geld, ein alkoholfreies Bier und eine Tüte Paprikachips. Kurz darauf sitzt sie mit ihren Errungenschaften erneut auf ihrem Bett.

Die Wut weicht allmählich Trauer und Zweifeln. Ist es richtig gewesen, Patricks Bitten zu ignorieren und einfach weiterzumachen? Hätte sie seinen Wunsch respektieren und auf die Besuche im Güterbahnhof verzichten müssen? Nachdenklich kaut Jo auf dem trockenen Sandwich herum und spült die Krümel mit dem Bier hinunter. Soll sie zurückfahren und ihn um Verzeihung bitten? Ihre Gedanken bleiben hängen.

Das Klingeln ihres Smartphones reißt sie aus der Starre, in die sie verfallen ist. Verwirrt nimmt sie es in die Hand und fixiert das Display, ohne die Zahlen darauf zu erkennen.

Patrick. Das muss Patrick sein.

Aber dort steht nicht sein Name, sondern eine Nummer, die ihr nichts sagt.

„Ja?"

„Hallo? Ist dort Frau Heller?" Eine aufgeregte Männerstimme.

„Ja, ich bin hier."

„Kommen Sie bitte gleich, in der Wohnung Ihrer Mutter hat es gebrannt."

„Wie bitte?"

„Es hat gebrannt, aber Ihrer Mutter geht es gut."

Jo fährt sich mit der Hand durchs Haar. „Wer sind Sie?"

„Max Springer, der Vermieter."

„Okay, ich komme."

Sie legt das Telefon zur Seite und bemerkt, dass ihre Hand zittert. Ein Brand in der Wohnung ihrer Mutter. Wie kann das sein? Ihre Mutter ist eine äußerst achtsame Frau. Das passt gar nicht zu ihr. Jo steckt sich das Smartphone in ihre Hosentasche und verlässt das Zimmer.

Während der Fahrt denkt sie an ihre Mutter. Daran, wie sie sie bei ihrem letzten Besuch im Morgenmantel empfangen hat. Und daran, dass sie ihr mehrmals erzählt hat, dass sie ihr Handgelenk gebrochen hat. *Etwas stimmt nicht mit ihr. Oder ist sie einfach nur alt geworden?*

Bereits im Treppenhaus riecht sie den Brand. Je höher sie steigt, desto mehr Rauch hängt in der Luft. Die Wohnungstür steht offen, aus der Wohnung dringen Stimmen. Sie zieht ihre Schuhe aus und betritt den Flur. Der Geruch nach geschmolzenem Plastik schlägt auf ihren halbleeren Magen.

Im Wohnzimmer sitzt Heide Heller im großen Ohrensessel. Sie verschwindet fast in dem wuchtigen Möbel. Sie wirkt blass und knetet unentwegt ihre Hände. Neben ihr auf dem Sofa sitzt eine ältere Frau mit schlohweißem Haar, das ein zerknittertes Gesicht wie ein Heiligenschein umrahmt. Ihre rechte Hand tätschelt eifrig Heide Hellers Arm. Aus der Küche tritt ein Mann Mitte Fünfzig in Nadelstreifenanzug und grauem Hemd, bei dem die ersten beiden Knöpfe offen stehen. Er hält einen Notizblock und einen Kugelschreiber in der Hand. Das muss Max Springer sein.

Heide Hellers Augen stürzen sich förmlich auf Jo. Sie steht auf, und ihr Gesicht entspannt sich.

„Jo! Wie gut, dass du gekommen bist!"

Jo bleibt vor ihrer Mutter stehen und umarmt sie schweigend. Ihr Haar riecht nach Rauch.

„Was ist passiert?"

„Ach, wenn ich das so genau wüsste..." Heide Heller lässt sich in den Ohrensessel zurückfallen und legt den Kopf in den Nacken. „Ich habe Teewasser aufgesetzt und bin dann wohl eingeschlafen."

„Das Wasser ist verdampft und der Griff des Topfes ist geschmolzen. Wie sich der Brand dann entzündet hat, wissen wir aber noch nicht." Der Mann tritt auf Jo zu und streckt ihr die Hand entgegen. „Max Springer. Ich habe Sie angerufen." Kleine Augen blicken sie durch dicke Brillengläser an, und ein schmaler Schnurrbart verleiht dem Gesicht einen Hauch Theatralik.

„Danke." Jo gelingt ein Lächeln.

„Die Küche ist teilweise ausgebrannt. Kommen Sie, ich zeige sie Ihnen."

Die Küche bietet einen traurigen Anblick. Der Dampfabzug ist vollständig unter einer dicken Rußschicht verborgen, das Gewürzregal neben dem Herd ist nicht mehr vorhanden. Gewürzdosen liegen kreuz und quer auf der Marmorabdeckung, im Waschbecken und auf dem Boden. Dort, wo bis vor kurzem der Vorratsschrank gestanden ist, befindet sich nur noch ein gähnendes schwarzes Loch. Das Feuer muss sich bis zum Türrahmen vorgefressen haben, denn die rechte Seite des Rahmens ist verkohlt.

Jo dreht sich zu Max Springer um. „Wer hat das Feuer gelöscht?"

„Ich habe den Rauch bemerkt, als ich meine Wohnung verlassen habe, um zur Arbeit zu gehen. Ich arbeite bei der Sparkasse, müssen Sie wissen. Ich kenne den Brandgeruch seit meiner Kindheit, denn im Haus, in dem wir gewohnt haben, hat es auch einmal gebrannt. Ich habe sofort erkannt, dass da etwas brennt und dass es aus der Wohnung Ihrer Mutter kommt. Ihre Mutter hat noch geschlafen, ich musste sie wachklingeln. Vom Treppenhaus habe ich den Feuerlöscher mitgenommen und den Brand in der Küche dann gleich gelöscht. Ich bin ja froh, dass es passiert ist, als ich gerade hier gewesen bin. Nicht auszudenken was geschehen wäre, wenn ich erst abends nach Hause gekommen wäre!"

Er fuchtelt mit den Händen in der Luft herum, und seine Stimme tanzt in den obersten Tonlagen. Jo ist sich nicht sicher, ob er ihr sympathisch ist oder nicht. Der Anzug passt nicht zu der Art Mann, die darin steckt.

„Dann möchte ich Ihnen danken." Sie streckt ihm die Hand hin.

Er nimmt sie und drückt kräftig zu. Dann beugt er sich ein wenig zu ihr und senkt den Kopf. „Ich will mich ja nicht in Ihr Privatleben einmischen, aber ich sorge mich um Ihre Mutter. Sie sollten sie in diesem Alter nicht mehr alleine wohnen lassen."

Jo zieht ihre Hand zurück und sagt forsch: „Es tut mir leid, aber das geht Sie wirklich nichts an."

Beschwichtigend berührt er ihren Unterarm. „Ich will Sie nicht verärgern. Bitte verzeihen Sie mir, aber als Vermieter ist es mir nicht gleichgültig, wer in meinen Wohnungen wohnt. Ich beobachte Ihre Mutter bereits eine ganze Weile. Anfangs waren es kleine Dinge, die sie vergessen hat. Die Wäsche in der Waschküche. Die Kehrwoche. Die Abfalltonne, die sie an den Straßenrand hätte stellen sollen. Doch allmählich häufen sich die Vorfälle. Nicht, dass mich das alles stört, verstehen Sie mich nicht falsch. Ich mag Ihre Mutter sehr, schließlich ist sie meine treuste Mieterin und wohnt ja bereits ein halbes Menschenleben lang in dieser Wohnung. Aber so etwas wie heute darf nicht mehr passieren. Das ist gefährlich. Ihre Mutter hätte verbrennen können, wenn ich nicht rechtzeitig hier gewesen wäre! Ich bitte Sie ernsthaft, ihre Mutter untersuchen zu lassen. Vielleicht liegt ja eine Krankheit vor, die medikamentös behandelt werden kann. Oder sie hat Demenz und sollte in eine betreutes Wohnheim." Max Springer hat Jo während des Sprechens seine Hand am den Oberarm gelegt und blickt ihr nun sehr eindringlich in die Augen.

Unwillig und ein wenig zu heftig wendet sie sich ab und tritt ans Küchenfenster. Demenz! So ein Unsinn! Ihre Mutter ist zwar alt, aber im Kopf ist sie fitter als so mancher Teenager! Mühsam beherrscht sie sich, ballt ihre Hände zu Fäusten, die sie in den Taschen ihrer Jeanshose versenkt. Sie atmet tief ein – einmal, zweimal, dreimal –, dann dreht sie sich erneut zum Vermieter um, der eifrig Notizen in sein Heft kritzelt.

„Ich werde mich um meine Mutter kümmern, Sie brauchen sich keine Sorgen zu machen." Sie ist selbst überrascht von der Festigkeit ihrer Stimme.

Auf dem geröteten Gesicht des Mannes erscheint ein breites Lächeln. „Das dachte ich mir, Frau Heller, das dachte ich mir! Wohnen Sie nicht mit diesem Rechtsanwalt zusammen, mit diesem Herrn Wilbert? Da haben Sie doch sicherlich genug Platz in Ihrem Haus, dass Ihre Mutter zu Ihnen ziehen kann. Das wäre die beste Lösung für alle, glauben Sie mir!" Jo schluckt und streckt dem Vermieter ihre Hand hin. „Ich danke Ihnen, Herr Springer. Ich denke, es wäre gut, wenn sich nun alle verabschieden würden. Meine Mutter braucht Ruhe. Ich melde mich wieder bei Ihnen, sollte sich mit dem Mietvertrag etwas ändern." Unverbindlich lächelnd schüttelt sie seine Hand, dann verlässt sie die Küche.

Die alte Frau an der Seite ihrer Mutter erhebt sich langsam. „Ich geh' dann mal wieder. Bis später, Heide. Du kommst doch am Nachmittag zu Kaffee und Kuchen zu mir, nicht wahr?"

Heide Heller nickt wortlos, lehnt den Kopf an die Rückenlehne und schließt die Augen. Jo wartet, bis sich Herr Springer endlich zum Ausgang begeben hat, und schiebt die Tür ins Schloss.

„Mama? Ist alles in Ordnung mit dir?" Sie lässt sich auf dem Sofa nieder und betrachtet das Gesicht ihrer Mutter, das in seiner gelblichen Blässe an eine Wachsfigur erinnert.

Heide Heller öffnet die Augen. Ein seltsam entrückter Blick liegt darin. „Weißt du noch damals, als du fünf Jahre alt geworden bist und dir zum Geburtstag unbedingt den riesengroßen Stofftieraffen gewünscht hast, der in der Eingangshalle des Zoos gehängt ist? Dein Vater hat alle Hebel in Bewegung gesetzt, um den Zoodirektor dazu zu überreden ihm den Affen zu verkaufen. Leider ist es ihm nicht gelungen. Dein Vater hat dann alle Stofftieraffen im Spielwarengeschäft aufgekauft und dir einen ganzen Affenzoo geschenkt." Ein versonnenes Lächeln gleitet über das alte Gesicht und lässt Jo aufstehen. Sie kniet neben ihrer Mutter nieder und legt den Kopf in ihren Schoß. Sofort spürt sie die Hände in kreisenden Bewegungen über ihre Kopfhaut fahren.

„Wie geht es dir? Musst du nicht zur Schule?"

139

Verwirrt blickt Jo auf. „Nein, ich bin freigestellt. Aber wie geht es dir?"

Heide Heller zuckt die Schultern. „So wie immer. Mein Handgelenk schmerzt noch immer ein wenig."

„Soll ich dir helfen, die Küche wieder in Ordnung zu bringen?"

„Die Küche?"

„Ja. Wegen des Brands."

„Ach so, wegen des Brands. Nein. Nein, ich denke, das wird Max schon erledigen. Aber danke für dein Angebot."

„Dann helfe ich dir aber mit der Reinigung hier und im Flur. Der Ruß ist überall, so kannst du doch nicht wohnen." Sie blickt sich um. Selbst hier im Wohnzimmer ist alles mit einer Rußschicht überzogen, und der Rauch hängt in den Gardinen, im Teppich und in den Sofakissen. Jo zieht die Nase kraus.

Ihre Mutter dreht den Kopf, und ihr Blick wandert langsam durch den Raum. Dann fährt sie sich mit der Hand durchs Haar. „Jo, das ist zu viel Arbeit. Du solltest dich schonen. Ich bin sicher, dass Max Springer einen Reinigungsdienst organisiert." Ihre Stimme klingt ruhig und ein wenig müde.

„Und wo bleibst du, bis das wieder sauber ist? Kochen kannst du ja jetzt auch nicht." Jo erschrickt. Urplötzlich wird ihr klar, dass sie ihrer Mutter in dieser Situation nicht helfen kann, und dieses Bewusstsein schmerzt. Was soll sie tun? Soll sie ihrer Mutter von ihrem Streit mit Patrick berichten? Aber dann müsste sie alles erzählen, und im Moment erscheint es ihr klüger, ihre Mutter nicht damit zu belasten.

Zudem kommt ihr ihre eigene Geschichte gerade sehr weit weg vor. Max Springers Worte dominieren ihr Denken. *Ich bitte Sie ernsthaft, Ihre Mutter untersuchen zu lassen.* Wozu? Sie ist 72, da ist es vollkommen normal, dass sie vergesslich wird. Aber ein wenig hat Herr Springer doch auch Recht. Es wäre besser, wenn sie nicht mehr alleine leben würde. Erst das Handgelenk, nun der Brand. Was kommt als nächstes?

Jo räuspert sich. „Mama, ich würde es besser finden, wenn du nicht hier übernachtest, bis alles wieder in Ordnung ist. Kannst du vielleicht zu Janine ziehen? Mit Patrick ist es gerade ein wenig schwierig." Sie bricht ab und knetet die Finger. Den aufmerksamen Blick ihrer Mutter spürt sie auf ihrer Stirn.

„Mach dir mal um mich keine Sorgen, mein Kind. Ich komme schon klar. Die Zimmer sind ja sauber." Heide Heller streckt sich und steht auf. Jo erhebt sich ebenfalls und zuckt zusammen, als es an der Haustür klingelt.

„Lass nur, ich geh' schon." Sie nickt ihrer Mutter zu und betritt den Flur. Auf dem Boden ziehen sich helle Fußabdrücke durch die Rußschicht.

„Hallo. Wir sollen hier Reinemachen." Jo blickt in ein pausbäckiges Gesicht mit knallrotem Lippenstift und fröhlich blickenden Augen. Das Gesicht gehört zu einer kleinen Frau Mitte Vierzig. Um die Haare ist ein buntes Kopftuch geschlungen, und über dem üppigen Busen prangt eine weiße Schürze mit Blümchenmuster. In der linken Hand hält sie einen Wischmob, in der rechten einen Putzeimer. Hinter ihr steht ein junger Mann, der sie um einen ganzen Kopf überragt. Auch er ist mit Eimer und Mob bewaffnet und blickt genauso fröhlich. Auf dem Kopf wippt eine schwarze Kappe, und zwischen den Zähnen schiebt er einen Kaugummi hin und her.

„Hallo." Jo grinst erleichtert und macht einen Schritt zur Seite. „Bitte, kommen Sie rein."

„Wer ist da?" Heide Heller erscheint im Flur. „Oh, Frau Kukowitsch! Ist heute Dienstag?" Auf ihrer Stirn vertiefen sich die Falten.

„Einen wunderschönen guten Tag, Frau Heller! Nein, heute ist Montag, aber Herr Springer hat mich angerufen und mir gesagt, dass es bei Ihnen gebrannt hat. Ich soll mal eben kurz Reinemachen. Und weil das sicher viel Schmutz ist, habe ich meinen Sohn mitgebracht, damit das schneller geht." Sie wirbelt durch den Flur. Ihre Augen überfliegen das Wohnzimmer, bevor sie auf die Küche zusteuert.

„Na, da haben Sie ja nochmal Glück gehabt, Frau Heller! Das haben wir bald. Wollen Sie sich ein wenig hinlegen? Das Ganze muss doch sehr anstrengend für Sie gewesen sein, nicht wahr?" Mitfühlend wendet sie sich der Mutter zu. Die nickt und blickt sich um. Jo wird das Gefühl nicht los, dass ihre Mutter nicht genau begreift, was passiert ist. „Komm, ich bring' dich ins Schlafzimmer." Sie fasst sie am Arm und zieht sie in den Flur.

Es dämmert bereits, als Jo auf die Straße tritt. Sie hat gegen den Willen ihrer Mutter gewartet, bis sie im Bett gelegen ist. Sie hat sicher sein wollen, dass sie nicht noch etwas anstellt, solange die Wohnung nicht sauber ist.

Die langen Schatten der Bäume zeichnen bewegte Muster auf den Asphalt. Jo fröstelt und bemerkt, dass sie ihre Jacke in der Wohnung vergessen hat. Sie mag nicht nochmal Klingeln und beschließt, morgen wieder zu kommen und sie zu holen. Sie steckt die Fäuste tief in die Hosentaschen, zieht den Kopf ein und hastet zum Auto.

Der Feierabendverkehr lässt sie nur langsam vorankommen. Wie durch einen Schleier nimmt sie die weißen und roten Lichter der Autos wahr, die vor ihr aufflackern und wieder verschwinden.

Große Unruhe wühlt in ihr. Sie hat kein gutes Gefühl, ihre Mutter alleine in der Wohnung zu lassen. Gleichzeitig will sie aber auch nicht wieder bei ihr einziehen. Vor zehn Jahren ist sie ausgezogen, weil sie die Selbstbestimmung, nach der sie sich gesehnt hat, nicht unter dem Dach ihrer Mutter hat leben können. Heide Heller hat ihre großen und kleinen Entscheidungen zwar nie verurteilt, sich aber mit ihrer Meinung auch nie zurückgehalten. Die Gratwanderung zwischen den Erwartungen der Mutter und den eigenen Bedürfnissen ist immer schwieriger geworden. Jo spürt deutlich, dass sie gerade jetzt keinen Ratschlag ihrer Mutter hören möchte – zumal sie ahnt, was sie von Patricks Verhalten hält. Sie hat nie einen Hehl daraus gemacht, dass sie Patrick nicht mag. Er ist ihr zu korrekt, zu pedantisch und zu dominant. Eine Frau wie Heide Heller, die ein Leben lang ihre Frau gestanden und gleichzeitig einen einfühlsamen und liebevollen Partner an ihrer Seite gehabt hat, kann unmöglich mit Patricks bestimmender, erfolgsverwöhnter Art zurechtkommen. Jo mag sich nicht eingestehen, dass ihre Mutter mit ihrer Einschätzung von Patrick zumindest nicht ganz daneben gelegen ist.

Zurück beim Hostel knurrt ihr Magen. Genervt steigt sie aus und blickt auf die nicht enden wollende Autoschlange, die sich zäh an ihr vorbei stadtauswärts wälzt. Warum hat sie nicht früher bemerkt, dass sie Hunger hat? Es wäre ein Leichtes gewesen, an einem der zahlreichen Supermärkte anzuhalten. Ein Abendessen in der Gaststätte des Hostels lockt sie nicht. Sie will sich nicht den neugierigen Blicken der Männer aussetzen, die Abend für Abend vor ihren Bierhumpen an der Theke sitzen oder den Spielautomaten attackieren. Ebenso wenig mag sie sich aber erneut ins Auto setzen, um wieder im Stau zu stehen.

Ihr Blick fällt auf die kleine Tankstelle. Sie schlüpft vor einem dicken Lastwagenfahrer durch die Schiebetür und steht gleich darauf ratlos vor dem Kühlregal mit den Sandwichs. Es ist leer. Außer einem verschrumpelten Apfel und massenhaft Süßigkeiten gibt es nichts Essbares hier. Frustriert macht sich Jo auf den Weg zu ihrem Zimmer.

Erschöpft legt sie sich aufs Bett, aber sie findet keinen Schlaf. Das Baby in ihrem Bauch strampelt, ihr Magen rumort und ihre Gedanken kreisen um ihre Mutter. Sie nickt ein, und im Halbschlaf hört sie, wie ihre Mutter ihren Namen ruft. Leise zwar, aber deutlich.

Jo schreckt auf. Ihr Kopfkissen ist nassgeschwitzt und das T-Shirt klebt an ihrem Leib. Eine latente Übelkeit kriecht langsam ihren Bauch hinauf.

Widerwillig steht sie auf und wäscht sich im Bad das Gesicht. Es bleibt ihr nichts anderes übrig, sie muss etwas zu Essen auftreiben.

Die Gaststube ist dunkel, die Luft riecht nach kaltem Rauch und Schweineschnitzel. Ein Blick aufs Smartphone verrät ihr, dass es bereits halb elf ist. Wo bekommt sie um diese Zeit noch etwas zu Essen her? Sie erinnert sich daran, dass drei Straßen weiter die nächste Tankstelle ist, deutlich größer als die hier. Kurz entschlossen macht sie sich auf den Weg.

Die Straße ist zur Ruhe gekommen. Nur vereinzelt fahren Autos an Jo vorbei. Es ist empfindlich kalt und sie friert in ihrem Pullover. *Hätte ich doch bloß meine Jacke noch geholt.* Der Himmel ist schwarz, vergeblich halten ihre Augen Ausschau nach den Sternen.

Sie zuckt zusammen, als hinter einer Mülltonne ein streunender Hund laut bellend hervorschießt und um ihre Beine jagt. Sie verscheucht ihn mit einem Fußtritt und flucht erschrocken hinter ihm her. Ihre Augen huschen über die grauen Häuserfassaden. In einem Eingang verschwindet eine Gestalt. Jo beschleunigt ihren Schritt. Erleichtert atmet sie auf, als vor ihr die Leuchtreklame der Tankstelle in Sicht kommt.

Der nüchtern ausgeleuchtete Raum mit den ausladenden Regalen ist leer bis auf einen muskulösen Verkäufer mit blondem Kurzhaarschnitt hinter dem Tresen. Sie steuert aufs Kühlregal zu, dass monoton surrt, greift nach einem Nudelsalat mit Mayonnaise, einem Thonsandwich und einer Flasche Mineralwasser.

„So spät noch unterwegs?"

Vor Schreck lässt Jo die Flasche fallen. Sie rollt zwischen schwarze Stiefel, die direkt hinter ihr stehen. Sie hebt den Kopf und blickt in zwei schwarze Augen, die sie interessiert aus einem ebenso schwarzen Gesicht anschauen. Die Stimme kommt ihr bekannt vor.

„Was dagegen?" Sie bückt sich nach der Flasche, klemmt sie unter den Arm und will sich zur Kasse wenden.

„Ja."

Überrascht bleibt sie stehen. Sie betrachtet das Gesicht des Mannes genauer. Tiefschwarze Haut und ein markantes Kinn. Quer über die linke Wange zieht sich eine Narbe. Er kommt ihr bekannt vor, aber es will ihr nicht einfallen, wo sie ihm begegnet ist. Sie ist zu müde um sich zu erinnern. Sie zuckt die Schultern und tritt vor die Kasse.

„Wo steht dein Auto?"

Unwillig runzelt Jo die Stirn, als er ihr vor dem Ausgang den Weg verstellt. *Was soll das?* Ihre Fingerspitzen beginnen zu kribbeln, und ihr Herz klopft rascher in ihrer Brust.

„Ich bin zu Fuß hier."

„Um diese Zeit? Bist du lebensmüde?" Seine Stimme klingt ehrlich empört. Sie schaut ihm direkt in die Augen und entdeckt Unverständnis.

„Ich bin müde und würde gern nach Hause gehen."

Der Mann tritt zur Seite. Plötzlich spürt sie seine Hand an ihrer Schulter. „Ich fahr' dich heim."

„Spinnst du? Ich steig' doch nicht zu dir ins Auto!" Entsetzt starrt sie ihn an.

„Das solltest du aber."

Ihr wird heiß. *Mist. Etwas stimmt hier nicht. Ich muss hier weg.*

„Verpiss dich!" Sie zischt ihm die Worte ins Gesicht und stürmt an ihm vorbei ins Freie.

„Jo!"

Abrupt bremst sie ab. *Verdammt, wer ist das? Woher kennt er meinen Namen?* Sie wartet, bis sie seinen Atem neben sich spürt. Dann dreht sie den Kopf.

„Wer bist du?"

Im weißen Licht der Neonröhren huscht ein Lächeln über sein Gesicht. „Amar."

Amar. Mit dem Namen entsteht ein Bild. Der Parkplatz vor dem Güterbahnhof. Die Männer, die eines Tages dort gestanden sind. Sie öffnet den Mund und lässt den verkrampften Unterkiefer kreisen.

„Was willst du von mir?"

Er hebt den Kopf und weist mit dem Kinn in Richtung Tankstellenausfahrt. „Siehst du die Männer dort? Die stehen jede Nacht hier und warten darauf, dass jemand vorbeikommt wie du."

Jo schluckt und wirft einen hastigen Blick in die Richtung, in die Amar genickt hat. Zwei dunkel gekleidete Männer lehnen an einer Mauer. Beide haben eine Bierflasche in der Hand, weitere Flaschen stehen auf der Mauer. Ihre Blicke schweifen in regelmäßigen Abständen zu den Zapfsäulen und zum Ausgang des Tankstellengebäudes.

„Woher weißt du das?" Skeptisch fixiert sie ihn.

Gelassen zuckt er die Schultern. „Ich bin jeden Abend um diese Zeit hier. In einer halben Stunde beginnt mein Dienst, und vorher hol' ich mir hier was zu Essen."

„Wo arbeitest du?"

„Ich bin Türsteher bei *BlackBox*."

„Uff." Sie weiß nicht warum, aber die Nachricht, dass dieser Mann als Türsteher beim angesagtesten Klub der Stadt arbeitet, vermag ihren Puls ein wenig zu beruhigen.

„Warum uff?" Amüsiert zieht er eine Augenbraue in die Höhe.

„Naja, das ist der Klub, in den alle rein wollen und in den nur wenige rein kommen."

Amar zieht seine Hand aus der Hosentasche und wirft einen Blick auf ein Monstrum von Armbanduhr. „Was ist, kann ich dich jetzt heimfahren? Ich muss los."

Mit einem Blick auf die beiden Männer nickt Jo und geht neben Amar zu seinem Auto.

„Wohin?"

„Zum Hostel *Zum kleinen Paradies*."

Ein scharfer Blick trifft sie von der Seite. „Was willst du dort?"

„Ich wohne dort. Zurzeit." Sie schnallt sich an, richtet den Blick auf die Straße vor sich und nimmt sich vor, kein Wort mehr zu sagen.

„Ich habe auch einmal dort gewohnt." Überrascht dreht sie den Kopf und nimmt ihn ins Visier. „Als ich aus Senegal angekommen bin."

„Du kommst aus Senegal?"

„Ja. Meine Familie lebt dort."

„Hast du dort Medizin studiert?"

„Ja."

„Und warum arbeitest du jetzt als Türsteher?"

„Ich bin nach Deutschland gekommen, weil ich gehofft habe, hier soviel Geld zu verdienen, dass ich meine Familie in Senegal unterstützen kann. Ein Arzt in Senegal verdient wenig, außerdem ist die medizinische Infrastruktur schlecht. Aber ich habe hier keine Stelle als Arzt bekommen. Mein Studienabschluss wird hier nicht anerkannt und eine weitere Ausbildung konnte ich mir nicht leisten. Ich bin froh, dass ich den Job bei *Black Box* bekommen habe. So kann ich zwar meiner Familie nicht helfen, mich aber immerhin selbst finanzieren." Amar schweigt. Seine großen Hände liegen locker am Steuerrad. Das Auto und er scheinen eins zu sein, während sie die kurze Strecke zum Hostel zurücklegen.

„Danke." Jo schenkt ihm ein schüchternes Lächeln, bevor sie aussteigt.

Er hebt die Hand, lächelt zurück, und gleich darauf sind die Rücklichter um die Kurve verschwunden.

15

„Ist sie da gewesen?"

Toms helle Kinderstimme eilt ihm durch die Halle voraus. Marc schaut ihm entgegen. Die Wangen sind gerötet und das kleine Gesicht ist wie immer schmutzverschmiert. Dunkelbraune Locken fallen in die Stirn, die Baseball-Kappe fehlt heute. In seinem blauen T-Shirt klafft ein großes Loch, und die Jeanshose ist über dem Knie zerrissen.

Langsam schüttelt Marc den Kopf und schaut zu, wie die hoffnungsvolle Erwartung aus dem Kinderblick verschwindet. Die Enttäuschung schwappt auf ihn über und frisst sich in sein Herz.

Tom stampft mit dem Fuß auf und kickt eine leere Bierflasche gegen die Wand. „Warum kommt sie denn nicht mehr? Sie hat gar nichts gesagt. Sie muss wiederkommen, sie kann doch nicht einfach wegbleiben!" Die Verzweiflung treibt ihm Tränen in die Augen.

Marc würde gerne aufstehen und ihn in den Arm nehmen, ihm mit der Hand über die Locken streichen und ihm sagen, dass Jo ganz bestimmt wieder kommen wird. Aber er kann nicht. Nicht, weil er nicht aufstehen könnte. Er kann sich wieder uneingeschränkt bewegen, und auch die Narben im Gesicht lassen eine normale Mimik wieder zu. Er kann nicht auf Tom zugehen, weil er nicht weiß, was diese Berührung mit ihm selbst machen würde. Weil er Angst davor hat, einen Menschen zu trösten.

Und weil er selbst nicht daran glaubt, dass Jo wiederkommt. Warum sollte sie auch? Er ist ja nun wieder soweit gesund, dass er keine Hilfe mehr braucht. Er hat sowieso nicht verstanden, warum sie ihm überhaupt geholfen hat. Ihm, dem verwahrlosten Obdachlosen, der sich nicht einmal gegen Jugendliche wehren kann. Bitterkeit steigt in ihm auf und lässt ihn die Hände zu Fäusten ballen.

Es wäre schön gewesen, wenn sie wiedergekommen wäre. Anfangs ist es ihm fast unerträglich gewesen, ihre Berührungen auszuhalten. Zehn Jahre ist es her, seit ihn ein Mensch zuletzt in guter Absicht berührt hat. Es ist sein Vater gewesen, an jenem Morgen, als Marc beschlossen hat, die Wohnung seiner Eltern zu verlassen und nicht mehr wiederzukommen. Weil er die Leere nicht mehr hat aushalten können, die der Tod seiner Mutter hinterlassen hat. Und weil er mit dem Leid seines Vaters nicht klargekommen ist – und mit seinen Ausbrüchen, wenn er frühmorgens betrunken nach Hause gekommen ist im sinnlosen Bestreben, den Schmerz über den Verlust seiner geliebten Frau im Alkohol zu ertränken. An jenem Morgen, dem 28. August vor zehn Jahren, hat ihm sein Vater auf die Schulter geklopft. Eine hilflose Geste voller Resignation und ohne Gewissheit, ob er seinen Sohn jemals wiedersehen wird. Es ist die letzte Erinnerung an seinen Vater.

Die Berührungen von Jo sind anders gewesen. Vorsichtig erkundend, aber dennoch bestimmt. Trotz der großen Schmerzen hat er deutlich wahrgenommen, dass es ihr anfangs schwergefallen ist, ihn zu berühren, und er kann es ihr nicht verdenken. Nie hat er sich im Spiegel gesehen, weil es an diesem verwahrlosten Ort keinen Spiegel gibt, noch nicht einmal eine Fensterscheibe, in der man sich selbst sehen könnte. Aber Toms offene Worte haben ihm klar gemacht, dass er schlimm ausgeschaut haben muss. Und der Gestank, der an ihm gehaftet ist, bevor Paul und Jo ihn gewaschen haben, hat ihn selbst angewidert. Aber mit jedem Mal sind ihre Berührungen sicherer geworden, und dann hat er gemeint, etwas in ihnen zu spüren, an das er nicht einmal mehr zu denken gewagt hat. Etwas, das aus seinem Leben verschwunden ist, das er selbst aus seinem Leben verbannt hat. Das Wort fällt ihm nicht ein. Er sucht in seiner Erinnerung, und mit jeder Minute, in der es ihm nicht einfällt, nimmt die Verzweiflung zu. Er muss sich doch erinnern können! Wie sonst soll die Empfindung wieder Teil seines Lebens werden können, wenn er nicht einmal mehr den Ausdruck dafür kennt?

Da zuckt er zusammen. Zärtlichkeit. Da ist es, das Wort. Erleichtert lächelt Marc. Er hat gemeint, einen Hauch von Zärtlichkeit in Jos Berührungen zu spüren. Wenn sie die Enden der Klammerpflaster wieder auf sein Gesicht gedrückt hat. Oder wenn sie ihm eine Haarsträhne aus der Stirn gestrichen hat. Er meint, ihre Finger auf seiner Haut zu spüren, und die Härchen auf seinem Arm stellen sich auf.

„Sie muss einfach wiederkommen, sie muss! Ich habe mich doch noch gar nicht für die belegten Brote bedankt. Und ich habe ihr nicht Tschüss gesagt. Sie kann nicht weggehen ohne Tschüss sagen." Tom kauert vor Marc auf dem Boden, zerdrückt geschickt eine Kellerassel mit dem Daumen, und Marc schaut zu, wie eine Träne auf seine kleine Hand tropft.

Warum sie nicht wieder gekommen ist? Weil es keinen Grund mehr für sie gibt. Ich bin wieder gesund, und du – du bist ein Kind. Sie hat ihr eigenes Leben, mit einem Job, mit einem Mann, mit Freunden. Marc schluckt den dicken Kloß hinunter, der ihm das Atmen erschwert, und hofft, dass Tom seine Gedanken nicht lesen kann.

Freunde.

Heftig steht er auf und wischt mit einer raschen Handbewegung die Erinnerung an seine Freunde weg.

Es wird Zeit für ihn zu gehen.

***

Bremsenquietschen reißt Jo aus einem zermürbenden Schlaf, in dem ihr Auto ausgebrannt und ihre Mutter dabei gestorben ist. Verstört setzt sie sich im Bett auf. Ihre Augen suchen das Fenster. Draußen regnet es Bindfäden. Obwohl ihr Shirt nassgeschwitzt ist, fröstelt sie. Sie schält sich aus der dünnen Bettdecke, nimmt einen Apfel aus ihrem Rucksack und tritt ans Fenster. Am Himmel verschwinden die Wolken in einem grauen Einheitsbrei. Auf dem nassen Asphalt spiegeln sich die weißen und roten Lichter der Autos.

Ich muss meine Jacke holen.

Nachts ist sie immer wieder aufgewacht mit dem undeutlichen Gefühl, dass es ein Fehler gewesen ist, ihre Mutter alleine zu lassen. Sie hätte bei ihr bleiben sollen, wenigstens solange, bis sie sicher gewesen wäre, dass sie es alleine schafft, dass es ihr gut geht und sie sich nicht noch einmal in Gefahr begibt.

Aber was, wenn Mama nicht mehr alleine leben kann?

Sie geht ins Badezimmer, wäscht sich das Gesicht mit kaltem Wasser und verdrängt den Gedanken. Würde sie es nicht tun, müsste sie sich mit ihrer eigenen misslichen Situation auseinandersetzen. Mit der Frage, was sie nun tun, wohin sie gehen soll. Und das will sie nicht. Nicht gleich nach dem Aufstehen.

Sie setzt sich erneut aufs Bett. Hinter ihr erklingt undeutliches Murmeln. Im Zimmer nebenan müssen Gäste eingezogen sein. Deutlich unterscheidet sie eine tiefe Männer- und eine leisere, hohe Frauenstimme.

„Ich will wissen, wo du gewesen bist!"

Der Mann, so laut, dass Jo das Gefühl hat, er steht in ihrem Zimmer. Flüchtig schaut sie sich um, aber da ist niemand.

„Bei Jutta, das habe ich dir nun schon hundertmal gesagt!"

„Bei Jutta, bei Jutta, und was tust du nachts bei Jutta? Lüg mich doch nicht an!" *Gleich verliert er die Beherrschung.*

„Bei Jutta tue ich das, was ich mit dir schon lange nicht mehr kann, nämlich reden!"

Stille.

Gegen ihren Willen wartet Jo auf eine Antwort. Eigentlich interessiert sie sich nicht für die Probleme von Unbekannten, aber hier, in diesem baufälligen Hostel, ist es unmöglich, die Ohren zu verschließen.

„Ich will nicht, dass du hinter meinem Rücken mit irgendwelchen Freundinnen über unsere Ehe redest."

„Jutta ist nicht irgendeine Freundin, und ich spreche mit ihr nicht über unsere Ehe. Es gibt genügend spannenden Gesprächsstoff."

„Du findest also unsere Ehe langweilig? Darum bist du so oft unterwegs?" *Er ist wütend.*

„Das habe ich nicht gesagt. Und außerdem bin ich nicht öfter unterwegs als du."

„Doch, das bist du."

„Ach, lass mich doch in Ruhe!"

Die Tür schlägt zu. „Andrea!"

Stille.

Jo seufzt. Reden. Mit Patrick hat sie wunderbar reden können über Theatervorstellungen, Musikstücke und Kunst. Ein Tabuthema ist die Politik gewesen, da ist er schlicht zu wenig tolerant. Er, der rational denkende Anwalt aus dem rechten Flügel, sie, die empathische Lehrerin von links. Sie haben es beide gewusst und darüber geschwiegen. Auch über ihre Partnerschaft haben sie nie gesprochen. Sich nie gesagt, was ihnen am andern gefällt, sich nie gefragt, ob sie sich wohlfühlen. Welche Träume sie haben. Vielleicht ist das ein Fehler gewesen.

Jo lässt sich rittlings ins Kissen fallen. Was soll sie tun? Zurück zu Patrick und sich bei ihm entschuldigen? Immer wieder spielt sie diese Szene im Kopf durch. Stellt sich vor, wie sie abends, wenn Patrick zuhause ist, an seiner Tür klingelt. Sein Gesicht. Erstaunt? Erfreut? Erleichtert? Siegesgewiss? Herablassend lächelnd? Sie weiß nicht, wie er sie empfangen würde. Sie würde sich bei ihm entschuldigen und ihm versprechen, sich fortan nach seinen Bedürfnissen nach Wahrung seines guten Rufes zu richten. Er würde ihr verzeihen, und alles wäre vergessen.

Sie spuckt ein Stück Kernhaus in die Luft und starrt aus dem Fenster.

Nein.

Sie mag nicht. Sie mag nicht zu Patrick zurückkehren. Er hat sie behandelt wie ein Kind. Der Schmerz darüber sitzt tief und Jo bemerkt, dass sich ihre Fäuste geballt haben.

Aber wohin dann?

Hier bleiben? Die 30 Euro pro Nacht könnte sie einige Monate lang bezahlen, ohne sich finanziell allzu arg zu verausgaben, schließlich bekommt sie ihren Lohn von der Schule ja weiterbezahlt. Sie schaut sich um. Wirklich wohl fühlt sie sich hier nicht. Das Zimmer ist klein, wenn sie lüftet hat sie das Abgas der Straße im Raum. Und dann die dünnen Wände.

Eine eigene Wohnung mieten? Warum nicht. Aber wovon sollte sie die Miete bezahlen, wenn sie keinen Job mehr hat? Andererseits hat sie noch Zeit, bis es soweit ist. Bis dahin hätte sie eine Bleibe. Aber alleine in einer Wohnung? Der Gedanke schreckt sie ab. Seit sie schwanger ist, hat sie das Bedürfnis nach Nähe und menschlicher Wärme.

Jo spürt, dass sie sich im Kreis dreht. Energisch steht sie auf, zieht sich den Pullover über den Kopf und verlässt das Hostel.

Die Haustür ist angelehnt, ein Stück Holz klemmt zwischen Tür und Rahmen. Jo zieht die schwere Glastür auf und steigt die Stufen zur Wohnung ihrer Mutter hinauf. Sie meint, den Brandgeruch von gestern noch im Treppenhaus zu riechen.

Sie drückt den Klingelknopf und wartet. Sie drückt nochmal und presst ein Ohr an die Tür, aber kein Geräusch dringt durch das laminierte Mehrschichtholz ins Treppenhaus.

Vielleicht schläft sie noch.

Sie klingelt erneut, das Ohr noch immer an der Tür.

„Guten Morgen, kann ich Ihnen helfen?"

Jo zuckt zusammen und schnellt herum. Auf halber Höhe der Treppe steht die Putzfrau von gestern. Wie hat ihre Mutter sie genannt? Die Erinnerung ist fort.

„Nein, danke, ich wollte nur zu meiner Mutter", stammelt Jo undeutlich.

„Ach, Ihre Mutter ist nicht da." Leise schnaufend steigt die Frau die letzten Stufen hinauf und stellt einen Eimer mit Wasser und einen Wischmob vor Jo ab. „Sie ist heute schon in aller Herrgottsfrühe aus dem Haus gegangen."

Jo runzelt die Stirn. „Wissen Sie wohin?"

„Sie wollte im Café frühstücken." Die Frau stemmt die linke Hand in die Taille und streicht sich mit der rechten eine herunterbaumelnde Haarsträhne aus der Stirn. Kleine Schweißtropfen glitzern unter dem schwarzen Haaransatz.

„Wann war das?"

„Och, so vor ungefähr zwei Stunden. Ich habe gerade begonnen, das Treppenhaus zu wischen." Sie zieht die Augenbrauen zusammen und blickt Jo forschend an. „Sie sorgen sich um Ihre Mutter, nicht wahr?"

Jo grunzt, zuckt mit den Schultern und macht eine lakonische Handbewegung. „Ein bisschen schon. Sie ist 72 und manchmal ziemlich vergesslich."

„Sie meinen, wegen dem Brand gestern? Machen Sie sich mal keine Sorgen. Ihre Mutter mag zwar alt sein, aber sie ist noch voll da, mit dem Denken, meine ich. Zwischendurch mal was vergessen kann ja jeder!"

„Meinen Sie wirklich?" Zweifelnd blickt Jo die stämmige Frau mit der grün-rot karierten Schürze und dem gelben Kopftuch an. Ein großes, kreisrundes Muttermal sitzt mitten auf der rechten Wange, und die Zähne der oberen Zahnreihe scheinen willkürlich in diesen Mund hineingeworfen worden zu sein. Die Augen jedoch strahlen wie die Sonne, die heute auf sich warten lässt.

„Aber sicher! Zudem: Sie sollten sich partout keine Sorgen machen in Ihrem Zustand! Das schadet Ihrem Kind."

Jo lässt sich auf den kalten Fliesenboden nieder und lehnt sich an die Tür. Sie legt den Kopf ein wenig in den Nacken und betrachtet das lebhafte Gesicht der Putzfrau. „Schaun Sie mich doch nicht so kritisch an, Frau Heller!" Plötzlich streckt sie die Hand aus. „Ich heiße Antonia." Lächelnd schüttelt Jo Antonias Hand. „Jo."

„Jo? Das ist doch ein Männername, nicht wahr?"

„Naja, eigentlich heiße ich Josephine. Aber ich mag den Namen nicht."

„Mh. Das wäre ja so, wie wenn man mir Toni sagen würde. Aber egal." Sie macht eine wegwerfende Handbewegung, dann deutet sie auf Jos Bauch. „Aber ich meine es ernst: Du solltest dich um dein Baby kümmern. Deine Mutter kommt schon klar, und sonst hat sie ja mich."

„Das ist lieb." Jo lächelt.

„Weißt du, was im Hirn deines Kindes passiert, wenn du Stress hast?"

Antonia lehnt den Wischmob an die Wand und lässt sich auf die unterste Stufe des nächsten Treppenabsatzes nieder.

Jo schüttelt den Kopf.

„Das Gehirn des Ungeborenen entwickelt sich sehr rasch. Im Gehirn hat es viele Nerven mit offenen Enden, die sogenannten Synapsen. Wenn ein Lernprozess stattfindet, schließen sich zwei Synapsen zu einer dauerhaften Verbindung zusammen. Dabei entstehen andere Muster, wenn die Mutter Stress hat, als wenn sie entspannt ist. Deine Befindlichkeit während der Schwangerschaft prägt also das Gehirn deines Kindes."

„Woher weißt du das?"

„Ich habe Neurobiologie studiert, damals, zuhause in Jugoslawien. Nach vier Semestern kam der Krieg und meine Mutter ist mit mir und meinem jüngeren Bruder nach Deutschland geflohen. Hier konnte ich nicht weiter studieren, sondern musste Geld verdienen. So bin ich zum Putzen gekommen, denn anfangs habe ich die deutsche Sprache nicht verstanden. Tja, und weil das Putzen einen regelmäßigen Lohn gebracht hat, zwar nicht viel, aber immerhin regelmäßig, bin ich bis heute dabei geblieben."

„Aber dein Deutsch ist perfekt!"

„Nein, perfekt nicht, aber gut. Ich lerne sehr leicht. Inzwischen studiert mein ältester Sohn Neurobiologie, hier in Deutschland. Da lerne ich nochmals mit. Ich werde zwar keinen Abschluss dafür bekommen, aber darum geht er mir gar nicht. Ich finde einfach das Wissen darüber spannend!"

„Aber dein Sohn hat doch gestern mit dir die Wohnung meiner Mutter geputzt!"

„Das macht er manchmal, wenn er Zeit hat und bei mir viel los ist. Ich frage ihn dafür seinen Lernstoff vor seinen Prüfungen ab."

Ein breites Grinsen zieht über Antonias Gesicht, dann erläutert sie mit Begeisterung das Zusammenspiel verschiedener nervlicher Impulse. Jo kann sich nicht konzentrieren. Vor ihrem inneren Auge sieht sie die junge Frau, die Antonia einmal gewesen sein muss. Eine junge Frau, die voller Hoffnung nach Deutschland gekommen und als Putzfrau gestrandet ist. Und doch, sie wird das Gefühl nicht los, dass es Antonia dabei gut geht. Als Putzfrau? Der ihr Traumberuf wegen eines sinnlosen Krieges verwehrt geblieben ist?

Es fällt Jo schwer zu verstehen, wie jemand trotzdem zufrieden sein kann, aber Antonia weckt genau dieses Gefühl in ihr: Dass sie mit ihrem Leben zufrieden ist. Ihre Wangen sind gerötet und in ihren Augen funkeln Sterne, ihre Hände malen Bilder in die Luft, die ihre Worte unterstreichen. Inzwischen ist sie bei der Kraft der Gedanken angelangt und erläutert bildhaft, wie selbst die Gedanken in der Lage sind unsere Hirnstruktur langfristig zu beeinflussen.

Antonias Begeisterung rührt etwas in Jo an. Feuer, Leidenschaft. Sie fragt sich, wann sie zum letzten Mal für eine Sache gebrannt hat.

„Habe ich etwas Falsches gesagt?" Antonia unterbricht sich und blickt Jo fragend an.

Verwirrt zieht Jo die Augenbrauen in die Höhe. „Nein, ich denke nicht. Warum?"

„Du wirkst auf einmal so angespannt."

Nachdenklich starrt Jo auf die Spitzen ihrer Schuhe. „Es ist lange her, seit ich mich für etwas begeistert habe." Ihr

Blick sucht Antonias Augen. Die zwinkern ihr zu. Dann wirft die Frau einen Blick auf ihre Armbanduhr und steht auf.

„Ich muss kochen. Magst du mitessen? Du siehst ziemlich hungrig aus."

Überrascht und überfordert von der spontanen Einladung schüttelt Jo hastig den Kopf. „Nein, nein danke. Ich werde meine Mutter im Café suchen. Weit weg wird sie ja nicht sein." Sie stemmt sich mit dem Rücken an der Wohnungstür in die Höhe und streckt den verspannten Rücken durch. Langes Sitzes auf hartem Untergrund ist sie sich nicht gewöhnt.

Dann reicht sie Antonia die Hand. „Danke für deine Zeit."

„Nichts zu danken. Es war mir eine Freude, Heide Hellers Tochter kennenzulernen!" Sie ergreift Eimer und Mob und steigt die Stufen in den nächsten Stock hinauf. Bevor sie um die Kurve verschwindet, dreht sie sich zu Jo um. „Bitte pass auf dich auf und bleibe positiv. Die Bildung der pränatalen Gehirnstruktur ist irreversibel!"

Jo hebt die Hand und verharrt reglos, bis die Tür über ihr ins Schloss fällt.

Langsam geht sie durchs Treppenhaus auf die Haustür zu.

Es ist ihr noch nie passiert, dass sie von einem fremden Menschen zum Essen eingeladen worden ist. Sie weiß nicht, was sie davon halten soll. Sie selbst würde nie auf die Idee kommen, so etwas zu tun. Es wäre ihr viel zu anstrengend, während des Kochens und Essens Gespräche mit Fremden führen zu müssen. Zudem würde ihr die Unsicherheit zu schaffen machen, ob ihrem Gast ihr Essen schmecken würde. Sie bewundert Antonia für ihr Selbstbewusstsein.

Draußen regnet es noch immer, und unmittelbar beginnt sie zu schlottern. Die Vorstellung, durch den Regen von Café zu Café zu eilen auf der Suche nach ihrer Mutter, ist so abschreckend, dass sie darauf verzichtet. Stattdessen schlüpft sie in ihr Auto und fährt ins Parkhaus eines großen Kaufhauses, um nach einer neuen Jacke zu suchen.

Vier Stunden später dröhnt ihr Kopf, ihre Füße schmerzen und die Augen brennen. Eine Jacke hat Jo noch immer nicht.

Dafür hat sie einen großen Teller Spaghetti Carbonara mit viel Reibkäse gegessen, ist durch die Babyabteilung geschlendert, hat in Büchern über Schwangerschaft und Geburt gestöbert und in der Abteilung mit der Umstandsmode erfolglos nach einer bequemen Jeans gesucht.

Nun steht sie ratlos vor acht verschiedenen Jacken. In diesem Moment überfordert sie die schlichte Frage, ob es eine Regenjacke oder doch lieber eine gefütterte Winterjacke sein soll. Kurzentschlossen nimmt sie von jedem Modell eins in die Anprobe und entscheidet sich dreißig Minuten später für eine dunkelgrüne Übergangsjacke, wasserabweisend und teilweise gefüttert.

Zurück im Auto lässt sie sich erschöpft in den Autositz fallen, schließt die Tür und schläft sofort ein.

Als Jo wieder erwacht, ist es draußen dunkel und der Parkplatz vor dem Einkaufszentrum ist leer. Sie hat schon wieder Hunger. Auf dem Weg zum *Kleinen Paradies* hält sie an der Tankstelle von gestern an. Sie erblickt die beiden Männer, vor denen Amar sie gewarnt hat, in der Nähe der Zapfsäulen. Sicherheitshalber parkt sie direkt vor dem Eingang.

Das Kühlregal ist erschreckend leer. Auf Nudelsalat hat sie keine Lust, und das einzige Schinken-Käse-Sandwich macht einen trockenen Eindruck. Mit einem Blick erfasst sie das Lebensmittelangebot. Außer Gurken, Tomaten, Äpfeln, Tomaten und Kartoffeln gibt es eine große Variation an Chipssorten und Schokolade. Sie druckst sich vor den Schokoladenkeksen herum und nimmt mit schlechtem Gewissen eine Packung Kekse mit Vanille-Füllung und eine Tafel weiße Schokolade. Eigentlich hat sie sich vorgenommen, während der Schwangerschaft auf Süßigkeiten zu verzichten.

Ein Kaffee wäre fein.

In der Ecke neben dem Kassentresen steht ein Kaffeevollautomat zur Selbstbedienung. Sie geht darauf zu und bemerkt erst jetzt die Frau, die zusammengekauert auf einem der silbernen Bistrostühle sitzt, die sich um zwei Stehtische gruppieren. Rotes Haar zu einem Zopf geflochten, ein schwarzer Mantel liegt über schmalen Schultern. Sie scheint zu schlafen.

Als der Kaffeeautomat zu brummen beginnt, zuckt die Frau zusammen. Sie hebt den Kopf. Schwarze Wimperntusche hat dünne Spuren auf bleichen Wangen hinterlassen. Rote, aufgequollene Augen hasten verwirrt umher. Der Blick streift Jo, bevor die Frau aufsteht und hinter der Tür der Damentoilette verschwindet.

Kaffeeduft zieht durch den Shop.

Jo steht an der Kasse, als die Frau zurückkommt. Die Make-up-Reste sind verschwunden. Müde Leere schimmert unter der weißen Haut. Plötzlich erkennt Jo sie.

Toms Mutter!

Die Erkenntnis durchzuckt sie bis ins Mark. Ihre Hand zittert stark, als sie das Kleingeld aus dem Geldbeutel zählt.

Sie hat Marc und Tom vergessen. Einfach so. Sie ist sosehr mit sich selbst und ihrer Mutter beschäftigt gewesen, dass sie die Menschen im Güterbahnhof schlichtweg vergessen hat.

Sie stopft Kekse und Schokolade in ihre Jackentasche, ergreift den Kaffeebecher und geht rasch auf den Ausgang zu. Aus den Augenwinkeln nimmt sie wahr, wie Toms Mutter ungeduldig auf ihre Armbanduhr und dann zur Tür blickt. Sie scheint zu warten. Sie trägt einen bodenlangen, schwarzen Mantel, in ihrer linken Armbeuge hängt eine rote Lackhandtasche.

Zögernd bleibt Jo in der geöffneten Tür stehen. Es ist kein anderes Auto als ihr eigenes vor der Tankstelle. Die Frau muss zu Fuß hergekommen sein. Amars Worte fallen ihr ein. Sie dreht sich zu Toms Mutter um.

„Ich kann dich nach Hause fahren."

Der Verkäufer hinter dem Tresen blickt von seinem Smartphone auf. Die Frau wirft ihm einen hastigen Blick zu, schaut nach draußen, wieder auf die Uhr. Dann nickt sie wortlos.

Jo schlägt die Autotür zu und startet den Motor.

„Ich wohne..."

„Ich weiß." Sie spürt, wie sich der Körper neben ihr verkrampft. Die Knöchel der Hände treten weiß hervor und die Beine unter dem langen Mantel sind fest zusammengepresst. „Tom hat mir erzählt." Es ist ein Versuch, die Spannung zwischen ihnen abzubauen, aber er misslingt. Schweigend fahren sie durch die Nacht. Der Regen prasselt aufs Dach und erfüllt den Innenraum des Wagens mit einem monotonen Trommelwirbel. Versöhnlich kriecht Kaffeeduft in die dunklen Winkel.

Jo hat Angst, ihr Herz würde zerspringen, als sie in den Asphaltweg einbiegt. Die Scheinwerfer lassen die Regentropfen in länglichen Streifen silbern glitzern. Nebelschwaden ziehen über die Felder.

Plötzlich gibt es einen heftigen Ruck. „Diese verdammten Schlaglöcher", flucht Jo unbeherrscht. Wenn sie sich jetzt einen Platten eingefahren hat, dann hat sie ein Problem. Es wäre ihr unmöglich, an diesem gottverlassenen Ort auszusteigen und im Dunkeln ein Rad zu wechseln.

Lähmende Angst kriecht langsam, aber unaufhaltsam in ihr hoch. Ihr Atem geht flach und die Hände kleben am Lenkrad, als würden sie sich nie mehr davon lösen wollen. Obwohl sie friert, rinnt kalter Schweiß über ihr Gesicht.

Der Güterbahnhof wirkt noch gespenstischer als bei Tageslicht, als die weißen Scheinwerfer wie lange Finger über die Backsteinwände schwanken.

Mitten auf dem Platz stoppt sie. Sie lässt den Motor laufen und wartet darauf, dass die Frau neben ihr aussteigt. Auf die Windschutzscheibe malen Regentropfen ein unregelmäßiges Netzmuster.

Jo wartet. Sie dreht den Kopf ein wenig und betrachtet ihre Mitfahrerin von der Seite. Lange, gerade Nase, unter großen Augen liegen dunkle Schatten. Einige Strähnen haben sich aus dem Zopf gelöst und liegen über der Schulter.

Für einen kurzen Moment blickt Toms Mutter in ihre Richtung. Über ihrer rechten Oberlippe glitzert ein Piercing. Sie presst ein raues „Danke" zwischen den Lippen hindurch, drückt ihre Handtasche an den Oberkörper und öffnet die

Tür. Feuchtkalte Luft strömt herein. Dann schiebt sie ihre Stiefel hinaus in die Nacht und schlägt die Autotür hinter sich zu.

Jo lauscht dem raschen Klacken der Absätze, das von den Wänden zurückgeworfen wird, und blickt der grauschwarzen Silhouette nach, bis sie hinter dem Gebäude verschwunden ist.

Sie wendet das Auto und fährt zum Hostel. Die Angst ist mit Toms Mutter zurückgeblieben. Nachdenklich steigt sie über den staubigen Teppich die Stufen zu ihrem Zimmer hinauf, öffnet die Tür und starrt blicklos in den Regenvorhang vor ihrem Fenster.

16

„Wohin gehst du?"

Marc zuckt zusammen. Er hat Tom nicht bemerkt. Der kleine Kerl muss bereits seit einer ganzen Weile in der Ecke auf dem Sessel hocken. Seine kurzen Beine hängen über einer Armlehne, und seine Finger zupfen aus einem Riss im Stoff gelben Schaumstoff, der überall verstreut auf dem Boden liegt. Jetzt springt Tom herunter und stellt sich neben ihn.

Marc räuspert sich. Toms Blick wandert über den Rucksack, den er sich soeben auf den Rücken gezogen hat. Was soll er sagen? Dass er fortgeht, weil er nicht hierher gehört? Weil er wieder Tageslicht sehen muss, die Wärme der Sonne auf seiner Haut spüren, den Regen und den Wind? Dass er keine Ratten mehr sehen und keinen Uringestank mehr riechen kann? Was würde Tom darauf antworten? Er, für den die Halle ein Teil seines Zuhauses ist.

Oder soll er sagen, dass er geht, weil er keine Kraft mehr hat, auf Jo zu warten?

Marc schließt die Augen. Am liebsten würde er den Jungen an die Hand nehmen und mitnehmen. Fort von hier. Nur – wohin? Ein Zuhause kann er ihm nicht bieten, er hat ja selbst keins. Und La Palma ist weit weg. Er ist sich selbst nicht sicher, ob er es bis dorthin schaffen wird.

Zwölf Jahre ist es her, seit er auf der Insel gewesen ist. Damals, nach dem Tod seiner Mutter, hat er es in Deutschland nicht mehr ausgehalten. Ohne Ziel ist er per Anhalter gereist, bis ihn der Zufall auf der grünsten Insel der Kanaren abgesetzt hat. Gemeinsam mit anderen Aussteigern, Abenteurern, Verletzten, Verzweifelten, Suchenden, Verdrängenden hat er in verschiedenen Höhlen gelebt, immer so lange, bis die Polizei sie vertrieben hat. So sind sie über die Insel gezogen, eine kleine Gruppe junger Menschen, getrieben von der Hoffnung auf ein eigenständiges, wertschätzendes Leben. Solange, bis ihm klar geworden ist, dass er nicht vor sich selbst fliehen kann. Dass er seine Vergangenheit im Gepäck hat und sie auch dann nicht los wird, wenn er seinen Rucksack im Meer versenkt. Damals ist er zurückgekehrt zu seinem Vater.

Aber es ist zu spät gewesen. Sein Vater hat die Flucht in den Alkohol riskiert, eine Flucht, die ihn immer mehr an den Abgrund getrieben hat. Marc ist nicht in der Lage gewesen ihm zu helfen.

„Wohin gehst du?" Mit verschränkten Armen steht Tom nun vor ihm.

Marc räuspert sich erneut, trotzdem klingt seine Stimme kratzig und dunkel. „Nach La Palma."

„Wo ist das? Ist das weit weg? Warum gehst du dorthin? Warum bleibst du nicht hier?"

Drängende Fragen, auf die Marc keine Antworten geben kann. Seine Stimme ist fort, hat sich erneut im hintersten Winkel seines Körpers verkrochen, so als fürchte sie ihren eigenen Klang. Schweigend hebt er die Hand und berührt kurz das Kraushaar des Jungen. Weich und gleichzeitig kräftig fühlt es sich an.

Dann dreht er sich um und geht langsam auf den schmalen Lichtspalt auf dem Zementboden zu. Das Tor zur Freiheit, zur Außenwelt, zum Herbst, zum Leben.

„Warte!" Tom hüpft hinter ihm her und ergreift seine Hand. Heftig zieht er daran. „Ich komme mit! Ich sag nur kurz Mama Bescheid." Seine Stimme überschlägt sich vor Eifer.

Bevor er entwischen kann, drückt Marc die Kinderhand. Tom schaut auf. Marc blickt in die leuchtenden Augen, in denen die ganze Aufregung und Begeisterung der Welt liegt. Ernst schüttelt er den Kopf und wartet, bis das Leuchten erlischt. Dann lässt er die Hand los.

Abrupt wendet er sich ab und tritt aus der Halle. Geblendet hält er sich die Hand vors Gesicht. Das Licht sticht in seinen Augen. Die Luft riecht nach dem Regen von gestern, der in der Morgensonne über dem Kopfsteinpflaster dampft. Eine Amsel hüpft zwischen den Steinen auf der Suche nach Futter.

Marc atmet tief ein und fühlt sich lebendig. Trotz der Narben im Gesicht. Langsam geht er über den Platz. Seine Muskeln fühlen sich gummig an und er gerät schon nach wenigen Schritten außer Atem. *Bloß nicht hetzen.* Er dreht sich nicht mehr um, aber er spürt Toms Blick in seinem Nacken.

***

Mit zitternden Fingern greift Jo nach dem Smartphone.

Eine SMS. Den Piepston hat sie schon seit einigen Tagen nicht mehr gehört. Sie muss von Patrick sein. Ihre Mutter schreibt keine SMS. Nelly auch nicht.

Josephine, wo bist du?
Lass uns zusammen Essen gehen.
Um 12.30 im Restaurant Casablanca.
Kommst du?
Patrick.

Die Leere, die sich in ihrem schlaftrunkenen Kopf breit gemacht hat, füllt sich mit wirren Gedanken. Warum? Was will er noch? Hat sie etwas im Haus vergessen? Will er sich entschuldigen? Hat er es sich anders überlegt?

Aber Jo hat keine Zeit. Sie muss heute unbedingt zum Güterbahnhof.

Ihre Finger fliegen über die Tastatur.

Hallo Patrick.

Es tut mir leid.

Ich kann heute nicht.

Vielleicht ein andermal.

Josephine.

Ihr rechter Zeigefinger hängt über dem Symbol zum Abschicken der Nachricht, aber es gelingt ihr nicht, ihn nach unten zu bewegen. Sie starrt auf den Text, die Gedanken wirbeln durcheinander, sie beginnt zu schwitzen und drückt die Löschtaste.

Ja.

Ein leises *Pling* bestätigt das Abschicken. Sie legt das Telefon aufs Kopfkissen und geht ins Bad. Ihr Spiegelbild verrät ihr, dass die Nacht wenig erholsam gewesen ist. Ihre Haut wirkt stumpf und ihr Blick trübe. Mangels Dusche steckt sie kurzerhand den Kopf unter den Wasserhahn und lässt warmes Wasser über die Haare laufen.

Was ziehe ich bloß an? Naserümpfend betrachtet sie ihren Pullover und die Jeans. So kann sie unmöglich im *Casablanca* erscheinen. Es ist Patricks Stammlokal, mit drei Gourmet-Sternen und der entsprechend illustren Klientel. Halb zehn. Es bleibt Zeit für einen weiteren Besuch im Kaufhaus.

Sie ist nervös. Unruhig tritt sie von einem Fuß auf den anderen, knetet ihre Finger und fühlt sich, als stünde sie auf einer Starkstromplatte. Ihr Körper vibriert und ihr Mund ist trocken.

„Josephine!" Plötzlich steht Patrick vor ihr und drückt ihr wie gewohnt einen Kuss auf die Stirn. Langer, anthrazitfarbener Mantel, ein Hauch Aftershave, Dreitagebart, die Aktentasche unter dem Arm. Wie immer. Vertraut. Das Lächeln fällt ihr nicht schwer. Er hält ihr die Tür auf, und gemeinsam betreten sie das Restaurant.

Während sie die Karte studiert, spürt sie seinen Blick über ihr Gesicht wandern. Sie hebt den Kopf.

„Du siehst müde aus. Wo warst du?" Seine Stimme klingt besorgt.

„In einem Hotel." Sie hält seinem forschenden Blick stand. „Warum hast du mir geschrieben?"

„Ich wollte dich sehen. Du fehlst mir." Überrascht kneift sie die Augen zusammen. „Ich bin bereit, dir deinen Fehltritt zu verzeihen. Es wäre schade, wenn unsere Beziehung wegen eines Obdachlosen scheitern würde." Er hat leise gesprochen und sich bei den letzten Worten zu ihr herüber gebeugt. Eindringlich bohrt sich sein Blick in ihre Augen.

Enttäuscht lehnt sie sich zurück. Sie schweigt, lässt sich Salat servieren und beginnt wortlos zu essen.

„Ich freue mich, dass du das auch so siehst wie ich, oder habe ich dich falsch verstanden?" Patrick hebt sein Weißweinglas und prostet ihr zu.

„Ich glaube nicht, dass ich einen Fehler gemacht habe. Du bist derjenige, der unsere Beziehung beendet hat."

Seine Gabel sticht heftiger als nötig ins Pferderückensteak. Druckvoll säbelt sein Messer ein großes Stück ab. Er schiebt es sich in den Mund und kaut mit gesenktem Blick.

„Josephine. Ich habe gehofft, dass du verstanden hast, warum ich nicht anders handeln konnte. Meine gesellschaftliche Stellung lässt es nicht zu, dass sich meine Frau mit Randständigen abgibt."

„Deine gesellschaftliche Stellung. Und was ist mit mir? Ich bin meinen Job los, hast du das vergessen?" Ihre Kehle wird eng und sie fürchtet, keine Luft mehr zu bekommen.

„Nein, mein Liebling." Er ergreift ihre Hand und zieht sie in die Mitte des Tisches. „Aber gerade deshalb ist es wichtig, dass du dich auf dich konzentrierst. Auf deinen Körper, unser Baby, unsere gemeinsame Zukunft."

„Es tut mir leid, Patrick."

„Schon gut, Josephine. Jeder macht mal Fehler." Beschwichtigend tätschelt er ihre Hand.

„Es tut mir leid, aber ich kann das nicht. Ich kann die Menschen nicht verleugnen, für die ich mich eingesetzt habe."

Er zieht seine Hand zurück. Kälte erfasst seinen Blick. Seine Lippen pressen sich fest aufeinander. Jo trinkt ihr Wasser und wartet. Hier kann er immerhin keinen Wutausbruch bekommen. Als er schweigt, fährt sie fort. „Ob ich täglich in die Schule gehe und Kinder unterrichte oder nicht spielt keine Rolle. Wenn ich es nicht tue, dann macht es eine andere Lehrerin. Wenn ich aber nicht mehr zum Güterbahnhof gehe, dann geht niemand hin. Die Menschen dort warten auf mich, ich habe es gespürt. Ich kann sie nicht enttäuschen."

Ein gutmütiges Lächeln legt sich auf Patricks Gesicht. „Du bist zu gut für diese Welt, Josephine. Du kannst die Welt nicht verbessern. Jeder Mensch ist für sich selbst verantwortlich. Glaube mir, auch das Leben dieser Menschen geht ohne dich weiter. Du trägst ein neues Leben in dir, um das du dich kümmern musst."

Jo schweigt. Sie hat begriffen, dass es egal ist, was sie sagt. Patrick verdreht ihre Worte so, wie er sie brauchen kann. Sie konzentriert sich auf die Lachstortellini und spürt dem Fischgeschmack im Mund nach.

„Hier. Ich habe dir deinen Hausschlüssel mitgebracht. Ich muss gleich wieder in die Kanzlei." Er schiebt ihr den Schlüssel herüber.

Sie schüttelt den Kopf. „Ich werde den Kontakt zu Marc und den anderen nicht einstellen."

Nach kurzem Zögern legt er die Hand auf den Schlüssel. „Schade." Er lässt ihn in seiner Jacketttasche verschwinden und steht auf. „Dann sehen wir uns am Freitag in der Klinik." Seine Stimme klingt sachlich und sie kommt sich vor, als wäre sie eine unerwünschte Klientin. Er geht zum Kellner, zieht seine Geldbörse, lässt sich in der Garderobe den Mantel reichen und verlässt das Lokal.

Jo lehnt sich zurück. Es ist warm und voll in dem dezent dekorierten, hohen Raum. Besteckklappern und gedämpfte

Stimmen erfüllen die Luft. Der Duft nach heißer Schokolade weht zu ihr herüber.

Verschiedene Gefühle kämpfen in ihr. Zuerst dominiert das schlechte Gewissen. Patrick hat ihr die Hand zur Versöhnung gereicht und sie hat sie einfach so weggeschoben. Dann folgt Wut über seine Überheblichkeit, und schließlich lächelt sie. Sie hat etwas getan, das sie schon längst verlernt geglaubt hat. Sie hat sich für ihre eigenen Interessen eingesetzt. Das gute Gefühl wird getrübt durch Bruchstücke aus Patricks letztem Satz. *Am Freitag in der Klinik.* Die nächste Kontrolluntersuchung. Sie beschließt, den Gedanken daran zu verdrängen. Es ist erst Dienstag. Und sie muss nun schleunigst zu Marc und Tom.

Auch diesmal lässt sie ihr Auto auf dem Parkplatz beim Hostel und geht die restliche Strecke zu Fuß. Das türkisfarbene Kostüm, das sie extra für ihr Treffen mit Patrick erstanden hat, liegt in ihrem Zimmer auf dem Bett. Stattdessen trägt sie wieder Jeans und Pullover. Im Rucksack stecken Marcs Kleider, die sie bei ihrer Ankunft im *Kleinen Paradies* im Zimmer zum Trocknen ausgebreitet hat. Dazu hat sie einen Beutel voller Nüsse, Datteln und getrockneter Feigen gelegt.

Der Herbst ist allgegenwärtig und verzaubert die Landschaft mit seinen kräftigen Farben. Jo liebt die Rot- und Brauntöne, das weiche Licht und den Duft nach feuchter Erde. Gerne würde sie durch welke Blätter stapfen und dem Rascheln lauschen.

Der Platz vor der Verladehalle ist leer. Eine große Pfütze versperrt den direkten Weg zur Rampe. Sie steigt mit einem großen Schritt seitlich hinauf. Eine Amsel fliegt erschrocken auf und lässt sich laut zeternd auf dem Dachgiebel nieder.

Nach den ersten Schritten in der Halle bemerkt sie, dass Marcs Sofa leer ist. Abgehacktes Schnarchen schwappt schwallweise von Temos Matratze zu ihr herüber. Ihr Blick eilt durch den Raum. Außer Temo scheint niemand hier zu sein.

Bestimmt ist er draußen. Ich würde es auch nicht lange hier aushalten.

Jo tritt erneut ins Freie. Zum ersten Mal geht sie um das Gebäude herum. Auf der Schmalseite stehen drei mächtige Ahornbäume, deren gelbe Blätter eine wild wuchernde Wiese bedecken. Das Gras ist auf einem schmalen Streifen flachgetreten, der auf die Rückseite des Bahnhofs führt. Sie folgt dem Pfad und erblickt rund ein Dutzend Bahnwaggons. Viele Fensterscheiben sind eingeschlagen, einige mit Brettern vernagelt. Über alle Waggons ziehen sich bunte, mehr oder weniger gelungene Graffitibilder. Die Schienen und Räder lassen sich unter dem hohen Gras nur vermuten.

Aber Marc sieht sie nicht.

Vielleicht hat er sich einen besseren Schlafplatz in einem der Waggons gesucht.

Sie geht auf den ersten Waggon zu, stellt sich auf die Zehenspitzen und lugt durch den Fensterrahmen, in dem die spitzigen Reste einer Fensterscheibe stecken. Es ist ein alter Personenwagen. Die ehemals grünen Sitzpolster sind entweder aufgeschlitzt oder nicht mehr vorhanden. Überall liegen leere Flaschen, Papierschnipsel und Zigarettenkippen herum. Eine dicke Staubschicht bedeckt das düstere Bild. Hier ist schon lange niemand mehr gewesen.

Jo geht zum nächsten Waggon. Ein verrosteter Güterwagen mit verbeulter Schiebetür. Sie steckt nur kurz den Kopf hinein. Es riecht modrig und ist zu dunkel darin, um etwas sehen zu können. Hier jedenfalls ist Marc sicher nicht.

Rasch geht sie zum nächsten Waggon, aber die Tür ist verriegelt. Auch beim übernächsten. Dann folgt wieder ein Personenwagen, dessen Zustand dem ersten gleicht. Ihr Herz klopft rascher und das Blut rauscht in ihren Ohren. Wo zum Teufel ist Marc?

Plötzlich bleibt sie stehen, und ein ungeheuerlicher Gedanke lässt sie erzittern.

Und wenn er gar nicht mehr hier ist?

Sie macht kehrt und stolpert zur Halle zurück. Mit einem Satz steht sie auf der Rampe, zwängt sich durch den Türspalt und hastet zum Sofa.

Es ist leer. Sie geht darum herum. Von Marcs Rucksack fehlt jede Spur.

Jo ballt die Fäuste und presst die Lippen fest aufeinander. Ihr Blick fliegt durch die Halle. Temo liegt auf dem Rücken auf seiner Matratze, den Mund leicht zur Seite geneigt, den Unterkiefer heruntergeklappt. Sein schmaler Brustkorb hebt und senkt sich regelmäßig in Übereinstimmung mit dem Schnarchgeräusch.

In der Ecke steht der Sessel. Eine zerdrückte Chipstüte steckt zwischen Sitzfläche und Armlehne. Auf dem dreibeinigen Tischchen davor liegt eine leere Bierflasche in einer Pfütze Bier, das auf den Boden hinuntergetropft ist.

„Marc?" Zaghaft sagt sie seinen Namen. „Marc, wo bist du?"

Es ist sinnlos, er ist nicht hier. Sie stürmt aus der Halle. „Marc?" Ihre Stimme wird lauter, während sie zu den Güterzügen zurückrennt. Sie schaut erneut in den ersten Waggon, ruft seinen Namen hinein und stürzt zum nächsten Wagen. Vor der geschlossenen Tür bleibt sie stehen, trommelt mit beiden Fäusten dagegen. „Marc! Marc, bist du da drinnen?" Sie verdrängt das Wissen, dass es keinen Grund gibt, weshalb er sich in einem leeren Güterwagen eingesperrt haben sollte. Der Gedanke, dass er fortgegangen ist, ist so unerträglich, dass sie ihn mit ihren Fäusten zu zertrümmern sucht. Ihre Stimme ist schrill und laut, ihre Wangen glühen und ihre Hände schmerzen. Die Umgebung um sie herum verschwimmt.

„Er ist fort."

Jo wirbelt herum.

Paul lehnt an der roten Backsteinwand, eine Bierflasche baumelt in der rechten Hand.

Sie schüttelt vehement den Kopf. „Das ist nicht wahr." Langsam geht sie auf Paul zu. „Das ist nicht wahr. Sag mir, dass das nicht wahr ist!" Unbeherrscht schreit sie ihn an, verwirft die Hände und versucht vergeblich, ihr Leben wieder in den Griff zu bekommen, das ihr zum zweiten Mal innerhalb einer Woche zu entgleiten droht.

Schweigend steht Paul vor ihr und blickt sie aus glänzenden Augen an. Sein Atem widert sie an, aber sie bleibt stehen, denn in diesem Moment ist er der einzige Mensch, der sie davon abhalten kann, sich zu verlieren.

„Das stimmt nicht. Wo ist er?" Angestrengt versucht sie ruhiger zu atmen, aber ihr Keuchen trocknet ihren Hals aus und lässt sie husten.

Paul hält ihr die Bierflasche hin. Sie will den Kopf schütteln, aber der Hustenanfall nimmt ihr die Luft und sie spürt, wie ihre Kehle enger wird. Hastig reißt sie die Flasche an sich und trinkt, bis sie wieder normal atmen kann.

Erschrocken starrt sie auf die leere Flasche. Bitter liegt der Biergeschmack auf ihrer Zunge.

Paul grinst und zuckt die Schultern.

„Es – es tut mir leid. Ich – ich wollte doch gar nicht –", stammelt Jo. Dann sackt sie in sich zusammen. Der Alkohol, auf den sie seit Beginn ihrer Schwangerschaft komplett verzichtet hat, schießt ins Blut und mit dem Blut ins Hirn. Ihre Haut vibriert, und unkontrolliert beginnt sie zu schluchzen.

„Na, Mädel, wer wird denn da weinen?" Sie nimmt Temos hohe Stimme wie durch einen Wattebausch wahr. Dann spürt sie einen festen Druck auf ihrer Schulter. Sie hebt den Blick und erkennt verschwommen, dass der alte Mann vor ihr steht und ihr eine Hand auf die Schulter gelegt hat.

Sie sehnt sich nach einem Menschen, der sie hält, der ihr Geborgenheit schenkt und der ihr sagt, was sie nun tun soll. Und weil außer Temo und Paul niemand da ist, schlingt sie die Arme um den Alten, klammert sich an die dürren Schultern, und ihre Tränen durchnässen den steifen Kragen des ausgefransten Hemdes.

17

Hellorange leuchtet die Sonne durch Marcs geschlossene Augenlider. In seinen Ohren vermischt sich das Brummen des Motors mit dem Rhythmus des Raps aus den Lautsprecherboxen. In angenehmem Tempo rollt der tiefgelbe VW-Bus über die Autobahn, nicht zu schnell, so dass sich Marc gerade noch wohlfühlt.

Es hat keine Viertelstunde gedauert, bis der Bus vor ihm angehalten hat. Mindestens dreimal so lange hat er sich davor Zeit gelassen, bis er sich mit erhobenem Daumen an den Straßenrand gestellt hat. Es ist ihm schwer gefallen.

Ganz anders als vor zwölf Jahren, als er das erste Mal per Anhalter in Richtung Süden gefahren ist mit dem einzigen Ziel, aus Deutschland fort zu kommen. Damals ist er 21 Jahre alt gewesen, aufstrebender Programmierer in einer Softwarefirma, mit einem elastischen, muskulösen Körper durch leidenschaftliches Leichtathletiktraining. Es ist ihm unwichtig gewesen, wer ihn mitgenommen hat, er hätte sich ohne größere Mühe gegen allfällige Übergriffe wehren können.

Diesmal fühlt er sich schwach. Die langen Jahre auf der Straße mit mangelhafter Nahrung haben seinen Körper ausgezehrt, und die Schlägerei im Park hat auch seelische Spuren hinterlassen. Nicht, dass es das erste Mal gewesen wäre, dass er Gewalt erlebt hat.

Aber er ist zum ersten Mal nur knapp dem Tod entkommen.

Hätte Jo nicht eingegriffen, hätte er den Angriff nicht überlebt. Er hat die blanke, unverhohlene Mordlust in den Augen der Jugendlichen gesehen, als er, noch schlaftrunken, nach den ersten Fußtritten in ihre Gesichter geblickt hat.

Marcs Zunge fährt mehrmals über die trockenen Lippen. Er schluckt, seine Kehle kratzt.

„Hier."

Er öffnet die Augen. Malte hält ihm eine Flasche Wasser hin. Er streckt die Hand aus und bemerkt, dass sie sich zu einer Faust geballt hat.

„Danke."

Während er trinkt spürt er den Blick seines Sitznachbarn über sein Gesicht wandern.

Malte und Raffa, die beiden Männer, die ihn in ihrem Bulli mitnehmen, sind auf dem Weg nach La Gomera. Malte dürfte etwa so alt sein wie Marc damals. Blond, mit einem eckigen, schmalen Jungengesicht und von eher schmächtiger Statur. Raffa am Steuer dagegen wirkt wie ein Bär. Schwarzes, schulterlanges Kraushaar, das er in einem Pferdeschwanz im Nacken zusammengebunden hat. Ein Vollbart in einem runden Gesicht und buschige Augenbrauen. Trotz seines wuchtigen Aussehens schätzt ihn Marc nicht älter als Ende Zwanzig.

Der Bus verlangsamt und biegt auf einen Rastplatz ein.

„Pause." Raffa zieht die Handbremse.

Malte rutscht auf seinem Sitz herum und wartet spürbar darauf, dass Marc aussteigt.

Der Duft nach welkem Laub empfängt Marc. Vor ihm breitet sich eine kurzgeschorene Wiese aus, die übersät ist mit gelben und braunen Blättern von ausladenden Kastanienbäumen. Unter den Bäumen stehen steinerne Tische und Bänke. Raffa steuert auf eine Sitzgruppe zu, Malte verschwindet in der Raststätte.

Langsam geht Marc über die Wiese. Am liebsten würde er die Schuhe ausziehen und das kühle Gras zwischen seinen Zehen spüren. Er weiß nicht, wie viele Tage er im Güterbahnhof verbracht hat, aber es kommt ihm viel zu lange vor.

Raffa hat eine Wasserflasche auf den Tisch gestellt und zieht einen Laib Brot, ein großes Stück Käse und eine Salami aus einer Stofftasche. Mit einem Buschmesser schneidet er von allem großzügig ab und deutet mit dem Kinn darauf.

„Nimm, wenn du magst."

Marc setzt sich auf die Bank. Sein Magen reagiert auf die Lebensmittel mit lautem Rumoren. Dankbar greift er nach Brot und Käse.

Mit Malte weht der Geruch nach Frittierfett heran. Schwungvoll stellt er eine Tüte Pommes und eine kleine Kartonschachtel Chicken Nuggets auf den Tisch, dazu eine Flasche Cola.

„Mahlzeit!" Er grinst breit und lässt ein Pommes nach dem anderen in atemberaubender Geschwindigkeit in seinen Mund wandern. Dabei bilden sich bei jedem Bissen Querfalten auf seiner Stirn.

Marc kaut bedächtig. Guter Käse gehört zu jenen Dingen, die er nur ganz selten zwischen die Zähne bekommt. Und dieser hier ist guter Käse. Er nimmt sich ein zweites Stück.

Malte schiebt seine leeren Verpackungen zusammen und blickt Marc an. „Hast du gar nichts dabei? Kein Essen, keine Klamotten, gar nichts? Auch keine Kohle?"

Marc spürt Ungläubigkeit und Faszination gleichermaßen und fühlt sich im Visier der großen, neugierigen Augen Maltes ein wenig unwohl. Er schüttelt den Kopf.

„Mann, du hast echt Mut! Und seit wann machst du das schon so? Wo warst du überall?" Er stützt die Ellbogen auf den Tisch und lehnt sich nach vorne.

Marc räuspert sich. Leise Verzweiflung erfasst ihn, seine Hände werden feucht. Nicht nur, dass er sprechen soll, was bereits herausfordernd genug geworden ist für ihn. Er soll über seine Zeit auf der Straße sprechen.

Er dreht den Käse zwischen Zeigefinger und Daumen und weiß, dass er es nicht kann.

„Mann, lass ihn!" Raffa stößt Malte in die Seite.

„Okay, okay, bin ja schon ruhig. Obwohl ich zu gerne wüsste, woher die Narben im Gesicht kommen." Erwartungsvoll schaut er Marc an.

„Schlägerei." Dieses Wort ist vielsagend genug, bedarf keiner weiteren Erklärung. Malte öffnet den Mund, aber Marc beobachtet, wie ihm Raffa einen warnenden Blick zuwirft. So begnügt sich Malte damit, seinen Abfall in den nächsten Container zu stopfen und zum Bus zurückzugehen.

Marc verzieht seinen Mund zu so etwas wie einem Lächeln. Leise fragt er: „Seh' ich schlimm aus?"

Raffa schüttelt den Kopf. „Nein." Es klingt entschlossen und beruhigt ihn.

Er versteht nicht genau warum, aber er hat Vertrauen zu Raffa. Vielleicht liegt es an seinem Fahrstil. Wer so behutsam steuert, kann auch sonst im Leben nicht rücksichtslos sein. Marc hat gelernt, seiner Menschenkenntnis zu vertrauen. Wer schutzlos unterwegs ist, entwickelt ein ganz feines Sensorium für andere Menschen. Lässt sich weder von Kleidung, Titel noch Worten blenden, sondern achtet auf die Körpersprache. Den Ausdruck der Augen, den Klang der Stimme, die Bewegungen der Hände. Raffa macht auf Marc einen ruhigen, bedächtigen Eindruck. Er wirkt interessiert, aber nicht neugierig. Ganz im Gegensatz zu Malte, bei dem immer mindestens ein Körperteil in Bewegung ist und der ununterbrochen Fragen stellen würde, wäre Raffa nicht dabei.

Marc steht auf. Zum ersten Mal seit vielen Wochen ist er satt.

„Danke fürs Essen."

Raffa nickt schweigend. Gemeinsam gehen sie zum Bus, vor dem Malte ungeduldig auf- und abschreitet.

***

Jo hockt vor dem Bahnhofsgebäude, den Rücken an die sonnengewärmte Backsteinwand gelehnt, die Knie zur Brust hochgezogen. Temo hat sich neben sie gesetzt, das linke Bein von sich gestreckt, die Schirmmütze schief auf dem Kopf. Paul steht auf dem Platz, einen Fuß auf die Rampe gestellt, den Ellbogen aufs Knie gestützt.

Ihre Tränen sind versiegt, aber die Verzweiflung ist geblieben. Sie hat nie in Frage gestellt, dass Marc hier auf sie warten würde. Es ist für sie selbstverständlich gewesen, dass sie ihn weiter pflegt, bis er wieder ganz gesund ist. Dass er gegangen ist, einfach so, erschüttert sie.

Sie bemerkt Temos aufmerksamen Blick auf ihrem Gesicht. Die kleinen, glänzenden Augen forschen darin, seine Hände liegen ruhig in seinem Schoß.

Jo räuspert sich. Ihre Stimme klingt ungewöhnlich tief.
„Es ist... Ich bin... Ich weiß nicht..." Sie bricht ab, starrt auf ihre Fingernägel und versucht die Worte einzufangen, die durch ihr Hirn jagen.

Die Amsel fliegt vom Dachfirst herunter und hüpft über die Rampe. Ihr schwarzes Gefieder schimmert bläulich in der Herbstsonne.

„Ich verstehe nicht, warum er gegangen ist. Er ist doch noch gar nicht ganz gesund!" Aufgeregt schaut sie Temo an.

„Er hat wohl angenommen, dass du nicht mehr kommst."

„Aber ich bin doch da! Ich konnte in den letzten Tagen nicht kommen. In der Wohnung meiner Mutter hat es gebrannt. Und ich habe meine Jacke dort vergessen und musste eine neue kaufen." Jo ärgert sich über das Durcheinander, das sie von sich gibt. Aber Temo scheint es nicht zu stören.

„Is deiner Mutter was passiert?"

„Nein. Zum Glück nicht. Aber ich wollte Marc gesund pflegen und zu Tom kommen – wo ist Tom? Er ist doch nicht auch fort, oder?" Erschrocken richtet sich Jo auf.

Beruhigend tätschelt der alte Mann ihr Knie. „Ne, ne, er is mit seiner Mama am Fluss."

„Uff." Erleichtert lehnt sie sich wieder zurück. „Hat Marc hier gewohnt?"

Er schüttelt den Kopf. „Paul hat ihn hergebracht. Er is verletzt am Straßenrand gelegen."

„Das muss nach der Schlägerei gewesen sein! Wo hast du ihn gefunden, Paul?"

„An der Ecke Wilhelmstraße/Friedastraße. Wenn ich ihn liegen gelassen hätte, wäre er verreckt."

„Danke." Jo lächelt ihn an.

„Was weißt du über diese Schlägerei?" Temo kneift die Äuglein zusammen.

„Drei Jugendliche im Park beim Fluss. Einer von ihnen hatte ein Messer. Sie haben erst aufgehört, als ein Mann mit Hund gekommen ist. Marc ist fort gegangen, bevor der Krankenwagen dort war." Sie schließt die Augen und versucht die Bilder zu verscheuchen, die sie in die dunkelste Ecke ihrer Erinnerung verbannt hat.

„Warst du dabei?" Sie nickt schweigend. Er seufzt. „Heut is soviel Gewalt unter den Jungen. Computerspiele, Filme, Internet, alles is voll davon. Und halt die Familien. Wenn der Vater schlägt, schlägt der Sohn auch. Man merkt, dass die Jungen von heut keinen Krieg erlebt haben."

Jo blickt auf. Temo starrt auf seine nackten Füße.

„Hast du einen Krieg erlebt?"

Er nickt, nimmt die Schirmmütze vom Kopf und fährt mit der Hand durchs weiße Haar. „Ich komm aus Georgien und war sechs, als der zweite Weltkrieg losgegangen is. Ich hab' alles verlorn durch diesen verdammten Krieg." Der alte Mann dreht seine Schirmmütze zwischen den Fingern und wendet das Gesicht ab. Er möchte offensichtlich nicht weiter darüber sprechen. Jo hätte ihn gerne gefragt, wo Georgien liegt. Ihr fällt nur das amerikanische Georgia ein, aber das hat mit dem zweiten Weltkrieg nichts zu tun gehabt. Aus dem Geschichtsunterricht jedenfalls ist ihr das Land nicht bekannt.

Ihre Gedanken kehren zu Marc zurück.

„Wann ist Marc gegangen?"

Die beiden Männer blicken sich an. „Gestern Abend war er noch hier." Paul stellt die leere Bierflasche auf den Boden.

„Dann muss er heute Morgen gegangen sein. Wie ärgerlich, dass ich nicht früher hergekommen bin! Ich hatte es geplant, aber dann..." Sie runzelt die Stirn. Hätte sie Patrick nicht getroffen, wäre Marc jetzt nicht fort. Es klingt wie Hohn und schmeckt bitter auf der Zunge. Patrick wollte weiteren Kontakt mit Marc verhindern und hat es geschafft – mit einer einzigen SMS. Sie ballt unwillkürlich die Fäuste.

„Wisst ihr, wohin er gegangen ist?" Forschend blickt sie von Temo zu Paul.

Paul zieht die Augenbrauen in die Höhe. „Tom hat was von La Palma erzählt."

„La Palma? Das ist doch eine Insel im Atlantik. Was will er denn dort? Bist du sicher?" Ungläubig runzelt Jo die Stirn.

Paul zuckt die Schultern. „Frag Tom wenn er zurückkommt.

Jo fragt sich, ob alle Obdachlosen so wortkarg sind. Eine Art Smalltalk wie in den Kreisen, in denen sie bisher gelebt hat, scheint es jedenfalls nicht zu geben. Oder vielleicht nur unter Gleichgesinnten? Sie wird das Gefühl nicht los, dass ihr die Menschen hier skeptisch gegenüberstehen.

„Geh nach Haus', Mädel. Marc is gesund genug und kann wieder für sich selber schaun. Tom geht's gut, er hat seine Mama und uns, nich wahr, Paul? Geh zurück in dein eigenes Leben. Das hier is nix für dich." Aufmunternd klopft ihr Temo auf die Schulter.

Was zweifellos nett gemeint ist, versetzt Jo einen Stich. Sie hat sich nie als zugehörig wahrgenommen, hat das auch nie gewollt. Sie muss für die Menschen hier aus einer anderen Welt kommen, einer Welt, die die Türen für sie selbst verschlossen hält. Aus der sie herausgefallen sind. Das ist Jo von Anfang an klar gewesen. Aber diese Wahrheit klingt anders aus Temos Mund als in ihrem Kopf.

Sie schluckt leer. Sie verschweigt, dass sie sich selbst aus ihrer bisherigen Realität ausgeschlossen hat. Dass sie den Schlüssel fortgeworfen hat, fast buchstäblich, wenige Stunden zuvor im Restaurant. Wortlos steht sie auf und geht.

Zurück im Hostel zieht sie das Smartphone aus ihrer Hosentasche. Keine Nachricht. Insgeheim hat sie gehofft, dass sich Patrick nochmal gemeldet hat. Schemenhaft erkennt sie den Umriss ihres Kopfes auf dem schwarzen Display, in dem sich das Licht der Straße spiegelt.

Was nun?

Marc ist fort. Er braucht sie nicht mehr. Ist einfach so gegangen. *Einfach so.*

Jo lässt sich aufs Bett fallen und starrt zur Decke. Aus dem Nebenzimmer dringt das Knarren des Bettgestells an ihr Ohr.

Aber vielleicht sieht sie doch nicht die ganze Realität. Könnte es sein, dass er auf sie gewartet hat? Schließlich ist sie ohne Ankündigung mehrere Tage lang nicht mehr hingegangen. Er muss angenommen haben, dass sie keine Zeit gehabt hat. Oder schlimmer, dass sie das Interesse verloren hat. Dass er ihr nicht wichtig gewesen ist.

Kichern aus dem Nebenzimmer, dann leises Stöhnen. Jo verzieht das Gesicht.

Ja, das klingt plausibel. Was hätte sie an seiner Stelle getan? Wahrscheinlich hätte sie gewartet und wäre dann gegangen. Gut möglich, dass er es auch so gemacht hat. Wenn er tatsächlich erst heute Morgen aufgebrochen ist, dann spricht die Zeit für diese Theorie.

Das Stöhnen geht in ein lautes Keuchen über, begleitet vom rhythmischen Knarren des Bettes. Jo drückt sich die Handflächen auf die Ohren.

Und er hat meine Decke mitgenommen. Sie ist sich nicht ganz sicher, aber sie kann sich nicht erinnern, die Merinowolldecke, die sie ihm gebracht hat, im Bahnhof gesehen zu haben. Warum er sie wohl mitgenommen hat? Sie hat ihn als ehrlichen Menschen eingeschätzt. Aber warum hat er sie dann nicht dort gelassen? Paul gegeben, damit er sie ihr zurückgeben kann?

Wie auch immer. Marcs Verschwinden ändert nichts an ihrer Situation. Er wäre so oder so gesund geworden, ob heute oder morgen, ist unwichtig. Und er wäre auch gegangen, wenn sie in den letzten Tagen bei ihm gewesen wäre. Warum auch nicht? Hätte er eine Alternative gehabt? Der alte Güterbahnhof wäre keine gewesen.

Gedämpft zwängt sich ein Schrei unter ihren Handflächen hindurch in die Ohrmuschel. Jo dreht sich zur Seite und zieht die Bettdecke über den Kopf.

Patrick hat wohl doch Recht gehabt. Der Gedanke passt ihr gar nicht, aber sie fürchtet, dass er stimmt. Marc braucht sie genauso wenig wie ihre Schüler in der Schule. Und genauso wenig wie Tom.

Die Erkenntnis schmerzt so sehr, dass sie reglos im Bett liegenbleibt, bis ihr der Sauerstoff ausgeht. Nach Luft schnappend schlägt sie die Decke zurück.

In ihrem Bauch stößt das Baby. Antonias Worte fallen ihr ein. *Lass es dir gutgehen. Sorge dafür, dass du glücklich bist.* Sicher, das wäre wichtig. Aber es ist gerade so schwer, dass sie ein schlechtes Gewissen bekommt. Wie soll sie ihrem Baby positive Gefühle mitgeben, wenn sich ihr die Welt von ihrer grauen und trostlosen Seite zeigt?

***

Über Marc funkeln Sterne. Der ganze Himmel ist voll damit. Er verschränkt die Arme hinter dem Kopf. Er liegt auf seiner Isomatte, eingewickelt in Jos Merinowolldecke. Die Entscheidung, die Decke mitzunehmen, ist weniger rational als intuitiv gewesen. Er hat sie nicht im Bahnhof lassen wollen, dafür ist sie zu kostbar. Er möchte sie ihr selbst zurückgeben. Er hat sie nicht gestohlen. Nur ausgeliehen. Und vielleicht ist damit auch die stille Hoffnung verbunden, sie wiederzusehen. Obwohl sie nicht mehr in den Bahnhof gekommen ist.

Marc atmet den Duft der Decke ein und stellt sich ihr Gesicht vor. Mit den hohen Wangenknochen und dem kantigen Kinn, den dunklen Augen und dem braunen, stufig geschnittenen, langen Haar.

Im Bus, neben dem er liegt, hört er Raffa und Malte rumoren. Die Lautsprecherboxen schweigen, und hin und wieder dringen Wortfetzen nach draußen und mischen sich unter das laute Zirpen der Grillen, die neben ihm im Gras sitzen. Er sieht sie nicht, kann sie nur hören. Fledermäuse schwirren in atemberaubendem Tempo durch den Nachthimmel.

Die Männer haben ihm angeboten, in der Fahrerkabine zu schlafen. Aber er hat das Gefühl von Freiheit vermisst, welches das Schlafen unter dem Sternenhimmel in ihm auslöst. Der Bulli steht neben einem schmalen Fahrweg am Rande einer abgemähten Wiese unweit eines kleinen Dorfes. Das pausenlose Rauschen der Autobahn dringt gedämpft zu ihm herüber, irgendwo hinter dem Konzert der Grillen. Ein Käuzchen schreit, und Marc fühlt sich zurückversetzt in seine Kindheit, in der er oft mit seinen Eltern mit dem Zelt in den Bergen unterwegs gewesen ist.

Es sind glückliche Jahre gewesen. Sein Vater hat ihn schon als kleinen Jungen überall hin mitgenommen. Er erinnert sich an Fotos, auf denen er mit Wanderstock und schweren, ledernen Wanderstiefeln zu sehen ist. Sein Vater hat ihn auch das Angeln gelehrt. Stundenlang sind sie in den Bergflüssen gestanden, bis zu den Knien im eiskalten Wasser, glücklich in der Ruhe der Natur und freudig über jeden gefangenen Fisch, den seine Mutter später zuhause im Ofen mit vielen Kräutern gebacken hat. Sie haben besser geschmeckt als alles, das Marc je gegessen hat, die selbst gefangenen Fische mit den Kräutern aus Mutters Garten.

Marc schließt sie Augen. Es ist das erste Mal, dass er die Erinnerung an seine Kindheit nicht verdrängt aus Angst, dass sie schmerzen könnte, weil sie verloren ist. Er lässt sie zu – und wundert sich darüber, dass sie ihn wärmt und ihm Kraft gibt.

18

Es ist 7.30. Jo sitzt in der Gaststube, schlürft eine dünne Kaffeebrühe mit Milchpulverklümpchen und versucht erfolglos die trockene Semmel mit zentimeterdicker Butter und Marmelade schmackhafter zu machen.

Sie ist der einzige Gast im Raum. Die Serviertochter hinter dem Tresen tippt konzentriert auf ihrem Smartphone herum. Auf einem Nachbartisch liegen zwei unbenutzte Gedecke.

Neben ihr steht ihr Rucksack, gepackt. Daneben lehnt ein Plastiksack mit Marcs Kleidern. Sie hat einen Entschluss gefasst. Sie hat beschlossen, die Akte „Schlägerei" abzuschließen. Ein letztes Mal wird sie zum alten Güterbahnhof fahren, um Paul oder Temo Marcs Kleidung zu bringen und um sich von Tom zu verabschieden. Dann wird sie zu Patricks Haus fahren und sich bei ihm entschuldigen.

Es ist der einzige richtige Weg. Sie trägt die Verantwortung für ihr ungeborenes Kind, das mit viel Liebe und Freude in ihrem Bauch wachsen soll. Es wird höchste Zeit, in ihr altes Leben zurückzukehren. Zurück zu Patrick, zu Nelly und zu ihrem Job. Sie wird nochmal beim Direktor vorsprechen und versuchen eine Kündigung nach dem Mutterschutz zu verhindern. Und dann wird sie sich um ihre Mutter kümmern. Sollte sie doch nicht mehr alleine leben können, wird sie mit Patrick sprechen und sie zu sich ins Haus nehmen.

Jo steht auf. Es ist ein befreiendes Gefühl, den eigenen Weg wieder klar vor sich zu sehen.

In ihrem Auto fährt sie zum Güterbahnhof und parkt direkt vor der Rampe. Sie will nicht zu viel Zeit hier verbringen.

Noch bevor sie die Autotür öffnen kann, kommt Tom um die Ecke des Gebäudes gerannt.

„Endlich! Ich habe so lange auf dich gewartet!" Er schlingt die Arme um ihren Bauch und drück sie mit aller Kraft.

Verdutzt lacht Jo ihn an, legt die Hände unter seine Arme und hebt ihn ein wenig in die Höhe.

„Hallo, Tom! Wie schön, dass du hier bist!" Sie wirbelt ihn im Kreis herum, immer schneller, vor lauter Freude.

„Warum bist du so lange nicht mehr gekommen? Ich habe jeden Tag auf dich gewartet. Und Marc auch."

„Marc auch? Bist du sicher?"

„Klar! Ich habe doch gesehen, wie er immer zum Ausgang geschaut hat, wenn jemand reingekommen ist!" Tom nickt so heftig, dass ihm seine Schirmmütze ins Gesicht rutscht.

Jo stellt den Jungen zurück auf den Boden. „Weißt du denn, wohin er gegangen ist?" Ihre Stimme klingt belegt, und ihre Fingernägel graben sich in die Handballen.

„Ja, zu den Palmen."

„Nach La Palma?"

„Ja, ja, genau das hat er gesagt!" Aufgeregt hüpft er auf und ab. Seine Schirmmütze fällt hinunter. „Weißt du, wo das ist?"

„Das ist eine Insel im Meer."

„Eine Insel mit Palmen? Im Meer? Im richtigen Meer? Da will ich auch hin! Fährst du mit mir dorthin?" In seinen Augen leuchtet die Sonne.

Jo streicht ihm mit der Hand übers Haar.

„Das geht leider nicht, Tom."

„Warum nicht? Du hast doch ein Auto! Damit können wir doch hinfahren!"

„Ich kann nicht einfach fortfahren. Das geht nicht. La Palma ist sehr weit weg. Und ich habe einen Freund."

Das Feuer in Toms Augen erlischt. „Klar. Dein Freund wartet auf dich." Ein wenig leiser fügt er hinzu, während sein Fuß auf dem Boden scharrt: „Auf mich wartet kein Freund."

Jo geht in die Knie und legt einen Arm um den Jungen.

„Aber deine Mutter ist doch für dich da, oder?"

Er nickt. „Ja. Aber Mama ist kein Freund."

„Und Paul und Temo?"

„Das sind schon Freunde. Aber sie haben nicht immer Lust zum Spielen. Außerdem arbeiten sie jeden Tag."

„Sie arbeiten?"

„Ja."

„Weißt du, wo?"

„In der Stadt. Temo arbeitet am Bahnhof und Paul vor einem Kaufhaus."

„Und was tun sie dort?"

„Schnorren."

„Warst du auch schon dabei?"

„Einmal. Aber Mama will es nicht. Ich finde es lustig. Es kommen so viele Leute und reden und dann schenken sie mir was. Es ist nie langweilig."

„Wo ist denn deine Mama jetzt?"

„Sie schläft. Sie schläft meistens bis es Essen gibt, weil sie nachts arbeitet."

Jo schweigt.

Tom bückt sich, hebt seine Mütze auf. Er setzt sie auf und läuft ums Auto herum. Sein Blick wird trüb.

„Schade. Dabei fahr' ich so gerne Auto."

Fünf Sekunden lang starrt Jo auf den Boden und wägt ab. Dann schaut sie Tom an.

„Weißt du was? Wir müssen ja nicht gleich nach La Palma, aber wir können einfach so ein bisschen herumfahren."

Das Strahlen kehrt auf sein Gesicht zurück. „Ja! Dann können wir zu Temo und Paul fahren und ich kann dir zeigen, wo sie arbeiten!" Er ergreift ihre Hand und zerrt daran. „Komm, wir fahren gleich los!"

„Warte! Wir müssen deiner Mutter sagen, dass du mit mir wegfährst."

„Aber Mama schläft."

„Dann schreiben wir ihr eine Nachricht." Aus dem Handschuhfach zieht Jo einen Notizblock und einen Kugelschreiber hervor. Gleich darauf reicht sie Tom einen Zettel. „Hier. Bring den zu eurem Wagen und leg ihn dort hin, wo ihn deine Mama sieht, wenn sie aufwacht."

„Was steht da drauf?"

„Dass du bei mir bist."

„Bitte, lies mir vor!"

„Hallo Lucia. Ich habe Tom in meinem Auto mitgenommen. Wir machen eine Spazierfahrt. Ich hoffe, das ist okay. Jo."

Tom nickt andächtig und rennt mit dem Papier fort. Keine fünf Minuten später ist er wieder zurück.

„Ich habe den Brief an den Spiegel geklebt. Dort schaut Mama immer als erstes hin wenn sie aufwacht." Er klettert auf die Rückbank und setzt sich so, dass er zwischen den vorderen Sitzen hindurch schauen kann. Jo steigt ebenfalls ein und ist erleichtert darüber, dass er nicht fragt, ob er vorne sitzen darf. Sie verschweigt ihm, dass sie ihn ohne Kindersitz gar nicht mitnehmen dürfte, und hofft inständig, dass sie nicht in eine Polizeikontrolle geraten werden.

Es ist kurz nach neun Uhr, als sich *Albert* dem Stadtzentrum nähert. Der Morgenverkehr ist vorüber. Tom klebt förmlich zwischen Fahrer- und Beifahrersitz, und seine Augen nehmen begierig alles auf, was vor der Windschutzscheibe vorbeizieht. Hin und wieder entweicht ihm ein begeisterter Ausruf, oder seine kleinen Hände zeigen aufgeregt auf ein besonders interessantes Objekt.

Angestrengt versucht Jo noch vorausschauender zu fahren als üblich. Ihr Blick ist überall, um eventuelle Polizisten rechtzeitig zu sehen und ihnen auszuweichen. Unbehelligt erreichen sie das Bahnhofsparkhaus.

„Wo sind wir?" Unsicher schaut sich der Junge um. Die düstere Stimmung im Parkhaus behagt ihm nicht. Er zuckt zusammen, als eine Autotür zuschlägt, und drückt sich erschrocken an Jo. Es riecht nach Benzin und Abgas.

„Im Parkhaus beim Bahnhof. Damit wir ganz rasch zu Temo kommen." Jo steckt sich Smartphone und Geldbörse in die Hosentaschen und schließt das Auto. Mit Tom an der Hand geht sie auf den Ausgang zu.

Draußen empfängt sie ein empfindlich kühler Herbstwind, der ihnen Haare ins Gesicht bläst. Auf dem Bahnhofplatz hupen die Autos, eine Straßenbahn bimmelt und ein Mann fuchtelt mit Fäusten laut fluchend einer Frau mit einem weißen Pudel auf dem Arm hinterher.

Jo blickt sich um. „Kannst du mir zeigen, wo Temo ist?"

Sie schaut Tom an, dessen Augen groß und rund über den Bahnhofplatz wandern.

„Ich weiß nicht. Ich glaube, wir müssen ihn suchen." Entschlossen stemmt er die Hände in die Taille und blickt sie auffordernd an.

„Gut. Dann lass uns hier nach rechts gehen." Sie gliedern sich in den losen Strom spazierender Menschen ein und schlendern über den Bahnhofplatz. In der Nähe einer Terrasse hat ein Mann in einem langen, schwarzen Mantel seinen Geigenkasten aufgestellt und spielt eine einfache Melodie, die Jo bekannt vorkommt. Tom bleibt vor dem Mann stehen und hört ihm zu. Als er endet, schaut er Jo an.

„Darf ich ihm Geld geben?" Im offenen Geigenkasten liegen einige Euro- und Centstücke.

Sie nickt und drückt ihm 50 Cent in die Hand. Strahlend geht der Junge auf den Mann zu. Aber anstatt das Geld in den Kasten zu werfen, streckt er ihm die Hand mit der Münze hin. Überrascht nimmt sie der Mann und lacht Tom an.

„Vielen Dank, junger Mann!" Er verbeugt sich ein wenig und berührt mit den Fingerspitzen seinen Haaransatz.

„Das will ich später auch machen! Musik machen und dafür Geld bekommen! Das ist noch besser als Schnorren." Eifrig nickt Tom und setzt mit Jo seine Runde fort.

Aber Temo ist nicht hier.

„Vielleicht ist er auf dem Klo", mutmaßt Tom. „Komm, dann gehen wir zu Paul."

„Okay. Wie sieht das Kaufhaus aus, vor dem er sitzt?"

Er zuckt die Schultern. „Es ist groß und hat drei Eingänge mit Drehtüren."

Jo hat eine Vermutung, um welches der Kaufhäuser es sich handeln könnte. Es liegt an der Bahnhofstraße, etwa zehn Minuten von hier entfernt.

Auf dem Weg dorthin kommen sie an Nellys Blumenladen vorbei. Einem spontanen Impuls folgend, geht Jo darauf zu.

„Wo gehst du hin?"

„Komm, wir besuchen eine Freundin von mir."

„Wohnt die da?"

„Nein, sie arbeitet hier."

Sie stößt die Tür auf und schiebt Tom in den Laden. Es duftet intensiv, süß und erfrischend zugleich.

Staunend steht der Junge in der Blütenpracht. Ganz langsam geht er von einem Blumenstrauß zum nächsten, betrachtet ein Gesteck, stellt sich neben eine Bodenvase mit Strelizien, die größer sind als er selbst. Dann geht er zu einer weißen, stachelig aussehenden Kugelblume und riecht daran.

„Josephine! Ich freue mich, dich zu sehen!"

Nelly steht hinter dem Tresen und wischt sich die Hände an einer hellblauen Schürze mit gelben Schmetterlingen ab. Jo geht auf sie zu und umarmt sie.

„Hallo, Nelly!"

„Wie geht es dir? Dein Bauch ist aber kräftig gewachsen!"

Jo blickt an sich herunter. „Naja, so langsam werden die Hosen unbequem. Bei den normalen Jeans bekomme ich den Knopf schon lange nicht mehr zu, aber bei den Umstandshosen schlackert der aufgenähte Stoffeinsatz noch über dem Bauch herum. Irgendwie bin ich gerade 'dazwischen'." Sie grinst und legt die Hände auf den Bauch. „Wie geht es dir?"

„Gut, soweit. Mit dem Herbst kommen auch die verschnupften Kundinnen und Kunden. Ich fürchte, ich habe mich angesteckt. Mein Hals kratzt." Mit einem Blick auf Tom fragt sie: „Wen hast du da mitgebracht?"

„Das ist Tom, der Sohn einer Freundin." Jo scheut sich davor, Nelly die Wahrheit zu sagen. Es ist ja das letzte Mal heute, dass sie mit Tom unterwegs ist. Bereits in wenigen Stunden wird sie bei Patrick sein, und der Güterbahnhof mit seinen Bewohnern wird für sie der Vergangenheit angehören. Es scheint ihr vernünftiger, keine schlafenden Hunde zu wecken.

Nelly beobachtet den Jungen, der vor der Vase mit den gelben Rosen angekommen ist. Vorsichtig streicht er mit dem Finger über ein Blatt und berührt die Blüte mit der Nase. Nelly tritt zu ihm.

„Möchtest du eine Blume für deine Mama mitnehmen?"

Tom zuckt zusammen. Er ist so sehr in die Erfassung der Pflanzen vertieft gewesen, dass er Nelly nicht bemerkt hat. Ängstlich blickt er die Frau mit dem grauen Haar an.

Nelly kniet nieder, sodass sie auf Augenhöhe mit ihm ist. „Ich bin Nelly. Ich arbeite hier und möchte dir gerne eine Blume schenken. Kommst du mit?"

Schüchtern sucht sein Blick Jo. Sie lächelt ihm aufmunternd zu. Seine unbefangene Selbstsicherheit, die sie bisher bei ihm erlebt hat, muss wohl vor dem Geschäft auf ihn warten. Er ist ganz offensichtlich tief beeindruckt von soviel Schönheit.

„Geh nur." Sie ergreift seine ausgestreckte Hand, und gemeinsam folgen sie Nelly in einen lichtdurchfluteten Raum hinter dem Tresen. Bodenhohe Fenster geben den

Blick auf fünf langgezogene Gewächshäuser frei. In der Mitte des Raumes steht ein großer Tisch, der von Blättern, Stielen, Blumendraht, Steckschaum, Scheren und einzelnen Blüten bedeckt ist. An der Wand links hängen großformatige Fotos von Gestecken und Sträußen, über denen Überschriften wie *Paradiesgruß, Sonnenanbeter, Gute-Laune-Strauß oder Schokokuß* stehen. Auf der gegenüberliegenden Seite führt eine Tür in einen weiteren Raum. Daneben stehen acht Vasen mit verschiedenen Blumen auf dem Boden.

Nelly geht zu den Vasen und zeigt mit der Hand darauf. „Welche möchtest du deiner Mama mitbringen?"

Ohne zu zögern geht Tom auf die Vase mit den gelben Rosen zu. „Die. Die riechen so fein!"

Aufgeregt schaut er zu, wie Nelly eine besonders große Rose aus der Vase nimmt, sie auf den Tisch legt, den Stil mit einem scharfen Messe schräg anschneidet und ihn dann in graues Papier wickelt, das sie mit Wasser tränkt.

„Warum machst du das?" Neugierig zeigt Tom auf das Papierbündel am Stiel der Rose.

„Damit die Rose nicht vertrocknet, bis du zuhause bist."

Nelly streckt ihm die Blume hin. Tom nimmt sie entgegen und hält sie vorsichtig in seiner kleinen Kinderhand. Zärtlich streicht er mit der Zeigefinger erneut über die Blütenblätter und steckt seine Nase mitten in die Blüte.

Plötzlich blickt er auf. „Darf ich Paul und Temo auch eine Blume mitbringen?"

„Sind das deine Freunde?" Er nickt eifrig. „Triffst du sie denn heute noch? Du musst die Blumen heute vorbeibringen, sie dürfen nicht zu lange ohne Wasser sein."

Tom nickt ernst. „Ja, Jo und ich sind gerade auf dem Weg zu ihnen."

„Dann such dir für deine Freunde auch was aus." Nelly lächelt und zwinkert Jo zu.

Tom wählt eine kleine Sonnenblume für Temo und eine violette Dahlie mit weißen Spitzen für Paul. Er lächelt selig, als er mit seinen drei Blumen vor Nelly steht.

„Danke! Du bist lieb!"

Gerührt legt ihm Nelly die Hand auf die Schulter.

„Danke, Nelly." Jo umarmt die Freundin.

„Gerne geschehen, Josephine. Wenn du magst, lass uns mal wieder miteinander zu Mittag essen, ja?"

Jo nickt. „Ich melde mich bei dir. Und nun müssen wir los, bevor die Blumen welken!"

„Warum sagst du Josephine zu ihr? Jo mag doch den Namen gar nicht!" Mit großen Augen blickt Tom Nelly an. Auf Nellys Stirn entsteht eine tiefe Querfalte, und Jo spürt ihren Blick auf ihrem Gesicht. Sie zuckt die Schultern.

„Wenn das wahr ist, dann nenne ich sie ab sofort Jo." Nelly lächelt.

„Ja, tu das!" Er strahlt.

Jo schiebt ihn in Richtung Tür. „Komm, Tom." Stolz schreitet er durch den Laden und Jo hat den Eindruck, als wäre er in den letzten zehn Minuten mindestens fünf Zentimeter gewachsen.

„Grüß Patrick von mir!", ruft Nelly hinter ihnen her.

Jo dreht sich nochmal um. „Mach' ich!"

Schweigend gehen Jo und Tom nebeneinander durch die Bahnhofstraße. Der Junge lässt die Blumen keinen Moment lang aus den Augen und ist so sehr damit beschäftigt, sie gerade zu halten, dass er an Paul vorbeigegangen wäre.

„Tom, wir sind da." Sachte hält ihn Jo am Arm fest.

„Paul!" Tom dreht sich dem Mann zu, der an die graue Wand eines Kaufhauses gelehnt auf dem kalten Asphaltboden sitzt. Vor Paul steht eine Kartonschachtel mit einigen Centstücken darin, neben ihm eine kleine Flasche Mineralwasser. Er kneift die Augen zusammen und blickt auf.

„Hier, das ist für dich!" Feierlich macht der Junge einen Schritt auf Paul zu und streckt ihm die Blume hin. Pauls Unterkiefer klappt herunter. Sein Blick hängt sich an die Blume, streift dann Jo und bleibt an Tom haften.

„Für mich?" Seine Stimme zittert und Jo vermutet, dass ihm seine Überlebensdosis Alkohol fehlt.

„Ja! Aber du brauchst eine Vase, sonst hat die Blume Durst!"

„Wir können die Wasserflasche nehmen, da ist schon Wasser drin." Der Mann nimmt die Flasche und stellt sie vor sich hin. Der Junge steckt die Blume hinein.

„Schön!" Andächtig betrachtet er die Dahlie. Ein sanfter Windstoß lässt die Blätter schaukeln, und die Pflanze scheint mit dem Kopf zu nicken. „So ist dein Arbeitsplatz gleich viel schöner! Du solltest immer eine Blume mitnehmen!"

„Du hast Recht, mein Junge." Eine hochgewachsene, stark geschminkte Dame in schneeweißem Lackmantel und überraschend tiefer Stimme bleibt vor ihnen stehen. „Ich möchte Ihnen das Geld hier geben, damit Sie immer eine Blume kaufen können." Sie lässt einen 20-Euro-Schein in die Kartonschachtel fallen.

„Nein! Das brauchen Sie nicht! Paul bekommt die Blumen von mir! Geben Sie ihm das Geld lieber, damit er sich was zu Essen kaufen kann!" Entrüstet blickt Tom die Dame an.

Auf ihrem Gesicht wechseln sich Ärger, Unverständnis und Interesse. Dann lächelt sie amüsiert. „Du hast natürlich Recht." Sie wendet sich ab. Als sie an Jo vorbeigeht, murmelt sie: „Wenn er das Geld für Essen ausgibt und nicht versauft."

Jo zieht die Augenbrauen heftig zusammen, und sie öffnet den Mund, um etwas zu sagen. Aber die Dame ist bereits zwischen Passanten verschwunden.

„Wie lange bleibst du noch hier, Paul?"

Er zuckt die Schultern und schaut in die Schachtel. „Für heute reicht's." Ein breites Grinsen läuft von einem Mundwinkel zum nächsten und entblößt eine Reihe blendend weißer Zähne.

„Dann kommst du mit uns mit! Wir gehen zu Temo und bringen ihm diese Blume. Und dann können wir mit Jo heimfahren. Jo hat nämlich ein Auto, und ich bin mir ihr hergefahren!"

Paul rappelt sich auf, lässt das Geld in seiner Hosentasche verschwinden und faltet die Kartonschachtel zusammen.

„Geht ihr voraus, ich komm' gleich nach."

Er dreht sich um und schlendert die Straße hinauf.

Jo nimmt Tom wieder an der Hand.

Diesmal sehen sie Temo schon von weitem. Er sitzt auf der ersten Stufe der breiten Steintreppe, die zur Bahnhofshalle hinaufführt. Die Ellbogen auf die Knie gestützt, wirkt er noch kleiner als gewöhnlich. Katzenartig huschen seine Augen zwischen den Menschen umher. Vor ihm liegt ein offener Geigenkasten, den Jo noch nie bei ihm gesehen hat. Sein braunes Hemd ist sauber, der Kragen liegt gleichmäßig an, und die Haut seines Gesichtes schimmert rosig. *Er hat sich richtig herausgeputzt.*

„Die ist für dich!"

„Was?" Verständnislos blickt Temo die Sonnenblume an, die ihm Tom direkt unter die Nase hält.

„Ja, für dich! Damit du nicht nur trauriges Grau um dich herum hast." Tom blickt sich um, dann drückt er dem verdutzten Temo die Blume in die Hand und springt auf einen Abfalleimer zu, aus dem der Deckel einer Petflasche ragt. Mit der Flasche stürmt er die Stufen zur Bahnhofshalle hinauf und ist gleich darauf verschwunden.

„Tom! Tom, komm zurück!" Aufgeregt ruft Jo ihm nach und will ihm folgen.

„Lass ihn mal, der kommt schon wieder!" Temo packt sie am rechten Hosenbein und zieht sie sanft zurück. „Hat er die Blume von dir?"

„Nein, von einer Freundin."

„Das ist gut." Er nickt der Sonnenblume in seiner Hand zu. „Solange Blumen wachsen, lebt die Welt. Glaub mir, die Blumen werden die Menschen überleben, weit, weit überleben!" Sein dünnes Lachen steigt die Stufen hinauf und erreicht Tom, der mit einer vollen Flasche zurückkommt.

„Hier, du musst sie ins Wasser stellen!" Er nimmt ihm die Blume aus der Hand und stellt sie in der Flasche neben den Geigenkasten. „Da ist ja noch nichts drin! Hast du heute noch nichts bekommen?"

Temo zuckt die Schultern. „Manche Tage laufen besser, andere schlechter. Heute ist kein guter Tag."

„Dann helfen wir dir!" Ohne zu zögern setzt sich der Junge neben ihn und blickt zu Jo hinauf. „Ich bleib bei Temo bis er fertig ist."

Ihr Magen beginnt zu rumoren. Einerseits hat sie Hunger, andererseits fühlt sie sich zunehmend unwohl. Sie kann sich doch nicht einfach hier auf die Treppe setzen und betteln? Selbst wenn es nicht für sie selbst ist, ihr ganzer Körper sträubt sich dagegen, sich hier hinzusetzen.

„Ich muss noch kurz etwas besorgen, Tom. Ich hol euch ab und dann fahren wir gemeinsam nach Hause, ja?"

Sie wartet seine Antwort nicht ab, sondern hastet über die Straße, bevor die Ampel auf Rot schaltet. Sie geht ins erste Café hinein, an dem sie vorbeikommt, und setzt sich an einen Fenstertisch. Wenn sie sich ein wenig nach vorne beugt, kann sie die Treppe zum Hauptbahnhof sehen.

Es ist ein bizarres Bild. Unter dem imposanten Gewölbe des Bahnhofeingangs auf der untersten Treppenstufe der Greis und der Junge, beide mit Schirmmütze, der eine mit Schirm nach vorn, der andere nach hinten. Vor ihnen der Geigenkasten, genauso braun wie die Kleidung des Alten und das schmutzige Gesicht des Jungen.

Und dazwischen die Sonnenblume.

Sie leuchtet in kräftigem Gelb und zieht die Blicke der Passanten an. Menschen bleiben stehen, sprechen mit Tom und werfen Münzen in den Kasten.

Plötzlich schämt sich Jo. Dafür, dass sie fortgelaufen ist. Was ist schlecht daran, sich auf den Gehsteig zu setzen und Menschen die Möglichkeit zu geben, Obdachlosen zu helfen? In ihren Gedanken macht sie bewusst einen großen Bogen um das Wort *Betteln*. Temo bettelt nicht. Indem er dort sitzt mit seinem geöffneten Geigenkasten teilt er den Menschen mit, dass er Geld braucht. Wer geben will, gibt, wer nicht will, geht weiter.

Aber genau das ist es, was sie befremdet. Fremden Leuten zu suggerieren, dass sie Geld braucht. Selbst wenn es für Temo gewesen wäre.

Die Leute hätten sie selbst für obdachlos gehalten.

Sie nippt an ihrem Cappuccino und gesteht sich ein, dass sie das nicht will. Sie ist nicht obdachlos, nein. Sie bringt Tom, Temo und Paul nachher auf den Güterbahnhof und kehrt zu Patrick zurück. In ihr zuhause.

Jo zählt das Bargeld aus und legt es passend auf den Tisch. Dann steht sie auf, läuft zum nächsten Supermarkt. Sie kauft drei Äpfel und ein Glas Apfelmus für Temo, vier weiche Semmeln und Wurst. Sie hat Hunger und ist sich sicher, dass es den anderen auch nicht besser geht.

Als sie zum Bahnhof zurückkehrt, lehnt Paul in der Nähe der Treppe. In der Hand hält er die obligate Bierflasche, neben ihm steht ein schwarzer Plastiksack, aus dem die Dahlie ragt. Jo fragt sich plötzlich, wie viel von dem Geld, das er heute eingenommen hat, wohl für Alkohol drauf geht. Vielleicht hatte die Frau vorhin doch Recht?

Tom springt auf und hüpft auf sie zu. „Jo, sieh nur, wie viel Geld wir bekommen haben!" Aufgeregt zieht er sie mit sich und stolpert fast in den Geigenkasten, in dem sich Münzen und sogar einige 5-Euro-Scheine tummeln.

„Faules Pack! Nutzt Kinder aus zum Betteln! Euch sollte man das Jugendamt an den Hals hängen!"

Jo fährt herum. Die harte Stimme gehört einem hochgewachsenen Mann in einer braunen Lederjacke mit hellblondem Kurzhaarschnitt. Seine rechte Hand liegt auf dem Lenker eines Fahrrads. Verachtung liegt in seinem Blick.

„Schämt ihr euch nicht, ehrliche Menschen auszunehmen?" Er tritt so kräftig gegen den Geigenkasten, dass einige Münzen herausspringen. Eine Mutter zerrt ihre Tochter an der Hand auf die andere Straßenseite, und zwei junge Frauen, die gerade noch interessiert zu Tom geschaut haben, wenden sich ab und machen einen Bogen um die kleine Gruppe.

„He! Was tust du da?" Erschrocken presst sich Tom an Jos Beine. Er ist blass im Gesicht und seine Augen blicken ängstlich.

Jo spürt ihr Herz im Hals pulsieren. Wie gelähmt steht sie neben dem Mann. Sie würde ihm gerne etwas entgegnen, aber ihr fehlen alle Worte. Stattdessen schaut sie zu, wie er knapp neben Temo auf den Boden spuckt und mit langen Schritten in der Menschenmenge verschwindet.

Temo erhebt sich langsam. Er sammelt die Münzen ein und stopft sie in seine Hosentasche. Dann schließt er den Kasten, klemmt ihn unter den Arm. Die Sonnenblume nimmt er vorsichtig in die andere Hand.

„Komm, lasst uns gehn." Mit einer katzenartigen Bewegung blickt er sich um, dann stapft er in Richtung Ampel.

„Warte, Temo. Ich bin mit meinem Auto hier, ich kann euch zum Bahnhof fahren."

Der alte Mann dreht sich zu Jo um und nickt. „Das wäre gut. Is nichts für den Jungen hier."

Paul löst sich vom Pfeiler, mit dem er beinahe verschmolzen ist, und trottet hinter ihnen her.

Niemand spricht, während das Auto durch den Mittagsverkehr in Richtung Güterbahnhof rollt. Das Schweigen lastet auf Jo, und sie kurbelt die Fensterscheibe herunter, als könne sie dadurch ein wenig Druck ablassen.

Sie hat ein schlechtes Gewissen, dass sie Tom mit in die Stadt genommen hat. Er hat ihr doch ausdrücklich gesagt, dass seine Mutter nicht möchte, dass er bei Paul und Temo auf der Straße sitzt. Aber er ist so begeistert bei der Sache gewesen, dass sie sich nicht hat überwinden können, ihm das zu verbieten.

Sie dreht den Kopf und schaut den Jungen an. Den Blick hat er starr aus dem Fenster gerichtet, aber sie bemerkt, dass er nichts wahrnimmt, denn seine Augen bewegen sich nicht. Seine kleinen Hände sind im Schoß zu einer festen Faust zusammengedrückt. Neben ihm liegt die gelbe Rose.

„Danke fürs Herbringen." Paul nickt ihr zu und lässt die Autotür zufallen. Jo ist mit ausgestiegen.

„Ich hab' uns was zu Essen gekauft." Eigentlich hat sie es in der Stadt mit den anderen essen wollen.

„Oh, fein! Kommt, wir setzen uns dort oben hin!" Für Tom scheint der Vorfall erledigt zu sein. Seine Wangen sind wieder gerötet, und seine Augen blitzen fröhlich.

Gemeinsam setzen sie sich auf die kleine Mauer vor dem Gebäude. Jo verteilt die Semmeln mit der Wurst und beobachtet, wie Paul und Tom hungrig danach greifen.

„Eine gute Idee, vielen Dank!" Temo grinst sie an, und sie muss lachen. Wenn Temo grinst, lugt sein Vorderzahn zwischen den Lippen hindurch, was ihm den Ausdruck eines spitzbübischen Kindes verleiht.

„Erlebt ihr das oft?" Sie muss darüber sprechen.

„Was?" Paul schiebt das Wort zwischen kauenden Kiefern hindurch.

„Dass euch jemand beschimpft, wenn ihr schnorrt."

„Vormittags eigentlich nicht. Die Menschen, die dann unterwegs sind, kennen uns. Einige bringen uns regelmäßig etwas zu Essen, andere bleiben stehen und reden mit uns. Die meisten gehen einfach vorbei." Paul zuckt die Schultern und spült die Reste seiner Semmel mit Bier hinunter.

„Nachmittags kommen die Jungen. Frustrierte Schüler oder Azubis, die ihren Frust an uns auslassen. Darum arbeiten wir nur bis mittags." Temo grinst erneut. „Wir sind doch nicht blöd!"

„Mama!"

Tom springt auf und rennt auf seine Mutter zu. Lucia steht unten auf dem Platz. Das rote Haar ist ungekämmt, ihre langen Beine stecken in einer grünen Frotteehose, um die Schultern hat sie ein schwarzes Wolltuch geschlungen. Sie beugt sich nach vorne, fängt Tom mit beiden Armen auf und dreht sich mit ihm im Kreis. Er jauchzt laut und strampelt mit den Beinen.

„Mein Junge! Wo bist du denn gewesen?"

„Bei Paul und Temo! Jo hat mich hingefahren."

Jo blickt konzentriert auf ihren Apfel. Dennoch sieht sie aus dem Augenwinkel, wie Lucia Tom wieder abstellt und ihr einen wütenden Blick zuwirft.

„Ich will das nicht." Lucia steht direkt vor der Mauer, auf der Jo sitzt, und faucht sie an.

„Was?" Jo blickt auf.

„Dass Tom auf der Straße rumhockt und bettelt."

„Ich bettle nicht, Mama, ich arbeite!" Der Junge stemmt die Fäuste in die Hüfte und stampft vor Empörung mit dem Fuß auf.

„Natürlich, mein Liebling, das weiß ich. Ich möchte es aber trotzdem nicht."

Ihr Blick spießt Jo auf, aber Jo fühlt sich ruhig. „Ich wollte Tom eine Freude machen. Er hat mir gesagt, dass er so gerne Auto fährt, so hab' ich ihn mitgenommen. Es tut mir leid, wenn ich einen Fehler gemacht habe." Sie blickt direkt in die dunklen Augen, die sich in ihrem Gesicht festgebissen haben.

„Was willst du hier? Hau endlich ab!" Lucia hat leise gezischt, wohl in der Hoffnung, dass Tom sie nicht hört.

Doch der Kopf des Jungen zuckt aufmerksam von Jo zu seiner Mutter und zurück, und Jo spürt, dass er genau verstanden hat, worum es geht.

„Ich habe Marc gepflegt."

„Marc ist fort."

„Ich weiß. Ich habe noch Kleider von ihm bei mir gehabt, die ich für ihn gewaschen habe. Ich wollte sie hier bei euch lassen, falls Marc wiederkommt und sie sucht."

„Der kommt nicht wieder."

„Ich lasse sie trotzdem hier."

Jo geht zum Auto, holt den Plastiksack heraus und lehnt ihn an die Gebäudewand. Lucia steht steif auf ihrem Platz. Jo windet sich ein wenig unter ihrem scharfen Blick, der sie von hier vertreiben will.

„Und jetzt?" Herausfordernd schiebt Lucia den Unterkiefer vor.

„Jetzt esse ich meinen Apfel fertig." Betont langsam kaut Jo. Dann geht sie zum Angriff über.

„Warum willst du mich los sein?"

„Du gehörst nicht hierher. Komm, Tom, Mittagessen ist fertig."

Lucia dreht sich um und verschwindet um die Ecke.

Jo sieht Tom seine Zerrissenheit an. Er starrt seiner Mutter hinterher, dann schaut er Jo an. Plötzlich zuckt er zusammen. „Die Rose! Ich hab' sie im Auto vergessen!"

Er stürmt zum Auto, reißt die Tür zum Rücksitz auf und rennt gleich darauf mit der Rose in der Hand hinter Lucia her.

„Warum ist sie so abweisend?"

Jo hat mehr mit sich selbst gesprochen als zu den anderen, trotzdem antwortet ihr Temo. „Sie muss oft enttäuscht worden sein im Leben. Dann wird man misstrauisch und vermutet bei jedem Menschen nur Schlechtes."

Aufmerksam blickt sie ihn an. Die tiefen Furchen im Gesicht des Alten scheinen sich zu bewegen, obwohl er reglos dasitzt. Sie scheinen zu erzählen, und sie ermutigen Jo, Fragen zu stellen.

„Warum bist du hier? Ich meine, warum bist du nach Deutschland gekommen? Ist das nicht weit weg von Georgien?"

Ein amüsiertes Lächeln huscht über Temos Gesicht. Ganz offensichtlich hat er bemerkt, dass sie keine Ahnung hat, wo Georgien liegt.

„Georgien liegt am Schwarzen Meer, südlich von Russland. Ja, is weit weg. Aber ich wollt' unbedingt nach Deutschland. Die Deutschen waren für mich Helden. Ich hab' geglaubt, dass sie Georgien von Russland befreien wollten. Das hat man uns Kindern erzählt. Dass das Humbug is, hab' ich erst viel später gemerkt."

„Georgien lag doch auf dem Weg nach Baku, oder? Hitler wollte sich Zugang zu den Ölfeldern in Aserbaidschan verschaffen und hätte dazu Georgien einnehmen müssen." Paul hat die Flasche auf den Boden gestellt und sich neben Jo gesetzt.

Temo nickt. „Genau. Seine Truppen sind aber nur bis Abchasien gekommen. Abchasien", wendet er sich an Jo, „ist im Westen von Georgien, direkt am Schwarzen Meer."

„Dann haben die Deutschen aber Georgien gar nicht von Russland befreit", überlegt Jo.

„Nein. Aber in meinen Kinderaugen waren alle Helden, die gegen die Russen gewesen sind." Er schließt für einen Moment die Augen, und Jo fürchtet, dass er einschlafen könnte. Doch dann räuspert er sich und spricht weiter.

„Über 700'000 Georgier haben für die Russen gegen Deutschland gekämpft. Auch mein Vater. Kurz vor Kriegsende haben sie ihn erwischt. Als er wieder frei war, hat ihn Stalin in ein Arbeitslager gesteckt. Hat behauptet, er sei ein Verräter. In diesem Lager ist mein Vater gestorben."

„Warum soll er Georgien verraten haben?" Paul runzelt die Stirn.

„Nicht Georgien, sondern Russland. Er war Autor und Mitglied der Schriftstellergruppe *Blaue Hörner*. Die *Blauen Hörner* waren Anhänger vom Dadaismus und haben die Rolle von Russland in Georgien kritisiert. Nach dem Krieg hat Stalin dann aufgeräumt."

„Und warum ist eure Wohnung gestürmt worden?" Jo wird übel, aber dennoch interessiert sie Temos Geschichte.

„Wegen der Schreiberei von meinem Vater war meine ganze Familie auf Stalins Abschussliste. Leider haben wir das nicht rechtzeitig erfahren. Mein Vater is direkt aus der deutschen Kriegsgefangenschaft ins Arbeitslager gekommen und hat uns nicht warnen können. Dann waren die Russen in unserer Wohnung. Ich war noch im Bett und hab' durch den Türspalt gesehen, wie sie meine Mutter erschossen und meine Schwester mitgenommen haben. Ich habe mich unter dem Bett versteckt und bin mit meinem Bruder im Schlafanzug im Dämmerlicht durch die Straßen gerannt."

„Und wie bist du nach Deutschland gekommen?"

„Per Anhalter."

Paul reißt die Augen auf. Er ist genauso verblüfft wie Jo.

„Ich hab' zwölf Jahre gebraucht, bis ich in Deutschland war. Mit zwölf bin ich geflüchtet. Zu Fuß. Zuerst sind mein Bruder und ich gerannt, bis wir aus der Stadt raus waren. Aber die Russen waren überall. Am Tag haben wir uns versteckt, in der Nacht sind wir weitergerannt. In einer Nacht sind wir in eine Patrouille gekommen und haben uns getrennt. Ich hab' mich in einem Haus versteckt, und die Bewohner haben mir geholfen."

Jo schluckt. Sie mag sich nicht vorstellen, was mit Temos Bruder passiert ist, falls er gefunden worden ist.

„Ich bin ein paar Tage bei der Familie geblieben. Dann hat mich der Mann zu einem Freund gebracht, der Wein in die Ukraine gefahren hat. Versteckt in einem leeren Weinfass habe ich Georgien verlassen." Die Erinnerung daran malt ein Lächeln auf Temos Gesicht.

Schritte. Lucia bleibt einige Meter vor Jo stehen. Ihre Augen blicken unstet, streifen ihr Gesicht, huschen über den Platz. Dann gibt sie sich einen Ruck.

„Danke für die Rose. Und sorry wegen vorhin."

„Die Rose ist nicht von mir. Tom hat sie von einer Freundin bekommen."

„Was willst du von Tom?" Sie hat die Arme vor der Brust verschränkt, und ihr rechter Fuß klopft unruhig auf den Boden.

Jo atmet auf. „Nichts. Er ist immer hier gewesen, wenn ich zu Marc gekommen bin. So haben wir uns ein bisschen kennengelernt. Ich mag ihn. Wenn ich was dabei habe, gebe ich es ihm, weil ich sehe, dass er sich darüber freut. Das mit der Autofahrt heute Morgen war ein spontaner Einfall, weil Tom mir gesagt hat, dass er gerne Auto fährt. Und dass du noch schläfst."

Eine zarte Röte zieht über Lucias Wangen, und verlegen senkt sie den Blick. „Gut. Dann – ich geh mal wieder zu Tom. Ciao." Sie hebt flüchtig die Hand und verschwindet hinter dem Gebäude.

Temo erhebt sich umständlich und reckt sich. Dann schlurft er gähnend an Paul und Jo vorbei. Sekunden später verschluckt ihn der Güterbahnhof.

„Woher hast du dein Wissen über den zweiten Weltkrieg?" Sie studiert das vom Alkohol aufgedunsene Gesicht und fragt sich, seit wann Paul wohl trinkt.

„Hab' Geschichte im Nebenfach studiert."

Jo ist so perplex, dass ihr die Worte fehlen. Sie sitzt da und starrt ihn an. Sie weiß selbst nicht, womit sie gerechnet hat, aber sicherlich nicht damit, dass sie hier einem Akademiker gegenüber sitzt. Was zum Teufel hat diesen Menschen hierher gebracht? An diesen trostlosen Ort? An den Rand der Gesellschaft? Sie wagt nicht, Paul danach zu fragen.

Tom kommt um die Ecke gefegt. „Kommst du mit? Mama will dich zum Tee einladen." Atemlos steht er vor Jo, mit glühenden Wangen und strahlenden Augen. Ungeduldig zupft er an ihren Haaren.

Jo lacht überrascht und steht auf. „Gerne. Tschüss Paul." Er nickt ihr zu.

Tom bleibt vor dem zweiten Güterwaggon stehen, der gestern verschlossen gewesen ist. Er stemmt sich gegen die Schiebetür in der Mitte der Längsseite. Mit einem schrillen Quietschen öffnet sie sich langsam.

Noch bevor sie eintritt, empfängt Jo der Duft nach Eukalyptus. Hinter ihr stößt Tom die Tür wieder zu. Sie blickt sich um.

Gegenüber der Tür steht ein Tisch mit einem zweiflammigen Gaskochfeld, darunter befinden sich eine große Gasflasche und ein Wasserbottich. Auf einer der Flammen steht ein umgedrehter Blumentopf aus Ton. Lucia ist gerade dabei, ihn vom Herd zu nehmen und auf einen zweiten kleinen Holztisch an der Schmalseite des Waggons zu stellen. Sie greift in einen Plastiksack und zieht eine Handvoll Blätter heraus, die sie in den Tontopf fallen lässt. Sofort intensiviert sich der Eukalyptus-Duft.

„Mh, das riecht gut bei euch!" Begeistert nähert sich Jo dem Tisch.

Lucia zuckt mit den Schultern. „Unsere Heizung." Tatsächlich verbreitet der Topf eine angenehme Wärme. „Und die Eukalyptus-Blätter erinnern mich an Spanien."

„Bist du Spanierin?"

„Ja." Sie wendet sich ab, geht zum Herd zurück und holt einen verbeulten Kochtopf ohne Deckel, den sie ebenfalls auf den Holztisch stellt. „Kamillentee. Magst du?"

„Gerne."

Jo lässt den Blick durch den Raum schweifen. Sie schätzt ihn auf etwa 10x3 Meter. Im oberen Drittel der Längsseiten sind je vier Lüftungsöffnungen angebracht, durch die spärliches Licht fällt. Die gewölbte Decke besteht aus Blech, das auf stählernen Querstreben verschraubt worden ist und silbern schimmert. An einem der Querstreben hängt an einem Kabel eine Glühbirne, die ein gelbes Licht in den Wagen streut, das sich in den Ecken verliert. Auf dem Boden liegen mehrere unterschiedliche Teppiche, von Hochflor über Flickerl bis hin zu Kurzschnitt. An den Tisch mit dem Kochfeld schließt sich nach links eine breite Kommode an, die als Arbeitsfläche dient. Darüber hängt ein Regal, in dem Gewürze neben Büchern, Tellern, Schüsseln, Teedosen und Teddybären stehen. Der Essbereich mit dem zweiten Tisch und zwei verschiedenen Stühlen ist an der linken Schmalseite untergebracht. Auf dem Tisch steht die Rose in einer leeren Weinflasche. In der Ecke daneben befindet sich ein orangefarbenes Sofa mit bunten Kissen, daran lehnt eine Gitarre. Rechts von der Schiebetür hängt ein bodenlanger Vorhang mit zwei überdimensionalen Papageien darauf. Hinter dem Vorhang vermutet Jo den Schlafbereich.

Die Wände des Wagens sind grün, blau und violett gestrichen und übersät mit Zeichnungen von Tom – nicht auf Papier, sondern direkt auf die Wand gemalt. Trotz des mangelhaften Lichts wirkt der kleine Raum gemütlich, und Jo empfindet sogar so etwas wie Geborgenheit.

„Hier." Dampf steigt aus einer grasgrünen Tasse mit angeschlagenem Rand, die Lucia auf den Tisch stellt. Jo setzt sich.

„Danke. Woher kommt der Strom fürs Licht?"

„Aus einer Autobatterie."

„Und wie lädst du sie?"

„Auf dem Dach kleben zwei Solarpaneele."

„Und was machst du im Winter, wenn die Sonne nicht lange scheint, oder wenn es wochenlang regnet?"

„Dann zünden wir Kerzen an." Lucias Stimme klingt müde.

„Seit wann wohnt ihr hier?"

„Seit zwei Jahren."

„Warum?"

Die junge Frau steht auf, holt eine Schachtel mit Nüssen aus der Kommode und stellt sie auf den Tisch. Tom stürzt sich darauf.

„Warum willst du das wissen?"

„Weil es mich interessiert, warum ihr hier und nicht in einer gewöhnlichen Wohnung lebt."

Die Anspannung, welche die Augenbrauen zu einem einzigen geraden Strich zusammengeführt hat, weicht aus dem hübschen Gesicht. „Weil wir uns hier wohlfühlen. Warum bist du noch hier? Du hast doch sicher einen Mann, der auf dich wartet."

Jo spürt Lucias Blick auf ihrem Bauch und legt unwillkürlich die Hände darauf. Plötzlich ist ihr klar, dass nicht Lucia es gewesen ist, die sie zum Tee eingeladen hat, sondern Tom.

Sie schweigt. Es fällt ihr schwer, über Patrick zu sprechen. Sie knetet ihre Finger, fährt sich mit den Händen durchs Haar und beobachtet Tom, der mit den Nüssen auf dem Tisch eine lange Schlange gelegt hat.

Lucia lehnt sich zurück, ohne den Blick von ihr zu nehmen.

Jo windet sich. „Ich habe einen Freund, aber der wartet nicht auf mich." Lucia zieht die Augenbrauen in die Höhe. „Er wollte nicht, dass ich hierher komme, um Marc zu pflegen. Als ich es trotzdem getan habe, hat er mich rausgeschmissen." Sie lauscht dem Klang ihrer Worte nach und findet, dass sie sich ganz ungeheuerlich anhören. Ein Schauer läuft ihren Rücken hinunter.

Lucia schweigt noch immer.

„Patrick ist Anwalt und meint, es schickt sich nicht, wenn sich seine zukünftige Frau und Mutter seines Kindes mit Obdachlosen abgibt. Er meint, er habe zu viel zu verlieren. Aber ich habe geglaubt, dass Marc ohne Pflege nicht gesund werden würde. Und Paul oder Temo habe ich nicht zugetraut, dass sie sich zuverlässig um Marc gekümmert hätten."

Noch immer keine Regung bei Lucia. Um die Stille nicht aushalten zu müssen, spricht Jo weiter.

„Ich bin in das Hostel in der Nähe der Tankstelle gezogen, in der wir uns getroffen haben, weil ich nicht wusste, wohin ich sonst hätte gehen sollen. Meine Mutter ist 72 und ich will sie damit nicht belasten. Zudem bin ich vor zehn

Jahren zuhause ausgezogen, und ein Zusammenleben würde wohl nicht gut funktionieren, so sehr ich meine Mutter liebe."

Die Worte sprudeln aus Jo heraus. Sie wundert sich nicht darüber, warum sie das alles einer Fremden erzählt. Sie ist einfach nur froh einem Menschen gegenüber zu sitzen, der ihr zuhört.

„Die einzige gute Freundin, die ich habe, ist die Frau eines Arbeitskollegen von Patrick, zu ihr kann ich nicht ziehen. Sie würde sonst zwischen mir und Patrick stehen, das will ich nicht. Alle anderen Freundschaften, die ich früher hatte, haben sich in den letzten Jahren aufgelöst, seit ich mit Patrick zusammen bin. Ich hatte keine Zeit mehr für sie."

Jo schweigt. Sie denkt an Petra, ihre Studienfreundin, mit der sie gemeinsam in einer WG gewohnt hat. In der ersten Zeit nach dem Studium haben sie sich einmal die Woche getroffen. Dann hat Petra ein Baby bekommen, das sie vollständig absorbiert hat. Als sie nach der ersten strengen Zeit wieder etwas Luft für Treffen gehabt hat, hat sich bei Jo Patrick zu ihrem Lebensmittelpunkt entwickelt, dem sie jede freie Minute geschenkt hat. So ist die Freundschaft über die Jahre versandet, wie alle anderen auch.

Jo trinkt einen Schluck Kamillentee und muss an ihre Mutter denken. *Hoffentlich geht es ihr gut.* Sie nimmt sich vor, sie morgen wieder zu besuchen.

„Wann hast du Termin?"

Lucias Frage holt Jos Gedanken in den Güterwagen zurück.

„Übermorgen." Lucias ungläubiger Blick lässt sie stutzen. „Ach so, du meinst den Geburtstermin. Am 16. Januar. Patrick will einen Kaiserschnitt. Übermorgen habe ich die nächste Kontrolluntersuchung in der Klinik."

„Und warum gehst du hin?"

„Wie meinst du das? Das ist doch eine normale Kontrolluntersuchung."

„Das ist eine Untersuchung, die die Kasse bezahlt. Wenn du nicht magst, musst du sie nicht machen lassen."

„Aber -"

„Was nützt sie dir? Gibt sie dir Sicherheit? Beeinflusst sie dich positiv? Dann geh hin. Wenn nicht, lass es bleiben."

Bevor Jo antworten kann, fährt Lucia fort. „Warum tust du Dinge, die du gar nicht willst?"

„Woher willst du wissen, was ich will?" Jo spürt den Ärger im Bauch und presst die Lippen fest aufeinander.

Lucia lacht, spöttisch zwar, aber sie lacht. Zum ersten Mal. Dabei bilden sich zwei kleine Grübchen in ihren Wangen und die blasse Haut wirkt rosig. „Du bist eine schlechte Schauspielerin. Ich seh' dir an, dass du das alles gar nicht willst. Dir sind diese Untersuchungen unangenehm, und den Kaiserschnitt verdrängst du so lange wie möglich."

Abrupt steht Jo auf. Sie geht auf die Tür zu, bleibt stehen und starrt das Poster des Affen an, das daran klebt. Ein kleiner Kapuzineraffe, der Kopf voran am Schwanz an einem Ast hängt, Blätter knabbert und interessiert in die Kamera blickt.

„Warum geht sie? Sie hat doch ihren Tee noch gar nicht ausgetrunken!"

Sie hört die Enttäuschung in Toms Stimme. Langsam dreht sie sich um. Lucia sitzt gelassen auf ihrem Stuhl, die langen Beine übereinander geschlagen, und umfasst mit beiden Händen ihre Teetasse gerade so, als wäre ihr kalt. Tom hat aus den Nüssen auf dem Tisch einen Kreis geformt und ist aufgestanden.

Jo lehnt sich mit dem Rücken an die Tür und spürt, wie die Kälte des Eisens durch ihren Pullover dringt. Sie schließt die Augen und sieht Patricks Gesicht vor sich. Leise sagt sie: „Er will es. Ich tue es für ihn. Ich lasse die Ultraschalluntersuchungen machen, damit er das Baby sehen kann. Ich habe dem Kaiserschnitt zugestimmt, weil er nicht will, dass ich leide."

„So ein Quatsch! Er traut dir die Geburt nicht zu und hat selbst keine Kontrolle darüber. Außerdem kann er so seine Termine besser planen. Das sind die Gründe, weshalb Männer ihre Frauen zur OP drängen!" Auf Lucias Stirn stehen zwei steile Falten, und in ihren Augen erkennt Jo Wut.

„Nein, Patrick ist anders. Er sorgt sich ehrlich um mich und versucht, die besten Entscheidungen für mich zu treffen."

Lucia springt auf. „Sag mal, merkst du nicht, wie bescheuert das klingt? Bist du ein kleines Kind oder seid ihr gleichwertige Partner? Warum soll er für dich Entscheidungen treffen?" Sie ist so empört, dass sie die Fäuste in die Taille stemmt und Jo böse anblitzt.

Jo zuckt zusammen und zieht den Kopf ein. Sie fühlt sich ertappt. Allerdings ist es nicht nur Bequemlichkeit, die sie seit Jahren schweigen lässt, wenn es darum geht, Entscheidungen zu treffen. Schlimmer. Sie hat Angst davor, sich gegen Patrick durchzusetzen. Gleichzeitig aber ärgert sie sich darüber, dass ihr hier eine fremde Frau ins Gesicht sagt, dass sie sich kindisch verhält.

„Ich weiß nicht, was dich das angeht!", faucht sie und kneift die Augen zusammen.

„Du trägst ein Kind in dir, und es macht mich wütend und traurig, wenn ich höre, dass du als Mutter keine Verantwortung für diesen Menschen übernehmen willst. Wenn du dich in deinen eigenen Dingen bevormunden lassen willst, dann tu das. Aber das da drin ist von dir abhängig, von dir als Mutter, verstehst du? Du hast den Draht nach Innen, nicht dein Freund. Durch deinen Körper lebt das Baby, deine Gefühle formen es, nicht die deines Freundes. In dieser Sache die Verantwortung abzugeben ist feige und schwach!"

Lucia hat sich in Rage geredet. Ihre Wangen glühen, unzählige Strähnen haben sich aus dem Zopf gelöst und ihre Stimme droht sich zu überschlagen. Tom steht zwischen ihr und Jo, mit heruntergeklapptem Unterkiefer.

Würde sie Lucia mögen, könnte sie ihre Kritik annehmen. So aber faucht sie: „Behandelst du alle deine Gäste so?"

Schlagartig entschwindet die Farbe aus Lucias Gesicht, und der eben noch leidenschaftliche Ausdruck in ihren Augen wird leer. „Zu mir kommen keine Gäste." Abrupt dreht sie sich um, lässt sich auf ihren Stuhl fallen und widmet sich wieder ihrer Teetasse.

Langsam geht Jo zurück zum Tisch. Sie nimmt den zweiten Stuhl, dreht ihn um, setzt sich rittlings darauf und legt die Arme über die Rückenlehne. Sie wird das Gefühl nicht los, dass etwas mit Lucia nicht stimmt. Sie hat gesagt, sie wohnt hier, weil sie sich wohlfühlt – im Winter ohne Heizung. Und sie bekommt keinen Besuch.

Ihre Augen treffen sich. Jo ist versucht, den Blick zu senken, aber sie zwingt sich, in die graugrünen Augen zu schauen, die sie erneut interessiert betrachten.

„Woher kennst du Marc?"

„Ich habe beim Joggen beobachtet, wie ihn drei Jugendliche im Park zusammenschlagen wollten. Da hab ich mich eingemischt, um ihm zu helfen. Ich kenne ihn aber nicht weiter."

Erneut steigen Lucias Augenbrauen in die Höhe. „Du bist also doch nicht feige." Sie fährt mit dem Zeigefinger über den Rand der Teetasse, bis ein quietschendes Geräusch erklingt. „Vergiss am besten einfach alles, was ich gesagt habe. Ich sollte mich nicht in andere Geschichten einmischen." Sie hebt die Tasse an den Mund, trinkt.

„Passt schon." Jo gelingt ein schiefes Lächeln.

Nachdenklich starrt Lucia sie an. „Du hast also deine Partnerschaft aufgegeben, um einem fremden Menschen aus einer Notlage zu helfen. Respekt."

Jo zieht die Schultern in die Höhe. „Es hat sich halt einfach richtig angefühlt. Ich konnte gar nichts dagegen tun. Darum bin ich durcheinander, weil Marc fort ist. Was soll ich denn jetzt machen? Es war alles umsonst." Sie verdrängt die aufsteigenden Tränen.

„Von wegen. Tom hat gesagt, Marc will nach La Palma. Das ist doch ein Ziel, das er nur erreichen kann, wenn er gesund ist. Du hast ihm also sehr wohl geholfen."

„Aber was tue ich jetzt? Zurückkehren zu Patrick?"

„Nachdem er dich rausgeschmissen hat? Du tickst doch nicht richtig!"

Jo möchte erwidern, dass er einen Schritt der Versöhnung auf sie zugemacht hat, aber dann presst sie die Lippen fest aufeinander. Lucia würde nichts davon halten.

„Und wohin dann wenn nicht zurück?" Trotzig schiebt sie den Unterkiefer vor.

„Was erwartest du von ihm, wenn du zurückgehst?"

„Was geht dich das an?" Die Verzweiflung, die in Jo hoch kriecht, drückt ihre Stimme in die Höhe.

„Nichts." Lucia schenkt sich Tee nach und steckt sich eine Walnuss in den Mund.

„Tut mir leid. Ich weiß bloß nicht weiter." Jo schaut zu, wie sich Lucias Unterkiefer malmend bewegt, während sie die Nuss zerkaut.

„Fahr nach La Palma."

Verblüfft runzelt Jo die Stirn. Die Idee ist einfach und unmöglich zugleich. „Das geht nicht."

„Warum nicht? Immerhin hast du wegen Marc deine Partnerschaft riskiert."

„Ich bin im sechsten Monat schwanger! Vor der Geburt kann ich unmöglich eine so lange Reise machen. Außerdem ist er ja gegangen. Warum sollte ich ihm also nachfahren?" Ihre Stimme zittert ein wenig.

Lucia zuckt die Schultern. „Dann lass es. War nur eine Idee."

„Was würdest du an meiner Stelle tun?"

Ohne zu zögern antwortet Lucia: „Meine Sachen packen und gehen. Und nie wieder zurückkehren. Schauen, dass mein Freund mich nicht findet, sollte er eines Tages merken, dass ihm doch was fehlt ohne mich."

„Das klingt gerade so, als ob du Erfahrung hättest damit." Jo nimmt den raschen Blick wahr, den Lucia Tom zuwirft. Der Junge hat sich wieder hingesetzt und versucht nun, die Nüsse zu einem Turm zu stapeln. Alle paar Sekunden stürzt der Turm ein und die Nüsse rollen mit einem klackenden Geräusch über den Tisch.

Was erwartest du? Lucias Frage kreist in ihrem Kopf. Was würde geschehen, wenn sie zurückkehren würde? Patrick würde sie gutmütig lächelnd in den Arm nehmen, sie würden miteinander schlafen und die Sache wäre für ihn erledigt. Sie würden wie geplant heiraten und am 16. Januar würde ihr gemeinsames Kind durch einen Kaiserschnitt das

Licht der Welt erblicken. Sie würde zuhause bleiben und sich um das Baby kümmern, nach Ablauf der Elternzeit, die sie alleine wahrnehmen würde, weil Patrick sich keine längere Auszeit von seinem Job leisten kann, würde die Kündigung der Schule eintreffen und sie würde zur Vollzeitmutter mutieren.

Ein mulmiges Gefühl erfasst sie.

„Du hast doch ein Auto." Sie spürt Lucias Blick auf ihrem Gesicht und nickt verständnislos. „Dann schlaf doch dort. Kostet nichts und du kannst leben wo du willst."

„Das ist ein kleiner Subaru Justy!" Entgeistert blickt Jo Lucia an. „Weißt du, wie eng der ist? Da kann ich mich unmöglich strecken."

Lucia zuckt die Schultern. „Dann weiß ich auch nicht weiter."

Sie schenkt sich erneut Tee nach. Jo hält ihr ihre leere Tasse hin.

„Kann Jo nicht hier schlafen? Dann wäre ich nicht so alleine bis du heim kommst!" Bittend blickt Tom seine Mutter an. Der kleine Kerl schien in sein Spiel vertieft gewesen zu sein, aber an seiner Frage erkennt Jo, dass er durchaus zugehört hat.

Lucia schüttelt vehement den Kopf. „Paul ist doch da, das weißt du." Ihr Tonfall lässt keinen Widerspruch zu, und enttäuscht lässt Tom die Schultern hängen.

Unwillkürlich runzelt Jo die Stirn. Paul soll auf Tom aufpassen? Abends, nachdem er den ganzen Tag getrunken hat? Sie zweifelt daran, dass sie ihr Kind in Pauls Obhut geben würde.

Lucia steht auf. „Ich muss los."

Hastig trinkt Jo ihre Tasse aus und schiebt den Stuhl zurück. „Danke für den Tee." Sie streckt der rothaarigen Frau die Hand entgegen, aber die hat sich bereits abgewandt.

„Kommst du morgen wieder? Wir können zusammen am Fluss spielen!" Erwartungsvoll hüpft der Junge vor ihr auf und ab.

Ich weiß es noch nicht. Ich weiß noch nicht mal, wo ich heute schlafen werde. Die Auseinandersetzung mit Lucia hat ihren Entschluss, in die Weinbergstraße zurückzukehren, ins Wanken gebracht. Mit erwartungsvollem Blick steht Tom vor ihr, eine Nuss in die linke Wangentasche geklemmt, und grinst sie an.

„Ja. Ich komme morgen wieder."

Sie kann ihn unmöglich enttäuschen.

19

„Hast du einen gültigen Reisepass?"

Raffa stellt die Frage, ohne Marc anzusehen.

Marc schüttelt den Kopf und schluckt leer. „Nein."

Vor zwei Jahren ist sein Pass abgelaufen. Um sich einen neuen leisten zu können, hätte er einen Antrag auf Hartz IV stellen müssen – ein Unterfangen, für das er keine Energie aufgebracht hat. Die Anmeldung hätte einen ganzen Rattenschwanz an Konsequenzen mit sich gebracht – angefangen bei einer Meldeadresse über die regelmäßige Präsenz beim Jobcenter. Dabei hat er sich nur eins gewünscht: in Ruhe gelassen zu werden. Das Ersparte aus der Zeit, in der er gearbeitet hat, ist nach acht Jahren auf der Straße aufgebraucht gewesen. Immerhin. Solange hat es gereicht, solange hat er sich regelmäßig warme Mahlzeiten und warme Kleider im Winter besorgt. An den Reisepass hat er damals nicht gedacht. Er hat sich mit seinem Leben arrangiert, hat es als gerechte Buße für seinen Fehler angenommen – den großen Fehler seines Lebens, den er sorgfältig aus seiner Erinnerung ausgeschlossen hält.

Marc sitzt reglos am Fenster und starrt auf den grauen Asphalt vor sich.

Das gleichmäßige Klicken des Blinkers übertönt für einige Sekunden das Rattern des Motors. Raffa verlässt die Autobahn.

„Dann nehmen wir einen kleineren Grenzübergang." Gelassen dreht er das Steuer, zuckt mit den Schultern und grinst Marc im Rückspiegel zu.

„Aber so fahren wir einen Umweg." Malte kneift die Augen zusammen und knackt mit den Fingergelenken. „Und außerdem – was ist, wenn wir kontrolliert werden?"

„Werden wir nicht. Personenfreizügigkeit. Und mit dir hat das überhaupt nichts zu tun. Wenn, dann hat Marc ein Problem."

„Trotzdem. Wir fahren einen Umweg."

„Ja und? Hast du einen Termin? Die Fähre fährt täglich." Raffa klingt gereizt. Marc wirft Malte einen Blick zu. Noch immer starrt er verbissen auf die Straße. Dann dreht er abrupt den Kopf und spießt Marc mit seinem Blick auf.

„Ich wüsste nun langsam aber gerne, wer da eigentlich mit uns fährt. Ohne Geld, ohne Gepäck und nun auch noch ohne Reisepass. Was soll das? Bist du aus einem Gefängnis abgehauen oder was?"

Raffa tritt auf die Bremse und bringt den Bus am Straßenrand zum Stehen.

„So fahr' ich keinen Meter weiter." Er blitzt Malte an, aber Marc fühlt sich dennoch angesprochen. Er kann Malte seine Fragen nicht verdenken.

„Lasst uns hinter der Grenze eine Pause machen", wagt er einen versöhnlichen Schritt nach vorn.

Die Männer schweigen. Malte knackt mit seinen Fingern, Raffa hat den Kopf in den Nacken gelegt und die Augen geschlossen.

„Ich will erst wissen, ob du auf der Flucht bist." Malte bleibt stur.

Marc blickt ihn an. „Nein."

Höchstens vor mir selber. Vor den Gefühlen, die plötzlich, nach vielen Jahren Abwesenheit, wieder an die Oberfläche drängen. Vor der Erinnerung.

Raffas linke Hand schlägt aufs Steuerrad. „Wird das nun ein Verhör oder was? Lass den Scheiß, Malte! Marcs Geschichte geht dich nichts an, verstanden?"

„Doch, sie geht mich sehr wohl was an. Immerhin sitz' ich mit ihm im selben Bulli."

Ihre Blicke verkeilen sich ineinander, und Marc spürt die Spannung in der abgestandenen Luft des Busses. Die Härchen auf seinen Armen stellen sich auf.

„Bitte, lass mich aussteigen."

„Gerne!" Malte öffnet die Beifahrertür und steht mit einem Satz am Straßenrand.

Da spürt Marc einen festen Griff am Oberarm. „Du fährst mit. Ich lass dich nicht einfach hier im Nirgendwo stehen. Ohne Geld, Klamotten und Ausweis." Die letzten Worte zieht er in die Länge wie Kaugummi und fixiert dabei Malte.

Marc hält den Atem an. Er hasst Auseinandersetzungen. Er ist in einem friedlichen Zuhause aufgewachsen und kann sich an kein einziges lautes Wort erinnern, das zwischen seinen Eltern oder zu ihm gefallen ist. Diese Spannung ist so unerträglich, dass sich seine Kehle zuschnürt und er zu hecheln beginnt.

„Steig ein, wenn du nicht hierbleiben willst."

Es ist kein Befehl, klingt noch nicht einmal ungeduldig oder genervt. Eher gelangweilt.

Unwillkürlich rutscht Marc ein wenig zur Seite, als Malte wieder einsteigt und die Tür mit einem lauten Knall zuzieht.

Das kleine, fast unscheinbare Straßenschild, das am Rande eines blühenden Sonnenblumenfeldes steht, vermag ihn für einige Minuten abzulenken. *Zoll 500m* steht darauf. Sein Blick sucht die Umgebung nach Polizei oder Grenzbeamten ab, aber nur ein kleines Gebäude mit heruntergelassenen Rollläden duckt sich auf der linken Seite der Straße. Keine Schranke, keine Menschen.

Marc atmet auf, und ein lange vermisstes Gefühl von Freiheit breitet sich in ihm aus.

Raus aus Deutschland.

Er hätte es schon viel früher tun sollen. Anfangs, nach seiner Rückkehr von La Palma, hat er gehofft, seinem Vater helfen zu können. Doch spätestens nach einem Jahr in der gemeinsamen Wohnung haben sie beide gemerkt, dass sie sich fremd geworden sind, jeder dem anderen, jeder durch seinen eigenen, persönlichen Schicksalsschlag. Dass sie beide gefangen gewesen sind in ihrem Schmerz, ihren Selbstvorwürfen und ihrer Isolation.

Zwar ist Marc aus der Wohnung ausgezogen, aber in Deutschland ist er geblieben. Hat seiner Mutter einmal im Monat frische Blumen aufs Grab gestellt. Blumen, die er auf den Wiesen außerhalb der Stadt gepflückt hat, von Frühling bis Herbst. Und hat dabei immer einen großen Bogen um den Friedhof gemacht. Den anderen.

Den Kontakt zu seinem Vater hat er vermieden. Hat ihm nie gesagt, dass die Straße sein Zuhause geworden ist. Oder besser, der Wald. Vier Kilometer vom Haus seines Vaters entfernt, in einem Waldstück ohne Spazierwege, hat er sich verkrochen. Bei trockenem Wetter ist eine Hängematte zwischen zwei Bäumen sein Schlafplatz gewesen, bei Regen hat er Zuflucht in einem Bretterverschlag gesucht, den er mit Tannenzweigen bedeckt hat. Für den Fall, dass sich doch einmal jemand dorthin verirren sollte. Nur im Winter, wenn die Temperaturen unter Null gefallen sind, hat es ihn in die Stadt gezogen. Dort hat er ein wenig Wärme in der Nähe der Kaufhauseingänge gesucht, und das Lüftungsgitter im Hinterhof eines Hotels ist sein Schlafplatz gewesen. An die Gerüche nach Fleisch, Gemüse, Gegrilltem und Gebackenem hat er sich gewöhnt, und sein Magen hat resigniert aufgehört zu knurren. Wichtig ist die warme Luft gewesen, die ihn aus dem Lüftungsschacht vor dem Erfrieren bewahrt hat. Abend für Abend ist er nach Einbruch der Dämmerung dort erschienen, ist zuerst gesessen und hat sich später hingelegt, als sein Gesäß von dem harten Gitter, das durch seinen dünnen Schlafsack gedrückt hat, geschmerzt hat. Das monotone Rattern der Lüftung, das ihn entfernt an den Rhythmus eines Walzers erinnert hat, ist auch in seinen Träumen nicht gewichen, und in dem kleinen Fenster mit der blinden Scheibe unmittelbar über dem Schacht hat sich in manchen Nächten der Mond gespiegelt.

Der Bulli hat die Grenze zu Frankreich hinter sich gelassen und ist durch ein kleines französisches Dorf gefahren, dessen Namen Marc übersehen hat. An einem kleinen Fluss abseits der Hauptstraße hält Raffa an und steigt aus. Malte folgt ihm und Marc beobachtet durch die Windschutzscheibe, wie er auf den Dunkelhaarigen einredet.

„Wie lange sollen wir ihn noch durchfüttern?"

„Du hast damit überhaupt nichts zu tun. Das ist meine Sache."

„Es ist unsere gemeinsame Reise, darum geht's mich auch was an."

„Ich bezahl' das Essen von meinem Geld, also ist es meine Sache."

Langsam steigt Marc aus. Er spürt, dass er sprechen muss, wenigstens ein bisschen aus seinem Leben erzählen, damit Malte sich wieder beruhigt. Maltes Redefluss bricht ab, als er sich zu ihnen stellt. In kurzen Sätzen erzählt er vom Tod seiner Mutter, der Alkoholabhängigkeit seines Vaters und dem Verlust seines Jobs. Davon, dass er lieber in Freiheit gelebt als sich von den gesetzlichen Einschränkungen von Hartz IV kontrollieren hat lassen. Dass sein Erspartes nach acht Jahren aufgebraucht gewesen ist und er seither vom Betteln lebt.

Er sieht Malte an, dass ihm Fragen auf der Zunge brennen, aber Raffas scharfer Blick aus halb zusammengekniffenen Augen hält ihn in Schach. So begnügt er sich damit, mit dem Fuß Kreise in den weichen Erdboden zu ziehen und hin und wieder mit dem Kopf zu nicken.

Marc fühlt sich erschöpft, als er wieder seinen Platz im Bus einnimmt. Der immer gleiche Rhythmus des Reggaes aus den Lautsprechern begleitet ihn in einen unruhigen Schlaf, bei dem sein Kopf von einer Seite zur anderen rollt, je nach Kurve.

***

Jo erwacht von einem ziehenden Schmerz im Nacken. Sie meint, jeden Knochen ihres Körpers einzeln zu spüren. Mit geschlossenen Augen streckt sie die Beine und schlägt sich die Füße an. Verwirrt schaut sie sich um. Es dauert einige

Sekunden, bis sie begreift, wo sie sich befindet. Der beige Spannbezug ihres Autodachs hebt sich ein wenig vom dunklen Rahmen ab.

Sie zieht sich an der Rückenlehne des Fahrersitzes hoch. Ihre Augen suchen die Dunkelheit ab, die sie umgibt. Ein grauer Lichtschimmer überzieht den Himmel. Der Morgen erwacht.

Sie öffnet die Autotür, steigt geräuschlos aus, streckt die steifen Glieder und friert. Die Herbstkälte hat im Laufe der Nacht ihre Muskeln durchdrungen, jede Bewegung schmerzt. Langsam bewegt sie ihre Arme und Beine, bis sie das Blut pulsieren spürt. Das gedrungene Gebäude des Güterbahnhofs schält sich immer deutlicher aus der schwindenden Dunkelheit heraus. Es wirkt noch trostloser als im Tageslicht. Beklemmung erfasst Jo und lässt sie erzittern.

Ihr Kopf ruckt herum, als sie ein Rascheln hört. Sie kann nichts erkennen. Rasch steigt sie zurück ins Auto und zieht die Tür zu. Sie will fort sein, bevor die Bewohner des Bahnhofs entdecken, dass sie hier übernachtet hat.

Sie schämt sich.

Dafür, dass sie keinen Ort mehr hat, an den sie sich zurückziehen kann, an dem sie sich geborgen fühlt, der ihr Sicherheit vermittelt. Zwar sind ihr die Menschen hier nicht unsympathisch, aber dazugehören will sie nicht. Sie gehört nicht hierher. Sie hat ihr Leben im Griff, erlebt nur gerade eine etwas turbulente Zeit. Nie und nimmer würde sie sich eingestehen, dass es anders ist. Ernster. Dass eine kleine Möglichkeit besteht, aus dieser Krise nicht herauszufinden. Sie, Josephine Heller, die ihren bisherigen Lebensweg erfolgreich geradeaus gegangen ist, von vielen beneidet und mit sich selbst zufrieden, kann unmöglich versagt haben.

Diese Gedanken streifen sie wie der Luftzug, der durch den Spalt des Autofensters hereinzieht. Sie dreht den Zündschlüssel und verlässt den Parkplatz.

Die Kirchturmuhr schlägt achtmal. Das Café, in dem Heide Heller ihre Nachmittage zu verbringen pflegt, ist bereits geöffnet. Jo stellt ihren Rucksack auf einen Stuhl in der hintersten Ecke und verschwindet auf der Toilette.

Beim Blick in den Spiegel erschrickt sie. Ihr braunes Haar bildet einen zerzausten Kranz um ihren Kopf, die Haut wirkt stumpf, und unter den Augen liegen dunkle Ringe. Am meisten aber beunruhigt sie der Ausdruck ihres Blickes. Verzweiflung liegt darin. Ein Gefühl, das sie bisher erfolgreich verdrängt hat. Aber es ist da, springt sie an und lässt ihren Atem stocken.

Rasch spritzt sie sich Wasser ins Gesicht, fährt mit den Fingern durch die Haare und holt ihr Schminktäschchen aus der Gesäßtasche. Mit geübten Handgriffen setzt sie die Maske auf, die sie seit Jahren trägt, in die sie hineingewachsen ist und die ihr den Ruf als immer freundliche, aufgestellte Lehrerin, Kollegin und Partnerin eingebracht hat. Ob sie zu ihrer aktuellen Verfassung passt oder nicht, spielt keine Rolle. Hauptsache, dieser beängstigende Ausdruck verschwindet aus ihrem Gesicht.

Drei Minuten und eine millimeterdicke Make-up-Schicht später steckt Jo ihr Täschchen zurück und verlässt die Toilette.

An der Theke steht eine bucklige Frau mit grauem Haar und nimmt von der Verkäuferin eine Papiertüte entgegen. Der Pudel an der Leine zerrt an ihrem rechten Arm, die Tüte fällt zu Boden. Jo bückt sich und sammelt die beiden Wecken wieder ein, die herausgefallen sind. Mit einem Lächeln reicht sie der Frau ihren Einkauf.

„Danke, liebes Kind." Die Stimme der Alten zittert mindestens so sehr wie die knochige Hand, die ihr den Beutel abnimmt. Wässrig-blaue Augen mustern sie kurz, dann wendet sie sich ab und verlässt, auf einen Gehstock gestützt, mit kleinen, langsamen Schritten das Café.

Jo bestellt einen Cappuccino, ein Hörnchen und eine Laugenbrezel mit Butter und setzt sich an ihren Tisch. Der etwa $20m^2$ große Raum ist im Stil der Achtzigerjahre gehalten mit schwerem Ledermobiliar, einem roten Spannteppich und kleinen Lampen mit bordeauxroten Stoffschirmchen auf den Tischen. Über den rosaroten Tischdecken liegen weiße Spitzendeckchen. Es riecht nach einer Mischung aus Teppichschaum, Brot und Kaffee.

Während Jo den heißen Kaffee schlürft, kehrt das Leben in ihre Glieder zurück, und die Starre der Nacht fällt von ihr ab wie eine zweite Haut. Sie atmet auf.

Eine solche Nacht reicht. Nach ihrer Begegnung mit Lucia gestern hat sie ihren Entschluss nochmal in Frage gestellt, aber ein Leben im Auto ist nichts für sie. Zudem zerren die Erlebnisse der vergangenen Wochen an ihrer Energie und kommen ihr im Rückblick vor wie ein schlechter Film. Sie sehnt sich nach Leichtigkeit, nach Lachen, Wärme und Liebe. Auch nach Sex mit Patrick.

Beim Gedanken an ihn bildet sich ein Klumpen in ihrem Magen. Schon wieder. Sie runzelt die Stirn und ärgert sich. Sie will doch einfach nur ihr bequemes Leben wiederhaben, ohne all die Zweifel, die sich seit der Schlägerei hartnäckig halten. Sie kennt Patrick nun schon so lange, und bisher ist sie zufrieden mit ihrer Rolle in der Partnerschaft gewesen und seiner Art, ihre Beziehung zu dominieren. Warum, zum Teufel, gelingt es ihr nicht mehr, sich beim Gedanken an ihn wohlzufühlen?

Nachdenklich dreht sie ihr Smartphone in der Hand. Im Auto zu übernachten ist nichts für sie. Zurück zu Patrick fühlt sich aber auch nicht ganz richtig an. Eine eigene Wohnung? Ohne lange darüber nachzudenken beginnt sie, mit ihrem Smartphone im Internet die Wohnungsangebote zu durchforsten. Sie notiert sich die Nummern von vier Anzeigen, die in Frage kommen. 2-Zimmerwohnungen in der Nähe ihrer Mutter, weit genug weg von Patricks Haus und der Schule. Mehr ist nicht auf dem Markt, zumindest nicht in der Preisklasse, die sie sich leisten kann. Sie erreicht drei der vier Vermieter und es gelingt ihr, die Termine auf den heutigen Tag zu vereinbaren. Zufrieden verlässt sie das Café.

Die Haustür im Wohnblock ihrer Mutter ist angelehnt. Jo schlüpft ins Treppenhaus. Vor der Wohnungstür wartet sie, bis sich ihr Atem beruhigt hat, dann drückt sie die Klingel.

Stille.

Sie drückt erneut und lauscht dem wenig melodiösen Klingelton auf der anderen Seite der Tür nach.

Noch immer nichts.

Ihre Finger zupfen unruhig am Jackensaum. Ihre Mutter ist zeitlebens eine Frühaufsteherin gewesen, und sie weiß, dass sich diese Tendenz mit zunehmendem Alter noch verschärft hat. *Warum öffnet sie nicht?* Unruhig drückt Jo zum dritten Mal, diesmal bleibt ihr Finger fünf Sekunden lang auf dem Knopf.

Die Wohnungstür hinter ihr öffnet sich. Jo fährt herum und starrt erschrocken in die grauen Augen eines älteren Herrn. *Stäubel* steht auf dem Schild neben der Türklingel.

„Guten Morgen junge Frau. Sind Sie Heide Hellers Tochter?" Seine Stimme klingt überraschend voll und dunkel. Jo nickt. Der Mann zieht die Augenbrauen zusammen. „Wissen Sie es denn nicht? Ihre Mutter ist seit gestern im Krankenhaus." Er hält inne und beobachtet offensichtlich ihre Reaktion.

Das Treppenhaus beginnt sich zu drehen, und Jo hält sich am Geländer fest. „Was ist passiert?"

„Sie ist gestürzt und hat sich am Bein verletzt."

„Sonst nichts?"

„Was, sonst nichts? Reicht das nicht?"

„Doch, natürlich. Aber – ich meine – es hätte schlimmer kommen können." Jo stottert und windet sich unter dem Blick des Mannes.

Der schüttelt verständnislos den Kopf. „Wissen Sie gar nichts davon? Hat man Sie nicht angerufen?"

Sie runzelt die Stirn. „Nein, ich weiß von nichts. Danke für die Auskunft." Hastig nickt sie ihm zu und stürmt die Treppen wieder hinunter.

„Sie liegt im Elisabethenkrankenhaus!" ruft ihr Herr Stäubel nach.

Vor dem Haus kramt sie ihr Smartphone aus dem Rucksack. Auf dem Display stehen fünf unbeantwortete Anrufe, alle von derselben Nummer. *Das muss Max Springer gewe-*

sen sein. Jo steckt das Telefon in die Hosentasche und eilt zum Auto.

Beim Geruch nach Desinfektionsmittel würgt sie, während sie den nüchtern weißen Gang entlangläuft, den ihr eine der Krankenpflegerinnen gezeigt hat. Vorbei an leeren Betten und rollbaren Medikamentenkästen heften sich ihre Augen an die schwarzen Nummern an den hellblauen Türen. 158. 160. 162. Eine noch. 164. Sie atmet tief durch, klopft an.

„Ja?"

Ein wenig schwach zwar, aber zweifelsfrei die Stimme ihrer Mutter. Jo tritt ein.

Ihre Mutter verschwindet fast zwischen den blendend weißen Bettlaken. Ihr Gesicht ist so blass, dass es sich kaum vom Kissen abhebt. Ihre Lippe schimmert ungewöhnlich rot.

Vorsichtig lässt sich Jo auf der Bettkante nieder und ergreift Heide Hellers Hand. Sie ist kalt.

„Mama."

Das Wort zaubert ein Lächeln auf das Gesicht der alten Frau. „Jo."

„Wie geht es dir?"

„Ich weiß nicht."

„Hast du Schmerzen?"

„Nein. Sie geben mir Schmerzmittel."

Jo zuckt zusammen. Ihre Mutter ist eine überzeugte Schmerzmittelgegnerin. Alle Beschwerden hat sie immer auf natürlichem Weg zu mildern gewusst oder Jo dazu ermutigt, sie auszuhalten. *Schmerzen sind Wegweiser des Körpers*, hat sie zu sagen gepflegt.

Es muss ihr schlecht gehen, wenn sie sich Schmerzmittel verabreichen lässt.

Jo schweigt. Sie könnte fragen, wie der Unfall passiert ist. Wie lange ihre Mutter noch im Krankenhaus bleiben muss. Ob sie sich in der Zwischenzeit um ihre Zimmerpflanzen kümmern soll. Ob sie etwas von zuhause braucht.

All die Fragen erscheinen ihr belanglos.

In atemloser Deutlichkeit spürt Jo, dass ihre Mutter sie braucht. Nicht nur jetzt, in diesem Moment. Sie muss eine

Lösung finden. *Vielleicht habe ich ja schon in den nächsten Tagen eine Wohnung hier in der Nähe.*

Heide Heller hat die Augen geschlossen. Ihr Atem geht gleichmäßig. Zärtlich streicht ihr Jo über die faltige Stirn. Dann verlässt sie leise das Zimmer und macht sich hoffnungsvoll auf den Weg zur Friedastraße, ihrem ersten Termin.

Das Haus ist doppelstöckig, ein Einfamilienhaus mit Einliegerwohnung und Gartenmitbenutzung. Die Hecke ist akkurat gestutzt, die Abfalltonnen stehen zentimetergenau nebeneinander, und links und rechts neben der Haustür stehen je zwei Gartenzwerge, welche die Besucher kritisch bis freundlich mustern. Das Ganze erinnert Jo ein wenig an die Weinbergstraße. Außer, dass Patrick kein Freund von Gartenzwergen ist. Sie drückt auf den Klingelknopf.

In der Tür erscheint eine schlanke, große Frau Mitte Fünfzig, die blonden Haare hochgesteckt, in einem maßgeschneiderten grauen Kostüm. „Sie wünschen?"

„Guten Tag. Mein Name ist Josephine Heller, wir haben einen Termin für die Besichtigung der Einliegerwohnung."

„Oh, das tut mir leid, Sie haben mir nicht gesagt, dass Sie in Erwartung sind. Wir möchten keine Kinder im Haus." Das Lächeln auf dem großzügig geschminkten Gesicht ist steif.

„Ach so. Dann auf Wiedersehen."

„Auf Wiedersehen." Die Tür fällt ins Schloss, und Jo tritt rasch zurück auf die Straße. *Auch gut.*

Die nächste Wohnung befindet sich in einem Mietshaus. Jo geht um den Block herum. Der Hinterhof besteht aus einer rechteckigen Grünfläche mit zwei Holzbänken, eingerahmt von weiteren Hausfassaden. Kein besonders schöner Ort. Dafür hat die Wohnung einen Balkon. Vor der Eingangstür studiert Jo die Namen neben den Klingelknöpfen. Neben dem Knopf einer Wohnung im ersten Stock ist ein Knopf unbeschriftet. Das muss sie sein. Sie legt den Kopf in den Nacken und zählt sechs Stockwerke.

„Hallo. Kommen Sie wegen der Wohnung?"

Jo fährt herum und stößt mit einem schlaksigen Mann in Jeans und Lederjacke zusammen.

„Ja. Sind Sie Herr Linder?"

Der Mann grinst und kaut auf einem Kaugummi herum. „Kommen Sie." Er öffnet die Haustür. Zigarettenrauch empfängt Jo. Sie rümpft die Nase. Herr Linder sperrt die Wohnungstür auf und geht voraus. Die Wohnung besteht aus zwei durch einen Bogen miteinander verbundenen Räumen mit Kochnische und weist in den Hinterhof hinaus. Dorthin geht auch der Balkon.

Jo blickt sich um. Die Wände schimmern gelblich, und auch hier riecht es nach Rauch.

„Die Wände können Sie gerne streichen, wenn Sie wollen." Der Mann hat eine gute Beobachtungsgabe.

Über ihrem Kopf schlägt eine Tür, dann dröhnt Technomusik zu ihr herunter. „Ziemlich hellhörig."

Herr Linder zuckt die Schultern. „Ist doch nicht so schlecht, wenn die Nachbarn laut sind, dann stört das Babygeschrei nicht." Er lacht laut und findet seinen Spruch offensichtlich sehr gelungen.

Jo dreht sich um. „Ich glaube, das ist nichts für mich. Danke für Ihre Bemühungen." Sie reicht dem Mann die Hand und verlässt fluchtartig das Gebäude.

Die letzte Wohnung liegt nur zwei Straßen vom Efeuweg entfernt. Es muss sich um ein Mehrfamilienhaus mit Eigentumswohnungen handeln. Die Fassade ist strahlend weiß gestrichen, neben der Eingangstür steht ein Fahrradständer, und an die Seitenwand schmiegt sich ein Carport, unter dem vier Autos stehen. Hinter dem Haus befindet sich eine gepflegte Grünfläche, mit einzelnen Sträuchern und Blumenbeeten durchsetzt. Unter einer großen Kastanie entdeckt Jo eine Hängematte. *Hier würde ich mich wohlfühlen.*

Um 15.26 Uhr hält ein schwarzer Mercedes vor dem Haus. Ein älterer Mann in Anzug und Krawatte steigt aus und blickt sich um. Als er Jo erblickt tritt er auf sie zu.

„Frau Heller?"

„Ja."

„Mein Name ist Meister. Sie möchten sich um meine Wohnung bewerben, richtig?" Sie spürt seinen prüfenden Blick auf ihrem Gesicht.

„Ja. Ich glaube, es würde mir hier gefallen."

„Sind Sie alleinstehend?"

„Ja."

„Wo arbeiten Sie?"

„Ich bin Mittelschullehrerin."

„Wie ich sehe, sind Sie schwanger. Wie gedenken Sie sich mit Kind zu organisieren?"

Jo schluckt. *Das geht Sie gar nichts an*, möchte sie sagen, aber sie beißt sich auf die Zunge. „Meine Mutter wird sich um mein Baby kümmern während ich arbeite. Sie wohnt im Efeuweg."

Der Mann zögert. „Ich möchte Sie nicht brüskieren, aber ehrlich gesagt ist mir eine kinderlose Mieterin lieber. Da kann ich davon ausgehen, dass sie ihren Job und ihr Einkommen behalten wird und die Miete immer pünktlich bezahlt. Verstehen Sie mich nicht falsch, aber ich habe bereits schlechte Erfahrungen gemacht mit einer alleinerziehenden Mutter, die dann Kind und Job nicht vereinbaren konnte und den Job verloren hat. Vier Monate lang habe ich auf die Mietzahlungen gewartet, dann musste ich ihr kündigen. Ich möchte Ihnen nicht unterstellen, dass das bei Ihnen dasselbe wäre, aber ich möchte lieber kein Risiko mehr eingehen."

„Das heißt also, dass ich die Wohnung nicht bekomme." Ärger kribbelt in ihren Fingerspitzen und sie ist versucht, ihn dem Mann an den Kopf zu werfen.

Er rollt seine Krawatte auf und wieder aus und räuspert sich. „Es hat überhaupt nichts mit Ihrer Person zu tun, aber es ist besser, wenn Sie sich etwas anderes suchen."

„Danke. Auf Wiedersehen." Jo nickt ihm zu und ignoriert die Hand, die er ihr entgegenstreckt.

Sie ist frustriert. Als Studentin konnte sie sich ihre Wohnung aus fünf Angeboten aussuchen, und als alleinstehende werdende Mutter will sie niemand. Sie schluckt die Tränen hinunter und beschließt, sich in der nächste Konditorei eine Crèmeschnitte und einen Eiskaffee zu gönnen.

Der Ärger über die erfolglose Wohnungssuche hält sich zäh, bis Jo eine Stunde später mit Tom am Fluss steht.

„Schau mal, dort, ein Fisch! Ein Fisch mit ganz silbriger Haut!"

Aufgeregt zeigt er mit ausgestrecktem Arm flussaufwärts auf einen hellen Flecken, der sich langsam vorwärts bewegt. Er steht bis zu den Knien im Wasser, die Hose hochgekrempelt, die Wangen vor Eifer gerötet. Ohne zu zögern hat er bei ihrer Ankunft Schuhe und Strümpfe ausgezogen und ist ins flache Wasser gestapft, unablässig jauchzend und hüpfend.

Lucia hat erleichtert gewirkt, als Jo sie darum gebeten hat, mit ihm zum Fluss gehen zu dürfen. Und Jo ist froh um die Ablenkung. Der Besuch bei ihrer Mutter hat sie aufgewühlt.

„Geh nicht zu weit hinein, Tom! Schau, dort wird es tiefer und die Strömung wird stärker." Sie steht vom Baumstamm auf und macht einen Schritt aufs Wasser zu. Mit der rechten Hand schirmt sie ihre Augen vor der Sonne ab, die zwischen dem spärlichen Blätterdach bewegte Muster auf die Wasseroberfläche malt. Die Luft ist erfüllt vom Gezwitscher der Vögel und dem Duft nach gegrillten Würstchen.

„Komm mit mir, ich will auf die andere Seite gehen!" Auffordernd hält er ihr die geöffnete Hand hin.

Jo lächelt. Es ist eine lange Weile her, seit sie zum letzten Mal barfuß durch einen Fluss gewatet ist. Sie steigt aus den Turnschuhen und streift die Strümpfe ab. Vorsichtig steigt sie ins Wasser und zieht scharf die Luft ein. „Phu, kalt!"

Tom kichert und hüpft auf sie zu. Er ergreift ihre Hand und zieht sie in Richtung Flussmitte.

„Halt, nicht so schnell, sonst stolpere ich und dann fallen wir beide hin!" Lachend stapft sie hinter dem Jungen her. Das kalte Wasser prickelt auf der Haut. Sie fühlt sich frisch und leicht.

Die Strömung in der Mitte des Flusses ist stärker, als Jo erwartet hat. Sie bleibt stehen.

„Warte, Tom, da kommen wir nicht durch. Es hat wohl ein bisschen viel geregnet in den letzten Wochen, der Fluss hat mehr Wasser als üblich. Komm, lass uns umkehren."

„Och, ich will aber auf die andere Seite rüber!"

Schmollend schürzt er die Oberlippe und zieht an ihrer Hand.

„Ich weiß. Aber es geht wirklich nicht. Weißt du was? Ich habe Hunger und Lust auf Würstchen. Was hältst du davon, wenn wir zuhause ein Lagerfeuer machen und Würstchen grillieren?"

Die trotzige Enttäuschung, die soeben noch Toms Gesicht verdunkelt hat wie eine Wolke den Himmel, macht lebhafter Freude Platz.

„Oh ja! Das machen wir! Komm, wir fahren Würstchen kaufen!"

Und schon wird Jo in die andere Richtung gezogen und grinst darüber, wie einfach sich kleine Kinder ablenken lassen.

„Nein, so wird das nix."

Kopfschüttelnd steht Temo neben Jo, die versucht ein Feuer zu entfachen. Sie sitzt am Rande des Parkplatzes beim Güterbahnhof. Vor ihr liegen in einem Steinkreis von einem halben Meter Durchmesser dünne Stöckchen in einem bunten Durcheinander. Darunter steckt Zeitungspapier, das kurz und heftig auflodert, wenn sie es anzündet, aber die Flammen vermögen nicht aufs Holz überzugehen.

„Lass mich mal ran."

Sie steht auf und schaut zu, wie sich Temo umständlich auf dem Boden niederlässt. Dann nimmt er alles Holz heraus, legt es neben sich und beginnt konzentriert, Stöckchen um Stöckchen fein säuberlich aufzuschichten. Hin und wieder führt er eins an die Nase, riecht daran und legt es dann entweder in den Kreis oder sortiert es aus.

„Warum legst du die Stöcke nicht rein?" Mit gerunzelter Stirn, die Fäuste in die Taille gestemmt, beobachtet ihn Tom. Seine Kappe sitzt schief und der Pullover steckt zum Teil in der Hose.

„Das Holz is feucht, das brennt nicht. Hier, riech." Er hält dem Jungen ein Stück Holz hin.

Jo lässt sich neben einer schlanken Birke nieder und lehnt sich mit dem Rücken an den Stamm. Wenige Meter von ihr entfernt sitzt Paul auf einem Stapel Autoreifen. Sein Blick kommt ihr heute wacher vor als in all den Tagen, während derer sie ihn nun kennt. Zwar hängen ihm die fettigen Haare wie immer ungekämmt in die Stirn und die Bartstoppeln erinnern an eine schlecht gemähte Wiese, aber in seinen Augen fehlt der Schleier, der ihm bisher einen abwesenden Ausdruck verliehen hat. Die Bierflasche in seiner Hand ist schon seit einiger Zeit leer.

Der Wind weht Rauch herüber. Jo hustet und blickt auf ein kleines, aber kräftig loderndes Feuer. Mit ruhigen, gleichmäßigen Bewegungen legt Temo Holz nach, sorgfältig, damit das kleine Kunstwerk nicht in sich zusammenfällt und die Flammen erstickt.

„Es brennt! Jo, schau nur, unser Feuer brennt! Temo ist der Beste!" Wie ein Gummiball hüpft Tom ums Feuer herum, wirft die Arme in die Luft und beginnt zu singen.

„Natürlich! Ich hab' ja jahrelang jeden Abend ein Lagerfeuer gemacht." Temo lächelt.

„Im Ernst?" Fragend blickt Jo den alten Mann an.

„Klar. Wenn ich keine Unterkunft gefunden hab', hab' ich draußen geschlafen. Im Sommer is das gegangen, aber vor allem im Winter war's kalt. Außerdem sind keine wilden Tiere zum Feuer gekommen."

„Du hast draußen geschlafen?"

Mit großen Augen blickt Tom ihn an.

„Klar. Ganz oft."

„Das will ich auch mal machen! Paul, können wir heute draußen schlafen?"

Paul zuckt die Schultern. „Wenn du eine Decke holst, können wir beim Feuer bleiben, bis deine Mutter zurückkommt."

Tom strahlt mit dem Feuer um die Wette, und seine Wangen glühen mindestens ebenso wie das Holz.

Eine halbe Stunde später sitzen sie gemeinsam ums Feuer und halten Stöcke mit aufgespießten Würsten in die Glut. Jo spürt die Wärme auf ihren Wangen und nimmt den herben Duft des brennenden Holzes tief in sich auf. Ihr Blick schweift über die Gesichter der Männer, auf denen die Flammen Schatten tanzen lassen. Die Sonne ist untergegangen, und die Dunkelheit hat den Güterbahnhof fest im Griff. In der Ferne ruft ein Käuzchen, irgendwo im Gras zirpt eine Grille. Hin und wieder kann sie das leise Flügelschlagen der Fledermäuse hören.

Außer den Würsten hat Jo in der Tankstelle Brot und Tomaten gekauft und alles auf einem aufgeschnittenen Plastiksack ausgebreitet. Tom beißt in eine Tomate, der Saft spritzt auf seine Hose und in sein Gesicht. Es scheint ihn nicht zu stören.

Nach dem Essen rutscht der Junge zu ihr und legt seinen Kopf in ihren Schoß. Mit großen Augen schaut er zu ihr auf. Temo hat das Feuer erneut entfacht und die Flammen spiegeln sich in Toms Augen.

„Erzählst du mir eine Geschichte?"

Sie kann ihm die Bitte nicht abschlagen. Paul verschwindet und kommt kurz darauf mit einer Decke zurück, die er über Tom legt. Eine Viertelstunde später ist der Junge in ihrem Schoß eingeschlafen.

Plötzlich steht Paul auf und starrt angestrengt in die Dunkelheit. Temo, der mit halb geschlossenen Augen an einem Baumstrunk gelehnt ist, dreht den Kopf.

Jo runzelt die Stirn. *Was ist los?* Dann hört sie es auch. Schritte, schlurfend, unregelmäßig, unterbrochen von leisem Stöhnen. Sie kneift die Augen zusammen und versucht in der Dunkelheit etwas zu erkennen. Die Mondsichel am Himmel spendet wenig fahles Licht. Ihr Herz schlägt rascher, sie spürt die Adern am Hals pochen.

Paul macht drei Schritte vom Feuer weg, dann bleibt er wieder stehen. „Wer ist da?"

Stille.

Dann kommen die Schritte näher. Aus dem Grauschwarz der Nacht schält sich ein Schemen. Jo hält den Atem an und bemerkt, wie sich Pauls Haltung versteift.

„Ich bin's."

„Steve?"

„Mh."

Der Schemen taumelt und scheint zu stolpern. Paul macht einen großen Schritt nach vorne und verschmilzt mit dem Schatten. Gleich darauf zerrt er einen Mann zum Lagerfeuer.

Der Mann scheint kleiner zu sein als Paul. Dunkles, langes Haar verdeckt das Gesicht, um dürre Schultern schlackert eine dunkle Jacke. Mehr kann sie im schwachen Schimmer des ausgehenden Feuers nicht erkennen.

Paul drückt den Mann auf den Boden und lehnt ihn an die Autoreifen. Seine Augen sind hinter schwarzen Schatten verborgen.

„Wer ist das?" Jo schickt die Frage zwischen zusammengepressten Lippen hindurch.

„Steve."

Sie weiß, dass sie den Namen hier schon mal gehört hat, aber es erscheint kein Gesicht vor ihrem inneren Auge.

„Alles ok?" Paul setzt sich neben ihn.

„Ne. Sie hat mich rausgeschmissen." Seine Stimme klingt brüchig.

Stille. Ein Stock zerbirst mit einem leisen Knall.

„Nina?"

„Ja. Dabei war sie anders als alle Frauen. Sie hat mich geliebt, wirklich geliebt. Ich hab's gespürt, ganz tief hier drinnen." Der Mann schlägt sich mit der Faust an die Brust. Die Worte kullern undeutlich über seine Lippen. Er lallt nicht, aber so ganz hat er seine Zunge nicht unter Kontrolle. „Ihr Ex ist gekommen. Ein Riesenarsch. Hat eine Riesenszene gemacht. Ich hab' echt Angst gehabt, dass er mich umbringt. Sie auch. Als er weggegangen ist, hat sie mich rausgeschmissen. Einfach so. Feige Sau." Er spuckt ins Feuer.

„Du bist wieder auf Koks." Pauls Stimme klingt ungewöhnlich hart.

Der andere stößt ein lautes Brüllen aus, das sich in den Mauern des Güterbahnhofs verfängt und Jo einen Schauer über den Rücken jagt. Dann sackt er zusammen. Den Kopf zwischen die Knie geklemmt, murmelt er: „Sie war auch drauf. Da hab' ich wieder angefangen." Er beginnt zu schluchzen.

„Mensch Steve! Das kann's doch nun wirklich nicht sein! Ziehst den ganzen verdammten Entzug durch und machst alles wieder kaputt wegen einer Frau!"

Die Entrüstung, die aus Paul herausbricht, lässt Jo aufhorchen. So empathisch hat sie ihn bisher noch nie erlebt.

Paul starrt in die Glut. Seine Gesichtszüge wirken weich.

In der Ferne quietschen Bremsen.

Jo schließt die Augen. Sie ist müde.

„Schläfst du heute wieder hier?"

Als niemand antwortet begreift sie, dass die Frage an sie gerichtet ist und öffnet irritiert die Augen. Pauls Gesicht ist in ihre Richtung gewendet. Verlegen senkt sie den Blick. Er muss ihr Auto gestern Nacht gesehen haben. Dabei ist sie sicher gewesen, dass niemand von ihrer Anwesenheit gewusst hat.

Sie öffnet den Mund um zu antworten, als sie das Geräusch knirschender Steine wahrnimmt. Lauter und deutlicher als vorhin, eher wie von einem Auto als wie von einem Menschen. Paul und Temo haben es auch gehört, ihre Körper sind angespannt, ihre Blicke treffen sich. Paul wirft einen Blick auf die Armbanduhr und schüttelt den Kopf. Sofort richten sich alle Augen wieder auf den Asphaltweg, auf dem tanzende Scheinwerferlichter näher kommen.

„Versteck dich! Und nimm Tom mit!" Paul steht neben ihr und zerrt sie in die Höhe. Verwirrt stemmt sich Jo Tom über die Schulter und stolpert in die Dunkelheit in Richtung der Eisenbahnwaggons. Angst lähmt ihre Gedanken, und das Rauschen in ihren Ohren übertönt die Geräusche des Autos. Hinter dem Gebäude lässt sie Tom ins hohe Gras sinken und duckt sich ebenfalls. Ihre Hände sind eiskalt und feucht.

Eine Autotür wird geöffnet.

„Amar. Ist was mit Lucia?"

Jo atmet auf. Sie wirft einen Blick auf Tom und beschließt ihn liegen zu lassen. Sich vorsichtig vorwärts tastend, kehrt sie zu den andern zurück. Amars Auto steht mit Standlicht mitten auf dem Parkplatz. Der große schwarze Mann ist ausgestiegen und steht bei Paul und Temo.

„Nein, aber es kann sein, dass sie später kommt als üblich. Die Polizei macht Razzia in den Clubs. Wenn hier einer Stoff hat, solltet ihr ihn dringend verschwinden lassen."

„Scheiße." Temo flucht laut und spuckt ein Stück Holz aus, auf dem er herumgekaut hat.

„Was ist?"

„Steve ist hier. Er spritzt wieder."

„Wo ist er?" Amars Stimme klingt besorgt.

„Dort." Temo macht einen Schritt zur Seite und deutet auf den Haufen Mann, der an den Autoreifen lehnt.

Amar geht auf ihn zu. „Hi, Steve. Hast du Stoff bei dir?"

Der Mann hebt den Kopf. „Hi. Nur wenig, für morgen."

„Wie viel?"

„Wenig, sag ich doch."

„Wie viel?" Amars Stimme durchschneidet die Stille der Nacht.

„8."

„3 Gramm zu viel. Steve muss fort. Es ist gut möglich, dass die Bullen auch hier auftauchen, dann wird's ungemütlich." Amars Blick wandert von Paul zu Temo und bleibt an Jo hängen. „Du hast ein Auto, richtig?" Sie nickt. „Fahr mit ihm irgendwo hin, raus aus der Stadt. Gib mir deine Nummer und ich ruf dich an, wenn die Luft hier wieder rein ist."

Er wartet ihre Antwort nicht ab, sondern fasst Steve unter den Armen und zieht ihn in die Höhe. „Wo ist der Stoff?"

„In meiner Hosentasche."

„Gut." Gemeinsam mit Steve geht er auf *Albert* zu.

„Tom liegt hinter dem Bahnhof gleich an der Ecke."

„Ich geh zu ihm." Paul verschwindet.

Jo setzt sich auf den Fahrersitz und schaut zu, wie Amar Steve auf dem Rücksitz platziert. Er schlägt die Tür zu und kommt zu ihr.

„Deine Nummer?"

226

„0147894671."

„Danke." Zwischen leuchtend weißen Zähnen lächelt er ihr zu. Dann schließt er die Tür.

Jo startet den Motor, und holpernd nähert sich das Auto der Hauptstraße. Ihre Hände zittern und der Kopf schmerzt, als sie stadtauswärts über die leeren Straßen fährt. Einerseits ist sie froh, dass sie fortfahren kann, andererseits sorgt sie sich um Tom und die anderen. Was wird mit ihnen passieren, wenn die Polizei tatsächlich auf dem Bahnhof auftaucht?

„Wohin fahren wir?" Steve hat sich aufgesetzt und starrt nach vorne."

„Keine Ahnung. Raus aus der Stadt." Sie biegt auf den nächsten Autobahnzubringer und tritt aufs Gaspedal. Die Erleichterung kommt mit der Geschwindigkeit. Bei 160km/h lehnt sie sich in den Sitz zurück und lockert den Unterkiefer.

Die Straßenschilder fliegen an ihr vorbei, sie achtet nicht darauf. Die Frage, worauf sie sich da eingelassen hat, streift sie nur kurz, dann gibt sie sich dem Geschwindigkeitsrausch hin und lässt sich vom Brummen des Motors einhüllen.

Das orange Lämpchen der Benzinanzeige leuchtet. Unwillig richtet sich Jo auf. Sie hat das Zeitgefühl verloren und weiß nicht, wie lange sie gefahren sind. Bei der nächsten Raststätte setzt sie den Blinker.

Als sie nach dem Tanken zum Auto zurückkehrt, blickt ihr Steve entgegen.

„Wir bleiben hier. Wir sind rund 80km von der Stadt entfernt. Hier bist du sicher." Sie fährt das Auto an Lastwagenkolonnen vorbei auf einen der zahlreichen leeren PKW-Parkplätze und zieht den Zündschlüssel ab. Mit einem Mal überfällt sie Müdigkeit. Die Leuchtziffern auf dem Radio zeigen 23.14. *Eigentlich noch gar nicht so spät.*

Sie dreht sich zu Steve um. „Hast du Hunger?"

„Es geht."

Im gelben Licht der Innenbeleuchtung wirken seine Gesichtszüge zart, fast feminin. Schmale Nase, flache Stirn, eingefallene Wangen mit hohen, markanten Knochen. Das längliche Kinn ziert ein kleiner Spitzbart, der ihm etwas Ziegenbockartiges verleiht.

Jo holt einen kleinen Brotlaib, ein Stück Käse und eine Tafel Schokolade aus dem Rucksack. Ihr Frühstück für morgen. Sie hält ihm das Brot hin.

„Hier. Nimm."

Er reißt ein Stück ab, sie reicht ihm den Käse.

Sie essen schweigend. Hinter ihnen fahren Autos vorbei und werfen für zwei Sekunden ihr Licht in den Wagen.

„Warum lebst du auf der Straße?" Die Frage, die sie schon immer brennend interessiert hat, ihr aber aus Unsicherheit nie über die Lippen gekommen ist, fällt ihr ganz leicht.

„Wegen diesem verdammten Stoff." Er spricht zu seiner Hosentasche. „Mit 15 hab' ich zu kiffen begonnen. Mit 17 bin ich auf LSD umgestiegen, mit 18 hab' ich mir den ersten Schuss gesetzt. Dann ist immer mehr von meinem Gehalt für Koks draufgegangen. Ich hab' in einem Hotel an der Rezeption gearbeitet. Zuerst hab' ich meine Wohnung verloren und bin zu meiner Freundin gezogen. Dann war der Job weg, und schließlich meine Freundin."

Sie bricht eine Reihe der Schokolade ab und streckt sie ihm hin. Nachdenklich schaut er sie an, dann steckt er sie in den Mund und kaut, als ob er schon lange keine Schokolade mehr gegessen hätte.

„Von meiner Freundin bin ich direkt in die Anstalt. Ich wollte das Zeugs loswerden, wieder frei sein, zu ihr zurückkehren können. Ich hab' den ganzen verdammten Entzug durchgezogen." Beim letzten Satz schwillt seine bisher eher dünne Stimme an, und Jo entdeckt darin eine ungewohnte Resonanz.

„Wo warst du?"

„In Bergheim. Hast du Wasser?"

Nachdem er die Hälfte der 1 ½ Literflasche ausgetrunken hat, spricht er weiter. „Ich war clean, aber sie hat nicht gewartet. War weg. Ohne Nachricht, einfach weg. Ich hab dann herausgefunden, dass sie nach Köln gezogen ist. Und ich war wieder ohne Wohnung."

„Die vom Bergheim haben dir nicht geholfen?"
„Sie haben es versucht, aber es war angeblich keine Wohnung frei. Ich hab' einen Platz in einem betreuten Wohnheim bekommen, aber darauf hatte ich keinen Bock. Ich wollt frei sein. Nach einer Woche bin ich raus, wieder auf die Straße. Ich hab' dann Temo in der Stadt kennengelernt. Er hat mich zum Güterbahnhof mitgenommen. War 'ne Weile dort, hab mich um Jobs beworben. Aber ohne Wohnung kein Job. Dann hab' ich Nina getroffen. Sie arbeitet als Modedesignerin. Ich hab' lang nicht gemerkt, dass sie drauf war. Ich wollt' einfach nur weg von der Straße. Hatte Angst, dass ich dort wieder anfangen würde. War ein Fehler. Ein großer Fehler." Er fährt sich mit den Händen durch die Haare und schweigt.

Jo lehnt den Kopf an den Sitz und schließt die Augen. Sie ist sich nicht sicher, ob sie die Fortsetzung von Steves Geschichte hören möchte. Der stechende Kopfschmerz, der während der Autofahrt wie weggeblasen war, ist zurückgekehrt und hämmert hinter ihrer Stirn. Der latente Geruch nach Benzin von der Tankstelle ärgert ihren Magen.

„Nina hab' ich im Ausgang getroffen, und sie hat es cool gefunden, dass ich keinen Alk getrunken hab'. Nach vier Wochen bin ich bei ihr eingezogen. Sie hat gearbeitet, ich hab' Bewerbungen geschrieben. Bis wir an einem Abend von einer Party heimgekommen sind. Sie war gut drauf, und dann hat sie den Stoff rausgeholt. Sie habe Lust drauf und ob ich nicht auch wolle. Ich bin davongerannt. Zurück zum Bahnhof. Hab' geheult wie ein Wasserfall. War total am Ende. Und bin am nächsten Morgen wieder hingegangen. Sie hat getan als ob nichts gewesen wäre. Ich auch. Aber an einem Morgen bin ich früher ins Bad gegangen als sonst. Gerade, als sie die Spritze gesetzt hat. Ich hab' ihr zugeschaut. Ich weiß nicht, was dann passiert ist. Wahrscheinlich war die Erinnerung an den Moment nach dem Schuss zu stark. Ich hab' auch eine verlangt, und sie hat sie mir gegeben."

„Sorry, ich muss mal kurz raus." Jo reißt die Tür auf und stürzt ins Freie. Konzentriert kämpft sie gegen die Übelkeit an. Sie geht über einen Grünstreifen zu einem Baum, lehnt sich an den Stamm und atmet konzentriert. Den Respekt, den sie bisher vor Drogen aller Art gehabt hat, hat Steves Geschichte in Aggression gegen die Produzenten verwandelt. Sie ist so aufgebracht, dass sie am liebsten laut geschrien hätte. Stattdessen begnügt sie sich damit, die Hände zu Fäusten zu ballen und gegen den Baumstamm zu boxen.

20

Jo schläft unruhig. Einmal bellt ein Hund direkt neben ihrem Fenster, dann schlägt eine Tür. Steve spricht wirr im Schlaf, schnarcht zwischendurch. Ab sechs Uhr morgens rollt ein brummender Lastwagen nach dem anderen an *Alberts* Heck vorbei. Etwa zeitgleich verlässt Steve den Wagen.

Als es dämmert, steigt sie aus. Es ist 06.58. Sie kreist die schmerzenden Schultern, streckt sich. Das Schlafen im Auto ist definitiv nichts für sie, auf dem Fahrersitz noch weniger als auf der Rückbank.

Der LKW-Parkplatz hat sich um mehr als die Hälfte geleert, hin und wieder parkt ein PKW. Bodennebel steigt von der Wiese hinter dem Raststättenzaun auf, es riecht nach Herbst. Die Feuchtigkeit dringt in ihren Pullover, verfängt sich in ihrem Haar. Sie fröstelt. Sie schließt ihr Auto ab und betritt den Tankstellenshop.

Der Duft nach aufgebackenem Brot und frischem Kaffee empfängt sie. Links vom Eingang befindet sich ein kleines Bistro mit einer Verkaufstheke und drei runden Stehtischen. An einem der Tische entdeckt sie Steve. Er hat den Kopf gesenkt und blickt aufs Display seines Handys. Über seinem Kopf baumelt ein tellergroßes Kartonschild: *Free WiFi*.

Jo gesellt sich zu ihm. „Kaffee?"

Er blickt kurz auf, nickt. Im Tageslicht wirkt seine Haut noch blasser als nachts, sein strähniges Haar ist fettig. Er trägt eine schwarze Trainingsjacke, unter der ein dunkelgrünes Shirt hervorblitzt. Die schwarze Jeans wirkt verwaschen und ist an den unteren Enden ausgefranst.

Sie bestellt zwei Milchkaffees, zwei Butterhörnchen und zwei Brezeln und kehrt zu Steve zurück. Sie essen schweigend, jeder in sein Smartphone vertieft.

Der Morgen schleppt sich dahin wie ein alter Mann am Krückstock. Jo fragt sich, warum Amar nicht anruft. Sollte die Polizei tatsächlich zum Güterbahnhof gekommen sein? Was würde dann mit Temo geschehen? Tom und seine Mutter wären in ihrem Bahnwaggon vermutlich sicher. *Wo wohnt Paul eigentlich?* Es fällt ihr auf, dass sie das gar nicht weiß.

Ihr Smartphone klingelt.

„Josephine Heller."

„Josephine, wo bist du? Wir warten hier auf dich, Dr. Heinrich und ich." Patricks Stimme klingt gereizt. *Die Schwangerschaftsuntersuchung!* Sie hat sie vergessen. Bevor sie antworten kann, spricht Patrick weiter. „Dr. Heinrich hat noch zehn Minuten Zeit, dann kommt die nächste Patientin. Du solltest dich beeilen."

Ihr wird heiß. „Patrick, meine Mutter hatte einen Unfall und liegt im Krankenhaus. Ich kann sie jetzt nicht alleine lassen. Tut mir leid."

Nach einer kurzen Pause sagt er sachlich: „Dann nimm bitte mit Dr. Heinrich direkt Kontakt auf für einen neuen Termin. Mein Kalender ist für die nächsten vier Wochen voll, du musst alleine gehen."

„Gut."

„Was, gut?"

„Ich melde mich bei Dr. Heinrich."

„Grüße deine Mutter von mir und richte ihr gute Besserung aus."

Noch während er spricht, kommt ein zweiter Anruf herein. Das Piepsen lenkt sie ab, sie verpasst, ob sich Patrick verabschiedet oder nicht. Auf dem Display sieht sie, dass das Gespräch mit ihm beendet ist, und nimmt den anderen Anruf entgegen.

„Hallo?"

„Jo? Ich bin's, Amar."

„Amar! Endlich! Ist alles in Ordnung?"

„Ja. Auf dem Bahnhof ist alles ruhig. Steve sollte aber besser nicht mehr herkommen. Es tut sich einiges in der Stadt seit der gestrigen Razzia. Viele Plätze von Obdachlosen werden gefilzt und teilweise geschlossen."

„Wohin soll ich ihn bringen?"

„Wo seid ihr jetzt?"

„Bei der Tannheim-Raststätte auf der Südautobahn."

„Dort könnt ihr nicht bleiben."

„Nein."

Schweigen. Er scheint nachzudenken. Jo ist ratlos. Wohin bringt man einen drogenabhängigen Obdachlosen? In die Notschlafstellen kommt er nicht rein, und zu seiner Nina geht er besser auch nicht mehr. Macht man sich strafbar, wenn man ihn zu sich nimmt?

„Komm zurück in die Stadt. Ich ruf dich wieder an."

„Okay. Bis dann."

„Ciao."

Steve wartet vor ihrem Auto.

„Wir fahren zurück."

Auf der Fahrt lässt sie das Radio an, Popmusikkanal. Sie mag weder Zuhören noch Sprechen noch Denken müssen.

„Bitte bring mich zum Ostbahnhof."

Sie wirft ihm einen raschen Blick zu. „Ist das dein Ernst?"

„Ja. Ich bin dort verabredet."

Jo kaut auf ihrer Unterlippe herum. Ihr Smartphone klingelt erneut. Sie klemmt es zwischen die linke Schulter und ihr Ohr.

„Amar?"

„Hi, Jo. Komm in die Engelbergstraße. Beim großen Kreisel lässt du ihn aussteigen. Ein Kumpel von mir wird dort auf ihn warten."

„Er will zum Ostbahnhof. Er sagt, er hat dort eine Verabredung."

Amar schnaubt durchs Handy. „Klar. Der Ostbahnhof geht heute gar nicht. Eine Streife nach der anderen patrouilliert dort vorbei. Wenn sie ihn erwischen, landet er im Knast."

„Okay, ich sag's ihm."

„Gut. Ciao."

Sie schiebt ihr Telefon auf die Ablage unter dem Armaturenbrett.

„Du kannst nicht zum Ostbahnhof. Die Bullen sind dort."

„Ich muss hin."

„Willst du in den Knast?"

„Warum nicht?"

Die Worte hängen in der Luft und erschweren Jo das Atmen. Sie bremst ab und setzt den rechten Blinker. Auf dem Pannenstreifen hält sie an. Sie dreht sich zu ihm.

„Ist das dein Ernst? Meinst du, ich hab' die ganze Übung hier umsonst gemacht?" Ärger kriecht in ihr hoch.

Er zuckt die Schultern und spricht zu seinen Händen, die unsichtbare Formen an die Fensterscheibe malen.

„Wohin soll ich sonst? Der Knast ist besser als die Straße. Vor allem im Winter. Warmes Essen, Dach überm Kopf, Beschäftigung."

„Zurück nach Bergheim?"

„Und dann? Wenn ich wieder draußen bin?"

„Und wenn du wieder aus dem Knast bist? Das ist doch dasselbe, und außerdem hast du dann einen Eintrag im Strafregister."

Er lehnt den Kopf an die Sitzstütze und schließt die Augen. Jo wendet sich ab und spurt wieder auf die Autobahn ein.

In der Nähe des Ostbahnhofs hält sie an. Unter wolkenverhangenem Himmel eilen die Menschen vorbei. Ein Tag wie jeder andere. Und doch ganz anders.

Steve steigt aus. Sein schwarzes Haar verdeckt sein Gesicht. Jo blickt ihm nach. Er dreht sich nicht mehr um.

Sie fährt zur Engelbergstraße. In der Nähe des großen Kreisels fällt ihr ein dunkelhäutiger, schmächtiger Mann auf, der an einem Laternenpfahl lehnt und aus den Augenwinkeln den Verkehr beobachtet. Sie hält vor dem Fußgängerstreifen und nickt ihm zu. Er kommt näher, sie kurbelt die Scheibe herunter.

„Er wollte nicht. Hab' ihn beim Ostbahnhof rausgelassen."

„Merde!", zischt der Mann und blickt sich um.

„Wo ist Amar?"

„Ich weiß nicht." Flüchtig hebt er die Hand zum Gruß, macht auf dem Absatz kehrt und verschwindet zwischen einer Frau mit Kinderwagen und einem Verkaufsstand mit heißen Maronen.

Jo gähnt und sackt in sich zusammen. Sie sehnt sich nach einem weichen Bett, in dem sie ungestört schlafen kann. Nach einer Wohnung, in der sie die Tür schließen und für sich allein sein kann. In der sie sich nicht mit den Problemen fremder Menschen belasten muss.

Ihr Blick fällt auf ihren Bauch, über dem der Sicherheitsgurt liegt. Er drückt ein wenig, sie schiebt ihn hinunter und legt die Hände auf die Wölbung. Da drin wächst ein Mensch. Ein neuer, kleiner Mensch. Er hat es verdient, dass sie sich bereits jetzt um ihn kümmert. Richtig. Nicht mit Ultraschall und Bauchumfangmessung. *Patientin. In zehn Minuten kommt die nächste Patientin*, hat Patrick gesagt. Als ob sie krank wäre! Ihr Körper vollbringt gerade die größte Meisterleistung der Menschheit und Patrick spricht von Patientin! Kopfschüttelnd startet sie den Motor.

Sie wird nicht mehr zu Dr. Heinrich gehen, jedenfalls in diesem Monat nicht. Dieser Gedanke, der sie ganz spontan gestreift hat, setzt sich fest und verschafft Erleichterung. Kein Desinfektionsmittel, kein doofer Untersuchungsstuhl, kein Babywatching. Sie fühlt sich gut.

Kurz darauf verlässt sie das Stadtparkhaus und läuft durch die Bahnhofstraße. Nach wenigen Metern betritt sie Nellys Blumenladen. Nelly steht hinter dem Tresen und ist in eine Liste mit Pflanzennamen vertieft.

„Hallo, Nelly."

„Jo!" Die ältere Frau blickt auf und mustert Jo aufmerksam. „Du siehst mitgenommen aus. Wie geht es dir?"

„Ganz okay. Meine Mutter ist im Krankenhaus und ich möchte ihr einen Blumenstrauß mitbringen. Kannst du mir bitte was Hübsches zusammenstellen? Ihre Lieblingsfarbe ist gelb.“

„Klar, meine Liebe, das mache ich gerne. Komm mit.“ Sie geht in den Raum hinter dem Tresen und schreitet von einer Vase zur nächsten, nimmt hier eine Blüte heraus und dort, legt alle auf den großen Tisch. Geschickt schneidet sie die Enden schräg ab und arrangiert die Blumen zu einem farbenprächtigen Strauß.

„Wie geht es Patrick? Er muss ganz schön wütend gewesen sein nach dem Gerichtsurteil im Fall Schönbecker.“

Jo runzelt die Stirn. Der Name sagt ihr nichts. Es muss sich um einen neuen Fall handeln. „Ich weiß es nicht.“

Nelly hebt den Kopf und hält sie mit ihren Augen fest. „Was heißt das?“

„Er hat mich rausgeschmissen.“ Sie kann nicht länger so tun, als sei alles in Ordnung.

„Du bist weiter zu den Obdachlosen gegangen.“

„Ja.“

Nelly schüttelt den Kopf und knotet den Blumenfaden fest. „Ach, Jo, das tut mir so leid. Ich kann seine Ängste verstehen, Toni hätte wohl dieselben. Aber ich verstehe auch dich. Ich weiß nicht, wie ich an deiner Stelle gehandelt hätte.“ Jo schluckt. Die Worte der Freundin tun ihr gut. „Wo wohnst du jetzt?“

„Ich habe mir ein Zimmer in einem Hotel genommen. Ich muss mich erst neu ausrichten.“ Sie traut sich nicht, Nelly die ganze Wahrheit zu sagen.

„Das ist gut. Wenn ich dir helfen kann, lass es mich wissen, ja?“

„Das werde ich tun.“ Sie umarmt die kleine Frau und hat das unbestimmte Gefühl, dass es das letzte Mal ist.

***

Marc fährt durch Zeit und Raum. Er hat aufgehört die Tage zu zählen, seit er Jo zum letzten Mal gesehen hat. Er steht morgens auf und schläft abends unter dem Sternenhimmel ein, und dazwischen fährt er im Bus mit Raffa und Malte in Richtung Westen, dem Meer entgegen. Malte hat keine Konfrontation mehr gesucht, aber seine skeptische Zurückhaltung ist allgegenwärtig.

Immer wieder kehren Marcs Gedanken zurück zu Jo. Wenngleich er glaubt, die Antworten zu kennen, ertappt er sich regelmäßig bei der Frage, warum sie nicht mehr gekommen ist. Eine leise Stimme lässt ihn daran zweifeln, dass sie keine Lust mehr gehabt hat. Bei ihrem letzten Besuch hat sie seine Kleider mitgenommen. Er ist sich sicher, dass sie sie waschen und wiederbringen wollte. Etwas Unerwartetes muss sie davon abgehalten haben wiederzukommen. Je länger er unterwegs ist, desto hartnäckiger setzt sich diese Vermutung in ihm fest. *Ist es ein Fehler gewesen, fortzufahren?*

Raffas MP3-Sammlung ist erschöpft, die Musikstücke wiederholen sich in einem Rhythmus von sechs Stunden. Marc ist das egal. In den vergangenen Jahren hat er sich antrainiert, seine Umgebung vollkommen auszublenden. So ist es ihm möglich, nur die vorbeifliegende Landschaft zu sehen, ohne die Musik aus den Lautsprecherboxen zu hören. Er betrachtet die weißgetünchten Häuser an der französischen Südküste und sucht mit den Augen das Meer nach Segelbooten ab. Viele sind nicht mehr unterwegs, Anfang Oktober. Das Mittelmeer ist ein Sommersegelrevier.

Das Meer hat ihn schon immer fasziniert. Als Junge hat er davon geträumt, auf großen Frachtern um die Welt zu fahren. Später wäre er gerne auf einem Dreimaster gesegelt, einem dieser Traditionssegler wie der *Alexander von Humbold*. Aber zu mehr als einer Sonntagsspritztour auf einem Motorboot gemeinsam mit seinen Freunden hat er es nicht gebracht. Seine Eltern sind Bergmenschen gewesen, die lange Wanderungen jeder Sekunde auf dem Wasser vorgezogen haben. Das ist gut so gewesen. Aber jetzt, wenn das Meer vor ihm liegt, brennt die Sehnsucht besonders mächtig.

Der Bulli bremst ab. Marcs Blick wandert auf die Straße, die vor ihnen liegt. Es sieht nach Stau aus – Stau auf einer dreispurigen Autobahn. Baustelle? Vielleicht. Verengung auf zwei Spuren? Das würde bei dem eher bescheidenen Verkehrsaufkommen außerhalb der Urlaubszeit wohl keinen Stau auslösen.

Marcs Atem beschleunigt sich. Er zwingt sich, den Kopf wieder aus dem Fenster in Richtung Meer zu drehen. Aber seine Gedanken bleiben an den Rücklichtern vor ihnen hängen, so sehr er den Kopf auch dreht und versucht, sich auf die einsame Segelyacht zu denken, die einigen Meilen vor der Küste in den Wellen schaukelt.

Seine Gedanken führen ein Eigenleben. Er knetet seine Hände und hofft, dass es eine Baustelle ist. Der Bus steht, rollt an, steht wieder. Nun gehorchen ihm auch seine Augen nicht mehr, sie fliegen über die Autodächer, in denen sich die Sonne spiegelt.

Der Bus schrumpft auf PKW-Größe zusammen, seine Hände krampfen sich um ein Steuerrad. In der Ferne ist die Sirene eines Krankenwagens zu hören. Schweiß bricht aus allen Poren, seine Kehle wird eng. Er japst nach Luft.

„Was ist los? Hey, alles in Ordnung?"

Wie durch einen Wattebausch hört er Raffas Stimme neben seinem Ohr. Den Blick geradeaus gerichtet, sieht er Blaulicht. Die Sirene kommt näher, fährt neben ihm vorbei. Ein Zittern erfasst ihn, er krümmt sich.

Er dreht den Kopf. Im Schritttempo fährt der Bus an der Unfallstelle vorbei. Marc sieht ein zerbeultes Auto in der Leitplanke, die offenen Hecktüren des Krankenwagens, Blaulicht auf dem Polizeiauto. Er presst die Augenlider aufeinander, krümmt sich zusammen. „Nein! Nein! Neeeeeiiin!" Er schreit und spürt die Tränen, die über seine Wangen laufen.

Dann nimmt er einen festen Griff um seine Schultern wahr und ein sanftes Rütteln. Das Schluchzen quillt aus seinem tiefsten Innern, aus dem Zentrum seiner Knochen, erfasst den ganzen Körper und dröhnt in seinem Kopf. Seine Muskeln zucken, seine Hände schmerzen vom Druck, mit dem er sie zu Fäusten gepresst hält.

Doch der Griff um seine Schultern ist da. Er hält ihn und hindert ihn daran zu fallen. Die Sirene verstummt. Es wird still in seinem Kopf.

Er öffnet die Augen ein wenig und trifft auf Raffas besorgten Blick.

„Geht es wieder?"

Marc konzentriert sich auf seinen Atem, der noch immer durch seinen Körper jagt. „Es war ein Unfall. Ein Lastwagen. Er ist auf unsere Fahrbahn rübergekommen und hat uns einfach weggeschleudert. Wie einen Fußball. Wir waren zu fünft im Wagen. Ich war am Steuer. Meine Freunde waren alle tot."

Er starrt geradeaus, ohne etwas zu sehen. Seine Augen brennen. Er sieht den Sanitäter vor sich, wie er Eric aus dem Auto zieht. Eric, seinen besten Freund. Eric mit dem weißblonden Pagenschnitt und den unwahrscheinlich blauen Augen. Eric, der in Mathe eine Sechs hatte und Physiker geworden ist. Mit dem er nächtelang Computerspiele gespielt hat nur um herauszufinden, wo Programmierfehler vorhanden waren. Der niemals ins Kino gegangen ist, dafür in die Oper. Eric, der mit dem Führerschein seines älteren Bruders das Motorboot gechartert hat, auf dem sie gemeinsam gefahren sind, weil sich Marc so sehr eine Bootsfahrt gewünscht hat. Er ist direkt vom Lastwagen erfasst worden, als Marc versucht hat, auf die andere Fahrbahn auszuweichen. Er ist sofort tot gewesen. Die anderen sind später gestorben, Marie noch auf der Unfallstelle, Andreas und Sophie im Krankenhaus.

An einem einzigen Tag sind alle seine besten Freunde gestorben. Die ganze eingeschworene Clique – alle außer er, Marc. Erneut erfasst ihn ein heftiges Zittern.

Ein Sanitäter klopft ans Fahrerfenster. Raffa hat wenige Meter nach dem Unfallauto auf dem Pannenstreifen angehalten. Er lässt das Fenster herunter.

„Braucht ihr Hilfe?"

„Kreislaufschwäche. Haben Sie was?"

Der Sanitäter nickt, verschwindet und kommt gleich darauf zurück. Er reicht Raffa ein braunes Fläschchen durchs Fenster.

„Danke."

„Wie ist sein Name?"

„Marc."

„Nachname?"

Marc spürt Raffas fragenden Blick auf seiner Stirn. Er kneift die Augen zusammen und sagt leise: „Koch".

„Alter?"

„33."

„Danke. Ich muss notieren, wer die Medikamente bekommen hat. Sichere Fahrt euch." Er hebt die Hand und geht zum Krankenwagen.

Raffa öffnet die Flasche. „Hier, mach den Mund auf."

Marc richtet sich auf, legt den Kopf in den Nacken und öffnet den Mund. Die Tropfen schmecken bitter.

„Bitte, fahr weiter." Er schließt die Augen. Er will nichts mehr sehen von dem Unfall, der hinter ihnen geschehen ist. Sie sind wieder da, die Bilder, die er verdrängt hat, dreizehn Jahre lang. Anfangs haben sie ihn in seinen Träumen heimgesucht, doch irgendwann ist es ihm gelungen, sie in Schach zu halten. Durch das noch immer geöffnete Fenster dringt der Geruch nach geschmolzenem Gummi.

Marcs Pulsschlag beruhigt sich, als der Bus wieder über die Autobahn rollt. Er ist unendlich müde und sein Körper fühlt sich fremd an.

Keine zehn Minuten später biegt Raffa auf eine Landstraße ein. Er fährt über eine kurvige Strecke, dann stoppt er. Vor Marc liegt das Meer. Das Auto steht auf einem exponierten Landstreifen wenige Meter von der Küste entfernt.

Raffa steigt aus. Er sammelt Holzstöckchen und schichtet sie hinter einer kleinen, gegen den Seewind aufgebauten Mauer auf. Kurz darauf brennt ein Feuer vor der untergehenden Sonne.

Die Luft riecht nach Salz, Seetang und Rauch. Marc fühlt sich geborgen. Er kauert vor dem Feuer und blickt abwechselnd in die Flammen und auf das Farbenspiel am Himmel, das von hellrot über orange zu tiefrot und rosarot wechselt. Malte hat sich ein wenig abseits auf einen Stein gesetzt und tippt auf dem Display seines Smartphones herum.

Raffa spießt zwei Würste auf einen Stock und reicht ihn Marc. Er setzt sich ihm gegenüber. Malte tritt auf Marc zu. Er stemmt die Hände in die Hüfte, nimmt sie wieder weg, knetet die Finger. „Es tut mir leid, dass ich so abweisend zu dir war." Er lächelt unsicher.

Marc lächelt zurück. „Schon gut."

„Das ist wohl so ziemlich das Schlimmste, was einem passieren kann." Raffas Stimme klingt tiefer als gewöhnlich. Er nimmt Marc ins Visier, scheint ihn auf eine neue Weise zu betrachten. „Du hast den Unfall nie verarbeitet, richtig?"

Marc nickt. „Ich habe mir die Schuld gegeben, obwohl es offensichtlich gewesen ist, dass der LKW falsch gefahren ist. Steht auch so im Polizeibericht. Niemand hat mir einen Vorwurf gemacht. Aber ich konnte damit nicht leben. Warum bin ich nicht auch gestorben? Diese Frage hat mich nicht losgelassen. Ich konnte nicht so weiterleben, als wäre nichts geschehen. Es ging einfach nicht. Zuerst habe ich meinen Job verloren. Dann ist meine Mutter an Krebs gestorben und mein Vater hat begonnen zu trinken. Ich bin damals schon einmal nach La Palma geflüchtet. Um zu vergessen. Aber es hat nicht funktioniert. Nach acht Monaten bin ich zurück nach Deutschland. Ich wollte meinem Vater helfen, aber es war zu spät. Ich habe es in der Wohnung meiner Eltern nicht mehr ausgehalten. So bin ich auf die Straße gekommen."

Die Worte sind wieder da. Die Sprache ist zu Marc zurückgekehrt.

Raffa dreht seine Wurst. Fett tropft in die Glut, die sich zischend neu entzündet. „Mein Vater war Bergführer. Vierzig Jahre lang ist er in den Bergen unterwegs gewesen, hat hunderte Menschen sicher geführt. Und dann ist einer mitgekommen, der dachte, er wisse es besser. Sie wollten die Zugspitze besteigen, aber das Wetter hat nicht mitgemacht und mein Vater wollte umkehren. Einer der Männer, die er geführt hat, ist einfach weitergegangen. Mein Vater hat ihn gehen lassen, denn er trug auch die Verantwortung für zwei andere. Der Einzelne ist abgestürzt. Mein Vater hat das nicht überwunden. Eines Tages ist er von einer Bergtour, die er alleine gemacht hat, nicht mehr zurückgekehrt. Er, der nie einen Fehler gemacht hat. Das war vor drei Monaten." Raffa starrt in die Flammen.

„Willst du darum so unbedingt weg aus Deutschland?" Malte blickt ihn mit großen Augen an.

Raffa nickt langsam. „Ich gehe nicht, weil ich seinen Tod verdrängen will. Sondern weil er mir immer ans Herz gelegt hat, dass ich das tun solle, was ich tief im Innern tun will. Ich habe das lange ignoriert, so, wie man halt von Natur aus die Ratschläge seiner Eltern ignoriert. Aber nach seinem Tod haben seine Worte ein anderes Gewicht."

Marc weint. Er liegt auf dem kühlen Sandboden unter dem funkelnden Sternenhimmel und weint. Tränen, die schon längst hätten geweint werden sollen. Raffa sitzt neben ihm und schnitzt an einem Stock. Malte hat sich im Bus verkrochen.

***

Auf der Mauer vor dem Güterbahnhof sitzen Lucia, Amar und Temo, als Jo ihr Auto am Rand des Platzes parkt. Paul lehnt, statuengleich, mit seiner Bierflasche an der Wand. Tom ist nirgends zu sehen. Über dem Bahnhof ziehen dunkle Wolkenfelder träge dahin. Es riecht nach Regen.

„Hi." Jo lächelt und lässt sich neben Temo nieder. Fröstelnd zieht sie den Reißverschluss ihrer Jacke bis zum Kinn. Die vielen Augen, die erwartungsvoll auf sie gerichtet sind, machen ihr heute nichts aus.

„Hallo, Jo." Amar lächelt zurück. Er wirkt müde. Die braune Schlauchmütze liegt neben ihm. Unzählige schwarze, halbmeterlange Rastalocken umgeben sein Gesicht und fließen über die Schultern und den Rücken.

Lucia sitzt neben ihm, die Knie zur Brust hochgezogen und die Arme darum geschlungen. Ihr Kopf liegt auf den

Knien, das rote Haar ist zu einem flüchtigen Pferdeschwanz zusammengebunden. Um ihre Schultern liegt ein dicker Wollschal in dezenten Blau- und Grüntönen.

„Und? Hat alles geklappt?" Amars Stimme klingt dunkler als sonst.

„Steve wollte nicht. Ich hab' ihn auf seinen Wunsch hin beim Ostbahnhof rausgelassen."

Lucia hebt den Kopf und tauscht einen Blick mit Amar. Der holt tief Luft. „Da wird er heute kein Glück haben. Kein Dealer wird dort heute auftauchen, zu viele Bullen dort. Hast du ihm das gesagt?"

Jo nickt. „Er meinte, der Knast sei besser als die Straße." Niemand widerspricht. „Wie groß ist das Risiko, dass sie ihn wirklich mitnehmen?"

„Mit 5g Kokain kommen die meisten davon, mit 8g nicht."

„Nimmt jemand von euch Drogen?" Jo erschrickt über ihren Mut, den anderen diese Frage zu stellen, aber niemand scheint sich darüber aufzuregen. Alle schütteln den Kopf.

„Es gibt ein ungeschriebenes Gesetz, dass dieser Bahnhof hier clean ist. Das war schon so, bevor ich hier eingezogen bin." Temo kratzt sich am Kopf.

„Warum lebst du eigentlich hier?" Interessiert mustert Jo den alten Mann. Temo schaut immer gleich aus, die kleinen Äuglein glasig, das Gesicht unrasiert und die Schirmmütze schräg auf dem weißen Haar.

„Hier werd' ich nicht weggeschickt und kann meine Sachen hier lassen ohne Angst, dass sie mir jemand klaut wie in den Notschlafstellen."

„Wie meinst du das?"

„Ich bin in Deutschland angekommen im Winter, zum draußen schlafen zu kalt. Hab' gleich eine Notschlafstelle gesucht und gedacht, ich bin sicher. War nix. Am nächsten Morgen warn mein Geld und meine Kleider weg. Okay, is lang her, vielleicht is es heut besser."

„Nein, ist es nicht." Paul schüttelt den Kopf. Er trägt eine braune Cordjacke mit dunkeln Flicken an den Ellbogen. „Es wird geklaut, was das Zeugs hält. Und es ist egal, ob Deutsche oder Ausländer. Es wird geklaut, weil es keine Instanz gibt, die sich um die Diebstähle kümmert. Die meisten Obdachlosen schweigen, weil sie sich schämen, dass es ihnen passiert ist. Andere machen den Mund auf, aber niemand interessiert sich dafür. Viele Betreuer sind froh, wenn die Nacht um ist und sie nicht angegriffen worden sind, sei es verbal oder körperlich."

„Warum ist das so?" Jo ist entsetzt.

„Wer nichts mehr zu verlieren hat, hat weniger Hemmungen als jemand, dem es um Ruf oder Besitz geht. Du weißt ja selbst, dass jeder Obdachlose Gewalt ausgesetzt ist. Der eine kann mehr wegstecken, der andere schlägt früher zurück. Jede Anfeindung verletzt und steigert letztlich das Aggressionspotential." Paul führt die Flasche zum Mund.

Jo hätte ihn gern nach seiner Geschichte gefragt, aber sie fürchtet, dass er sich wieder verschließen könnte, wenn sie die Frage vor allen stellt. Sie hat inzwischen verstanden, dass obdachlose Menschen eher schweigsam und für sich sind – solange verschlossen, bis sie einen Schutzraum gefunden haben, in dem sie sich sicher fühlen, physisch wie psychisch.

„Und was macht ihr im Winter? Hier könnt ihr ja nicht bleiben."

Lucia hat den Kopf wieder auf die Knie gelegt und die Augen geschlossen. Paul schiebt die Fingernägel unter die Etikette der Flasche.

Temo zuckt die Schultern. „Doch. Wir bleiben hier. Wenn's kalt ist, sind die Notschlafstellen eh voll, dann können wir genauso gut hier bleiben. Unkraut vergeht nich!" Er grinst schief, und sein Zahn blitzt zwischen den schmalen Lippen hervor. Jo verspürt den Impuls ihn zu umarmen. Stattdessen lächelt sie zurück.

„Wie ist es in deinem Waggon mit der Kälte im Winter? Der Blumentopf wird doch nicht wirklich genügend wärmen." Fragend blickt Jo zu Lucia.

Die junge Frau hebt den Kopf und stützt das Kinn auf die Knie. „Tagsüber heizen wir mit einer Petroleumheizung.

Nachts ist es kalt. Manchmal gefriert das Wasser im Bottich."

„Warum ziehst du nicht in eine Wohnung? Ich weiß, ich hab' dich das schon mal gefragt, aber ich denke, dass es vor allem für Tom im Winter besser wäre in einer beheizten Wohnung."

Lucia zögert und Jo spürt, dass sie überlegt, ob sie ihr die Wahrheit sagen soll. Dann geht ein Ruck durch ihren Körper. „Ich bin in Deutschland nicht gemeldet."

„Du bist illegal hier?"

„Ja."

„Warum? Du brauchst doch als Spanierin kein Visum und kannst auch nicht rausgeschmissen werden. Warum meldest du dich nicht? Dann könntest du doch auch Kindergeld bekommen."

„Ich brauch' kein Kindergeld." Die Antwort folgt prompt und heftig.

Jo lässt sich davon nicht einschüchtern. „Und dein Arbeitgeber? Weiß der das?"

„Ich bin selbständig." Lucia richtet sich auf und legt den Kopf in den Nacken.

„Ich versteh' trotzdem nicht, warum du dich nicht anmeldest. Du verlierst doch nichts dabei."

„Doch." Die stolze Frau blickt sie direkt an. „Dann müsste Tom in die Schule, und das will ich nicht."

„Kannst du ihn nicht einfach nicht hinschicken?"

„Nein. In Deutschland herrscht Schulpflicht. Die Sanktionen sind vielfältig, wenn du dein Kind nicht in die Schule schickst, von Zwangseinschulung über Bußgeld bis hin zum Entzug des Sorgerechts. Du solltest dich damit auseinandersetzen, das Thema kommt auch auf dich zu."

„Aber ich verstehe trotzdem nicht, warum du Tom nicht zur Schule schicken möchtest. Dann käme er unter Gleichaltrige und wäre nicht jeden Tag hier allein."

„Er ist nicht allein."

„Entschuldige, natürlich nicht. Aber ich glaube, du verstehst, was ich meine."

„Ich halte nichts vom deutschen Schulsystem. Warum soll Tom etwas lernen, das irgendeine Bildungskommission für sinnvoll befunden hat, wenn wir gar nicht wissen, ob er das für sein Leben jemals brauchen wird? Warum soll er den größten Teil seiner Kindheit sitzend in geschlossenen Räumen verbringen, anstatt kindgerecht zu leben? In der Natur, mit Beschäftigungen, die seinen Neigungen entsprechen, bei Erwachsenen, die an ihm als jungem Menschen interessiert sind und nicht daran, ihn so zu formen, dass er in die Gesellschaft passt." Lucias Wangen glühen, und Jo erinnert sich an ihre Konfrontation im Waggon, als sie sich über Patricks Verhalten und ihre Überlegung, zu ihm zurückzukehren, empört hat.

„Es mag sein, dass es für Tom besser ist, dass er sich in seinem geschützten Umfeld frei entwickeln kann. Es gibt aber viele Kinder, für die die Schule der bessere Weg ist, weil niemand zu Hause ist, der sie betreuen kann."

„Das stelle ich überhaupt nicht in Frage. Ich kann nur mit diesem Zwang nichts anfangen."

„Ich finde es trotzdem mutig, dass du dich deswegen nicht angemeldet hast. Wenn du entdeckt wirst..."

„...dann habe ich ein Problem, ich weiß. Darum lebe ich hier."

„Aber nimmst du Tom nicht gerade durch dieses versteckte Leben auch Entwicklungschancen? Er kann ja nie eine öffentliche oder auch private Bildungsinstitution besuchen, keinem Fußballclub beitreten, keinen Klavierunterricht nehmen usw."

„Darüber mache ich mir Gedanken, wenn es soweit ist."

Lucia steht auf und verschwindet um die Ecke.

Jo wird das Gefühl nicht los, dass sie ihr nur die halbe Wahrheit gesagt hat. Sie zweifelt nicht daran, dass sie vom Freilernen überzeugt ist. Aber da ist etwas in ihrer Körperhaltung gewesen, das nicht zu ihren Worten gepasst hat. Hat sie den Kopf ein wenig eingezogen gehabt? Oder sind die Schultern verkrampft gewesen? Sie kann nicht sagen, woran es liegt, dass sie Lucia nicht vollständig glaubt.

Amar steht auf. „Ich hab' Hunger. Bin gleich wieder da. Jo, kommst du mit? Ich hol' uns was zu Essen."

„Klar."

Sie steht auf und folgt ihm zu seinem Auto.

„Wohnst du noch immer hier?" Er deutet mit dem Kopf aufs Hostel *Zum kleinen Paradies*, als das Auto daran vorbeifährt.

„Nein."

„Dann ist alles wieder in Ordnung bei dir?"

„Warum?"

„Niemand, der eine eigene Wohnung hat, übernachtet spaßeshalber im *Kleinen Paradies*. Außer er hat eine heimliche Affäre."

„Da hast du Recht. Nein, nichts ist in Ordnung."

„Magst du darüber sprechen?"

„Ich glaube nicht."

Er schweigt. Er wählt nicht den Weg zur Tankstelle, sondern biegt nach rechts ab und fährt in Richtung Stadtzentrum. Sie würde viel lieber über Lucia mit ihm sprechen als über ihre eigenen Schwierigkeiten.

„Woher kennst du Lucia?"

„Von der Straße."

„Lucia? Ich dachte, sie ist gegen Betteln."

„Sie bettelt ja nicht."

Sie blickt ihn von der Seite an. Er wirft einen Blick über die linke Schulter und biegt auf den Parkplatz eines Supermarktes ein.

„Und wohin bringst du sie jeden Abend? Sie arbeitet doch nicht auch bei *Black Box*?"

„Nein. Ich bring' sie zur Arbeit und hole sie wieder ab. Sie hat kein Auto."

Daran hat Jo nicht gedacht. Sie würde gerne wissen, was Lucia arbeitet, aber Amar ist bereits ausgestiegen und wartet mit dem Autoschlüssel in der Hand darauf, dass sie ihm folgt.

Mit fünf Plastikbehältern Kartoffelsalat, drei Gurken und hartgekochten Eiern kehren sie eine halbe Stunde später zum

Güterbahnhof zurück. Mitten auf dem Platz steht Tom und wirft Lucia Papierflieger zu. Als er das Auto erblickt, stürmt er darauf zu.

„Jo! Da bist du ja endlich!"

„Hallo, junger Mann! Wo warst du denn? Ich war nämlich schon mal hier heute." Verstohlen wirft sie einen Blick auf Lucia, die sich bückt, um den Papierflieger aufzuheben.

„Ich hab' geschlafen. Spielst du mit?"

„Sehr gerne ein wenig später. Ich hab' Hunger und möchte erst etwas essen."

„Was habt ihr denn mitgebracht?" Neugierig lugt er in die Papiertüte, die Jo aus dem Auto hebt.

„Kartoffelsalat! Magst du?"

„Klar! Lecker!"

Zu sechst setzen sie sich auf die Mauer. Tom wird von allen mitgefüttert und freut sich am meisten über die bunten Eier.

„Hoffentlich hält das Wetter." Kritisch betrachtet Amar die Wolken, die noch schwärzer und schwerer über die Landschaft ziehen als vorher.

„Wenn es regnet, kommt ihr einfach zu uns!" Tom strahlt in die Runde. Aus dem Augenwinkel nimmt Jo wahr, wie ein Auto von der Hauptstraße auf den Asphaltweg einbiegt.

„Nicht wahr, Mama, wir haben genug Platz für uns alle!"

Jo bekommt Lucias Reaktion nicht mehr mit. Das Auto, das in Schlangenlinien langsam näher kommt, kennt sie.

Es ist Patricks silberner Audi TT.

Die Kartoffeln in ihrem Mund sind plötzlich trocken. Erfolglos versucht sie sie hinunterzuschlucken. Ihre Hände beginnen zu zittern, die Gabel fällt auf ihren Schoß. Am liebsten würde sie sich verstecken, aber da hält das Auto bereits neben *Albert* und die Fahrertür öffnet sich.

Patrick fixiert sie sofort. Er bleibt neben der geöffneten Tür stehen und erwartet, dass sie zu ihm kommt. Ihre Beine fühlen sich an wie Blei, und ihr Kopf ist leergefegt. Eine einzige Frage kreist darin. *Was will er hier?*

Er räuspert sich. „Josephine, kommst du bitte?" Seine Stimme klingt nicht so fest und bestimmend wie sie es sich von ihm gewohnt ist. Die Umgebung und die Anwesenheit der anderen scheinen ihn zu verunsichern. Würde ihr Herz nicht bis zum Hals schlagen und das Blut in ihren Ohren rauschen, müsste sie über seinen Anblick lachen. In seinem anthrazitfarbenen Nadelstreifenanzug, der dezent helleren Krawatte und den schwarzen Lackschuhen wirkt er wie aus einer anderen Welt.

Lucias Blick brennt auf ihrer linken Wange. Angespannte Stille liegt über dem Platz.

Jo nimmt die Gabel vom Schoß und steckt sie in den Salat. In Zeitlupentempo, gerade so, als müsse sie sich dazu überwinden, stellt sie die Plastikbox auf den Boden und erhebt sich. Ihr Blick streift Lucias Gesicht, in dem ein lauernder Ausdruck liegt.

Sie springt von der Mauer und bleibt mit verschränkten Armen vor Patrick stehen. Die Gewissheit, dass Lucia und die anderen dabei sind, gibt ihr eine Sicherheit, die sie bisher vermisst hat, wenn es mit Patrick Meinungsverschiedenheiten gegeben hat.

„Hallo Patrick." Sie erschrickt über das Echo, das die Wände zurückwerfen, obwohl es ihr inzwischen eigentlich vertraut ist.

„Es geht mich nichts an, Josephine, was du mit deiner freien Zeit anfängst und wo du dich herumtreibst." Er spricht mit gesenkter Stimme, so, wie sie ihn unzählige Male bei Treffen mit Arbeitskollegen erlebt hat. „Aber dass du unsere gemeinsamen Termine vergisst, ist inakzeptabel."

„Ich habe dir bereits erklärt, dass meine Mutter im Krankenhaus ist und ich sie nicht allein lassen konnte." Sie spricht laut. Die Herablassung in seinen Worten ärgert sie.

„Diese Tatsache alleine sollte dich nicht davon abhalten Dr. Heinrich und mich anzurufen, um den Termin zu verschieben. Ohne Nachricht nicht zu erscheinen ist respektlos." Zwischen seinen Augenbrauen steht eine scharfe Falte.

„Ich habe die Nachricht, dass meine Mutter im Krankenhaus liegt, erst kurz vor unserem Termin erhalten und ihn daraufhin vor lauter Besorgnis vergessen."

„Dr. Heinrich erwartet deinen Anruf. Hier ist seine Karte, ich gehe davon aus, dass du seine Nummer nicht hast." Er zieht eine Visitenkarte aus seiner Jacketttasche. „Wie ich dir bereits gesagt habe, bin ich diesen Monat besetzt. Unser nächster gemeinsamer Termin ist am 2. November." Er hat hastig gesprochen und sich dabei immer wieder umgeschaut. „Ach ja, du solltest deiner Bank eine Adressänderung angeben. Und vergiss bitte nicht, deinen Führerschein und deinen Personalausweis umschreiben zu lassen." Er hebt flüchtig die Hand und steigt ins Auto, ohne Jo noch einmal anzusehen. Der Motor heult auf, Kieselsteine knirschen unter den Autoreifen und Patrick rollt davon. Jo starrt ihm nach.

„Wer war das?" Tom springt neben sie und zupft am Saum ihrer Jacke.

„Mein Freund", murmelt sie. Ihr ist zum Heulen zumute. Die Hoffnung, dass der Sturm in ihrer Partnerschaft vorbeiziehen und alles wieder in Ordnung kommen könnte, hat sich mit dieser Begegnung soeben zerschlagen. Er hat akzeptiert, was sie selbst noch nicht wahrhaben will: dass die Distanz zu den Menschen, die hier Unterschlupf gesucht haben, kleiner geworden ist als jene zwischen ihnen. Sie ist auf direktem Wege dabei, ihr bisheriges geschütztes Leben einzutauschen gegen eine Existenz auf der Straße. Sie erkennt diese Wahrheit in voller Schärfe, und dieses plötzliche Bewusstsein sticht in ihrer Brust.

„Aber bei einem Freund freut man sich doch, wenn man ihn sieht." Er steht vor ihr und schaut sie mit großen Augen an.

„Ach Tom!" Ohne sich um Lucias Reaktion zu kümmern hebt sie ihn hoch und drückt ihn an sich.

„Bist du traurig?" Sie nickt wortlos. Mühevoll schluckt sie die Tränen hinunter. Sie will nicht weinen, nicht vor Tom und nicht vor den anderen.

„Komm, lass uns fertig essen." Ihre Stimme kratzt. Sie stellt den Jungen auf den Boden und kehrt zur Mauer zurück.

Paul senkt die Augen und Temo widmet sich wieder seinem hartgekochten Ei. Amar mustert sie aufmerksam.

„Sei froh, dass du den los bist!" Lucias Worte sind kaum mehr als ein Flüstern, und sie treffen Jo.

„Er hat auch eine andere Seite", zischt sie.

„Mir würde diese eine reichen, um abzuhauen."

Jo lässt sich auf dem Boden nieder und nimmt Tom auf den Schoß.

„Geht es?" Amars Blick ist teilnahmsvoll. Sie nickt, und der Druck auf ihre Brust lässt ein wenig nach. „Einen Menschen lernt man nur in der Dunkelheit richtig kennen. Eine Volksweisheit aus Senegal", fügt er mit einem vorsichtigen Lächeln hinzu.

„Ich bin froh, dass ihr da seid!" Die Tränen sind nun doch stärker, und Jo lässt sie fließen, während sie Paul, Temo, Amar, Lucia und Tom zulächelt.

Auf den Platz fallen die ersten dicken Regentropfen.

Jo erwacht von einem unangenehmen Druck auf ihre Blase. Der Regen prasselt noch immer aufs Autodach, wenngleich nicht mehr so stark wie vorher, bevor sie auf der Rückbank zusammengerollt eingeschlafen ist. Frierend steigt sie aus.

Es dämmert. Silbern schimmern die Regenfäden im letzten Tageslicht. Die Luft riecht nach feuchter Erde und Tannennadeln. Jo überquert den Platz und steigt ins hohe Gras. Sofort breitet sich die Nässe in ihren Turnschuhen aus. Sie vergräbt die Fäuste in ihrer Jackentasche und stapft auf einen hohen Baum zu.

Als sie sich auf den Rückweg zu ihrem Auto machen will mit dem Vorsatz, zum nächstbesten Restaurant zu fahren und dort zu Abend zu essen, hört sie ein Rascheln hinter sich. Sie wirbelt herum.

„Jo?"

Aus dem Halbdunkel schält sich Pauls Silhouette.

„Ja." Ihre Stimme vibriert vor Erleichterung.

„Ich hab' Tee." Er trägt eine Regenjacke und hat sich die Kapuze über den Kopf gezogen.

Der Gedanke an einen heißen Tee verdrängt die Frage, woher er ihn hat. „Oh, das wär' fein."

Er dreht sich um und sie folgt ihm. Er geht nicht in Richtung der Güterwaggons, sondern verschwindet zwischen den Bäumen. Sie spürt, wie der Regen ihre Hosenbeine durchweicht. Plötzlich steht sie vor einem VW-Bus.

„Seit wann steht der Bus hier?"

„Seit fast 14 Monaten."

Er öffnet die Tür und lehnt sich hinein. Gleich darauf dringt Licht nach draußen. „Komm."

Es riecht nach Bratkartoffeln und Spiegeleiern. Und es ist warm. Jo zieht die Tür zu und blickt sich um. Rechts von ihr trennt ein schwarzer Vorhang die Fahrerkabine vom Rest des Busses ab. Gegenüber der Tür befindet sich ein ausklappbarer Tisch mit zwei Holzschemeln. Links von der Tür ist eine winzige Kochzeile mit einem zweiflammigen Gaskocher und einer kleinen Rüstfläche. Der hintere Teil des Busses gehört einem Bett. Der kleine Raum ist sauber und aufgeräumt, einzig die Bierflaschen in einer Papiertüte unter dem Tisch weisen auf Pauls Alkoholabhängigkeit hin. Aus den Lautsprecherboxen klingt Klaviermusik.

Für einen Moment vergisst Jo, wo sie sich befindet. Es kommt ihr vor, als besuche sie einen Freund auf einem Campingplatz. Ein ganz normales Treffen.

„Seit wann wohnst du hier?"

„Nach der Scheidung von meiner Frau bin ich hier eingezogen. Sie ist im Haus geblieben, weil sie das Sorgerecht für die Kinder hat. Wir sind nicht verheiratet und ich habe mich nie um ein gemeinsames Sorgerecht gekümmert. Leider."

„Aber seit der Gesetzesrevision von 2013 kannst du als leiblicher Vater die gemeinsame elterliche Sorge beantragen, und der Familienrichter kann den Antrag auch ohne Zustimmung der Mutter gutheißen." Sie weiß das von Patrick.

Paul lächelt traurig. „Glaubst du, dass mir ein Gericht das Sorgerecht zusprechen würde? Ich bin alkoholabhängig."

Verlegen neigt Jo den Kopf zur Seite. „Tut mir leid, das hab' ich vergessen." Sie setzt sich auf einen Hocker. „Warst du das schon immer?"

Paul stellt eine Tasse vor sie hin und schenkt dampfenden Tee ein. Der Duft nach frischer Pfefferminze breitet sich aus.

„Nein. Meine Frau hat die Scheidung eingereicht, weil sie sich in einen anderen Mann verliebt hat. Ihr Freund ist dann auch gleich bei uns eingezogen. Da bin ich gegangen. Ich war völlig durch den Wind, bin nur noch in Kneipen rumgehängt und hab mich volllaufen lassen. Ab einem gewissen Alkoholpegel haben die Schmerzen nachgelassen. Aber ganz verschwunden sind sie nie."

Er lässt sich auf dem anderen Schemel nieder. Flüchtig streift sie sein Blick, dann nimmt er den schwarzen Vorhang ins Visier.

„Hab' ich das richtig verstanden, dass der andere Mann bei euch eingezogen ist, als ihr noch verheiratet wart?" Ungläubig schüttelt Jo den Kopf.

„Ja. Ich war ein gutmütiger Trottel. Meine Frau hat mir eines Tages gesagt, dass sie sich neu verliebt hat und sich von mir scheiden lassen will. Ich wollte das nicht, weil ich meine Kinder liebe und sie nicht verlieren wollte. Da hat sie ihn kurzerhand ins Haus geholt."

„Und wie haben deine Kinder reagiert?"

„Der Große war fünf und die Kleine drei. Der Große wollte von ihm zuerst nichts wissen, aber die Kleine ist schon am zweiten Abend auf seinem Schoß gesessen."

Jo schüttelt sich. Das Ganze kommt ihr ungeheuerlich vor. „Wie lange hast du das ausgehalten?"

„Zwei Wochen. Dann bin ich gegangen. Ich hatte Glück und habe sofort eine 2-Zimmerwohnung gefunden. Damals hatte ich noch meinen Job, da war das kein Problem."

Jo betrachtet das Gesicht ihres Gegenübers. Die Haut wirkt fahl und spannungslos, unter dunklen Augenringen hängen kleine Wülste. Schatten liegen auf eingefallenen Wangen, und das ungekämmte Haar wirkt fettig.

„Was hast du gearbeitet?"

„Ich war Physikdozent an der Uni. Bis ich angefangen habe zu trinken, dann war ich meinen Job innerhalb eines Semesters los."

„Das kann ich mir vorstellen. Ich war Mittelschullehrerin und bin freigestellt worden, weil ich mich in die Schlägerei um Marc habe verwickeln lassen. Lehrberufe scheinen gnadenloser zu sein als andere." „Vermutlich wegen der Vorbildfunktion, die wir zu erfüllen haben." Er schenkt sich Tee nach.

Ihre steifen Finger fangen die Wärme ihrer Tasse ein. „Hast du Arbeitslosengeld II beantragt?" „Du meinst Hartz IV?" Jo nickt und er lacht bitter. „Ja. Drei Jahre lang habe ich auf einen Bescheid gewartet, dann habe ich den Antrag zurückgezogen."

„Warum?"

„Weil ich genug davon hatte, wie ein lästiger Versager behandelt zu werden. Zuerst hat das Amt verlangt, dass ich wieder zu meiner Frau ziehe, denn die Familie gilt als Bedarfsgemeinschaft und jedes Einkommen innerhalb dieser Gemeinschaft wird angerechnet, also auch das Einkommen meiner Frau. Das wäre für das Amt am billigsten gewesen. Das ist für mich nicht in Frage gekommen. Nach der Scheidung hab' ich den nächsten Antrag gestellt. Da hieß es dann, was ich denn mit meinem bisher erwirtschafteten Geld gemacht habe, als Uniprofessor hätte ich doch genug verdient. Ich musste nachweisen, dass ich gekündigt worden bin, dass ich über kein Vermögen verfügte, weil ich einerseits meine Exfrau mitfinanzieren und meinen Kindern Alimente bezahlen musste und weil ich andererseits jahrelang eine teure private Pflege für die Mutter meiner Exfrau bezahlt hatte. Nachdem ich diese Nachweise erbracht habe, wollten sie wieder andere Dokumente, dann waren die ersten plötzlich verschwunden, dann fanden sich Formfehler. Es war reine Schikane, eine Verzögerungs- und Zermürbungstaktik."

Jo spürt die Wut, welche die Erinnerung in Paul aufsteigen lässt. Er zieht ein Bier aus einer kleinen Kühlbox und trinkt die Flasche in einem Zug leer.

„Warum das alles? Das Amt soll doch Menschen unterstützen und nicht schikanieren." Verständnislos schüttelt Jo den Kopf.

„Ich weiß es nicht. Viele Sachbearbeiter sind Quereinsteiger, die unzureichend ausgebildet werden. Ganze 35 Tage soll die Ausbildung dauern, dabei benötigt man allein fürs Verständnis des Sozialgesetzbuches mindestens ein Jahr! So werden sicher aus mangelnder Kompetenz Fehlentscheide getroffen und die betroffenen Sachbearbeiter sind mit den Fragestellungen überfordert. Andererseits sind es entweder schwache Menschen, die ihren Job missbrauchen, um Macht über andere ausüben zu können, oder sie nutzen den Job, um eigenen Frust abzulassen. Ich habe auch gehört, dass es für die Jobcenter Boni gibt für Einsparungen und für Sanktionen."

„Das ist nicht dein Ernst!"

„Ich weiß nicht, ob es stimmt, aber das Verhalten der Sachbearbeiter lässt diesen Schluss tatsächlich zu. Nie in meinem Leben habe ich solch menschenverachtendes Verhalten erlebt wie im Jobcenter!" Paul schüttelt sich und holt eine zweite Flasche Bier. „Jedenfalls konnte ich nach sechs Monaten ohne Arbeitslosengeld die Miete für meine Wohnung nicht mehr bezahlen. Anfangs habe ich meine guten Möbel verkauft und sie durch gebrauchte ersetzt, aber dann war alles Geld aufgebraucht."

„Aber das Jobcenter wusste doch, dass du deinen Kindern Alimente bezahlen musst, oder?"

„Klar. Das schien die Sachbearbeiterin aber nicht zu interessieren. Als ich ihr sagte, dass ich ohne Unterstützung die Miete nicht mehr würde bezahlen können, meinte sie eiskalt, es stünde mir frei, wieder ins Haus meiner Exfrau zu ziehen. Da hab' ich den Antrag zurückgezogen. Nach dem Verlust meiner Wohnung hab' ich die ersten Nächte in einer Notunterkunft verbracht. Den Bus hab' ich mir gekauft, damit ich nicht mehr dorthin muss. Und nachdem ich zweimal im Suff fast erfroren wär'." Er nippt an seiner Tasse. „Zweimal ist er mir ausgeräumt worden, weil ich ihn vergessen habe abzuschließen. Zufällig bin ich dann hierher gekommen. Hier brauche ich keine Angst mehr zu haben. Und hier ist Tom. Er erinnert mich an meinen eigenen Sohn."

„Hast du dich an anderen Universitäten beworben?"

„Nein. Selbst ohne Alkoholabhängigkeit bin ich nicht in der Lage zu arbeiten. Mein Leben ist mir total entgleist. Meine Kinder sind das Wichtigste in meinem Leben, und durch die Scheidung habe ich kaum mehr Kontakt zu ihnen." Seine Stimme bricht. Verstohlen wischt er sich über die Augen.

„Und wovon lebst du jetzt?"

Er zuckt die Schultern. „Vom Schnorren. Ein bisschen Erspartes ist mir geblieben. Das habe ich auf einem Konto in der Schweiz aus der Zeit, als ich ganz zu Beginn meiner Berufslaufbahn in Zürich gearbeitet habe. Das Konto erscheint in keiner Steuererklärung. Wenn ich Ersatzteile für den Bus brauche, bezahl' ich das mit diesem Geld." Der Anflug eines Lächelns huscht über sein Gesicht.

Jo trinkt den Tee in kleinen Schlucken und fühlt der Wärme nach, die sich einen Weg durch ihren Körper bahnt.

„Deine Mutter ist im Krankenhaus?"

Sie ist überrascht, dass er sich das gemerkt hat. „Ja. Sie hat sich den Fußknöchel verletzt."

„Wie ist das passiert?"

„Ich hab' vergessen, sie danach zu fragen. Ich war so durcheinander. Vor einigen Wochen hat sie sich das Handgelenk verstaucht. Dann hat es in ihrer Wohnung gebrannt. Und nun das."

„Wie alt ist deine Mutter?"

„72. Sie war aber bis vor kurzem immer fit. Ich weiß nicht, warum diese Unfallhäufungen plötzlich vorkommen."

„Lebt sie alleine?"

„Ja. Ich glaube, es wäre besser, wenn sie betreut wohnen würde. Aber sie würde niemals in ein Altersheim gehen. Und ich kann sie nun auch nicht mehr zu mir nehmen."

Sie schweigen. Klavierklänge erfüllen den Bus. Jo horcht auf. Die Melodie kommt ihr bekannt vor.

„Das ist doch Nyman!"

Pauls Augen leuchten. „Du kennst seine Musik?"

„Klar! Ich liebe vor allem seine Filmmusik, aber das Klavierkonzert ist auch schön. Hast du das Stück auf CD?"

Er nickt und zieht eine Kartonschachtel unter dem Bett hervor.

„Wow!" Begeistert blickt sie auf etwa 200 CDs, die fein säuberlich in der Schachtel nach Komponist geordnet sind. „Ist das alles klassische Musik?"

„Klassik und Jazz. Diese CDs sind das Einzig außer meinen Kleidern, das ich aus dem Haus mitgenommen habe."

Sie stöbert durch die CD-Hüllen, freut sich über das eine oder andere Werk, das sie kennt und zieht schließlich eine CD heraus. „Die hab' ich auch!" Es sind die Fagottkonzerte von Mozart, Hummel und Weber. Sie dreht sie zwischen den Fingern. „Das ist das Einzige, das ich neben meinen Kleidern mitgenommen habe."

Ihre Blicke treffen sich. Sie lächelt.

21

Am folgenden Morgen regnet es noch immer. Jo fühlt sich mindestens so zerknittert wie die Wäsche aussieht, die sie trägt. Es ist ihr klar, dass sie nicht in ihrem Auto wohnen kann. Zumindest nicht hier in Deutschland, wo Herbst und Winter nicht dafür gemacht sind, sie im Freien zu durchleben. *Alberts* Fensterscheiben sind angeschlagen, und die Feuchtigkeit ist in jede Faser ihrer Kleidung gekrochen. Mit klammen Fingern schiebt sie sich Haarsträhnen aus dem Gesicht und öffnet die Tür.

Grauer Einheitsbrei empfängt sie. Der Platz wird von ausgedehnten Pfützen dominiert, in welche die Regentropfen hineinspritzen. Die Bäume sind hinter dem Regenvorhang verschwunden, und das Bahnhofsgebäude hebt sich als dunkler Schemen vom Grau ab.

Jo springt auf die Mauer und betritt die Halle. Temos Schnarchen begrüßt sie. Große Teile des Fußbodens sind nass. Sie richtet ihre Augen zur Decke und erkennt zahlreiche undichte Stellen, durch die der Regen in die Halle tropft. An den Wänden ziehen sich dunkle Bahnen hinunter. Sie macht einige Schritte in den Raum hinein. Am trockensten scheint es ganz hinten zu sein, dort, wo Temo und Steve ihr Lager aufgeschlagen haben.

Steve. Wo er wohl steckt?

Im Halbdunkel beobachtet Jo eine Ratte, die über den mit Abfall bedeckten Fußboden huscht. Die Feuchtigkeit erscheint ihr noch intensiver als draußen, aber am schlimmsten ist der Gestank, der sich aufdringlich in ihrer Nase festsetzt. Hier kann sie unmöglich bleiben. Sie tritt hinaus ins Freie und drückt sich im Schutz des Dachvorsprungs an die Mauer.

Was nun? Sie könnte wieder in ein Hotelzimmer ziehen. Aber dort wäre sie allein, und der Gedanke daran schreckt sie ab. Mehr noch als die Vorstellung, in ihr kaltes Auto zurück zu kriechen. Immerhin sind hier Menschen in der Nähe, mit denen sie hin und wieder sprechen kann.

Das Stationshäuschen! Es muss ein Stationshäuschen geben. Vielleicht ist es halbwegs bewohnbar, wenigstens so, dass sie sich bei Regen darin aufhalten könnte. Die einzige Seite des Bahnhofsgebäudes, die sie noch nicht kennt, ist die rechte Schmalseite. Sie blickt sich um, betrachtet den Himmel, dessen gleichmäßiges Dunkelgrau kein Versprechen auf Wetterbesserung geben mag, zieht den Kopf ein und rennt durch den Regen.

Fast hätte sie den kleinen Anbau übersehen. Er ist zu Dreivierteln von hohen Büschen überwuchert und drängt sich eng an die Wand der Verladehalle. Aufmerksam geht sie an den Büschen entlang, zwischen deren teilweise bereits kahlen Ästen rote Backsteine hindurch schimmern, sucht mit den Augen eine lichte Stelle, ein Fenster oder eine Tür. Die Regentropfen rinnen in den Ausschnitt ihrer Jacke, tränken den Kragen ihres Pullovers und laufen den Rücken hinunter. Sie ignoriert die Kälte und das Klappern ihrer Zähne und tastet sich voran.

Auf der Rückseite, die zu den Güterwaggons zeigt, wird Jo fündig. Der Griff der massiven Holztür lässt sich nicht herunterdrücken, aber die Scheibe eines Fensters ist eingeschlagen. Der Rest der Fensterfront, welche die ganze Länge des Anbaus einnimmt, ist intakt.

Wenn hier jemand ist?

Sie hält inne und horcht. Außer dem gleichmäßigen Prasseln des Regens auf das lichte Blattwerk der Büsche ist nichts zu hören. *Wenn hier noch jemand wäre, hätten es mir die anderen sicher erzählt.* Ihr Herzschlag beruhigt sich wieder. Sie entfernt die Scherben, die auf dem backsteinernen Sims liegen und lehnt sich nach vorne.

Der Raum ist etwa vier mal fünf Meter groß. Auf der gegenüberliegenden Seite befindet sich ein weiteres Fenster, an dessen Scheibe sich die Äste pressen. In einer Ecke des Raumes entdeckt Jo einen Haufen verkohltes Holz, über den Boden verstreut liegen vereinzelte Blätter Zeitungspapier. Ansonsten ist der Raum leer.

Sie stemmt sich aufs Sims und lässt sich langsam auf der anderen Seite hinuntergleiten. Es riecht nach Staub. Immerhin scheint es trocken zu sein. Sie wirft einen Blick an die Decke, von der weißer Putz bröckelt, und geht auf den Holzhaufen zu. Unter ihrem linken Fuß splittert etwas. Erschrocken macht sie einen Schritt zurück. Sie ist auf eine Spritze getreten. *Dafür also das Feuer.* Ein Schauer zieht über ihren Rücken. Entweder ist es schon lange her, seit hier gefixt wurde, oder es handelt sich um eine einmalige Aktion. Temo hat doch gesagt, der Bahnhof sei sauber. Verunsichert sucht sie nach frischen Spuren, die auf die Nutzung des Raumes durch Drogenabhängige hinweisen, aber die zentimeterdicke Staubschicht auf dem Boden verrät ihr, dass schon lang niemand mehr hier gewesen ist.

Draußen fährt ein Windstoß durch die Äste der Büsche, dringt durch die fehlende Fensterscheibe in den Raum und streift über ihr Gesicht. Jo beschließt, am nächsten sonnigen Tag wiederzukommen und einen Besen mitzubringen. Wenn es ihr gelingt, die Tür zu öffnen und die Fensteröffnung zu verschließen, könnte sie vielleicht tatsächlich hier einziehen.

Sie grinst. Sie fühlt sich zurückversetzt in ihre Kindheit, als sie mit ihrer besten Freundin Petra in der Ruine im Wald unweit des Bauernhofes, auf dem Petra gewohnt hat, herumgestöbert hat. Sie haben sich mit den halb zerfallenen Möbeln zwei Zimmer eingerichtet, und die Ruine ist während der gesamten Grundschulzeit ihr geheimer Treffpunkt gewesen. Die aufgeregte Begeisterung von damals kribbelt in ihren Fingerspitzen und verzaubert das kleine Stationshäuschen in einen Raum voller Geheimnisse.

Sie hat nichts mehr zu verlieren.

***

Die Grenze zwischen Frankreich und Spanien bereitet Marc kein Kopfzerbrechen mehr. Seit er das Unmögliche ausgesprochen hat, das Unfassbare, das, was niemals hätte geschehen dürfen, ist die Zuversicht zu ihm zurückgekehrt. Die Zuversicht, die ihn im Moment des Unfalls verlassen hat. Er fühlt sich wieder lebendig, spürt das Leben und das Blut, das durch seine Adern fließt.

Der Tod seiner Freunde hat ihm seine Stimme geraubt. Er hat ihn sprachlos gemacht, und diese Sprachlosigkeit hat ihn immer mehr in die Isolation getrieben, bis ihn als stummen Einzelgänger die Straße aufgenommen hat. Erst dieser Unfall soeben hat die Mauer, die er in den vergangenen 13 Jahren um sich herum aufgebaut hat, zum Einstürzen gebracht. Dieser Unfall und Raffas verständnisvolles Mitgefühl. Oder hat dieser Prozess der Öffnung bereits früher begonnen?

Es ist Jo gewesen.

Ihr Einsatz für sein Leben hat ihn aufgeweckt. Hat in ihm den letzten Funken Lebensenergie entzündet, der noch in ihm geschwelt hat. Ihre selbstlose Fürsorge hat ihm den Respekt vor sich selbst zurückgegeben, wenngleich er in diesen Tagen im Güterbahnhof noch keine Worte gefunden hat.

Jo. Warum hat sie sich für mich eingesetzt? Warum hat sie mich gesucht, sich um mich gekümmert?

Marc verspürt ein plötzliches Verlangen danach, sich bei ihr zu bedanken. Er muss sie wiedersehen. Muss ihr sagen, was ihr Handeln bei ihm ausgelöst hat. Aber wie? Sie weiß ja nicht, wohin er unterwegs ist. Oder vielleicht doch? Hat er Tom gegenüber erwähnt, wohin er fährt? Er weiß es nicht mehr, und diese Ungewissheit lässt ihn verzweifeln. Soll er seine Reise abbrechen? Aussteigen und zurückfahren? Aber wird er nochmals einen Menschen finden wie Raffa, der ihn, den mittellosen Obdachlosen, ohne Gegenleistung eine so weite Strecke mitnimmt? Etwas an diesem Gedanken fühlt sich schwer an. *Ohne Gegenleistung.* Er kann sich nicht bei Raffa revanchieren, dass er ihn nicht nur mitgenommen hat, sondern ihn auch noch mit Essen versorgt. Dieses plötzliche Bewusstsein lastet so schwer auf Marc, dass er den Kopf zu Raffa dreht.

„Bitte, lass mich aussteigen."

Vor Überraschung tritt der mächtige Mann auf die Bremse, um sie gleich darauf wieder zu lösen. Der Bus ruckt und Malte knallt gegen die Fensterscheibe.

„Mann, was war das denn?" Verdutzt reibt er sich die Stirn.

„Sorry." Raffa starrt auf die Straße.

„Raffa, ich meine es ernst." Marcs Stimme klingt fest.

„Warum?"

„Weil ich dir nichts für deine Hilfe geben kann, und das ist mir unangenehm."

„Vergiss es. Ich brauche kein Geld von dir." Raffa dreht die Musik auf.

Marc lehnt den Kopf an die Stütze und grübelt. Er muss Raffa etwas geben, damit er sich besser fühlt.

***

Jo zögert. Sie steht vor dem Seiteneingang eines Kaufhauses und betrachtet die Menschen, die durch die Schiebetüren ein- und ausgehen. Ihre Kleidung ist nass bis auf die Unterhose, und die ungewaschenen Haare hängen in Strähnen über die Schultern, weil sich der einzige Haargummi, den sie aus Patricks Haus mitgenommen hat, irgendwo in ihrem Auto versteckt hält. Seit sie aus dem Hostel ausgezogen ist, hat sie keinen Spiegel mehr gesehen, sie fühlt sich unwohl.

„Hallo, hast du 'nen Euro für mich?"

Neben ihr steht eine Frau, eine nasse Mütze in die Stirn gezogen. Ein grauer Wollmantel verbirgt den ganzen Körper. An einigen Stellen ist die Wolle so dünn, dass ein roter Pullover darunter hervorschimmert. Ihre Haltung ist gebeugt, aber ihre Augen blicken wach. Die Haut des Gesichts ist tiefbraun, ob von der Sonne oder vom Schmutz lässt sich nicht sagen. Jo schätzt sie auf Anfang Vierzig.

„Was machst du mit dem Euro?", hört sie sich fragen.

„Mir was zu Essen kaufen."

„Komm mit." Sie stellt sich zwischen die beiden Schiebetüren.

„Ich geh' da nicht rein, die jagen mich gleich wieder raus." Sie macht einen Schritt zurück.

Jo schluckt. „Okay, ich hol' dir was. Was magst du?"

„Einen Apfel?"

Sie sieht ihr den Hunger an. „Warte hier." Sie vergewissert sich, dass sich die Frau an die Wand lehnt und nicht weitergeht, dann betritt sie das Kaufhaus. Unbehelligt gelangt sie im Untergeschoss zum Take-away-Stand. Sie schaut offenbar weniger abgerissen aus, als sie sich selbst fühlt. Sie bestellt eine Portion Nudelauflauf mit Gemüse und eine Flasche Wasser und steht gleich darauf wieder vor der Frau.

„Hier. Lass es dir schmecken."

„Für mich?"

„Ja." Die Hände der Frau zittern, als sie den Deckel der Warmhaltebox öffnet. Würde es nicht immer noch regnen, würde Jo sie auf eine der Parkbänke ziehen, die vor dem Kaufhaus stehen. So aber bleibt der Frau nichts anderes übrig, als sich ein wenig abseits des Eingangs im Schutz des Vordachs auf dem Boden niederzulassen, um ihre Mahlzeit einzunehmen. Es scheint ihr nichts auszumachen.

Jo setzt sich zu ihr. „Ich bin Jo." Sie reicht ihr die Hand, nachdem die Frau das leere Geschirr zur Seite gestellt hat.

„Martina. Vielen Dank für das Essen!"

Sie umfasst ihre Hand mit beiden Händen und drückt sie. Ihre langen Finger könnten einer Pianistin gehören, wären sie nicht so knochig, dass Jo Angst hat, sie zu zerbrechen, würde sie richtig zudrücken.

„Bist du immer hier?"

Die Frau schüttelt den Kopf. „Nein. Mal hier, mal woanders, selten zweimal am selben Ort."

„Lebst du auf der Straße?" Jo staunt darüber, wie leicht ihr die Frage plötzlich über die Lippen kommt.

Martina blickt sich flüchtig um, dann antwortet sie mit leiser Stimme: „Ja."

„Warum?"

„Willst du das wirklich wissen?"

„Ja."

Die Frau lehnt sich an die Wand des Kaufhauses und mustert Jo nachdenklich. Dann beginnt sie hastig zu sprechen. „Ich bin 37. Lange Zeit habe ich professionell Geräteturnen betrieben, habe an Wettkämpfen geturnt. Vor 14 Jahren bin ich während eines Wettkampfes aus dem Schwung heraus vom Barren herunter auf den Kopf gefallen, so ungünstig, dass ich ein Schleudertrauma erlitten habe. Leider habe ich das lange Zeit nicht erkannt. Ich hatte Kopfschmerzen und hin und wieder wurde mir übel. Als die Schmerzen zugenommen haben und Schwindel und Sehstörungen dazugekommen sind, bin ich zum Arzt gegangen. Der konnte nichts feststellen. Im Job bin ich immer öfter ausgefallen. Ich bin Hochbauzeichnerin und habe in einem Architekturbüro gearbeitet. Nach zwei Jahren häufiger Arbeitsausfälle hat mir mein Chef gekündigt. Weil ich gesundheitlich nicht in der Lage gewesen bin weiter zu arbeiten, habe ich Arbeitslosengeld beantragt. Das ist nun zehn Jahre her."

„Und, bekommst du das Geld?"

Martina nickt zögerlich. „Seit zwei Jahren. Eigentlich ist es zu spät. Ich habe alles verloren."

„Warum hat das so lange gedauert, bis dein Antrag bewilligt wurde?"

„Ach, das Jobcenter verlangt eine Krankschreibung eines Arztes mit der Feststellung der Teilarbeitsunfähigkeit. Ich könnte bis maximal vier Stunden täglich arbeiten, dann ist Schluss. Ich bin von Arzt zu Arzt gegangen, aber keiner konnte eine Diagnose stellen. Ich selbst habe die Beschwerden nicht mit dem Unfall von damals in Verbindung gebracht. Erst ein homöopathisch arbeitender Arzt hat im Rahmen des Aufnahmegesprächs den Zusammenhang erkannt und die Diagnose gestellt. Aber auch danach hat es nochmals zwei Jahre gedauert, bis ich Geld vom Jobcenter gesehen habe."

„Wie kann das sein?"

Martina zuckt die Schultern und zieht den Mantel fester um sich. „Angeblich ist das Geld überwiesen worden, aber auf meinem Konto kam nie was an."

„Aber das lässt sich doch leicht überprüfen, ob eine Überweisung stattgefunden hat."

„Theoretisch ja, aber ich habe ja keinen Einblick ins System. Ich muss glauben, was mir der Sachbearbeiter sagt, auch wenn ich das längst nicht mehr tue. Der kann froh sein, dass ich ihn noch nicht umgebracht habe!"

Jo zuckt zusammen. Martina hat leise gesprochen, aber ihre Worte vibrieren vor Hass. Sie muss ihre stumme Frage spüren, denn hastig fährt sie fort. „Das Arschloch hat mich so fertig gemacht. Zuerst hat er gemeint, wovon ich denn die letzten Monate gelebt habe, unterernährt würde ich nicht gerade aussehen. Ein andermal sagte er zu mir, so, wie ich aussehe, könne ich besser anschaffen gehen als im Jobcenter um Geld zu betteln."

Fassungslos starrt Jo die Frau an. Es fällt ihr schwer zu glauben, dass jemand so niederträchtig sein kann.

„Das tut weh. Verdammt weh. Es macht dich klein, im Innern. Du fühlst dich wie Dreck, unwürdig, ein normales Leben zu führen."

„Bist du wieder hingegangen?"

„Ja. Aber erst, als ich das Schreiben des Arztes hatte. Ich brauchte das Geld dringend. Ich hatte bereits meine Wohnung verloren und wohnte bei Freunden. Aber meine Freundin war schwanger und sie brauchten das Zimmer, in dem ich schlief. Ich brauchte unbedingt Geld für eine eigene Wohnung. Mir war egal, wo, ich wäre auch in Zimmer in einer WG gezogen. Aber das Geld vom Jobcenter kam nicht. Erst als ich eine Beschwerde bei der Arbeitsagentur in Nürnberg eingereicht habe, hat das mit den Überweisungen geklappt. Da bin ich aber schon auf der Straße gewesen." Abrupt bricht Martina ab und Jo bemerkt, wie ihre Hände zu zittern beginnen.

„Frau Kunze, was tun Sie da?"

Vor ihnen steht ein untersetzter Mann in schwarzer Jacke und grauer Hose, einen roten Regenschirm mit dem Sparkassenlogo über dem Kopf balancierend. Seine Nase ist knollig und zu groß, die Wangen sind eingefallen, und das vorgeschobene Kinn mit den Bartstoppeln erinnert Jo an einen Ziegenbock. Die Jacke spannt sich über einem kugelrunden Bauch.

Martina springt auf. „Guten Tag, Herr Zahnd."

Ihre Stimme klingt heiser und Jo hört das schwache Beben darin. Sie erhebt sich ebenfalls.

„Frau Kunze und ich haben uns zu einem Schwatz zusammengefunden." Jo blickt dem Mann fest in die Augen. Der wendet den Blick ab und sucht die Quadratmeter Boden um sie herum ab. Sein Blick bleibt an dem Essgeschirr aus Styropor haften, das noch immer in der Nähe der Wand steht.

„Was ist das?" Seine Worte kommen wie Pistolenkugeln aus seinem Mund geschossen.

„Die Reste meines Mittagessens. Wollen Sie?" Gelassen bückt sich Jo, ergreift die leere Verpackung und stellt sich an den Behälter zu öffnen.

„Um Himmels Willen, nein." Erschrocken fuchtelt der Mann mit den Händen in der Luft herum. Dann spießt sein Blick Martina auf. „Sie wissen, was Ihnen blüht, wenn Sie nochmal beim Betteln erwischt werden."

Empört stemmt Jo die Fäuste in die Taille. „Frau Kunze bettelt nicht! Ich habe sie dazu überredet sich zu mir zu setzen, weil mir mein Knie Probleme macht und ich nicht gerne im Regen auf einer Parkbank sitze."

Ein kalter Blick trifft sie, dann wendet sich der Mann mit einem geknurrten „Wollen wir's hoffen" ab.

Erleichtert atmet Jo auf. Ihr ist heiß, sie wischt sich Schweiß von der Stirn.

Sichtlich erschöpft lässt sich Martina an der Wand entlang auf den Boden gleiten. Jo blickt dem Mann nach, der mit kleinen Schritten zwischen den Passanten verschwindet.

„Wer war das? Sachbearbeiter?"

Die Frau nickt und blickt düster. „Er hat mich schon mal beim Betteln erwischt, und darauf hin hab' ich gleich eine Sanktion erhalten. Kürzung des Arbeitslosengeldes um 30%."

„Warum?"

„Weil ich nach Aussage des Jobcenters durch Betteln Geld verdiene, und weil das nicht genau erfasst werden kann, werden die Leistungen pauschal gekürzt."

„Mann, das gibt's doch nicht!" Jo ist so empört, dass sie aufstampft.

„Doch, das gibt's", erwidert Martina trocken. „Im Dunstkreis von Hartz IV gibt es nichts, das es nicht gibt."

„Warum tust du dir das an? Das ist doch reiner Psychoterror!"

„Ich brauch' das Geld, auch wenn's zum Leben nicht reicht. Aber wenn ich nichts mehr bekomme, weiß ich nicht, was ich essen soll." Die Verzweiflung in Martinas Stimme drückt Jos Herz zusammen. Sie versucht sich dagegen zu wehren, aber sie ist machtlos. Ihr fällt nichts ein, womit sie Martina trösten könnte. Sie schluckt leer.

„Gibt es denn nichts, was du arbeiten könntest? Wenigstens ein bisschen, damit du aus der Hartz IV-Falle rauskommst?" Mit jedem Wort stirbt die Hoffnung ein wenig mehr, und als sie geendet hat weiß sie, dass Martina keine Chance hat.

Resigniert schüttelt die Frau den Kopf.

„Falls du einen geschützten Platz zum Schlafen brauchst, komm zum alten Güterbahnhof am Südende der Stadt. Dort hat's Platz und liebe Menschen." Es ist ein vager Versuch, trotz allem ein bisschen Licht in das Leben dieser Frau zu bringen. Martina nickt und starrt auf den Fuß einer Straßenlaterne.

„Ich muss weiter. Tschüss!" Hilflos lächelt Jo ihr zu und betritt erneut das Kaufhaus.

Es gelingt ihr nicht, sich aufs Einkaufen zu konzentrieren. Immer wieder schweifen ihre Gedanken ab zu Martinas Geschichte. Patricks Märchen vom sozialen Netz fällt ihr ein. *Und wo, bitte, ist nun das Netz, das einen Fall wie Martina auffängt?*

Eine Stunde später verstaut Jo einen Besen, einen Lappen, Putzmittel, einen Eimer, eine Luftmatratze, einen Schlafsack und einen kleinen Gaskocher mit Ersatzkartusche im Auto. Ihre nächste Station ist der Trödler in der Nähe des Stadtparks. Sie hofft, dort einen gebrauchten Tisch, einen Stuhl, einen Kochtopf, Geschirr und Besteck zu finden.

Je länger sie unterwegs ist, desto mehr verflüchtigt sich Martinas Bild und desto stärker wird das Gefühl, in einem Abenteuer zu stecken. Sie fühlt sich mutig und stark, hat eine neue Perspektive und weiß wieder, was sie will. Sie will wieder so frei und unabhängig sein, wie sie während ihres Studiums gewesen ist – bevor sie Patrick kennen gelernt hat.

Auf dem Weg zurück zum Auto kommt sie an einem Second-Hand-Shop vorbei. Mit der Umstandskleidung, die sie sich vorhin im Kaufhaus angeschaut hat, ist sie nicht warm geworden. € 70.- für eine Umstandshose sind ihr plötzlich viel vorgekommen, immerhin trägt sie die Hose nur noch gute vier Monate. Zudem ist ihr der hohe Plastikanteil in den Kleidungsstücken aus Polyester, Polyamid und Nylon zuwider. Sie steigt die fünf Stufen zur Tür hinauf, über der handbemalt das Schild mit der Aufschrift *2nd Hand - 1st Choice* steht. Eine laute Türglocke bimmelt und lenkt den Blick einer jungen Frau auf Jo.

„Hi. Du suchst sicherlich Umstandsmode, richtig?" Sie grinst breit und offenbart dabei eine silbern glitzernde Zahnspange, die überhaupt nicht in das etwa 30jährige Gesicht passt. Kurzer, strohblonder Haarschnitt mit einer rot gefärbten, langen Strähne, enganliegender Rollkragenpullover in einer grellen Mischung aus Grün- und Rosatönen und eine ebenso enge Jeans mit Löchern über den Knien. Die Frau ist Jo trotz ihres extrovertierten Geschmacks auf Anhieb sympathisch und vertreibt die Hemmung, die sie beim Betreten des Ladens gehabt hat, mit einem Lächeln.

Eine Viertelstunde später verlässt Jo das Geschäft mit zwei Pullovern, einer Umstandshose und einer Winterjacke. Es ist ein gutes Gefühl, trockene Kleidung am Leib zu tragen.

Der Regen hat aufgehört. Temo steht vor der Tür zum Güterbahnhof und streckt sich. Er grinst, als Jo mit ihren Errungenschaften aus dem Auto aussteigt.

„Ziehst du hier ein?" Trotz des Lächelns auf seinem Gesicht spürt sie seine Besorgnis.

„Ja. Kennst du das Stationshäuschen?"

„Das Stationshäuschen. Ja, das Stationshäuschen." Sein Blick rückt in die Ferne und seine Lippen schürzen sich. Er scheint in eine Erinnerung abzutauchen. „Dort ist eine halb verweste Leiche gelegen, als ich hier angekommen bin. Ein Junkie, der sich wohl den goldenen Schuss verpasst haben muss. Wir haben ihn beim Fluss vergraben. Das Häuschen hat noch Jahre später nach Verwesung gerochen. Der Tod hat sich darin wohlgefühlt."

Jo würgt, ihr Magen überschlägt sich. Rasch humpelt der Greis auf sie zu und legt ihr die Hand auf die Schulter. „Sorry, Jo, das hätt' ich dir nicht sagen solln. Is schon lange her. Komm, ich helf' dir." Ein trockener Husten schüttelt ihn, er hält sich den Unterarm vors Gesicht.

„Bist du krank?"

„Nein, nur Husten. Der Regen..." Er greift nach dem Putzeimer, den Jo aus dem Auto ausgeladen hat.

„Lass mal, Temo. Das schaff' ich schon." Sachte nimmt sie ihm den Eimer ab, klemmt sich den Besen unter den anderen Arm und schleppt sich und die Sachen zum Stationshäuschen.

Vor der Fensteröffnung bleibt sie stehen. Ein mulmiges Gefühl lässt ihre Knie zittern. Sie verdrängt das Bild der Leiche, das durch ihren Kopf spukt wie eine lästige Fliege. „Es ist lange her, und heute riecht es nach Staub", versucht sie sich halblaut selbst zu beruhigen. Sie zieht eine kleine Sprühdose mit Schmiermittel aus der Tasche und besprüht damit die Türscharniere. Dann stellt sie den Besen durchs Fenster in den Raum und läuft zum Fluss, um Wasser zu holen.

„Du gehst also nicht zu ihm zurück?"

Jo wirbelt herum. Vor dem Fenster steht Lucia, die Ellbogen auf den leeren Rahmen gestützt. Ihre Haltung drückt Zustimmung aus, um ihre Mundwinkel zuckt ein Lächeln.

„Im Moment nicht." Jo taucht den Lappen in den Eimer mit Flusswasser und wickelt ihn um den Besen.

„Bist du arbeitslos, oder greift schon der Mutterschutz?" Lucia scheint bleiben zu wollen.

„Nein, der Mutterschutz beginnt erst sechs Wochen vor dem errechneten Entbindungstermin. Das ist bei mir erst Anfang Dezember. Ich bin freigestellt." Mit Druck schiebt sie den Lappen auf dem Besen über den Zementboden.

„Gib her. Das tut dir nicht gut." Mit einem Satz steht die rothaarige Frau neben ihr und nimmt ihr den Besen aus der Hand.

Verblüfft schaut Jo zu, wie Lucia kraftvoll den Boden ihres neuen Reichs reinigt. Sie lehnt sich an die Tür, nicht unglücklich darüber, ihren Rücken entspannen zu können. Ihr Bauchumfang hat in den letzten Wochen beträchtlich zugenommen, und das zusätzliche Gewicht lastet spürbar auf ihrer Rückenmuskulatur.

„Freigestellt. Also doch arbeitslos."

„Nein." Jo schüttelt vehement den Kopf.

„Und worin liegt der Unterschied?" Lucia zieht den Lappen vom Besen, taucht ihn mehrmals in den Eimer, drückt ihn kräftig aus und wickelt ihn erneut um den Besen.

„Ich bekomme meinen vollen Lohn bezahlt."

„Ja, bis nach der Geburt, und dann wird dir gekündigt."

Sie schrubbt weiter, und Jo macht einen Schritt auf den bereits nassen Boden, um ihr nicht im Weg zu stehen. „Oder schätze ich das falsch ein?"

Sie ärgert sich über Lucias selbstsicheres Auftreten und überlegt sich kurz ihr zu widersprechen. Doch wozu? Sie hat das dumpfe Gefühl, dass diese ungewöhnliche Frau sie schon längst durchschaut hat. „Ich weiß es nicht. Wahrscheinlich hast du Recht."

„Warum kündigst du dann nicht?" Lucia kippt das Wasser aus dem Fenster und hängt den Lappen über das Sims.

Jo blickt sie verständnislos an. „Kündigen? Wozu soll das denn gut sein? Dann bekomm' ich doch keinen Lohn mehr!"

„Nein. Aber was denkst du, was wird in deinem Arbeitszeugnis stehen, wenn dir dein Arbeitgeber kündigt?"

Jo schweigt. Darüber hat sie sich noch keine Gedanken gemacht. Sie hat bisher alle Überlegungen betreffend die Zeit um die Geburt und danach sorgfältig vor sich hergeschoben wie eine Schubkarre.

„Und was würde im Zeugnis stehen, wenn du es bist, die kündigt?" Lucia bleibt hartnäckig.

Jo nimmt ihr den Besen aus der Hand und stellt ihn in eine Ecke. Toms Mutter schwingt sich wieder aufs Fenstersims, knapp neben den nassen Lappen. Als sie sich zum Gehen wendet, hält Jo sie zurück. „Hey, warte. Ich hab' Abfallsäcke gekauft und will die Halle aufräumen. Temo schafft das nicht mehr. Hilfst du mir?"

Lucia hebt die Hand an die Schläfe und schiebt langsam eine Haarsträhne hinters Ohr. Dann wandert die rechte Augenbraue in die Höhe. „Klar."

Die schwarzen 100Liter-Säcke füllen sich in hohem Tempo. Plastiksäcke, Lebensmittelverpackungen, Zeitungspapier, Kondome, Damenbinden, eine einzelne Socke, ein zerrissenes Hemd, die rostigen Überreste eines Bettgestells, die Plastikbeine eines Gartenstuhls und Scherben, überall Scherben in Grün und Braun. Ein Sack nach dem anderen findet sich neben der Schiebetür wieder. Jos Rücken schmerzt vom Bücken, aber sie macht weiter. Neben ihr arbeitet Lucia. Das lange Haar zu einem Dutt auf den Kopf gesteckt, die Ärmel zurückgekrempelt, erinnert sie Jo ein wenig an Antonia Kukowitsch.

Am widerlichsten ist der Rattenkot, der vor allem entlang der Wände und in den Ecken zu finden ist. „Den kriegen wir so nicht weg, wir brauchen eine Schaufel." Angewidert wendet sich Lucia ab. Jo presst die Zähne zusammen und legt die Hände auf ihren Bauch.

Lucia verschwindet und kommt gleich darauf mit einer kleinen Kehrschaufel mit Handfeger zurück. Wortlos beginnt sie, die Kothäufchen zusammenzufegen. Jo hält ihr einen Abfallsack auf und konzentriert sich auf ihren Atem. „Lass uns morgen weitermachen." Der Boden verschwimmt vor ihren Augen und ihr Magen knurrt.

„Einverstanden."

Sie verlassen die Halle. Draußen dämmert es. Gierig saugen sie die Abendluft ein. Die Feuchtigkeit des Regens hängt darin, und sie fühlt sich auf der erhitzten Haut erfrischend an. Lucia streckt sich und geht auf die Ecke des Gebäudes zu.

„Ach ja, wenn du Lust auf Spaghetti mit Tomatensauce hast, kannst du rüberkommen. Tom würde sich freuen."

Sie ist verschwunden, bevor Jo antworten kann.

Kopfschüttelnd blickt sie ihr nach. Sie hat noch nicht entschieden, ob sie Lucia mag oder nicht. Sie kann mit ihrer direkten Art nicht umgehen, und doch ist sie froh, neben Temo und Paul eine Frau als Sparringpartnerin zu haben.

Am nächsten Morgen treffen sie sich erneut vor der Halle. Die Herbstsonne schickt ihre Strahlen durch die Spalten der Bretterverschläge und legt einen goldenen Schimmer über den Hallenboden.

Die beiden Frauen stehen im Eingang und lassen ihre Blicke zufrieden durch den Raum schweifen.

„Schon viel besser ohne den ganzen Müll." Nachdenklich schaut Jo die drei Abfallsäcke an, die neben ihr stehen. „Ich werde die Säcke gleich wegbringen."

„Es stinkt noch immer." Lucia rümpft die Nase.

„Ich fürchte, der Gestank geht nur raus, wenn wir den Boden richtig schrubben." Jo zieht eine Schnute und dreht den Kopf zu Lucia.

„Damit wirst du wohl Recht haben."

„Und?"

„Was und?"

„Machst du mit?"

„Klar. Ich hol' meinen Schrubber."

Mit Schrubber und Tom im Gepäck kehrt sie gleich darauf zurück.

„Schau mal, Jo, ich hab' einen eigenen Eimer!" Stolz hält er ihr ein knallrotes Eimerchen vor die Nase.

„Toll! Magst du uns damit Wasser aus dem Fluss holen?"

„Ja! Kommst du mit? Wir brauchen ganz viel Wasser für diese große Halle! Ui, Temo wird sich aber freuen wenn er von der Arbeit zurückkommt!" Die Wangen des Knaben glühen, und vor lauter Aufregung hüpft er wie ein Gummiball auf und ab.

Jo lacht, und dieses Lachen kommt aus ihrem tiefsten Innern. In der stinkenden Halle eines halb zerfallenen Güterbahnhofs steht sie zwischen obdachlosen Menschen, ohne eigene Wohnung und ohne jede konkrete Zukunftsperspektive, und lacht und fühlt sich so frei wie lange nicht mehr.

Eimerweise holen sie Wasser aus dem Fluss, wobei ihr Lucia energisch verbietet, die vollen Eimer zu tragen. Sie fluten große Teile des Zementbodens, kippen großzügig Putzmittel hinterher und schrubben, als gelte es einen Preis damit zu gewinnen. Wie ein Wiesel wandert Tom zwischen Fluss und Halle hin und her, etwas schneller mit dem leeren Eimer und mit theatralischem Ächzen auf dem Rückweg, unermüdlich. Zwischendurch setzt er sich mitten in die Wasserpfützen und spritzt Lucia und Jo nass. Die Wände werfen sein heiteres Kreischen zurück und es kommt Jo vor, als scheine die Sonne heute besonders hell.

Plötzlich wird ihr Bauch hart. Erschrocken krümmt sie sich.

„Was ist los?" Sofort steht Lucia neben ihr.

„Keine Ahnung. Mein Bauch ist hart."

„Sonst nichts?"

„Was, sonst nichts?"

„Ist dir übel, tut's irgendwo weh, sonst was Ungewöhnliches?" Jo schüttelt den Kopf. „Dann sind das gewöhnliche Übungswehen. Deine Gebärmutter trainiert, das ist völlig normal. Trotzdem solltest du besser nicht mehr weiterschrubben. Ich finde sowieso, dass das reicht. Temo muss ja nicht gerade vom Boden essen können." Sie schaut sich um. Erleichtert richtet Jo sich auf. Ihr Rücken schmerzt, und an ihren Händen haben sich erbsengroße Blasen gebildet. Zudem verunsichern sie diese Übungswehen, auch wenn sie darüber gelesen hat. Aber sie zu spüren ist ein besonderes Gefühl. Und sie machen Jo darauf aufmerksam, dass sie sich langsam aber sicher mit der Geburt auseinandersetzen muss.

Auch Lucia sieht erschöpft aus. Auf ihrer Stirn glitzern Schweißperlen, einzelne Haarsträhnen haben sich aus ihrem Dutt gelöst und kleben in ihrem Gesicht. Sie wischt sie zur Seite.

„Mama, ich hab' Hunger!" Tom kauert auf dem Boden und klatscht mit den Händen in die letzten Pfützen.

„Ich hab' Krautsalat vorbereitet, mögt ihr rüberkommen?"

„Ja! Mama, lass uns bei Jo essen!"

Lucia sammelt den roten Eimer ein und lässt ihn in ihren großen fallen. „Wir kommen in zehn Minuten."

„Ich komm' jetzt gleich mit, darf ich?" Er blickt seine Mutter mit einem solch flehenden Blick an, dass Jo sich sicher ist, dass er damit einen Stein erweichen würde. Lucia nickt.

„Ich find's schön, dass du jetzt auch hier wohnst." Toms Müdigkeit ist verschwunden, er hüpft auf der Luftmatratze herum. „Wann kommt denn dein Freund mal her und besucht dich?"

„Ich glaube nicht, dass er herkommen wird."

„Aber er war doch schon mal da."

„Ja."

„Bist du böse auf ihn?"

Jo hat den Deckel vom Kochtopf genommen, in dem der Krautsalat über Nacht gezogen ist, und hat darin gerührt. Nun hält sie inne. Diese Frage hat sie sich noch nie gestellt. „Ich weiß nicht. Vielleicht ein bisschen."

„Warum?" Seine kugelrunden, braunen Kinderaugen blicken sie neugierig an.

„Manchmal ist man einfach ein bisschen böse auf den anderen. Bist du nie böse auf deine Mama?"

„Doch. Wenn sie mich nicht mit Paul und Temo mit zur Arbeit gehen lässt."

„Siehst du."

„Und warum bist du böse auf deinen Freund?"

„Weil er mich nicht besuchen kommt."

Sie dreht sich um und stellt den Topf auf den Tisch. Erst jetzt bemerkt sie Lucia, die am Fensterrahmen lehnt. *Wie lange sie wohl schon dort steht?* Nun schwingt sie ihre langen Beine übers Sims und springt ins Zimmer.

„Warum steigen wir eigentlich alle durchs Fenster? Hier ist doch eine Tür." Interessiert betrachtet Tom die Tür.

„Sie lässt sich leider nicht öffnen."

„Hast du die Scharniere geschmiert?" Jo spürt Lucias prüfenden Blick auf ihrem Gesicht und nickt.

„Ja. Die Klinke klemmt. Kommt, lasst uns essen, ich fall' gleich um vor Hunger."

„Darf ich hier auf deinem Bett essen?" Tom hüpft bereits wieder.

„Wenn du nicht kleckerst, ja."

„Ich kleckere nie!"

Lucia wirft ihm einen flüchtigen Blick zu und grinst. Jo verteilt den Salat auf die beiden Schüsselchen mit Rosenmuster, die sie beim Trödler erstanden hat, und reicht sie Tom und Jo. Sie selbst schöpft sich den Salat auf einen Teller.

„Seit wann bist du in Deutschland?"

„Seit zehn Jahren."

„Dann ist Tom hier zur Welt gekommen. In welchem Krankenhaus warst du für die Geburt?"

„Krankenhaus? Ich war doch nicht krank! Ich hab' Tom zuhause geboren."

„Hier?" Ungläubig starrt Jo Lucia an. Die Frau schüttelt den Kopf.

„Nein."

„Und wie ist das gegangen? Ich meine, so ohne Arzt?"

„Was soll ein Arzt bei einer Geburt?"

„Herztöne überprüfen, kontrollieren, dass es vorwärts geht, Baby untersuchen..."

Lucia unterbricht sie vehement. „Für all das brauchst du keinen Arzt. Das kann eine Hebamme machen. Meine Oma ist Hebamme, und zwar eine der ganz alten Schule. Meine Familie stammt aus einem kleinen andalusischen Dorf. Sie ist damals von Haus zu Haus gegangen für die Geburten. In den Städten wie Barcelona oder Lissabon war es üblich, dass die Frauen für die Geburt in Krankenhäuser gegangen sind, aber auf dem Land ist die Hebamme gekommen. Sie ist vier Wochen vor dem errechneten Geburtstermin zu mir gezogen und bis nach Abschluss des Spätwochenbettes geblieben. Das waren insgesamt drei Monate. Ich habe alles von ihr gelernt, den Umgang mit dem Baby, Babymassage, aber auch die Geburtsvorbereitung. Ich war ein einziges Mal zu Beginn meiner Schwangerschaft zu einer normalen Kontrolle bei einer Frauenärztin. Es war nichts für mich. Ich mag es nicht, wenn andere meinen Körper beurteilen." Abrupt bricht sie ab.

Jo kaut auf ihrem Salat herum. Lucias Worten stimmen sie nachdenklich. Weil Patrick gleich zu Beginn ihrer Schwangerschaft alle Entscheidungen getroffen und alle Termine festgelegt hat, damit sie in seinen Terminkalender passen, hat sie sich weder mit der Schwangerschaft noch mit der Geburt auseinandergesetzt. Sie hat sich in alles hineingeschickt, was auf sie zugekommen ist, hat die omnipräsente Übelkeit ohne zu hinterfragen hingenommen. Nun streift sie plötzlich der Gedanke, dass das alles gar nicht nötig gewesen wäre. Nicht die lästigen Untersuchungen, bei denen sie sich immer vorgekommen ist wie eine Maschine, die auf ihre Funktionsfähigkeit untersucht wird, nicht die Angst vor der Operation und auch nicht die Übelkeit, die immer dann am Schlimmsten gewesen ist, wenn sie Dinge tun musste, die sie nicht wollte.

„Und wie hast du ohne Untersuchungen gewusst, dass sich das Baby richtig entwickelt?"

„Ich habe das nicht gewusst. Ich habe mich einfach wohlgefühlt, der Bauch ist gewachsen und ich hatte keinerlei Beschwerden. So bin ich davon ausgegangen, dass alles in Ordnung ist. Meine Oma hat mir nahe gelegt, regelmäßig den Blutdruck zu messen und Urinproben zu nehmen, um eine allfällige Schwangerschaftsvergiftung rechtzeitig zu erkennen. Als meine Oma dann da war, hat sie die Lage des Babys und der Plazenta bestimmt. Das war's."

„Und was hättest du gemacht, wenn deine Oma keine Hebamme wäre?"

„Ich hätte mir eine gesucht, die mich und die Geburt betreut hätte."

„Jo, hast du einen Keks für mich?"

„Ja, hab' ich." Zerstreut zieht sie die Keksrolle aus der Kartonschachtel, die ihr als Vorratsbehälter für Lebensmittel dient und hält Tom einen Keks hin.

„Du auch?"

Lucia nimmt sich einen Schokokeks. „Danke."

„Darf ich noch einen?"

„Wir müssen gehen, Tom." Lucia erhebt sich.

„Och, schade! Warum kann ich nicht hierbleiben?"

„Schau", Lucia beugt sich zu ihm hinab, „jetzt kommen Paul und Temo gleich zurück und du willst doch dabei sein, wenn sich Temo über seinen sauberen Schlafplatz freut."

„Ja, das will ich! Kommst du mit, Jo?" Er fasst ihre Hand. Sie lässt sich von ihm zum Fenster ziehen und hebt ihn aufs Sims.

Sie betreten gerade den Platz, als Temo und Paul ankommen. Temo stoppt, drückt sich die Hand auf den Mund und lässt sich von einem kräftigen Hustenanfall durchschütteln.

„Das klingt aber gar nicht gut. Hallo Temo." Jo runzelt die Stirn.

„Ach was, der Husten kommt mit dem Herbst und geht mit dem Frühling." Der alte Mann entblößt seinen Zahn in einem breiten Lächeln. Jo beobachtet, wie Tom auf ihn zustürzen will, doch Lucia hält ihn zurück. „Hi Paul." Sie lächelt ihm zu und wundert sich darüber, dass er keine Bierflasche in der rechten Hand hält. Er nickt ihr zu und geht zu seinem Bus. Jo hält den Atem an, als Temo die Rampe hinauf zur Halle humpelt. Langsam tritt er über die Schwelle, dann verschluckt ihn das Dämmerlicht im Innern des Gebäudes. Tom stürmt hinter ihm her, Lucia und Jo folgen. Mit gebeugtem Rücken steht Temo wenige Meter vom Eingang entfernt. Sein Kopf ruckt von einer Seite auf die andere. Als er die Frauen erspäht, macht er einen Schritt auf sie zu. „Was ist hier los?" Seine Stimme krächzt vom Husten.

„Wir haben dein Zimmer geputzt!", platzt Tom heraus. Die kleinen Äuglein weiten sich und der Mund bleibt halb offen stehen. Langsam geht Temo weiter in die Halle hinein, bleibt schließlich vor seiner Matratze stehen. Lucia hat sein Fixleintuch gewaschen, und Tom hat ihm eine bunte Zeichnung aufs Kopfkissen gelegt.

Der Rücken des Greises erzittert. Dann dreht er sich um. Über seine Wangen laufen Tränen. Stumm hebt er beide Arme, legt einen um Lucia, den anderen um Jo. Er riecht nach Zigarettenrauch und Schnaps, sein kurzer Bart kratzt an Jos Wange. Sie spürt den Druck seines Arms an ihrer Schulter. Das leise Rasseln seines Atems erfüllt die Stille im Raum. Tom drängt sich dicht an ihr Bein, und sie sieht aus dem Augenwinkel, wie er Temo anstarrt.

„Danke. Danke." Mehr bringt er nicht über die Lippen. Er löst sich von ihnen, lässt den Blick noch einmal durch die Halle wandern, gerade so, als müsse er sich vergewissern, dass er nicht geträumt hat. Er geht zu seiner Matratze, setzt sich darauf, zieht die Schuhe aus, legt sich vorsichtig hin. Keine Minute später verrät sein Schnarchen, dass er eingeschlafen ist.

Jo und Lucia lächeln sich an, und mit Tom in ihrer Mitte verlassen sie die Halle.

***

Bereits seit zehn Minuten wühlt Marc in seinem Rucksack. Er kann sich nicht mehr erinnern, wohin er es gesteckt hat. Lange ist es her, seit er es zum letzten Mal benützt hat. Raffa lehnt an einem Laternenpfahl und beobachtet ihn.

„Kann ich dir helfen?"

„Ich such' was."

„Was Wichtiges?"

„Wenn du fast nichts besitzt, ist jede Kleinigkeit wichtig." Seine Hand berührt etwas Kaltes am Rückenteil des Rucksacks. *Das Reißverschlussfach.* Marc hat es vergessen. Behutsam öffnet er es und schiebt seine Hand hinein. Da ist es. Vorsichtig zieht er ein Notizbuch heraus.

Es ist in der Größe A6, aus rot gefärbtem Leder mit abgewetzten Ecken und einem Einband, der vom vielen Angreifen speckig geworden ist. Sein Zeigefinger fährt über die Gravur auf der Vorderseite. *Nothing happens unless there is first a dream.* Er hat es von seinem Vater zum 15. Geburtstag geschenkt bekommen, als er kurz vor seinem Schulabschluss gestanden ist und nicht gewusst hat, in welche Richtung er beruflich gehen sollte. Seine Leidenschaft ist schon früh das Zeichnen gewesen, und sein Vater hat ihm eine Karriere als Comiczeichner vorhergesagt. Aber die wirtschaftliche Situation seiner Familie, die zum damaligen Zeitpunkt noch nicht prekär, aber doch eher besorgniserregend gewesen ist, hat ihm den Weg in die Informatik gewiesen. Sein Vater hat sich als freier Werbetexter selbstständig gemacht, und sein noch bescheidener Kundenstamm hat nicht ausgereicht, um die Lebenskosten zu decken. Der Verdienst seiner Mutter, die als Schneiderin gearbeitet hat, ist ebenfalls bescheiden gewesen, und obwohl sie ihm nie einen Wunsch abgeschlagen haben, hat er gewusst, dass das Geld knapp gewesen ist. Er hat sich geschworen, einen Beruf zu erlernen, in dem er sich niemals Gedanken um sein finanzielles Auskommen würde machen müssen. Das Zeichnen hat er als Hobby weitergeführt, zum Leidwesen seines Vaters, der ihn lieber als Künstler gesehen hätte. Nicht, um auf seinen Sohn stolz sein zu können, sondern weil er von Marcs Talent überzeugt gewesen ist.

Nach dem Tod seiner Freunde hat er nie wieder gezeichnet.

Er setzt sich unter den einzigen Baum auf dem Raststättenareal und öffnet das Notizbuch. Seite um Seite betrachtet er die Bleistiftskizzen, die trotz oder vielleicht gerade wegen der vielen Jahre im Dunkeln noch immer lebendig wirken. Am liebsten hat er Porträts gemalt, hin und wieder auch Fenster. Die Fenster sind ihm wie die Augen der Häuser vorgekommen, und er hat sich ausgemalt, was sich dahinter abspielt.

Ein junges Paar mit einem Baby setzt sich an den Tisch neben dem Baum. Das Kind liegt in einer Babyschale, spielt mit seinen Füßchen und brabbelt vor sich hin. Marc zieht den Bleistiftstummel aus dem Buchrücken und beginnt zu zeichnen. Seine Finger fühlen sich steif an, aber mit jedem Strich, den er malt, kommt die Erinnerung an die frühere Geschicklichkeit zurück.

Als das Paar seine Picknickreste zusammenpackt und aufsteht, erhebt sich Marc und tritt auf die Frau zu. Verlegen dreht er sein Büchlein in den Händen. Dann gibt er sich einen Ruck und reißt die Seite vorsichtig heraus.

„Ich konnte nicht widerstehen, ich hoffe, es ärgert euch nicht." Er hält ihr die Skizze hin. Die anfängliche Zurückhaltung der Frau weicht interessierter Neugier, und sie beugt sich nach vorne. Sogleich entweicht ihr ein entzückter Ausruf. „Andreas, komm her und schau!" Der Mann tritt zu ihr und gemeinsam betrachten sie das kleine Bild, das Marc von ihrem Baby angefertigt hat.

„Sie haben Talent." Anerkennend nickt ihm der Mann zu. „Verkaufen Sie uns das Bild? Wir würden es gerne behalten."

„Nein, nein, ich schenke es euch." Rasch steckt Marc sein Büchlein in die Hosentasche und möchte sich gerade abwenden, als ihn die Frau an der Schulter berührt.

„Das wollen wir nicht." Sie wartet, bis der Mann seine Geldbörse hervorholt und einen Zehn-Euro-Schein herauszieht. „Bitte, nehmen Sie das." Sie lächelt.

„Vielen Dank."

„Wir haben zu danken. Das Bildchen ist hübscher als jedes Foto!" Begeistert steckt es der Mann in seine Geldbörse.

Marc blickt der kleinen Familie nach. Der Geldschein in seiner Hand fühlt sich seltsam an. Zwar ist es hin und wieder vorgekommen, dass ihm jemand einen Schein in seine Kartonschachtel gelegt hat, aber dieser Schein ist etwas Besonderes.

Er hat ihn sich selbst verdient.

Er kommt sich vor wie damals, als er als Schuljunge zum ersten Mal mit dem Hund des Nachbarn Gassi gegangen ist und dafür fünf Mark bekommen hat. Beschwingt geht er zurück zum Bus.

22

Nach drei Wochen wird Heide Heller aus dem Krankenhaus entlassen. Ihr Fußknöchel ist soweit verheilt, dass sie das Bein wieder ohne Krücken belasten kann. Sie hat abgenommen und verschwindet fast in ihrem dicken, schneeweißen Wintermantel. Instinktiv legt ihr Jo den Arm um die Taille.

„Lass mal, Jo. Ich schaffe das schon noch alleine." In ihrem Lächeln erkennt Jo die alte Stärke, nicht mehr so offensichtlich wie früher, aber sie ist da.

Ihre Mutter hat den Kopf an die Sitzstütze gelehnt und die Augen geschlossen, während sich *Albert* durch den Mittagsverkehr kämpft. Jo hat darauf bestanden, dass sie das Mittagessen im Krankenhaus noch einnimmt. Zwar hat sie eingekauft, all jene Dinge, die ihre Mutter immer gern gegessen hat. Frischkäse, vorzugsweise von der Ziege, gefüllte Paprikaröllchen, eingelegte Knoblauchzehen, Schafskäse im Schnittlauchmantel, Halbfettmilch und pasteurisierten Orangensaft, frisches Brot, Äpfel, Trauben und Zwetschgen. Keine Bananen, die mag Heide Heller nicht. Aber trotz der guten Vorbereitung erwartet Jo, dass es ihrer Mutter nicht leicht fallen wird, sich alleine in ihrer Wohnung wieder zurechtzufinden.

Es ist das erste Mal seit sie denken kann, dass ihr die Wohnung fremd vorkommt. Der Geruch, der das tiefe Gefühl der Vertrautheit bereits beim Öffnen der Wohnungstür in ihr heraufbeschworen hat, fehlt.

Ihrer Mutter scheint es ähnlich zu gehen. Sie wirkt ein wenig verloren, wie sie vor der kleinen Wandgarderobe steht, die rechte Hand am Reißverschluss ihrer Jacke, die linke auf die Kommode abgestützt. Ihr Blick schweift über die Fotos, die in schlichten Bilderrahmen die Korridorwände zieren. Sie dokumentieren ihr ganzes Familienleben. Heide Heller als junge Mutter mit Jo in einer einfachen Rückentrage. Als Empfangsdame bei ihrem 30jährigen Dienstjubiläum. Gemeinsam mit ihrem Mann und Jo beim Bergsteigen in Österreich. Jos Taufe. Ihr erster Schultag. Die Familie auf einem Hausboot auf der Ostsee. Heide Hellers 50. Geburtstag.

Jo nimmt ihrer Mutter die Jacke ab und hängt sie auf. Dann folgt sie ihr ins Wohnzimmer.

Mit einem leisen Seufzen lässt sich die alte Frau in den Ohrensessel sinken und schließt die Augen.

„Tee?"

Ihre Mutter nickt, Jo geht in die Küche. Der Duft nach Kamille bringt ein wenig Vertrautheit zurück. Vorsichtig balanciert sie die kleinen Tassen, Untertassen und die Teekanne ins Wohnzimmer. Sie spürt den Blick ihrer Mutter auf ihren Händen, während sie einschenkt.

Es ist ungewöhnlich still in der Wohnung. Kein Laut dringt durch die geschlossenen Fenster herein, und die Standuhr schweigt. Niemand hat sie aufgezogen.

„Jo." Die Stimme ihrer Mutter klingt klar und laut und lässt Jo zusammenzucken. Sie kneift die Augen ein wenig zusammen und wartet.

„Es ist Zeit, hier auszuziehen."

„Nein!" Jo springt auf und stößt an den Tisch. Das Teegeschirr klirrt. Heftig schüttelt sie den Kopf und spürt die Verzweiflung flutartig in sich aufsteigen. Ihre Hände beginnen zu zittern.

„Ich bin zu alt, um in dieser großen Wohnung zu leben. Ich habe sie geliebt, fünfzig Jahre lang. Es war die erste gemeinsame Wohnung von Peter und mir. Unser Hochzeitsessen haben wir in dieser Küche gekocht. Du bist hier zur Welt gekommen. Unzählige Geburtstage haben wir hier gefeiert, und erinnerst du dich daran, als du mit Tobias hier angekommen bist?" Ihre Mutter lächelt.

Tobias, ihr erster Freund. Jo erinnert sich mit einem leichten Schaudern an ihre ersten Annäherungsversuche, die mehr der Entdeckerlust geschuldet gewesen sind als tiefgründigen Liebesgefühlen. Sie nickt mechanisch.

„Lange Zeit habe ich geglaubt, alle meine Erinnerungen seien in dieser Wohnung gespeichert. In der Tapete, den Möbeln, ja sogar im Ticken der Standuhr. Aber im Krankenhaus habe ich gemerkt, dass das Unsinn ist. In diesem sterilen, unfreundlichen Krankenhausbett bin ich tiefer in meine Vergangenheit zurückgekehrt als jemals hier in dieser Wohnung. Ich habe verstanden, dass ich mein Leben in mir trage, wohin ich auch gehe. Darum kann ich endlich loslassen, was losgelassen gehört. Die Wohnung ist schon lange zu groß für mich. Ich bin alt und brauche nicht mehr so viel. All die Teller, das Besteck, die Bettwäsche. Was soll ich damit? Jeden Tag esse ich mit derselben Gabel von demselben Teller, trinke aus dem immer selben Glas. Die vielen Dinge um mich herum ermüden mich. Manchmal fühle ich, wie sie mir meine Energie rauben. Sie saugen mich aus."

Jo hat sich wieder hingesetzt. Sie lauscht den Worten ihrer Mutter und versucht zu verstehen, woher die Unruhe und der Anflug von Panik, der sie vorhin gestreift hat, kommen. Was ihre Mutter sagt, sieht sie selbst genau gleich, und würde sie noch bei Patrick wohnen, wäre sie vermutlich erleichtert über ihre Einsicht.

Oder doch nicht? Patrick und ihre Mutter. Die beiden konnten sich noch nie leiden, und auch die vielen Versuche, die Jo unternommen hat, sie einander näher zu bringen, haben nicht gefruchtet. Heide Heller in Patricks Haus, das wäre nicht gut gegangen.

„Mama..."

„Ich werde nicht bei euch einziehen, Jo. Ich kann Patrick nicht ausstehen, das weißt du. Entschuldige, dass ich dir das so direkt sage, aber die Zeit für Verschleierungen ist vorbei. Auch dazu fehlt mir die Kraft."

„Ich wohne nicht mehr bei Patrick."

Es ist raus. Endlich. Sie spürt dem Druck nach, der wie eine große Luftblase, die man versucht unter Wasser zu halten, aufsteigt und zerplatzt. Zwar steht ihr noch bevor, ihrer Mutter die ganze Wahrheit zu erzählen, aber davor fürchtet sie sich seltsamerweise nicht mehr.

„Gut." Auf dem alten Gesicht breitet sich ein müdes Lächeln aus. „Bist du mir böse, wenn ich dich jetzt bitte zu gehen? Ich bin erschöpft und möchte schlafen."

„Nein, ich bin dir nicht böse. Ich komme morgen wieder."

„Komm wieder, wenn es dir passt. Ich komme klar. Ich werde Frau Kukowitsch bitten, regelmäßig vorbei zu schauen, bis ich einen anderen Platz für mich gefunden habe."

„Versprichst du mir, dass du mich anrufst, wenn du meine Hilfe brauchst?"

Heide Heller nickt und schließt die Augen. Jo küsst die kühle Stirn und verlässt leise die Wohnung.

„Du wirkst bedrückt." Paul leert seine Bierflasche in einem Zug.

„Du trinkst zu viel."

„Daran ist die Kälte Schuld."

„Und im Sommer die Hitze, ja, ja, ich weiß." Jo versucht ein Lächeln. Sie sitzen in der Halle des Güterbahnhofs in der Ecke beim dreibeinigen Tisch, Jo auf dem zerschlissenen Sessel, Paul auf einer umgedrehten Getränkekiste. Aus Temos Richtung dringt ein leise röchelndes Schnarchen zu ihnen.

„Im Ernst. Was ist los?" Er lässt nicht locker und sie ist froh darüber. Sie würde nie von sich aus über die Dinge sprechen, die sie beschäftigen, aber sie ist froh, wenn sie jemand nach ihrem Befinden fragt. Und Paul hat ein feines Gespür für Stimmungen.

„Meine Mutter will aus ihrer Wohnung ausziehen." Er schweigt und blickt sie auffordernd an. „Ich weiß, dass sie nicht in ein Altersheim gehen möchte, aber sie sieht auch, dass es alleine nicht mehr geht. Ich fühle mich so schlecht, weil ich ihr nicht helfen kann."

„Hast du schon im Sonnenhügel nachgefragt? Dort könnte sie eine eigene Wohnung haben, hätte aber trotzdem Betreuung durch medizinisches Fachpersonal und müsste nicht selbst kochen und einkaufen."

Jo seufzt. Sie kennt dieses Konzept des sogenannten Altenbetreuten Wohnens. Aber die Wohnungen dort sind teuer.

„Ich hab' meinen Lohn nur noch bis höchstens Mai, und dann werde ich vermutlich arbeitslos sein. Von der Rente meiner Mutter können wir uns eine solche Wohnung nicht leisten."

„Warum bist du dann arbeitslos?"

„Ich bin zurzeit freigestellt und bin mir sicher, dass ich nach Ablauf des Mutterschutzes die Kündigung erhalten werde. Und eine neue Stelle als alleinerziehende Mutter mit Säugling werde ich nicht so rasch finden. Außerdem will ich das gar nicht."

„Das klingt ja sehr erfreulich!"

Jo fährt herum. Lucia betritt mit Tom an der Hand die Halle.

„Was?"

„Dass du mit Säugling nicht arbeiten willst."

„Hast du gelauscht?" Misstrauisch betrachtet Jo die Rothaarige.

„Natürlich!" Sie grinst breit und entblößt dabei eine Reihe blendend weißer Zähne.

„Hallo, Jo! Spielst du mit mir Ball? Schau, wir haben ihn wiedergefunden! Er ist beim Fluss ins Gebüsch geflogen und wir haben schon Angst gehabt, dass ich ihn nie wiederbekomme. Aber heute ist Mama bis ganz nach unten zum Wasser gestiegen und hat ihn zurückgeholt!" Freudestrahlend streckt ihr der Junge einen dunkelgrünen Ball entgegen.

„Hallo, Tom! Da hast du aber Glück gehabt!"

„Ja, nicht wahr? Also, spielst du nun mit mir oder nicht?"

„Tom, sei so lieb und hol mir meine Jacke. Mir ist ein wenig kalt." Lucia blickt ihn liebevoll an.

„Och. Gut, aber nur, wenn Jo nachher mit mir spielt!"

„Einverstanden." Sie nickt ihm zu und wendet sich an Jo.

„Morgen ist der nächste Untersuchungstermin, den dein Freund für dich abgemacht hat, richtig?"

Jo runzelt die Stirn. Sie hat keine Ahnung, welches Datum heute ist, und noch mehr irritiert sie, dass Lucia über ihre Termine Bescheid weiß.

„Ehrlich gesagt kann ich mich nicht erinnern, wann die nächste Kontrolle ist. Welches Datum haben wir denn heute?"

„Den 1. November."

November. Es regt sich eine Erinnerung.

„Dein Freund hat bei seinem Besuch gesagt, dass der nächste Termin am 2. November ist."

„Stimmt. Ich geh' da aber nicht hin." Sie ist sich sicher. Trotz eines Schnupfens, der der Kälte in ihrem Zimmer durch die fehlende Fensterscheibe geschuldet ist, fühlt sie sich gesund und spürt, dass es ihrem Baby gut geht. Oft nimmt sie seine Bewegungen wahr, die immer kräftiger werden und bevorzugt dann am intensivsten sind, wenn sie liegt oder schlafen will.

„Gratuliere!" Lucia scheint sich ehrlich zu freuen. „Hast du schon abgesagt?"

„Nein. Aber ich werde es gleich tun." Sie steht auf und tritt mit ihrem Smartphone vor die Halle.

Über den Feldern liegt Nebel, dessen Schwaden über den Platz ziehen und alles mit Feuchtigkeit umhüllen. Jo niest und fröstelt. Die Petroleumheizung, die sie im Campingbedarf erstanden hat, vermag zwar die schlimmste Kälte zu vertreiben, aber nachts lässt sie sie aus, und dann kommt sie sich bereits jetzt vor wie im Eisfach eines Riesenkühlschranks. Sie mag nicht daran denken, wie es in ihrem Zimmer wohl sein wird, wenn draußen Schnee fällt.

Das Gespräch mit dem Krankenhaus ist rasch beendet. Jo schiebt eine Erkältung vor und verspricht, sich wieder zu melden, wenn sie gesund ist.

Dann wählt sie Patricks Nummer. Es ist Montagnachmittag um halb vier, und wie erwartet schaltet sich der Anrufbeantworter seines Handys ein. „Hallo Patrick, hier ist Jo. Ich habe den Termin für morgen bei Dr. Heinrich abgesagt. Er ist überflüssig, es geht mir und dem Baby gut." Sie weiß nicht, wie sie sich verabschieden soll, und legt auf. Ihr Herz klopft in den Wangen und ihre Finger kneten den Saum der Jacke. Ihre Knie zittern, als sie in die Halle zurückkehrt.

Um fünf Uhr parkt ein Auto auf dem Platz vor dem Güterbahnhof. Jo hält den Atem an und schließt die Augen. Amar kommt erst um sieben.

Es kann nur Patrick sein.

Draußen dämmert es bereits, und in der Halle ist es düster. Sie hat für Temo eine kleine Campinglampe mit Solarzelle besorgt, die sich tagsüber draußen auflädt, um abends ein Quadrat von etwa drei mal drei Metern um Temos Matratze herum mit einem gelben Licht zu fluten. Sie hat den alten Sessel in den Lichtkegel gezogen und sitzt mit angezogenen Knien darauf, eine Wolldecke um die Schultern geschlungen. Temo liegt mit erhöhtem Oberkörper auf seiner Matratze und röchelt vor sich hin. Der Husten ist schlimmer geworden, aber er weigert sich standhaft, etwas dagegen zu unternehmen. Paul hat sich einen Stuhl aus seinem Bus geholt und Tom hopst auf seinem Schoss auf und ab. Lucia hockt auf dem Fußboden und bestreicht ihre Zehennägel mit feuerrotem Nagellack. Seit die Verladehalle sauber ist, hat sie sich zum Treffpunkt der Bewohner des Bahnhofareals entwickelt.

Draußen schlägt eine Autotür. Einen kurzen Moment lang ist Jo versucht die Lampe auszumachen. Patrick würde sich nie in das dunkle Gebäude hereinwagen. Aber dann verwirft sie die Idee. Soll er doch kommen. Er kann sie nicht zum Arztbesuch zwingen, es ist ihr Körper und sie trägt die Verantwortung für ihr Kind.

Wie auf Kommando wenden sich alle Gesichter zur Schiebetür, als dort ein Schatten erscheint. Niemand bewegt sich, auch Tom sitzt ganz ruhig. Der Schemen kommt näher, und Jo erkennt Patricks sportliche Statur.

In der Mitte der Halle bleibt er stehen.

„Josephine, kommst du bitte?" Seine Stimme hallt von den Wänden wider und jagt Jo einen Schauer über den Rücken.

„Es ist mir zu dunkel." Sie bleibt sitzen.

Er kommt näher, bis ihn der Lichtschein erfasst. Die Lampe steht auf dem Boden und lässt schwarze Schatten auf seinem Gesicht tanzen.

„Was willst du hier?" Ihre Stimme klingt fest.

„Ich hätte gerne unter vier Augen mit dir gesprochen."

„Dann müssen wir uns morgen treffen."

„Morgen habe ich keine Zeit."

„Doch, um zehn." Sie kann sich ein Grinsen nicht verkneifen.

Er macht einen weiteren Schritt auf sie zu, beugt sich ein wenig vornüber und sagt mit leiser Stimme: „Josephine. Ich habe erwartet, dass du Vernunft annehmen und diese Sache hier beenden wirst. Ich hätte es mir gewünscht. Für mich und für unser gemeinsames Kind."

In seinen Worten schwingt ehrliches Bedauern. Jo senkt den Kopf.

„Es ist mir bewusst, dass du als Mutter die Hauptlast während der Schwangerschaft trägst und selbst bestimmen kannst, wie du damit umgehst. Aber ich bin der Vater dieses

Kindes, und ich möchte nicht, dass mein Sohn in solchen Verhältnissen aufwächst."

Ein Ruck geht durch ihren Körper. Ihre Augen suchen seinen Blick, finden jedoch nur zwei dunkle Schatten der Wangenknochen, die sich bis zu den Augenbrauen hinaufziehen.

Patrick richtet sich wieder auf. „Ich erwarte, dass du bis zum Geburtstermin in einer angemessenen Wohnung lebst. Andernfalls sehe ich mich gezwungen, einen Sorgerechtsentzug zu beantragen."

Jo springt auf. „WAS willst du tun? Du bist doch nicht bei Trost! Bloß weil ich nicht so spießig leben will wie du hast du noch lange kein Recht, mir das Sorgerecht entziehen zu lassen!"

„Ein Wilbert wird nicht unter Obdachlosen hausen wie eine Ratte."

Die Wände werfen seine Worte zurück und treffen Jo wie eine Ohrfeige. Sie schämt sich für Patrick vor ihren Freunden, insbesondere vor Tom. Wut, Trauer und die ganze aufgestaute Enttäuschung ihrer achtjährigen Beziehung lassen sie die Fäuste in die Hüften stemmen. „Das wirst du niemals schaffen!", faucht sie ihn an. „Niemals werde ich dir mein Kind überlassen, niemals!"

„Dann such dir eine anständige Wohnung. Und vergiss bitte nicht, den Wohnungswechsel zu melden. Solltest du dich nicht innerhalb der nächsten Woche aus meinem Haus abgemeldet haben, sehe ich mich gezwungen, mit dem Meldeamt Kontakt aufzunehmen. Eine Nichtabmeldung ist nach Paragraph 54 des Bundesmeldegesetzes strafbar. Übrigens kannst du die Meldung seit 2016 elektronisch vornehmen."

Patrick wendet sich abrupt ab, und ihre vage Hoffnung auf Versöhnung, die sich trotz allem hartnäckig gehalten hat, zerstiebt in die Ecken der weiten Halle des Güterbahnhofs.

Die Dunkelheit hat ihn schon längst verschluckt, während sie noch immer auf den Fleck starrt, auf dem er vor ihr gestanden ist.

„Mann, der ist aber mies drauf!" Lucia schnaubt. „Ich bewundere dich, dass du so ruhig bleiben kannst."

Wortlos lässt sich Jo in den Sessel zurückfallen. Die Dämpfe von Lucias Nagellack jucken in ihrer Nase. Sie reibt sie, während sie über Patricks Worte nachdenkt.

„Kann ich mich aus einer Wohnung abmelden, ohne eine neue Adresse anzugeben?"

„Ja. Du meldest dich dann ohne festen Wohnsitz." Paul stellt Tom neben sich ab und öffnet eine Bierflasche.

„Und was steht dann in meinem Personalausweis?"

„Der Vermerk *ofW*, ohne festen Wohnsitz."

„Habt ihr das auch so?"

Paul nickt. „Ich habe eine Postadresse bei der Caritas, an die der ganze Schriftverkehr mit meiner Exfrau geht und auf die auch mein Bankkonto läuft. In meinem Ausweis steht aber *ofW*."

„Bei mir auch." Temo hustet und versucht sich aufzurichten. Lucia dreht ihr Nagellackfläschchen zu und steht auf. Sie stützt seinen Rücken, während er weiterspricht. „Ich habe die Adresse, weil ich Sozialgeld bekomme. Wenn du Arbeitslosengeld beantragen willst, brauchst du eine Postadresse." Das Sprechen strengt ihn an. Lucia lässt ihn langsam auf die Matratze zurücksinken.

„Das kann aber auch die Adresse deiner Mutter sein. Du musst dort nicht wirklich wohnen", fügt Paul hinzu.

„Wovon geht das Amt denn aus, wenn ich mich als ohne festen Wohnsitz melde? Dass ich auf Reisen bin? Oder dass ich obdachlos bin?"

„Wenn du auf Reisen gehst, meldest du dich aus Deutschland ab und bekommst eine Abmeldebescheinigung. Die entbindet dich auch vom Ausfüllen der Steuererklärung. Ein Obdachlosenfreund von mir hat das gemacht und ist nach Portugal getrampt. Wenn du dich ohne festen Wohnsitz meldest, giltst du als obdachlos, kannst aber Arbeitslosengeld beantragen." Paul trinkt.

„Weißt du, ob der Güterwaggon, in dem wir wohnen, offiziell als Wohnung gilt?" Lucia wedelt mit ihren Fingernägeln in der Luft herum.

„Eine Wohnung setzt einen Wasseranschluss und eine Toilette voraus. Das ist der Grund, warum ich in meinem Bus kein fließendes Wasser habe." Paul grinst. „Bist du sicher?" Jo runzelt zweifelnd die Stirn. „In Paragraph 20 des Bundesmeldegesetzes wird die Wohnung als umschlossener Raum definiert, in dem man wohnen und schlafen kann."

„Ich weiß. Ich habe aber beim Bundesinnenministerium nachgefragt und die haben mir gesagt, dass eben Wasser und Klo zugänglich sein müssen."

„Du hast mit denen Kontakt gehabt?" Lucias Augen weiten sich. Offensichtlich fällt es nicht nur Jo schwer, sich Paul als Uniprofessor, ja überhaupt als nicht obdachlosen Menschen vorzustellen.

„Ich wollte wissen, wie das genau ist, wenn ich in einen Bus ziehe." Er kratzt sich am Kopf und wirkt ein klein wenig verlegen.

***

Die Rücklichter des Bullis verschwinden hinter der Kurve. Marc blickt ihnen nach und es ist ihm, als spüre er Raffas Arm noch auf seiner Schulter. Ein seltsames Gefühl steigt in ihm auf, eine Mischung aus Trauer und Wehmut.

Drei Wochen lang ist er mit Raffa und Malte unterwegs gewesen, und obwohl sie nicht viel miteinander gesprochen haben, hat sie das wenige, das sie ausgetauscht haben, auf eigenartige Weise miteinander verbunden. Selbst Malte ist gegen Ende ihrer gemeinsamen Reise entspannter geworden. Entweder hat er sich an den stillen Mitfahrer gewöhnt, oder er hat beobachtet, wie Marc mit seinen kleinen Skizzen von den anderen Reisenden auf den Raststätten Geld verdient hat. Jedenfalls hat er ihm beim Abschied auf die Schulter geklopft und geschwiegen. Er, der immer etwas zu sagen gewusst hat.

Raffa hat das Geld, das ihm Marc, eingewickelt in eine Zeichnung von Raffa am Steuer, als Dank und Bezahlung in die Hand gedrückt hat, wortlos angenommen. Dann hat er ihn an sich gedrückt. „Lass was von dir hören, wenn du auf La Palma bist." Marc hat genickt ohne zu wissen, wie er das ohne Handy und Telefonnummer anstellen soll. Aber er hat genügend Vertrauen ins Leben dass er weiß, dass es einen Weg geben wird, so es denn sein soll.

Obwohl er sich auf diesen Moment gefreut hat, auf den Moment, wieder alleine und unabhängig unterwegs zu sein, fühlt er sich plötzlich leer. Eigentlich müsste er zufrieden sein. Er ist weit gekommen, steht am Hafen in San Sebastiàn de la Gomera, nur noch eine Insel von La Palma entfernt. Und trotzdem ist er unruhig. Er ist noch nicht am Ziel. Und er ist schon viel zu lange unterwegs. Was ist, wenn ihm Jo doch nachgereist ist? Was, wenn sie vor ihm ankommt und wieder geht, wenn er nicht dort ist?

Er wischt sich mit der Hand über die Augen. Er halluziniert bei helllichtem Tag. Sie ist nicht mehr in den Güterbahnhof gekommen, also wird sie ihm sicher nicht nach La Palma folgen. Er ärgert sich über seine Gedanken.

Mit dem Rucksack auf dem Rücken überquert er die Straße, passiert einen kleinen Fußgängertunnel und steigt auf einen Felsen mit einem Olympiadenkmal hinauf. Vorsichtig setzt er sich auf die Steine und lässt die Füße baumeln. Unter ihm tost die Brandung, Wellen brechen sich mit weißen Schaumkronen. Die Insel hat einen ganz eigenen Geruch, der ihm sofort aufgefallen ist, herb und süß zugleich und krautig.

Ein kräftiger Wind zerzaust sein Haar und trocknet die Schweißtropfen auf seiner Stirn. Er trägt ein dunkelblaues T-Shirt, das er im Sommer von der Caritas bekommen hat, und hat seine Jeans über dem Knie abgeschnitten. Er ist froh, dass er dem deutschen Winter entkommen ist und den Boden unter seinen nackten Füßen spüren kann. Seit er am Meer ist fühlt er sich sauber. Das Wasser hat den Schmutz der Straße abgewaschen. Seine Zunge tastet über die Lippen, um das Salz zu schmecken, das ihm Freiheit und Wärme verspricht.

Am Horizont erscheint ein Segelboot. Seine Augen heften sich daran und verfolgen seine schwankende Bahn. Dann wendet er den Kopf und schaut auf das großzügig dimensionierte Fährterminal, von dem aus die Fähren nach Teneriffe und La Palma ablegen. Ein Fährticket kann er sich nicht leisten. Die einzige Möglichkeit, von hier aus nach La Palma zu kommen, ist ein Segelboot. Neben dem Fährterminal liegt die Marina von San Sebastiàn. Marc zählt 56 Yachten an den Stegen. Er ist seinem Kindheitstraum so nah wie noch nie. Morgen wird er im Büro der Marina fragen, ob jemand einen Mitsegler nach La Palma mitnehmen kann.

Er steht auf, streckt sich und steigt behände über die Felsen hinab. Auf halber Höhe zum Wasser stößt er auf eine kleine Höhle. Von oben ist sie nicht einsehbar. Er schiebt zwei Bierflaschen und eine leere Chipstüte zur Seite und rollt sich in die Merinowolldecke ein, die noch immer nach Pfirsichduft riecht. Am Himmel erscheint zögerlich der Abendstern.

23

Obwohl es kalt ist im Zimmer, wälzt sich Jo von einem Schweißausbruch in den nächsten. Patricks Androhung, ihr das Sorgerecht entziehen zu lassen, raubt ihr jede Chance auf Schlaf, wenngleich ihre Augen vor Müdigkeit brennen. Sie kennt Patrick. Er kämpft bis zum Schluss und verliert selten. Ihre Gedanken kreisen, bis sie weit nach Mitternacht erschöpft einschläft.

Ihr Smartphone klingelt. Sie hat vergessen, es abends auszuschalten. Draußen dämmert es.

„Ja?"

„Jo?"

„Mama?"

„Jo."

Sie setzt sich auf und schiebt sich die Haare aus dem Gesicht.

„Mama, ist alles in Ordnung?"

„Ja. Peter kommt um zehn am Bahnhof an. Kannst du kommen? Wir müssen ihn abholen."

Jo zuckt zusammen. Ihr Vater ist seit fünfzehn Jahren tot. „Mama, Peter ist..."

„Ich weiß, dass er dort sein wird. Wir müssen ihn mit deinem Auto abholen. Kommst du?"

„Klar. In einer Stunde bin ich bei dir."

Verstört dreht Jo das Smartphone zwischen den Fingern. Das ungute Gefühl, das sie seit einigen Wochen bei den Gedanken an ihre Mutter hat, überkommt sie mit voller Wucht. Sie schält sich aus ihrem Schlafsack, schlüpft frierend in die Kleider und fährt sich mit den Fingern durch die Haare. Dann steckt sie den Autoschlüssel ein und klettert durchs Fenster.

An der aufrechten Haltung, den gestrafften Schultern und dem vorsichtig tastenden Gang erkennt sie ihre Mutter fünfzig Meter vom Hauseingang ihres Wohnblocks entfernt. Sie läuft auf dem Gehweg, immer ein wenig näher an den Hauswänden als an der Straße. Verwundert hält Jo neben ihr.

„Mama! Was tust du denn hier?"

„Guten Morgen, Jo! Bist du nicht in der Schule?"

„Nein. Steig ein." Sie lehnt sich über den Beifahrersitz, öffnet die Tür und stützt ihre Mutter beim Einsteigen. Hinter ihr hupt ein Auto.

„Wohin fahren wir?" Heide Heller blickt sich erfreut um. Die Haare hat sie sorgfältig mit Haarnadeln zu einem Dutt auf dem Kopf festgesteckt, die Augen sind dezent mit hellblauem Lidschatten geschminkt. Sie trägt ihren weißen Wintermantel, einen weißen Seidenschal mit roten Blüten und rote Lackschuhe.

„Wohin möchtest du denn fahren?" Jo ist erleichtert, dass sie ihren Vater nicht mehr erwähnt.

„Bring mich an einen schönen Ort. Ich freue mich sehr, dass wir beide einen Ausflug machen."

Jo spürt ihren Blick auf der rechten Wange.

„Dann lass uns zusammen frühstücken. Oder hast du schon etwas gegessen?"

„Nein. Das ist eine ausgezeichnete Idee. Warum bist du eigentlich gerade bei mir vorbeigefahren? Wolltest du mich besuchen?"

„Du hattest mich angerufen und mich gebeten, zu dir zu kommen."

„Ach ja, ich hatte dich angerufen", murmelt Heide Heller und macht einen Knoten in das eine Ende ihres Schals. *Ist das gewöhnliche altersbedingte Vergesslichkeit? Oder ist Mama doch dement? Woran erkennt man Demenz? Ist Demenz nicht einfach ein moderner medizinischer Ausdruck für Vergesslichkeit im Alter?* Die Ampel vor ihr springt auf Rot, und Jo drückt das Bremspedal durch. Erschrocken hält sich Heide Heller am Haltegriff über der Beifahrertür fest.

Jo zwingt sichs ihre Gedanken auf die Straße zu lenken und überlegt, wohin sie fahren soll. Sie will weder ins Stammcafé ihrer Mutter noch in die Lokale, die Patrick regelmäßig aufsucht. Sie fährt in einen Stadtbezirk, in dem sie noch nie gewesen ist, und hält beim erstbesten Café an.

Der Raum ist groß und hell mit einer Selbstbedienungstheke und breiten Kunstledersesseln in Schokobraun. Ihre Mutter bestellt einen doppelten Espresso ohne Zucker und ein Vollkorn-Dattelbrötchen. und Jo stellt beruhigt fest sind, dass ihre Gewohnheiten dieselben geblieben sind. Nachdenklich schöpft sie mit einem Löffelchen den Milchschaum ihres Cappuccinos ab.

„Wie geht es dir?" Der Blick ihrer Mutter ist klar und offen.

„Ich mache mir gerade Sorgen darüber, dass du so vergesslich geworden bist." Ihre Blicke treffen sich.

„Das muss dir keine Sorgen bereiten. Ich vergesse keine wichtigen Dinge. Und es ist auch nicht immer gleich. Es gibt Tage, da vergesse ich fast gar nichts, und dann wieder fällt es mir schwer, mich zu erinnern, was ich in den letzten fünf Minuten getan habe." Sie bricht ab.

„Macht dir das keine Angst?" Liebevoll blickt Jo ihre Mutter an.

„Nein. Es ist so, und irgendetwas wird gut und nützlich daran sein. Vielleicht soll ich mich nun, am Ende meines Lebens, nochmals mit den wirklich wichtigen Dingen auseinandersetzen und die lästigen Alltagsangelegenheiten sollen mich davon nicht ablenken." Sie lächelt, und die unzähligen Fältchen ihres Gesichts scheinen dabei zu tanzen.

Jo lächelt auch und mag die Idee.

„Aber du siehst nicht gut aus." Wieder dieser Blick.

Jo gibt sich einen Ruck. „Patrick und ich haben uns getrennt, weil ich mich für einen obdachlosen Menschen eingesetzt habe. Ich habe ihm bei einer Schlägerei geholfen und ihn anschließend gepflegt. Patrick wollte das nicht, weil er um seinen Ruf gefürchtet hat."

„Pha, sein Ruf! Hier geht es doch um Menschen und nicht um einen Ruf!" Empört stemmt Heide Heller ihre Fäuste in die Hüften. Jo lächelt erneut. Es tut unendlich gut, in ihrer Mutter eine Verbündete gefunden zu haben.

„Das finde ich eben auch. Aber er hat mich rausgeschmissen und droht mir nun, mir das Sorgerecht für unser Baby entziehen zu lassen, wenn ich nicht bald in eine Wohnung ziehe."

„Wo wohnst du denn jetzt?"

Jo zögert. Schweißperlen bilden sich auf ihrer Stirn. Ihrer eigenen Mutter mitzuteilen, dass sie faktisch gesehen ohne Obdach ist, kommt ihr gerade so vor, als müsse sie alleine den Mount Everest besteigen.

„Ich...ich... habe in einer kleinen Pension gewohnt. Dann habe ich Freunde auf dem alten Güterbahnhof gefunden und wohne nun auch dort."

Endlich ist es raus. Einen Moment lang ist es ihr gleichgültig, wie ihre Mutter darauf reagieren wird. Hauptsache, sie muss nicht mehr schweigen.

Das Lächeln auf dem Gesicht der alten Frau ist erloschen und hat einem ernsten Ausdruck Platz gemacht. Jo wartet, bis ihre Mutter leise spricht. „Weißt du, Jo, ich freue mich darüber. In den letzten Jahren bist du zu Patricks Marionette verkommen, in gepflegtem, angenehmem Rahmen zwar, aber letztlich doch nur eine Marionette. Jetzt aber habe ich das Gefühl, die alte Jo, das junge Mädchen, wiedergefunden zu haben. Jenen Menschen, der mit Steinen auf Jungs geworfen hat, wenn sie auf die Schwachen losgegangen sind, und der sich auch nicht davor gescheut hat, einem Lehrer die ehrliche Meinung zu sagen, wenn er einen Schüler ungerecht behandelt hat.“ Die Stimme ihrer Mutter klingt ruhig und fest. Der Cappuccinolöffel verschwimmt Jo vor den Augen. „Es ist nicht wichtig, wohin dich dein Weg führt. Alles, was zählt, ist, dass es dein Weg ist, auf dem du schreitest. Dein eigener Weg, und nicht der eines anderen Menschen.“

Jo macht sich nicht die Mühe, die Tränen fortzuwischen. Sie lässt sie in den Kaffee tropfen. Alle Zweifel, jede Unsicherheit, die sie seit der Schlägerei im Park umtrieben haben, lösen die Worte ihrer Mutter auf. Sie spürt eine unendliche Erleichterung. Und gleichzeitig eine grenzenlose Liebe. Wortlos steht sie auf, kniet neben ihrer Mutter nieder und umarmt den mageren Körper der alten Frau.

Als sie sich wieder aufrichtet, schimmern die Augen ihrer Mutter feucht.

Schweigend essen sie ihr Frühstück. Jo gibt sich ganz der Leichtigkeit hin, die sie plötzlich erfasst hat, und fragt sich nur, warum sie nicht gleich von Anfang an offen mit ihrer Mutter gesprochen hat. Die Sorgerechtsfrage verdrängt sie. Sie wird eine Lösung finden.

„Zeigst du mir dein neues Zuhause?“

Überrascht blickt Jo ihre Mutter an. „Wenn du willst können wir gerne hinfahren.“

„Ja. Ich möchte wissen, wo ich dich besuchen kann.“

Schon von weitem sieht Jo, dass ihre Freunde auf der Mauer sitzen. Sie freut sich darauf, sie ihrer Mutter vorstellen zu können. Sie parkt mitten auf dem großen Platz und hilft ihrer Mutter beim Aussteigen. Seite an Seite gehen sie langsam auf das Menschengrüppchen zu.

„Jo!" Tom rennt auf sie zu, sie fängt ihn auf und wirbelt ihn in der Luft herum. Als sie ihn vor sich auf den Boden stellt, blickt er ihre Mutter mit großen Augen an. „Wer ist das?"

Jo lächelt. „Das ist meine Mutter."

„Ich bin Tom. Und wie heißt du?" Tom streckt seine kleine Hand aus, an der feuchte Erde klebt.

„Ich bin die Heide." Die alte Frau nimmt die Hand ohne zu zögern und drückt sie.

Lucia springt von der Mauer und tritt auf Heide Heller zu. „Ich bin Lucia, Toms Mutter. Ich freue mich, Sie kennenzulernen, Frau Heller." Sie ergreift ihre Hand und schüttelt sie.

„Ich freue mich auch." Jo wirft ihrer Mutter einen Blick zu und erkennt, dass sich ihre Wangen gerötet haben.

Heide Heller tritt vor die Mauer, auf der Amar neben Temo auf dem Steinboden sitzt, während sich Paul wieder seinen Stuhl geholt hat. Amar erhebt sich.

„Guten Tag, zusammen. Ich bin Heide Heller, die Mutter von Jo." Sie reicht ihm die Hand.

„Hallo, Heide. Ich bin Amar."

„Paul Seiler." Paul ist aufgestanden, und zu Jos Belustigung macht er eine kleine Verbeugung.

„Temo aus Georgien. Ich kann leider nicht aufstehen, ein lästiger Husten hat mich im Griff. Ich hoffe, ich beleidige Sie damit nicht." Wie zum Beweis wird Temo von einem kräftigen Hustenanfall geschüttelt.

„Nein, das tun Sie nicht. Ich bin selbst nicht mehr so gut zu Fuß und kenne Ihre Beschwerden." Heide Heller lächelt verständnisvoll.

Dann lässt sie ihren Blick über das Gelände schweifen. Die Laubbäume warten auf den ersten Schnee. Ihre Blätter bedecken in Gelb und Braun die Erde. Ein Vogel wühlt darin nach Regenwürmern. Es ist ein freundlicher Tag, den sich Heide Heller für ihren ersten Besuch auf dem Güterbahnhof ausgesucht hat. Die Sonne schickt ihre Strahlen vom blassblauen Himmel zwischen den kahlen Ästen hindurch. Heide Heller blinzelt.

„Friedlich habt ihr es hier."

Ihre Bemerkung verblüfft Jo und sie erkennt in den Gesichtern der anderen, dass es ihnen ähnlich ergeht. Keiner von ihnen hat bisher die Schönheit des Ortes wahrgenommen. Den Wald, der den Bahnhof schützend umgibt und aus dem pausenlos das Geplauder der Tiere zu ihnen herüberdringt. Der Fluss mit seinem Rauschen und dem lebensspendenden Wasser. Die Ruhe, die über allem liegt, weit abseits des Pulsierens der Stadt. Sogar das Bahnhofsgebäude gibt sich im Licht der tiefstehenden Sonne malerisch.

Für sie alle ist der Ort eine Endstation gewesen, die sie sich nicht freiwillig ausgesucht haben. In der sie gelandet sind wie gestrandete Fische, unfähig, sich wieder davon zu lösen und in die Gesellschaft zurückzukehren. Sie waren eine Zwangsgemeinschaft an einem Ort, von dem sie jederzeit vertrieben werden können und an den sie sich alleine aus diesem Grund nie hatten binden wollen. Auch nicht gefühlsmäßig.

Heide Hellers Äußerung verändert den Blickwinkel.

„Magst du mir dein Zimmer zeigen, Jo?"

Jo nickt und nimmt ihre Mutter bei der Hand. Sie hat das lange nicht mehr getan, aber jetzt fühlt es sich richtig an.

Sie führt sie um das Bahnhofsgebäude herum und bleibt vor dem scheibenlosen Fenster stehen.

„Die Tür lässt sich leider nicht öffnen." Jo grinst schräg.

„Na, du bist ja noch einigermaßen beweglich." Ihre Mutter lässt ihren Blick durch den kleinen Raum schweifen. „Du könntest die Kommode aus dem Korridor herholen, sie würde sich dort in der Ecke ganz hervorragend machen. Und Peters Sessel."

„Mama! Papas Stuhl bleibt bei dir!"

Ihre Mutter schweigt und ihr Magen beginnt zu rumoren.

„Komm, lass uns zum Fluss gehen." Sie hängt sich wieder bei Heide Heller ein.

„Darf ich mitkommen?"

Jo hat Tom nicht bemerkt, der ihnen lautlos gefolgt ist.

„Klar!"

„Ich sag noch rasch Mama Bescheid!" Wie ein Wiesel huscht er zwischen den Sträuchern hindurch.

„Ein lieber Junge." Heide Heller blickt ihm nach und Jo nickt lächelnd.

***

„Und wie lange wird das dauern?" Marc blickt in das pausbäckige Gesicht des Mannes. Das schüttere Haar bildet einen dünnen Kranz um eine Halbglatze auf der Kopfmitte, auf der Schweißperlen glänzen. Eine zu kleine Nase, hervorstehende Augen und ein eckiges Kinn. Im linken Mundwinkel klemmt eine erloschene Zigarre. Der Mann ist keine Schönheit, aber Marc mag seine Stimme. Sie ist voll, mit einem sonoren Klang und guter Tiefe.

„Das weiß man nie so genau. Der Segelmacher ist auf Teneriffe, also ganz nah. Aber jetzt ist Hochsaison, und in zwei Wochen starten die Ralleys über den Atlantik. Da ist immer viel zu tun und weil ich es nicht eilig hab', kann die Lieferung des Segels dauern."

Marc kaut auf seiner Unterlippe herum. Er mag nicht warten, möchte so bald wie möglich nach La Palma segeln. Aber diese kleine Yacht unter deutscher Flagge ist die einzige, die in absehbarer Zeit dorthin übersetzt und Platz für zusätzliche Crew hat. Die anderen Boote segeln entweder direkt in die Karibik oder nehmen niemanden mit. Es wird ihm wohl oder übel nichts anderes übrig bleiben, als auf die Lieferung des neuen Großsegels zu warten.

„Überleg's dir, Junge. Hand gegen Koje, keine Verpflegung, keine Bordkasse."

Das Angebot ist bestechend.

„Einverstanden. Ich komme mit."

„Ausgezeichnet. Ich segle ja gern allein, aber im Frühling hab' ich eine Knieoperation gehabt und so ganz beweglich ist das Gelenk noch immer nicht. Ist ganz gut, wenn du mir bei den Manövern helfen kannst." Zufrieden zündet er sich seine dicke Zigarre an. „Übrigens, ich heiß' Gustav."

„Marc." Er streckt die Hand aus, Gustav nimmt sie und drückt kräftig zu.

„Ich werde täglich vorbeikommen um zu schauen, ob das Segel angekommen ist."

„Tu das, Junge." Gustav lächelt.

***

„Deine Mutter ist total in Ordnung!" Lucia empfängt Jo auf dem großen Platz. „Warum ziehst du nicht zu ihr?"

Jo schließt die Autotür und öffnet den Kofferraum. Ihre Mutter hat darauf bestanden, dass sie die Kommode aus dem Korridor mitnimmt.

„Weil sie meine Mutter ist." Sie zieht die Kommode an den Rand des Kofferraums.

„Wart, ich hol` Paul." Lucia verschwindet und kommt gleich darauf mit ihm zurück. Gemeinsam heben sie das Möbel aus dem Auto und tragen es zum Stationshäuschen.

„Wird nicht ganz einfach, das schwere Ding durchs Fenster zu kriegen." Lucia schiebt sich eine Haarsträhne hinters Ohr.

„Warum? Ist die Tür verschlossen?" Paul runzelt die Stirn.

„Wir bekommen sie auf jeden Fall nicht auf." Jo zuckt die Schultern.

Er betrachtet die Türfalle. „Die ist total verrostet." Er verschwindet.

„Was hat er vor?"

„Sicher holt er einen Hammer. Also, warum ziehst du nicht zu deiner Mutter?" Lucia blickt Jo fragend an.

Jo zögert. „Sie wohnt noch immer in der Wohnung, in der ich aufgewachsen bin. Wenn ich dort bin, bin ich die Tochter und sie ist die Mutter. Wir finden nicht aus unseren alten Rollen heraus. Und mir von meiner Mutter sagen lassen, wie ich mit meinem eigenen Kind umzugehen habe, das geht gar nicht."

„Kann ich verstehen. Aber was, wenn du eine Wohnung mietest und sie bei dir einzieht? Glaubst du nicht, dann könnte es anders werden?"

„Möglich. Aber ich glaube nicht, dass ich als alleinerziehende Arbeitslose eine Wohnung finden werde. Ich habe bereits gesucht. Es ist kaum was auf dem Markt, was ich mir leisten könnte, und zwei Absagen habe ich schon bekommen. Vor allem wüsste ich nicht, wie ich ohne Job die Miete finanzieren sollte.“

„Du könntest Arbeitslosengeld beantragen.“

„Schon. Aber dann müsste ich nach Ablauf des Mutterschutzes jeden Job annehmen, und was mache ich dann mit dem Baby? Eine Krippe kommt für mich nicht in Frage.“

„Deine Mutter?“

„Unmöglich. Heute hatte sie einen guten Tag, aber morgen kann es sein, dass sie wieder vergessen hat, dass sie hier gewesen ist.“

Paul kommt zurück, einen großen Hammer in der rechten Hand. Damit schlägt er zweimal auf das Schloss, das in einzelne Roststücke zerfällt. Kräftig tritt er gegen die Tür. Knarrend öffnet sie sich.

„Prima! Danke, Paul. Allerdings kann ich die Tür nun nicht mehr schließen.“ Jo betrachtet das Loch an der Stelle, an der das Schloss gewesen ist.

„Solange keine Scheibe im Fensterrahmen ist, brauchst du die Tür auch nicht zu schließen“, bemerkt Lucia trocken.

„Stimmt. Stellt die Kommode bitte dort in die Ecke.“

„Sieht schon gleich viel wohnlicher aus.“ Die junge Frau nickt zufrieden.

„Danke für eure Hilfe.“ Jo lächelt ihnen zu.

„Ist deine Mutter nun allein?“ Paul fixiert sie.

„Ja.“

Er nimmt ihre Antwort zur Kenntnis, ohne darauf zu reagieren. Aber seine Frage dreht in ihrem Kopf und sie weiß, dass sie etwas unternehmen muss. Es ist nicht gut, dass Heide Heller alleine in ihrer Wohnung ist.

„Hallo? Ist da wer?“

Jo schaut zu Lucia, dann zu Paul. Sie kennt die Stimme nicht, die, ein wenig rau und gleichzeitig jung, durch die Fensteröffnung dringt. Lucia zuckt die Schultern und springt nach draußen.

„Hier!"

Keine halbe Minute später erscheint eine junge Frau. Sie ist von Kopf bis Fuß in Schwarz gekleidet mit kurzem, blauschwarz gefärbtem Haar und dunklen Augen, die unstet die Umgebung abtasten. An der Hand hält sie ein etwa vierjähriges Mädchen, das sich ängstlich an ihr linkes Bein drückt. „Was willst du hier?" Lucia steht vor ihr, die Hände in die Hüften gestemmt. Ihre Stimme klingt schneidend, und Jo bemerkt überrascht, dass sie noch immer nichts über die rothaarige Frau weiß. *Warum gibt sie sich so hart? Werde ich auch so, wenn ich eine Weile lang hier gelebt habe?*

„Ich suche Jo."

Jo tritt ans Fenster. „Hallo." Misstrauisch schaut die junge Frau sie an. „Ich bin Jo."

„Echt? Hab' 'nen Kerl erwartet."

„Warum suchst du mich?"

„Ich soll dir das geben." Sie streckt ihr einen zerknüllten Zettel entgegen.

„Von wem ist das?"

Die junge Frau schweigt. Jo zögert. Ist es möglich, dass Patrick das Mädel geschickt hat? Sie mustert die Frau. In der Hose sind unzählige Löcher, die ganz offensichtlich dorthin gehören. Aktuelle Mode. Der schwarze Pullover ist weit mit einem Wasserfallkragen, darunter trägt sie ein enganliegendes Shirt. Das Gesicht ist stark geschminkt, und die Haut unter dem Make-up schimmert weiß. Es ist definitiv niemand, mit dem sich Patrick abgibt.

„Wer hat dir das gegeben?" Sie fixiert den Papierknäuel auf der offenen Handfläche.

„Nimm ihn doch einfach und schau nach." Lucia wirkt ungeduldig, und Jo beschleicht das Gefühl, dass sie den Besuch so rasch wie möglich wieder loswerden will. Langsam nimmt sie das Papier, hält es an die Wand und streicht es glatt.

Gehe zurück nach Bergheim. Danke.

„Und?" Lucia kann ihre Neugierde nicht verbergen.

„Von Steve. Er geht zurück nach Bergheim." Jo lässt den Zettel sinken. Sie weiß nicht, worüber sie mehr erleichtert ist. Darüber, dass die Nachricht nicht von Patrick stammt oder über die Tatsache, dass Steve nicht im Knast gelandet ist. Sein Schicksal hat sie nicht mehr losgelassen, seit sie ihn beim Ostbahnhof hat aussteigen lassen.

„Bergheim?" Lucia zieht die Nase kraus.

„Drogenentzugsanstalt. Woher kennst du Steve?" Interessiert betrachtet sie die Frau.

„Ich kenn' ihn nicht." Ein Rascheln lässt die Frau zusammenzucken. Ihr Kopf ruckt herum, ihr Blick fliegt gehetzt umher.

„Woher hast du dann den Zettel?"

„Er hat ihn mir heut' Morgen in die Hand gedrückt. Unter der Beethovenbrücke." Sie spricht hastig, und ihre Angst ist greifbar.

„Magst du reinkommen? Ich hab' Kaffee hier. Oder Tee", ergänzt sie mit Blick auf das Mädchen, das mit offenem Mund neben ihr steht und sie anstarrt.

Ohne zu zögern springt die Frau übers Fenstersims und drückt sich an die Wand, so dass sie von außen nicht gesehen werden kann. Das Mädchen heult auf und macht einen Schritt aufs Fenster zu. Wortlos greift ihm Lucia unter die Arme und hebt es in den Raum. Sofort umschlingt es die Frau mit seinen Armen und drückt ihr sein kleines Gesicht zwischen die Beine.

„Bis später." Paul, der bisher schweigend mit dem Hammer in der Hand neben der Tür gelehnt ist, verschwindet in Richtung der Gleise.

Schweigend setzt Jo Teewasser auf und zieht die Keksdose hervor. „Magst du?" Das Mädchen wendet den Kopf und blickt sie aus angsterfüllten Augen an. Zögernd streckt sie die Hand aus, dann nimmt sie sich rasch zwei Kekse, steckt sie in den Mund und wendet sich wieder ab. „Du auch?" Die Frau schüttelt den Kopf, und Jo gibt die Dose Lucia weiter.

„Vor wem versteckst du dich?" Die Frau schweigt. „Hier bist du sicher. Wir wollen selbst nicht gefunden werden." Jo grinst sie an.

Langsam weicht die Mischung aus Skepsis, Furcht und Misstrauen aus dem Gesicht der Frau. Eine schlanke Hand mit unzähligen Ringen an den Fingern und bunt lackierten Nägeln fährt sich über das höchstens zentimeterlange Haar. *Sie trägt ihr Haar noch nicht lange so kurz*, schießt es Jo durch den Kopf. Diese Geste macht nur, wer sich langes, offenes Haar gewöhnt ist.

„Vor meinem Mann."

Jo verschüttet ein wenig Teewasser. „Ich hätte dich auf höchstens sechzehn geschätzt."

Die Frau verzieht ihr Gesicht. „Ich bin neunzehn. Letztes Jahr hab' ich geheiratet. Meine Eltern haben mich rausgeschmissen, weil sie alles verkauft haben, um eine Weltreise zu machen. Ach ja, ich bin Alexa."

„Und warum hast du dir nicht einfach eine Wohnung genommen? Deswegen muss man doch nicht gleich heiraten!"

Verständnislos schüttelt Lucia den Kopf.

„Mein Freund wollte das nicht. Er wollte unbedingt heiraten und mit mir zusammenleben."

„Und warum fliehst du jetzt vor ihm?" Jo drückt ihr eine Tasse Tee in die Hand.

„Ich hab' erst nach der Hochzeit gemerkt, dass er eine schwere narzisstische Persönlichkeitsstörung hat. Er hat mich in seiner Wohnung eingesperrt aus blinder Eifersucht. Er meinte, ich würde mit einem anderen Mann durchbrennen, dabei hab' ich zu gar keinem anderen eine Beziehung gehabt."

„Und wie bist du hierher gekommen?" Gänsehaut kriecht über Jos Arme.

„Ich hab' das Badezimmerfenster eingeschlagen und bin aus dem ersten Stock am Regenwasserrohr runtergeklettert."

„Und die Kleine? Ist das deine Tochter?"

Alexa schüttelt den Kopf. „Ich hab' sie unter der Beethovenbrücke aufgegabelt. Sie war mit ihrer Mutter dort, aber die war ständig stockbesoffen." Ihre Hand fährt über den blonden Haarschopf, und die Kleine hebt den Blick.

„Na großartig. Du bist auf der Flucht vor deinem Mann und hast ein fremdes Kind dabei." Lucia kaut auf ihrer Unterlippe herum.

„Am besten gehst du wohl erst mal ins Frauenhaus, dort bist du vor deinem Mann sicher. Von dort aus kannst du dann das Jugendamt informieren wegen der Kleinen."

„Frauenhaus kannst du vergessen." Vehement stellt Lucia ihre Tasse auf den Tisch.

„Warum? Das ist doch die erste Anlaufstelle und Schutzraum für Frauen."

„Das Konzept eines Frauenhauses kann nicht funktionieren. Erstens gehen nur Frauen hin, die in Not sind. Die meisten sind auf der Flucht vor Gewalt. Bei jeder ist es akut, das Frauenhaus ist ja nur eine Übergangsstation. Jede Frau ist in ihrer eigenen Geschichte gefangen und wird gleichzeitig mit den Geschichten der anderen konfrontiert. Hast du Lust, dir das alles anzuhören? Albträume, Wutausbrüche, Panikattacken, Verfolgungswahn, kannst du alles dort haben. Oft tauchen Männer auf und versuchen, ihre Frauen mit Gewalt zurückzuholen. Es ist für Frauen schon schwierig, damit umzugehen, für Kinder ist es auf jeden Fall der total falsche Ort."

Schweigen.

Alexa starrt auf den Boden, während ihre Hand wie von selbst den Kopf des Kindes krault. Jo fixiert Lucia, und plötzlich weiß sie, dass sie aus Erfahrung spricht. Sie flüchtet nicht vor dem System, nicht vor dem Schulzwang. Die Wahrheit ist viel profaner. Lucia flüchtet vor einem Mann.

„Ich an deiner Stelle würde zur Polizei gehen." Alexa zuckt zusammen und blickt Lucia an. „Gegen deinen Mann kannst du eine Anzeige wegen Freiheitsberaubung machen. Such dir einen guten Anwalt, der der Polizei klarmachen kann, dass du vor ihm geschützt werden musst. Dann reichst du die Scheidung ein."

„Mein Mann ist krank, der wird mich auch nach einer erzwungenen Scheidung nicht in Ruhe lassen." In Alexas Tonfall liegt die Verzweiflung der ganzen Welt.

„Dann kannst du immer noch ins Ausland ziehen. Aber bis dahin stehst du unter Polizeischutz und hast kein Problem mit der Scheidung."

„Woher soll ich einen Anwalt nehmen? Ich kenn' mich damit überhaupt nicht aus. Und bezahlen kann ich ihn auch nicht. Ich konnte ja nicht mehr zur Arbeit gehen, während ich eingesperrt war. Ich bin Krankenpflegerin und habe meine Stelle im Krankenhaus verloren. Mein Geld liegt auf dem gemeinsamen Konto, und das wird mein Mann sicher schon gesperrt haben."

„Scheiße." Lucia stampft auf.

„Mein Partner ist Anwalt."

Jo hat leise gesprochen, aber Lucias Blick spießt sie sofort auf. Dann bricht sie in lautes Gelächter aus. „Du glaubst doch nicht im Ernst, dass sich dieser Snob für eine Obdachlose einsetzt? Das ist der beste Witz, den ich je in meinem Leben gehört habe!"

Ihre Worte treiben Jo einen Stachel ins Herz. *Patrick ist kein Snob*, will sie entgegnen, aber ihre Lippen schweigen. Ihre Gedanken wirbeln durcheinander, und eine große Unruhe erfasst sie.

Patrick ist kein hartherziger Mensch. Seine Mutter ist eine äußerst feinfühlige Frau gewesen, die in stiller Mission neben ihrem stadtbekannten Anwaltsehemann für die katholische Kirche gearbeitet und sich für einsame alte Menschen eingesetzt hat. Jo hat sie leider nie kennengelernt, da sie viele Jahre vorher gestorben ist, bevor sie mit Patrick zusammengekommen ist.

Jo weiß, dass Patrick seine empfindsame Seite von seiner Mutter geerbt hat. Er hält sie so gut vor sich selbst verborgen, dass sie sie nur zweimal gespürt hat. Einmal beim Tod seines Vaters und einmal, als sie gemeinsam den Schwangerschaftstest gemacht haben und er das positive Ergebnis in der Hand gehalten hat. Damals hat er geweint, und sie hat sein tiefes Bedürfnis nach Zärtlichkeit und Liebe gespürt, das er sonst so gewissenhaft vor ihr verborgen gehalten hat, ganz dem Selbstbild geschuldet, das er seit früher Jugend aufgebaut hat im alleinigen Bestreben, seinem Vater eines Tages ebenbürtig zu sein.

„Ich frag ihn trotzdem."

„Du tust was?" Lucia starrt sie mit heruntergeklapptem Unterkiefer an.

„Ich frag ihn, ob er Alexa hilft."

24

Jo schreckt auf. Sie schwitzt und friert gleichermaßen. Es hat wieder zu regnen begonnen, und ein steifer Wind weht die Regentropfen durchs offene Fenster in ihr Zimmer. Die Luft riecht feucht.

Sie setzt sich auf. Sie hat Marcs Gesicht vor sich gesehen. Ohne Narben, sondern so, wie er vor der Schlägerei wohl ausgesehen haben mag. Er hat nichts gesagt, sondern sie einfach nur angeschaut.

Sie hat ihn nicht vergessen. Jeden Tag aufs Neue hat sie sich vorgestellt, wie er in einem Auto in Richtung Süden reist, auf einem Campingplatz übernachtet, mit der Fähre schließlich auf der Insel ankommt. Sie hat ihm die Daumen gedrückt, dass er sein Ziel erreichen möge. Und trotzdem ertappt sie sich immer wieder dabei, wie sie hofft, er möge zurückkehren und plötzlich wieder vor ihr stehen.

Sie würde ihn gerne so Vieles fragen. Warum er auf Parkbänken schläft. Wie alt er ist. Seit wann er auf der Straße lebt. Ob er Eltern oder Geschwister hat. Fragen, die sie ihm damals nicht gestellt hat, weil er sie nicht beantwortet hätte. Sie hat das Schweigen in ihm gespürt, das ihn durchdrungen hat. Aber genau dieses tiefe Schweigen hat ihre Fragen heraufbeschwört, die sie nun drängen. Sie will diesen Mann kennenlernen.

Das Bild vor ihrem inneren Auge verschiebt sich. Plötzlich starrt Patrick sie an. Sie sieht ihn, wie sie ihn zum letzten Mal vor sich gesehen hat, mit dunklen Schatten auf dem

Gesicht. Eine Woche hat er ihr Zeit gegeben, um den Wohnungswechsel zu melden. Diese Woche läuft morgen ab.

Sie muss dringend etwas unternehmen. Wenn Patrick zum Meldeamt geht, werden innert Kürze die Beamten hier aufkreuzen, und dann gefährdet sie auch Lucia und Tom in ihrem illegal bewohnten Güterwaggon.

Was soll sie tun? Sie könnte als Sofortmaßnahme die Adresse ihrer Mutter angeben. Aber dann müsste sie ihren Namen auf die Türklingel und den Briefkasten schreiben, und dann würde es wohl keinen Tag dauern, bis die Nachbarn stutzig werden würden. Zwar hat sie sich vorgenommen, nun täglich bei Heide Heller vorbeizufahren. Aber die Nachbarn würden ihren Schwindel durchschauen. Und riskieren, dass die Sache auffliegt, das will sie nicht. Sie spürt, dass ihr die Energie für Ärger mit Beamten fehlt. Viel lieber will sie sich in aller Ruhe auf die Geburt vorbereiten, die unaufhaltsam näher rückt.

Ein Gedanke durchzuckt sie. Würde es ihrer Mutter besser gehen, könnte sie Marc nach La Palma folgen. Damit wären alle ihre Probleme auf einen Schlag gelöst. Sie könnte sich aus Deutschland abmelden und Patrick würde sie nicht mehr finden, um ihr das Sorgerecht entziehen zu lassen. Zwar müsste sie mittelfristig für Einkommen sorgen, aber für einige Monate ohne Arbeit würde ihr Erspartes durchaus reichen, wenn sie bescheiden lebt.

Ein Zittern läuft durch ihren Körper. Die Idee versetzt sie in einen solchen Erregungszustand, dass sie aufstehen und im Zimmer umhergehen muss. Sie muss eine Lösung für ihre Mutter finden.

Wie wäre es, wenn sie sie mitnehmen würde? Sie verwirft die Idee sogleich wieder. Heide Heller auf La Palma, in einem ihr gänzlich fremden Land in einer fremden Sprachkultur, da würde ihre Mutter vereinsamen. Zumal sie selbst noch nicht wüsste, wo sie wohnen würde. Aber sie in ihrer Wohnung alleine zurücklassen kommt genauso wenig in Frage. Doch ein Altersheim? Jo schüttelt sich. Ihre Mutter würde eingehen wie eine Sonnenblume in der Dunkelheit.

Sie stellt einen Topf mit Wasser auf die Gasplatte. Die Flamme taucht den Raum in ein bläuliches Licht. Sie wärmt die klammen Finger an der heißen Teetasse, spürt der Wärme nach, die sich zaghaft in ihrem Körper ausbreitet, atmet den Duft nach Pfefferminz ein. Dann legt sie sich zurück auf die Matratze und wartet auf die Dämmerung.

***

Marcs Blick schweift übers Meer. Er steht beim Olympiadenkmal und knetet seine Finger. Es ist bereits über eine Woche her, seit er auf La Gomera angekommen ist, und von dem Segel fehlt noch immer jede Spur.

Je länger er festsitzt, desto mehr versteift er sich auf die Idee, Jo würde ihm nachreisen. Wenn es so wäre, dann hätte sie La Palma bestimmt schon erreicht. Wie lange würde sie bleiben, wenn sie ihn auf der Insel nirgends finden würde? Würde sie warten?

Abrupt dreht er sich um. Er muss sich ablenken. Jeden Nachmittag zieht er durch die engen Gassen von San Sebastiàn und fertigt kleine Portraits von Passanten an. Die Tage, an denen Kreuzfahrtschiffe an der langen Kaimauer anlegen und sich Touristen wie Insektenschwärme durch die kleine Stadt wälzen, sind besonders ergiebig. Viele von ihnen kaufen ihm ein Bild ab, und so kann er sich einmal täglich eine warme Mahlzeit leisten. Noch schlackert das T-Shirt zwar um seine Schultern, aber den Gürtel der Hose konnte er bereits um drei Löcher weiter nach vorne versetzen. Körperlich fühlt er sich so kräftig wie lange nicht mehr.

Die Nächte verbringt er in der kleinen Höhle über den Klippen, die ihm außer einem streunenden Hund niemand streitig macht. Die Regenschauer, die hin und wieder über Insel ziehen, nutzt er, um Wasser zu sammeln und zu duschen. Wenn morgens der erste Lichtschimmer am Horizont erscheint und das Meer mit Silber übergießt fragt er sich, warum er so lange in Deutschland ausgeharrt hat. Das Leben auf den Inseln des ewigen Frühlings fühlt sich leicht an.

Wenn nur das Segel endlich eintreffen würde.

***

Nebelschwaden klettern übers Fenstersims und ziehen durch den Raum. Das erste Tageslicht lässt sie unwirklich leuchten. Jo betrachtet sie auf dem Rücken liegend, bis zur Nasenspitze in ihrem Schlafsack verborgen. Ihr Magen fühlt sich an wie ein dicker Klumpen, fest und zusammengezogen, um dem Hunger keinen Platz zu lassen. Die Luft riecht nach nassem Gras und modrigem Laub.

Sie muss aufstehen. Aufstehen, um aufs Meldeamt zu fahren und anschließend ihre Mutter abzuholen. Längst hat sich die Kälte in ihren Schlafsack geschlichen und von ihrem Körper Besitz ergriffen. Sie fühlt sich so steif, dass sie fürchtet, ihre Matratze nie wieder verlassen zu können. *Wie halten das die anderen bloß aus?* Lucia, und vor allem Tom? Oder auch Temo, der so mager ist, dass ihn kein Gramm Fett wärmt.

Ächzend erhebt sich Jo. Ihre Hände zittern so stark, dass ihr die Hose mehrmals entgleitet. Sie verzichtet darauf einen Tee zu kochen, flüchtet sich in ihr Auto und dreht die Heizung auf. Sie fährt so lange durch die Stadt, bis sich ihre Finger wieder schmerzfrei bewegen lassen.

Das städtische Hallenbad öffnet um 9.00 Uhr. Einsam steht *Albert* auf dem großen Parkplatz, ganz nah beim Eingang. Jo bezahlt die Eintrittsgebühr und steht kurz darauf unter der Dusche. Das heiße Wasser fließt über ihre Haut, und Zentimeter um Zentimeter kehrt die Lebendigkeit zurück.

Nach einem Frühstück mit Vollkornbrot, Spiegelei, Speck und einer großen Tasse Kaffee fühlt sie sich gewappnet für den Gang zum Meldeamt.

„Guten Tag." Leise schließt Jo die Tür und dreht sich um. Die Luft im Raum ist so warm und abgestanden, dass sie ein Gähnen unterdrückt. Vor ihr steht ein wuchtiger Schreibtisch mit zwei Bildschirmen und mehreren grauen Ablagefächern, zwischen denen Ordnerstapel liegen. Die Rollläden vor dem Fenster gegenüber der Tür sind heruntergelassen, das weiße Licht stammt aus zwei Leuchtstoffröhren an der Zimmerdecke.

Hinter dem Schreibtisch sitzt eine Frau mit blondem, schulterlangem Haar, einer kleinen Nickelbrille auf einer zu großen Nase und zusammengekniffenen Lippen. Um ihren Hals windet sich ein zartrosa Seidenschal. „Guten Tag." Jo spürt ihren Blick missbilligend über ihre Kleidung wandern, dann steigen die sorgfältig gezupften Augenbrauen in die Höhe. „Was wollen Sie?"

Jo tritt vor den Tisch. „Ich möchte mich aus Deutschland abmelden."

Der Blick der Beamtin streift sie erneut, dann wendet sie sich einem der Bildschirme zu.

„Ihr Name?"

„Josephine Heller."

„Geburtsdatum? 4. April 1985."

„Ihren Personalausweis, bitte."

Jo reicht ihr das Dokument. Für einen kurzen Moment erfüllt das Klacken der Tastatur den Raum. Ohne den Blick vom Bildschirm zu nehmen, stellt die Frau, auf deren Schreibtisch ein Metallschild mit dem Namen *Dürr* steht, fest: „Sie wohnen an der Weinbergstraße 18." Jo sieht keinen Anlass zu einer Antwort und schweigt. „Wie lautet Ihre neue Adresse?"

„Wie bitte?"

„Ihre neue Adresse."

„Ich habe keine. Ich werde reisen."

Die Augen der Frau richten sich mitten auf Jos Gesicht. Mit einem Anflug von Langeweile erläutert sie: „Ohne Adresse im Ausland kann ich Ihnen keine Abmeldebescheinigung erstellen."

„Aber ich habe keine neue Adresse, wenn ich reise."

„Ich brauche eine Adresse, die ich ins System eintragen kann. Sonst muss ich Sie als *Ohne festen Wohnsitz* melden."

Jo seufzt laut. „Dann werde ich meine Reiseplanung machen und mit einer Adresse wiederkommen."

„Bedenken Sie, dass Sie an der gemeldeten Adresse erreichbar sein müssen." Liegt in ihren Worten ein Hauch Misstrauen? Jo ist sich nicht sicher. Grübelnd verlässt sie das Amt.

Zwei Stunden später hat sie die Abmeldebescheinigung in der Tasche. Als Adresse hat sie ein Hotel in Südfrankreich angegeben. Es liegt immerhin auf dem Weg nach La Palma. Eine Adresse auf der Insel hat sie sicherheitshalber vermieden.

Es ist früher Nachmittag. Der schwarze Audi TT steht vor dem Fachwerkhaus in der Altstadt, in dem Patricks Kanzlei untergebracht ist. Es ist keine dieser noblen Kanzleien im zehnten Stockwerk eines Hochhauses mit einer Panoramafensterfront hinter dem Schreibtisch. Hier, in dem fast 200 Jahre alten, mehrmals sorgfältig renovierten Haus hat bereits Ulrich Wilbert gewirkt, und es ist für Patrick nie ein Thema gewesen, die Kanzleiräumlichkeiten an einen prominenteren Platz zu verlegen.

Langsam steigt Jo die Stufen in den ersten Stock hinauf. Das Treppensteigen strengt sie an. Sie drückt kurz auf den Klingelknopf, dann tritt sie ein.

Hinter dem Schreibtisch im Empfangsbereich sitzt noch immer Frau Borter, wie schon vor sechs Jahren, als Jo zum ersten Mal hier gewesen ist. Nun erhebt sie sich. „Josephine! Sie waren schon lange nicht mehr hier, wie schön!" Sie nimmt Jos ausgestreckte Hand in ihre und tätschelt sie wohlwollend.

Jo versucht ein Lächeln. „Danke, Frau Borter. Ich möchte zu Patrick."

Die Empfangsdame tritt zur Seite und weist mit der Hand auf die zweite Tür von links. „Sie kennen sich ja aus. Bitte."

Patrick macht Anstalten aufzustehen, als er Jo erblickt, aber dann scheint er es sich anders zu überlegen und bleibt sitzen. Die Herbstsonne wirft ein gelbes Licht auf die weißgetünchte Wandtäflung und lässt den hohen Raum unnatürlich leuchten. Auf Patricks Schreibtisch liegen wie immer zwei sauber aufgeschichtete Papierstapel neben einer leeren

Tasse Kaffee. Die warme Zimmerluft riecht nach altem Holz und Möbelpolitur.

Jo tritt vor den Schreibtisch. Sie ist vollkommen ruhig und wundert sich darüber. „Hallo Patrick."

„Josephine. Darf ich dich daran erinnern, dass du dich hier in meiner Kanzlei befindest?" Missbilligend wandert sein Blick über ihren Pullover und die abgetragene Jeans.

„Dessen bin ich mir bewusst. Ich werde auch nicht lange bleiben." Sie fährt sich mit der Hand durchs Haar. „Ich wollte dir nur mitteilen, dass ich beim Meldeamt gewesen bin. Du brauchst nicht aktiv zu werden."

Reglos blicken seine Augen sie an. Sie kann nicht erkennen, ob er darüber enttäuscht oder erleichtert ist. Langsam zieht sie einen Umschlag aus ihrer Umhängetasche. „Und ich habe eine Bitte an dich." Er schweigt noch immer. „Alexandra Mittner ist von ihrem Mann in seiner Wohnung sechs Wochen lang eingesperrt worden. Sie hat sich selbst befreit, indem sie durchs Badezimmerfenster geflohen ist. Sie möchte Anzeige gegen ihren Mann erstatten und die Scheidung einreichen. Ich bitte dich, ihren Fall zu übernehmen. Details findest du hier." Sie legt ihm den Umschlag auf den Tisch und lächelt ihm zu. Dann dreht sie sich um und verlässt die Kanzlei.

Zurück auf der Straße beginnen ihre Knie zu zittern und Schweißtropfen treten auf ihre Stirn.

„Hallo. Ich bin Heide Heller." Jos Mutter streckt Paul die Hand hin.

„Paul Seiler." Er drückt sie. Auch Lucia lässt sich nichts anmerken, falls sie Heide Hellers Verhalten irritieren sollte. Nur Tom steht daneben und starrt sie mit großen Augen an.

„Und wer bist du?" Sie steht vor ihm, ein Lächeln auf dem faltendurchzogenen Gesicht.

„Tom. Aber das weißt du doch, du bist doch gestern schon bei uns gewesen!"

„Ach ja? Ich bin gestern schon hier gewesens", murmelt die alte Frau.

Jo sieht ihr an, dass sie angestrengt versucht sich zu erinnern. Es ist einer jener Tage, die sie verzweifeln lassen. *Irgendwann wird mich Mama nicht mehr erkennen.* Sie schaudert.

„Kommst du mit mir mit zum Fluss?" Tom ergreift Heide Hellers Hand.

„Sehr gerne. Ich liebe Wasser." Langsam lässt sie sich von Tom in Richtung Fluss ziehen. Jo blickt ihnen nach.

„Und?" Lucia sucht nach einem trockenen Quadratmeter unter dem Dachvorsprung des Bahnhofs und setzt sich im Schneidersitz auf den Boden.

„Was, und?" Jo macht es ihr nach.

„Warst du auf dem Amt?"

Jo grinst und zieht einen Umschlag aus ihrem Rucksack. Lucia öffnet ihn schweigend. Erst steigt ihr rechter Mundwinkel in die Höhe, dann der linke.

„Ich gratuliere dir! Du hast dich aus Deutschland abgemeldet!"

„Ja, und meinen Job hab' ich auch gekündigt." Noch fühlt es sich seltsam an.

„Was hast du nun vor?" Paul schaut sie aus zusammengekniffenen Augen an.

„Das weiß ich noch nicht genau. Als allererstes muss ich hier mein Fenster verschließen, sonst erfrier' ich." Sorgenvoll betrachtet sie die Wolken, die über den Himmel jagen. Die nächste Regenfront wird nicht lange auf sich warten lassen.

„Wie willst du das tun?"

„Ich hab' Bauplastik gekauft und Holzlatten, damit sollte es gehen."

Paul nickt bedächtig.

„Ich weiß nicht, was ich mit meiner Mutter machen soll." Jo steckt den Umschlag zurück in den Rucksack. „Auch, wenn sie es selbst nicht wahrhaben will: Sie kann nicht mehr alleine leben."

„Wie würdest du entscheiden, wenn du nur für dich schauen müsstest?" Neugierig wandert Lucias Blick über ihr Gesicht.

„Ich würde nach La Palma fahren."

„Das kam prompt."

„Ja. Dann könnte mich Patrick nicht mehr finden und ich hätte kein Problem mehr mit der Kälte. Und vielleicht würde ich Marc wiedersehen. Dann könnte ich ihm seine Kleider zurückgeben."

„Also brauchen wir eine Lösung für deine Mutter."

Paul, der sich bisher, wie immer, an die Backsteinmauer gelehnt hat, macht einen Schritt vor. Er wirkt unruhig. Seine Augen huschen von Jo zu Lucia, auf seinen Wangen liegt eine unbekannte Röte. „Und wenn du sie hierher bringst? Dann wäre sie nicht mehr allein."

„Hierher?" Die beiden Frauen starren ihn an, als hätte er ihnen vorgeschlagen, Heide Heller umzubringen.

„Wenn das Fenster im Stationshäuschen zu ist und du nach La Palma fährst, könnte sie in dein Zimmer ziehen." Sein Blick ist klar, und in seiner Stimme erkennt Jo keinerlei Anzeichen dafür, dass er zu viel getrunken hat. Er räuspert sich. „Ich könnte mich um sie kümmern. Ich kann sie zwar nicht finanzieren, aber ich kann für sie einkaufen, kochen und mit ihr spazieren gehen."

Jo starrt ihn an. Sie spürt Lucias Blick, der zwischen ihr und Paul hin- und herwandert.

„Meinst du das ernst? Ich meine – der Alkohol..."

Er unterbricht sie unwirsch. „Der verdammte Alkohol. Er hilft mir, die Eintönigkeit meiner Tage nicht hinterfragen zu müssen, er wärmt mich, wenn es arschkalt ist, er betäubt den Schmerz und er lässt mich meine Nutzlosigkeit vergessen. Dabei hasse ich ihn. Er verhindert, dass ich meine Kinder sehen kann. Ich werde ihn nicht los, wenn ich nichts habe, das mich fordert. Ich weiß nicht, ob du mir glauben kannst. Wenn ich mich um deine Mutter kümmern könnte, würde mir das helfen, vom Alkohol los zu kommen. Und wenn ich es schaffe, werde ich das Sorgerecht für meine Kinder beantragen." Seine Stimme vibriert. Seine Hände öffnen und schließen sich, seine Schultern sind gestrafft und in seinem ganzen Körper ist eine Spannung, die Jo noch nie in ihm gesehen hat. Seine Lippen bewegen sich weiter, aber kein Ton dringt mehr aus seinem Mund.

Jo wirft Lucia einen Blick zu. Fast unmerklich nickt ihr die rothaarige Frau zu. Jo steht auf. „Ja, Paul. Ich glaube dir. Ich glaube, dass du dich um meine Mutter kümmern wirst. Und ich glaube, dass du es schaffst, das Sorgerecht für deine Kinder zu bekommen." Sie tritt auf ihn zu und umarmt ihn. Seine Bartstoppeln kratzen an ihrer Wange. Er riecht nach Kaffee.

25

„Du solltest dich untersuchen lassen." Besorgt blickt Jo auf Temo. Der alte Mann verschwindet fast unter dem dicken Federbett, das ihm Jo mitgebracht hat. Sein magerer Körper ist in den vergangenen Wochen noch dünner geworden. Die Hustenanfälle schwächen ihn so sehr, dass er kaum Kraft zum Essen findet.

„Ach was, ich war in meinem ganzen Leben noch nie bei einem Quacksalber, und ich werde auch auf meine alten Tage nicht zu einem gehen." Sein Tonfall lässt keinen Widerspruch zu, wenngleich seine Stimme noch dünner und höher ist als gewöhnlich.

„Du alter Dickschädel!" Jo streicht über die runzlige Haut seiner Stirn. Sie ist kalt. „Versprich mir, dass du diesen Winter hier überstehst!" Sie versucht fröhlich zu klingen, aber so ganz will es ihr nicht gelingen. Seine Antwort geht in einem Hustenanfall unter. Erschöpft schließt er die Augen.

Sie richtet sich auf. Ihr Blick schweift durch die Halle. Fast drei Monate ist es her, seit sie zum ersten Mal hergekommen ist. Damals hat ihr der Ort Angst gemacht. Heute ist er ihr nicht nur vertraut, sie hat ihn auf unbestimmte Weise lieb gewonnen. Langsam geht sie auf die Schiebetür zu, durch die ein Lichtstreifen auf den Zementboden fällt. Die Wände werfen das leise Schaben ihrer Turnschuhe zurück. Ihre Mutter sitzt im Ohrensessel, als Jo die Tür zum Stationshäuschen öffnet. Sie hat Recht gehabt. Neben der Kommode, auf der rechten Schmalseite des Raumes, macht er sich außerordentlich gut. Daneben steht die Kommode aus dem Korridor, mitten im Zimmer liegt der Webteppich mit türkischem Muster, den ihre Eltern von einer ihrer frühen Reisen mitgebracht haben. Darauf steht der Küchentisch mit zwei Stühlen. Anstelle der Luftmatratze hat sich Heide Heller ihr eigenes Bett holen lassen. Daneben tickt die Wanduhr. Paul steht vor dem Gasherd und rührt in einem Kochtopf. Es riecht nach Spaghetti.

Leise schließt Jo die Tür.

„Bist du soweit?"

Sie zuckt zusammen. Ihre Mutter blickt sie an. Jo tritt auf sie zu. Ihre Brust ist eng und ein dicker Kloß in ihrem Hals verunmöglicht das Antworten. Stattdessen nickt sie und kniet vor Heide Heller nieder. Sie nimmt die alten Hände in ihre und drückt sie.

„Pass auf dich auf, mein Kind. Versprichst du mir, dass du Paul Bescheid gibst, wenn du auf La Palma angekommen bist?"

„Ganz bestimmt, Mama." Jo schluckt. Zwar ist sie erleichtert, dass ihre Mutter nicht mehr allein ist. Das Fenster hat sie mit Pauls Hilfe soweit abgedichtet, dass die schlimmste Kälte draußen bleibt. Mit der Petroleumheizung lässt sich sogar eine ganz angenehme Wärme verbreiten. Im Campingbedarf hat sie eine mobile Toilette erstanden, die hinter einem kleinen Vorhang links vom verklebten Fenster steht. Paul hat versprochen, die Toilette täglich zu leeren, regelmäßig Wasser vom Fluss zum Kochen zu holen und einmal pro Woche mit Heide Hellers Wäsche in die öffentliche Wäscherei zu gehen. Die große Wohnung aus ihrer Kindheit hat ihre Mutter gekündet und als Postadresse jene ihrer Freundin Janine angegeben. Janine hat beim Umzug geholfen und Jo ebenfalls versprochen, sich wie bisher um Heide Heller zu kümmern. Jo rechnet ihrer Patentante hoch an, dass sie gar nicht erst versucht hat, ihre Mutter von ihrer Entscheidung, ins Stationshäuschen zu ziehen, abzubringen. Sie kennt Heide Heller ein halbes Leben lang und weiß um ihren Sturkopf. Janine wird auch weiterhin mit ihr ins Hallenbad fahren.

Und doch bleibt Unsicherheit zurück. Niemand weiß, wie lange der alte Güterbahnhof noch so verlassen und von der Öffentlichkeit unbeachtet bleiben wird. Jo mag sich nicht vorstellen, was geschehen könnte, wenn aus irgendwelchen Gründen eines Tages die Polizei hier aufkreuzen würde. Oder wenn der Ort erneut von Drogenabhängigen beschlagnahmt würde. Sie hofft von Herzen, dass Paul dann noch hier sein und geistesgegenwärtig genug handeln würde.

„Geh nur, Jo, und mache dir keine Gedanken um mich. Ich fühle mich wohl hier. Hier stört sich niemand daran, wenn ich meinen Abfall nicht auf die Straße stelle oder die Wäsche in der Maschine liegen lasse." Über das alte Gesicht legt sich ein Lächeln. „Du musst dich nun um dich und das Baby kümmern."

Jo steht auf. „Schau bloß, dass du Patrick nicht in die Arme läufst. Er wird sicherlich ein weiteres Mal hier auftauchen."

„Vor Patrick habe ich keine Angst. Vielleicht ist es sowieso an der Zeit, dass ich ihm meine Meinung sage."

Jo lacht auf. Ein Duell zwischen Patrick und ihrer Mutter wäre bestimmt eine explosive Sache. Sie beugt sich vor und berührt mit den Lippen die Stirn ihrer Mutter. „Ich liebe dich."

„Ich dich auch, mein Kind." Damit schließt sie die Augen.

Jo dreht sich zu Paul um. „Danke, Paul."

Er nickt und fährt sich mit der Hand durchs Haar.

Kurz darauf fährt *Albert* ein letztes Mal über den Asphaltweg, sorgfältig den Schlaglöchern ausweichend.

„Ich verstehe noch immer nicht, warum du mit mir mitgekommen bist." Jo beißt von ihrem Thunfischbrötchen ab und fixiert Lucia. Sie sitzt auf *Alberts* Rückbank, den Rücken an der rechten Fahrzeugwand, die Beine über die Sitze ausgestreckt. Tom schläft auf ihrem Schoß. Regen prasselt aufs Autodach. „Nicht, dass ich es nicht will. Ich bin froh, dass ihr dabei seid. Aber ich verstehe nicht, warum du deine Existenz in Deutschland aufgegeben hast für eine so ungewisse Zukunft."

„Existenz? Welche Existenz?" Ihr Lachen klingt so laut und höhnisch, dass Jo zusammenzuckt. „Weißt du, wie lange ich auf eine Gelegenheit gewartet habe, aus diesem miesen Job auszusteigen?" Sie stopft sich den Rest ihres Sandwichs in den Mund und kaut heftig.

„Aus welchem Job?"

Lucia kaut und schluckt. Dann nageln ihre Augen Jo fest. „Aus dem Straßenstrich."

Jo würgt. Sie hat sich nie gefragt, was Lucia arbeitet. Sie ist von einem Job als Kellnerin ausgegangen, einem Job, bei dem sie nur abends fort sein muss. Zögernd fragt sie: „Magst du erzählen?"

„Ich bin in einem kleinen spanischen Dorf aufgewachsen, bei meiner Großmutter. Meine Eltern haben in Barcelona gearbeitet, mein Vater als Architekt, meine Mutter als Theaterschneiderin. Sie wollten nicht, dass ich in der Stadt aufwachse und haben mich deshalb zu meiner Großmutter gegeben. Ich habe meine Großmutter geliebt, aber ich habe auch immer davon geträumt, eines Tages in die Stadt zu ziehen." Lucias Stimme klingt leise. Ihre Hand streicht durch Toms Haar. „Als ich sechzehn war, habe ich Toms Vater kennengelernt. Er ist als Rucksacktourist durch Europa getrampt und hat im Haus meiner Großmutter um Quartier gebeten. Er hat mich total beeindruckt und ich habe mich Hals über Kopf in ihn verliebt. Aber er ist weitergezogen, und ich habe in einem kleinen Restaurant in unserem Dorf die Ausbildung zur Kellnerin gemacht. Zwei Jahre später war er plötzlich wieder da, auf dem Rückweg nach Deutschland. Ich habe ihn gefragt, ob er mich mitnehmen würde. Er war einverstanden, und so sind wir zusammengekommen." Lucia greift nach der Wasserflasche und trinkt.

Eine Bö rüttelt am Wagen, Scheinwerferlicht erhellt für wenige Sekunden das Innere. *Albert* steht auf dem Parkplatz einer Autobahnraststätte.

„Antonio musste zurück nach Deutschland, weil er kein Geld mehr für die Weiterreise hatte. Er wollte einige Monate lang arbeiten und dann wieder losziehen. Er war Automechaniker. Er hat uns eine 2-Zimmerwohnung gemietet und auch bald wieder einen Job gefunden. Ich habe als Kellnerin in einer Bar gearbeitet und war glücklich." Sie schweigt, blickt aus dem Fenster und scheint in der Erinnerung zu kramen.

„Dann bin ich schwanger geworden. Anfangs hat sich Antonio mächtig über Tom gefreut. Aber die Enge in Deutschland hat ihm nicht gut getan. Ich habe erst während der Schwangerschaft erfahren, dass er immer wieder unter Depressionen gelitten hat. Das ist auch der Grund seiner vielen Reisen gewesen. Mit dem düsteren Winter und den vielen behördlichen Regulatorien ist er nicht klargekommen. Immer öfter kam er gereizt nach Hause, und wenn Tom geweint hat, wie es halt alle Babys tun, ist er ausgerastet. Anfangs hat er nur geschrien, aber dann hat er begonnen zu schlagen. Da bin ich gegangen." Sie bricht ab. Ihr Gesicht liegt im Dunkeln, aber Jo ist sich sicher, eine Träne auf ihrer Wange schimmern gesehen zu haben.

Leise, fast flüsternd, fährt Lucia fort. Jo lehnt sich nach hinten, um ihre Worte zu hören. „Zuerst bin ich zu einer Freundin gegangen, aber dort hat er mich aufgespürt. Er wolle seinen Sohn wiederhaben und ich müsse sofort wiederkommen. Er hat auch versprochen, sich zusammenzunehmen. Hat gemeint, er habe das Geld bald beisammen, damit wir zu dritt nach Spanien fahren könnten. Ich hab' ihm geglaubt und bin wieder mit ihm gegangen. Es war zwei Wochen lang gut, dann hat er wieder geschlagen. Ich bin ins Frauenhaus geflüchtet. Die Betreuerinnen waren nett, aber überfordert. Unter den Frauen war ganz viel Aggression. Und ständig sind Männer aufgetaucht. Als ich damals im Frauenhaus angekommen bin, hat ein Mann die halbe Einrichtung der Caféteria zertrümmert aus Wut, dass er nicht an seine Frau rangekommen ist, die er zwei Tage zuvor fast umgebracht hat."

Jo schüttelt sich. Lucias Erzählungen kommen ihr unglaublich vor.

„Um Tom zu schützen, bin ich nach zwei Tagen davongelaufen und hab' im Wald übernachtet. Eine der Betreuerinnen hat mich aufgespürt und mir ans Herz gelegt Arbeitslosengeld zu beantragen. Das habe ich auch getan. Im Nachhinein weiß ich, dass das ein Fehler gewesen ist."

„Warum?" Jo verlagert ihr Körpergewicht auf die andere Gesäßhälfte.

„Das Jobcenter hat verlangt, dass ich gemeinsam mit Toms Vater in ein Obdachlosenheim ziehe. Das war die Bedingung, damit wir Geld bekamen. Toms Vater hatte damals seine Wohnung verloren wegen des Alkohols. Ich hab' mich darauf eingelassen, aber es war genauso schlimm wie in unserer gemeinsamen Wohnung."

„Ich dachte, suchtkranke Menschen werden in Obdachlosenheimen nicht aufgenommen?" Jo ist verwirrt.

„Ach was!" Lucia lacht höhnisch. „Das mag in einem Gesetz stehen, aber die Praxis sieht anders aus. Jedenfalls bin ich nach drei Wochen mit Tom erneut abgehauen. Damit uns Antonio nicht suchen lassen kann, hab' ich uns aus Deutschland abgemeldet und auf das bisschen Arbeitslosengeld gepfiffen. Ich hab' uns ein Zelt gekauft, und wir haben den ganzen Sommer in der Natur verbracht. Es war eine Zeit, in der ich Kraft schöpfen konnte. Doch dann kam der Winter und mein Geld war aufgebraucht. Zuerst hab' ich es mit Betteln versucht. Aber Betteln mit Kindern ist in Deutschland verboten, und nachdem ich zweimal fast erwischt worden wär', hab' ich mich nicht mehr getraut."

Jo ahnt, wie Lucias Geschichte weitergeht. Traurigkeit erfasst sie, und unkontrolliert schluchzt sie auf.

„Hey, das ist doch meine Geschichte und nicht deine!" Lucia knufft sie in die Seite, und Jo versucht zu lächeln.

„Beim Betteln hab' ich Paul getroffen. Er hat mir den Güterwaggon vermittelt und mir angeboten, sich um Tom zu kümmern, wenn ich arbeiten war. Weil ich mich nicht wieder anmelden wollte, hab' ich es mit dem Straßenstrich versucht. Ich bin über eine Frau dazu gekommen, die ich im Obdachlosenheim getroffen habe. Es ist mir erstaunlich leicht gefallen. Ich hab' an Tom gedacht, daran, dass ich so den ganzen Tag mit ihm verbringen und trotzdem Geld verdienen kann. Es war ein Augen-zu-und-durch. Und ich hab' gut verdient. Bald hatte ich meine Stammkunden. Und dank Amar ist mir auch nie Schlimmes passiert wie anderen meiner Kolleginnen.

„Dank Amar?"

„Ich kannte ihn aus meiner Zeit als Kellnerin. Er hatte regelmäßig bei mir gefrühstückt, nachdem seine Nachtschicht vorbei war. Zufälligerweise hat er mich dann an einem meiner ersten Abende am Straßenrand gesehen. Er hat angehalten und wollte meine Geschichte wissen. Er versuchte, mir das Anschaffen auszureden. Als ich weitergemacht hab', hat er mir seine Handynummer gegeben für den Fall, dass ich mal Hilfe benötigen sollte."

Jo schweigt beeindruckt. Sie erinnert sich an ihre Begegnung mit Amar in der Tankstelle, als er darauf bestanden hat, sie ins *Kleine Paradies* zu fahren. „Amar hat ein Herz aus Gold."

Lucia nickt. „Ja. Das hat er. Einmal war ich tatsächlich froh um seine Nummer, als ich an einen Typen mit sadistischen Zügen geraten bin. Ich hab' Amar angerufen, und keine fünf Minuten später war einer seiner Kumpels beim Auto. Das hat sich rasch bei den Freiern herumgesprochen, und ich hatte nie mehr Probleme. Auch hat er mich jeden Abend im Güterbahnhof abgeholt und mich nachts wieder heimgebracht."

„Ach, und das eine Mal, als ich dich in der Tankstelle getroffen habe, ist er nicht gekommen."

„Ja. Es hat an diesem Abend Probleme mit pöbelnden Jugendlichen gegeben, weshalb er länger bleiben musste."

„Also ich glaube, ich würde lieber sterben als auf den Strich zu gehen." Jo fröstelt.

„Aber nicht, wenn du ein kleines Kind hast." Liebevoll streicht Lucia Haare aus Toms Stirn.

„Warum bist du nicht zurück nach Spanien gegangen?"

„Meine Großmutter ist kurz nach Toms Geburt gestorben. Was hätte ich also dort gesollt?"

„Du hättest in einem besseren Job arbeiten können. Und du wärst sicher gewesen von deinem Freund."

„Irrtum. Von einer ehemaligen Schulfreundin weiß ich, dass Antonio mehrmals in meinem Dorf aufgetaucht ist und mich gesucht hat. In Spanien wäre ich wohl genauso auf der Flucht gewesen." Lucia legt den Kopf in den Nacken.

„Aber irgendein anderes Land? Irgendeine gute Alternative hätte es doch sicher gegeben." Jo kann sich nicht vorstellen, dass Straßenstrich die einzige Möglichkeit in Lucias Situation gewesen ist.

„Mag sein. Ich hab' damals keinen anderen Ausweg gewusst. Ich wollte Tom nicht abgeben, zurück zu Antonio war unmöglich, ich brauchte Geld." Sie zuckt die Schultern. „Und unter Amars Schutz ist es mir auch gut gegangen, alles in allem."

„Warum bist du nicht mit Amar zusammengekommen? Er mag doch Tom auch."

„Ich mag ihn, mehr aber nicht. Und mit ihm zusammenzuziehen, nur um vom Strich wegzukommen, das war nicht mein Ding. Ich mach' mich nicht nochmal von einem Mann abhängig. So hatte ich mein eigenes Geld und viel Zeit für Tom. Mehr wollte ich nicht."

„Und trotzdem sitzt du jetzt hier bei mir."

„Ja." Vorsichtig zieht Lucia ihre Beine unter Tom hervor, legt ihn auf den Rücksitz und steigt aus. Ihre schlanke Silhouette verschwindet in der Dunkelheit.

Die Landschaft verändert sich mit jedem Tag, der sie weiter nach Süden bringt. Die Berge werden zu Hügeln, der Regen wird weniger, die Temperatur höher und Jo hat das Gefühl, das Licht werde heller. Die Luft wird wärmer und duftet nach Erde, nach Meer und nach Freiheit. Und mit jedem weiteren Tag im Auto schwindet die Sorge um ihre Mutter ein wenig mehr.

Sie fahren nie länger als fünf bis sechs Stunden, um Toms Geduld nicht zu sehr zu strapazieren. Am frühen Nachmittag suchen sie einen Campingplatz und verbringen die Zeit bis zum Schlafen mit Fangen und Verstecken spielen, baden in den Pools, die auf den Plätzen in Südfrankreich und Spanien auf jedem Campingplatz vorhanden sind, und gemeinsamem Singen. Lucia hat ihre Gitarre eingepackt und verzaubert Jo und die anderen Platzgäste mit spanischen Weisen.

„Weißt du, dass ich nie mehr Gitarre gespielt habe, seit ich Spanien verlassen habe?" Lucia lächelt nachdenklich. „ In Deutschland hat sich das falsch angefühlt. Ich glaube, es wäre kein einziger Ton aus dem Instrument gekommen, wenn ich es versucht hätte." Ihre Finger gleiten über die Saiten, und Jo fühlt sich leicht und frei.

***

Marc zittert, als er mit der Leine im Bug des Schiffes steht, das sich langsam den Schwimmstegen der Marina Tazacorte im Westen La Palmas nähert. Ein Marinero in hellblauem T-Shirt winkt, und Gustav steuert zielsicher auf ihn zu.

„Jetzt!" Gustav schreit und Marc wirft die Leine. Gleich darauf liegt die kleine Yacht sicher in ihrer Box.

„Gut geworfen." Anerkennend schlägt ihm Gustav auf die Schulter. „Aber du siehst blass aus. Dein erster Törn?"

Marc nickt. Es geht ihm ausgezeichnet, trotz des flauen Gefühls im Magen. Er hat sich das Reisen auf einem Segelboot unzählige Male vorgestellt, aber das Schiff ist von den Wellen dann doch stärker geschaukelt worden, als er erwartet hat.

„Leg dich hin, dann geht's dir gleich besser."

„Danke, es geht schon." Marc will los. Er schüttelt Gustavs Hand und springt über die Reling auf den Steg.

Erneut erfasst ihn ein Zittern. Vor Aufregung. Vor Freude. Vor Erleichterung. Er hat es geschafft. Er ist hier, zurück auf La Palma. Nun hält ihn nichts mehr. Eilig verlässt er die Marina und stürmt auf den Strand von Tazacorte zu.

Gitarrenklänge locken ihn an die Mauer, welche die kleine Hafenpromenade vom Strand trennt. Mit dem Rücken zu ihm sitzt eine Frau mit langem, rotem Haar auf der Mauer. Neben ihr wehen dunkelbraune Locken im Wind.

Jo.

Seine Beine versagen, er sackt zusammen. Er hört eine männliche Stimme, dann eine aufgeregte Frauenstimme, dann bricht die Gitarrenmelodie ab. Jemand zupft ihn am T-Shirt, jemand dreht ihn in Seitenlage.

„Marc! Hörst du mich?"

Er dreht den Kopf. Diesmal lächelt er.

Epilog

„Marc?" Jo lehnt sich nach vorne, um einen Blick auf den schmalen Klippenpfad zu erhaschen, der zu ihrer Höhle führt. Sie meint, Marcs leise Schritte auf den Felsen gehört zu haben.

„Mein Liebling, wir sind wieder da!" Mit einem fröhlichen Grinsen steht er sogleich vor ihr. An seinem Oberkörper schläft Amelie, fest und sicher in ein Tragetuch gebunden. Noch lässt sich der ganze kleine Mensch im Tuch verbergen, aber lange dauert es nicht mehr, bis die Beinchen heraushängen werden.

Jo lächelt. Der Anblick ihrer kleinen Tochter beschwört auch heute noch, vier Monate später, das Geburtserlebnis herauf. Am 27. Januar ist Amelie in Bettys heimeliger Wohnung in Los Llanos zur Welt gekommen. Betty, eine pensionierte Hebamme, die auf La Palma ihren Lebensabend verbringt, ist Jo von der ersten Begegnung an sympathisch gewesen. Vielleicht liegt es auch daran, dass sie Jo ein klein wenig an ihre Mutter erinnert. Lucia hat sie aufgetrieben und sich auch darüber hinaus umsichtig um Jo gekümmert. Ihre gemeinsame Reise nach Spanien hat jeden Rest Misstrauen zwischen den beiden Frauen ausgeräumt.

„Temo ist tot." Jo hat leise gesprochen, dennoch fallen ihre Worte von den kahlen Höhlenwänden auf sie herab. Sie lässt Marc nicht aus den Augen.

Er dreht den Kopf und blickt aufs Meer. Blau und weit liegt es vor ihnen, eine unendliche bewegte Fläche voller Assoziationen, Sehnsüchte, Geheimnisse, voller Kraft und Macht.

Jo schaut auf ihr Smartphone, das sie in den Schoß hat fallen lassen. „Paul hat geschrieben. Temos Husten muss wohl eine Lungenentzündung gewesen sein. Gestern Nacht ist er eingeschlafen. Sie werden ihn unter den Kastanien neben dem Güterbahnhof begraben."

„Sie?" Marc dreht sich zu ihr um.

„Paul und meine Mutter. Offenbar hat sie Temo bis zum Schluss gepflegt." Ein Lächeln huscht über ihr Gesicht. Sie stellt sich Temo mit Kartoffelwickeln und Thymiantee vor.

Füßetrappeln. Toms gerötetes Gesicht erscheint neben dem Fels. „Wo bleibt ihr denn? Tye und Ulla und Klaus sind alle schon da, wir warten nur noch auf euch!"

„Ist Lucia schon von der Post zurück?"

„Klar, Mama spielt schon lange!"

„Wir kommen!" Marc lacht ihm zu und zieht Jo in die Höhe. Er umschlingt ihre Taille und zieht sie zu sich. Sanft spürt sie seine Lippen auf ihrem Mund, und zwischen ihnen atmet Amelie.

Nacheinander balancieren sie über den schmalen Felsenpfad zum Strand. Die geräumige Höhle, in der sich Jo und Marc mit Amelie, Lucia und Tom eingerichtet haben, ist nur vom Meer aus einsehbar und über einen kaum sichtbaren beschwerlichen Pfad über die Felsen erreichbar. Es ist eine der wenigen Wohnhöhlen der Insel, die noch nie von der Polizei geräumt worden sind.

Der Wind trägt Lucias Gitarrenklänge zu ihnen, dann setzt Ullas Saxophon ein. Es hat keine Woche gedauert, bis Lucia nach ihrer Ankunft auf La Palma eine Gruppe junger Musiker um sich geschart hat, die nun regelmäßig nachmittags miteinander an der kleinen Strandpromenade musizieren und sich so ihren Lebensunterhalt verdienen.

„Na endlich, wir spielen uns hier die Finger wund und ihr lasst uns im Stich!" Lucia springt von der Mauer und rammt Jo den Ellbogen in die Seite.

„Hey, nicht so heftig! Hast du das Paket bekommen?" Ungeduldig knetet sie ihre Finger.

Lucia grinst. „Was bekomme ich dafür?"

„Ein handsigniertes Exemplar unseres ersten Kinderbuches!"

„Wir wollen auch eins, wir wollen auch eins!" Tom hüpft um sie herum, Hand in Hand mit seinem spanischen Freund Miguel.

Lucia bückt sich und stemmt eine Kartonschachtel auf die hüfthohe Mauer. Gleich darauf hält Jo ihr erstes selbst publiziertes Kinderbuch in der Hand. Es ist Toms Lieblingsgeschichte, die erste, die sie ihm vor vielen Monaten auf dem Güterbahnhof erzählt hat. Marc hat die Geschichte mit bunten Zeichnungen illustriert und sie haben sie bei einem On-Demand-Anbieter publizieren lassen.

Andächtig stehen sie zusammen und betrachten ihr gemeinsames Werk. Es ist der Anfang ihrer beruflichen Existenz, mit der sie ihr Familienleben auf La Palma finanzieren wollen.

„Jo?"

Sie hebt den Kopf. Etwa fünf Meter von ihnen entfernt steht eine junge Frau, ganz in Schwarz gekleidet. Die Art, wie sie sich mit einer Hand durch die kurzen Haare fährt, weckt eine Erinnerung in Jo. Sie kneift die Augen zusammen und tritt auf sie zu. „Ich weiß, dass ich dir schon mal begegnet bin, aber ich kann mich nicht erinnern, wo."

„Ich bin Alexa. Du hast mir geholfen, nachdem ich von meinem Mann geflohen bin. Dafür will ich dir danken." Sie umarmt Jo spontan. Als sie sie wieder loslässt, zieht Jo die Augenbrauen in die Höhe.

„Du bist zum Güterbahnhof gekommen und hast mir die Nachricht von Steve gebracht. Ja, ich erinnere mich. Aber wie habe ich dir geholfen?"

„Du hast mir einen Anwalt besorgt."

Jo wird heiß. Die Promenade um sie herum beginnt sich plötzlich zu drehen. Sie macht zwei Schritte rückwärts und lehnt sich an die Mauer. „Patrick hat dir geholfen?" Ungläubig blickt sie Alexa an.

„Ja. Er hat Anzeige gegen meinen Mann erstattet, mir Polizeischutz besorgt und mich vor Gericht vertreten, als es um die Scheidung gegangen ist. Natalie, das Mädchen, das mit mir war, hat er in die Obhut des Jugendamtes gebracht."

Jo wendet sich ab. Ihre Augen suchen den Horizont. Einen kurzen Moment lang streift sie Heimweh. Nach ihrer Mutter und nach Nelly. Und in einer seltsamen Weise auch nach Patrick. Oder eher nach der Vertrautheit ihrer Beziehung. Sie liebt ihr bescheidenes Leben hier auf La Palma, die Geborgenheit im Kreis ihrer Freunde und die Freiheit, sich um ihre neu entdeckte Leidenschaft, das Schreiben von Kindergeschichten, kümmern zu können. Mit Marc hat sie einen einfühlsamen, zärtlichen und respektvollen Partner an ihrer Seite, dem es mit jedem Tag unter der kanarischen Sonne besser gelingt, die Schuldgefühle und negativen Erinnerungen hinter sich zu lassen, und der ihrer kleinen Tochter ein liebevoller Vater ist.

Aber Jo weiß, dass sie eines Tages nach Deutschland zurückkehren wird. Sie hat kein Recht darauf, Amelie ihrem leiblichen Vater und Patrick seiner Tochter vorzuenthalten. Alexas Auftauchen hier entschärft die Angst vor der Rückkehr, und Jo vertraut fest darauf, dass sie rechtzeitig den Mut aufbringen wird, um die Reise in ihre Vergangenheit anzutreten.

Dank

Ich reise seit vielen Jahren und bin auf Gemeinsamkeiten der Länder und Kulturen gestoßen, die älter sind als die Globalisierung. Der Saharastaub zum Beispiel, der sich sowohl auf den Kanarischen Inseln, auf den Kapverden vor Senegal wie auch in der Karibik finden lässt.

Oder Obdachlosigkeit.

Überall bin ich ihr begegnet, in meinem Heimatland Schweiz, in Deutschland, Portugal, Spanien, in anderen europäischen Ländern, in Afrika, Südamerika, der Karibik, in Russland und im Kaukasus. Oftmals ist sie versteckt, vor allem Frauen sieht man sie meistens nicht an. Das Schicksal obdachloser Menschen hat mich schon als Kind berührt, und jetzt war es an der Zeit, mich intensiv damit auseinanderzusetzen.

Entstanden ist dieser Roman. Für meine Recherchen wälzte ich Gesetzestexte, habe mir Dokumentationen angeschaut und die wenigen Bücher gelesen, die sich mit dem Thema bisher befassen.

Besonders wertvoll waren Interviews mit betroffenen Frauen, und ihnen möchte ich an dieser Stelle von ganzem Herzen danken. Ihre Erfahrungen mit Hartz IV, Jobcenter, Frauenhäusern und Obdachlosenheimen sind in diesen Roman eingeflossen. Danke für eure Offenheit, euer Vertrauen und eure Stärke, über eine so schmerzliche Phase eurer Vergangenheit mit mir zu sprechen.

Ebenfalls danken möchte ich meinem Lebenspartner Michael, der mir als kritischer erster Testleser und Sparringpartner zur Seite gestanden ist, und meinen Kindern für ihr Verständnis, wenn ich mal wieder Raum für eine kreative Phase brauchte.

Corina Lendfers, Juli 2018

Über die Autorin

 Corina Lendfers wurde 1979 in der Schweiz geboren. Sie ist Mutter von sechs Kindern und lebt mit ihrer Familie seit 2013 auf ihrem Segelschiff PINUT, zurzeit in der Karibik.
www.corinalendfers.com

Von Corina Lendfers ist bisher erschienen:

Tabea flieht aus ihrem Leben als Marketingfachfrau und reist in einem Kleinbus durch Europa. In einer abgelegenen Bucht im Süden Portugals bricht nicht nur ihr Abgasrohr und das Gas zum Kochen geht aus, sondern sie schließt auch neue Freundschaften.

Zwischen Meer und Klippen, Sand und Salz, Sturm und brütender Hitze wird ihre Liebe zum Schauspieler Paolo, der in München zurückgeblieben ist, auf eine harte Probe gestellt. Denn das Leben auf der Straße folgt eigenen Gesetzen, und auf die Frau allein im Bus wartet mehr als die erhoffte Freiheit. Und auch die Vergangenheit ist nicht so fern, wie Tabea es gerne hätte.

Ein Roman voller Sehnsucht, Erotik, Nähe und dem unwiderstehlichen Duft nach Freiheit.

Die Frau im Bus; 2018, BoD: Norderstedt.

Tina hat ihr Baby im siebten Schwangerschaftsmonat verloren. Sie flieht vor dem eigenen Schmerz, der Trauer ihres Freundes Alexander und den Selbstvorwürfen in die Almhütte ihrer Großeltern. Sie hofft, in der Abgeschiedenheit den Verlust ihres Kinder überwinden und ein neues Leben beginnen zu können.

Ihr Plan scheint aufzugehen – bis Riccardo auftaucht. Ein extrovertierter Extremsportler, der die friedliche Idylle in der Blockhütte gefährdet.

Barfuss im Schnee; 2017, BoD: Nordersted.

Seit ihr Freund sie vor sechs Monaten verlassen hat, sitzt Kim mit ihrem Segelboot auf den Kapverdischen Inseln in Afrika fest. Über einsame Stunden tröstet sie sich mit dem Einhandsegler Günter hinweg, der aber nicht bereit ist, sie auf ihrem Weg in die Karibik zu begleiten. Als Philipp im Hafen auftaucht, schöpft Kim neue Hoffnung auf einen Mitsegler.

Doch der ängstliche Universitätsprofessor hat andere Pläne. Von seinem Bruder Herbert hat er ein Segelboot geerbt, das er so rasch wie möglich wieder loswerden will. Er merkt jedoch bald, dass er es in Afrika nicht verkaufen kann. Zu allem Übel taucht auch noch Herberts achtzehnjährige Tochter Billy bei ihm auf, die sich fest vorgenommen hat, die Verkaufspläne ihres Onkels zu durchkreuzen.

Als Philipp Kim dazu überredet, die Yacht nach Spanien zu den Kanaren zu segeln, begeben sie sich auf eine gefährliche Reise, auf der Wind und Wellen nicht unbedingt die größte Herausforderung darstellen.

Das stille Lied des Sturms; 2017, BoD: Nordersted.

Eine autobiographische Erzählung über die ersten beiden Jahre unserer Segelreise. Auszug aus dem Klappentext des Verlags:

**Unkonventionell, experimentierfreudig, fröhlich und bunt:
eine Blauwasserfamilie der besonderen Art!**

Ein Schweizer Paar mit fünf Kindern (und dem Bordhund Guia) lebt seinen unorthodoxen Traum und zieht nach Portugal auf sein Segelschiff. Ein neues Leben auf 42m^2. Auch wenn Michael immer mal wieder zum Geldverdienen zurück in die Schweiz muss und Corina sich währenddessen darum kümmert, dass an Bord alles läuft und funktioniert – inklusive Erziehung der Zwei- bis Neunjährigen. Gemeinsam lassen sie sich selbst dann nicht unterkriegen, als sie 22 (!) Löcher im alten Stahlrumpf, den sie ihr Zuhause nennen, entdecken.

Vierzig Fuss für vierzehn Füsse – Familienleben unter Segeln; 2017, Delius Klasing Verlag: Bielefeld.

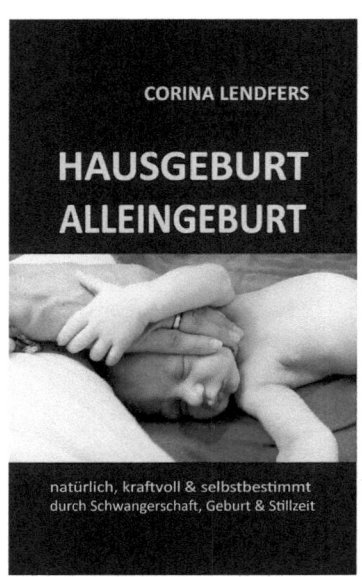

Schwangerschaft, Geburt und Stillzeit sind Naturwunder, die ihren eigenen, Jahrtausende alten bewährten Gesetzmäßigkeiten folgen. Es gibt nur einen geeigneten Weg, damit richtig umzugehen: loslassen, geschehen lassen, vertrauen. Dieser Ratgeber zeigt den Weg dorthin auf, den Weg durch eine natürliche, selbstbestimmte Schwangerschaft, eine kraftvolle Geburt und eine harmonische Stillzeit.

Corina Lendfers hat sechs Kinder zuhause geboren, eines davon alleine auf ihrem Segelschiff. Im Zentrum ihres Buches steht die Hausgeburt mit der Spezialsituation der Alleingeburt. Entscheidungsgrundlagen für oder gegen eine Hausgeburt/Alleingeburt werden ausführlich erläutert, ebenso die praktische Vorbereitung und Durchführung sowie einige elementare Aspekte im Umgang mit dem Neugeborenen wie Stillen, Schlafen, Tragen, Babymassage.

Hausgeburt-Alleingeburt – natürlich, kraftvoll & selbstbestimmt durch Schwangerschaft, Geburt & Stillzeit; 2014, BoD: Nordersted.